# El cantar del petirrojo

JOSU DIAMOND

# El cantar del petirrojo

Grijalbo

Primera edición: enero de 2024

© 2024, Josu Diamond
Autor representado por Editabundo Agencia Literaria, S. L.
© 2024, Penguin Random House Grupo Editorial, S. A. U.
Travessera de Gràcia, 47-49. 08021 Barcelona

Penguin Random House Grupo Editorial apoya la protección del *copyright*.
El *copyright* estimula la creatividad, defiende la diversidad en el ámbito de las ideas y el conocimiento, promueve la libre expresión y favorece una cultura viva. Gracias por comprar una edición autorizada de este libro y por respetar las leyes del *copyright* al no reproducir, escanear ni distribuir ninguna parte de esta obra por ningún medio sin permiso. Al hacerlo está respaldando a los autores y permitiendo que PRHGE continúe publicando libros para todos los lectores.
Diríjase a CEDRO (Centro Español de Derechos Reprográficos, http://www.cedro.org) si necesita fotocopiar o escanear algún fragmento de esta obra.

*Printed in Spain* – Impreso en España

ISBN: 978-84-253-6662-8
Depósito legal: B-19.414-2023

Compuesto en Llibresimes

Impreso en Black Print CPI Ibérica
Sant Andreu de la Barca (Barcelona)

GR 6 6 6 2 8

*Para quienes creen en el amor a pesar de todo*

# Prólogo

En ocasiones el destino trata de llamar tu atención y, por eso, cuando el petirrojo se arrancó a entonar su inconfundible melodía, él lo supo. Fue la confirmación de un mal presagio, una batalla que hacía tiempo que le desgarraba el pecho, construyendo y destrozando su corazón casi al mismo tiempo. Era el mayor de sus temores. También el mayor anhelo que se alojaba en su interior. Pero entonces el pajarito emprendió el vuelo sin dejar rastro, nada más que el leve balanceo de unas ramas que ya veían un otoño prematuro desplegarse entre sus verdes moribundos. Así, ambas cosas congeniaban. Y partían en caminos distintos. Mientras que la rama, después de tambalearse, regresaba a su sitio, bien arraigada al resto del tronco y sus raíces, el petirrojo, libre, marchaba hacia una nueva vida.

Con los ojos cerrados, se llevó una mano al pecho. La única lágrima que derramó condensaba todos sus sentimientos. Se deslizó por su cara hasta el borde de la mejilla y se abrió paso entre su barba insondable. Allí desapareció y, con ella, también el rastro de cualquier esperanza que pudiera albergar aún.

Deseó ser capaz de recuperarse de aquello. Apretó con fuerza los puños para sentir que estaba vivo, que aquello era real, hasta clavarse las uñas y sentir un pinchazo. Si permanecía allí parado durante más tiempo terminaría congelado. Y total, hacía un buen rato que él se había marchado; ya no merecía la pena seguir esperando a que se diera la vuelta. A que volviera. A recuperarlo.

Mantuvo los ojos cerrados y el cantar del petirrojo volvió a sus oídos como un eco, un augurio. Ahora más lejano que antes, pero inconfundible en sus melismas.

Y con aquello, tuvo la certeza de que era el final.

Él no iba a volver.

# PRIMERA PARTE
# EL PRIMER TITILAR DE LAS ESTRELLAS

# El hombre y el caserío

Las paredes del caserío permanecían blancas a pesar del paso de los años, y no era porque el tiempo las hubiera tratado con delicadeza, pues al estar situado en mitad de la montaña se había visto atrapado en un vaivén de climas más bien extremos. Aun así, su color fulgurante provocaba que en cada amanecer el sol devolviera su brillo a cada brizna de hierba, a cada gota de rocío, e incluso a veces se traducía en preciosos arcoíris a través del sirimiri. Y por eso eran no solo unas paredes que quitaban el aliento, sino que todo el conjunto lo era. Imponente, entre los árboles, rodeado de naturaleza. El caminito de piedras y tierra, que casi siempre terminaba por convertirse en barro, conducía hasta la edificación abriéndose paso entre la maleza y conseguía una visión efectista, casi barroca, una vez te acercabas lo suficiente.

No obstante, quien había transformado aquella casa en hogar, limpiado sus rincones y pintado esas paredes de aquel blanco que competía con el de la nieve en pleno invierno...

ya no estaba. Hacía unos meses que sus dedos, encallecidos por tanto trabajo físico durante largas décadas, dejaron de ser capaces de hacer algo más que no fuera apretar la mano de su hijo.

Había estado a su lado hasta el último aliento. Ahora, todo era invierno en su interior.

La pérdida de su madre había sido un debate entre la más absoluta tristeza y el aleteo de una mariposa que, tras romper su crisálida, podía finalmente abrir sus alas. Y ser libre. Y volar. Esa dualidad de sensaciones llevaba a Unai al borde del llanto varias veces al día, que por más que tratara de recobrar la compostura mientras limpiaba la habitación de su difunta madre, debía hacer pausas para recuperar el aliento porque a su mente acudían tantas contradicciones que le era imposible mantener la coherencia consigo mismo.

Aquello no podía estar pasando. Pero era real: ella no iba a volver.

Lo peor de todo es que había desestimado la ayuda de una incondicional, pero verla sería remover aún más todo el torrente de sentimientos que era incapaz de controlar. Almu lo había llamado y él la había ignorado de manera deliberada. No quería hacerlo, ya que en el fondo sabía que le podría arrancar al menos una sonrisa, una carcajada por la noche, para que no continuase cayendo en aquel pozo sin fondo. No obstante, creía no estar preparado todavía. Aquello sería reconectar con el pasado y los vestigios de su madre.

Después de unos días de arduo trabajo, se vio obligado a tomar la decisión de parar. Al menos por un rato. No recordaba la última vez que se había duchado; probablemente al volver de la funeraria, o no, cuando dejó el cementerio de Blaia con el cadáver de su madre a unos cuantos metros bajo tierra. Tenía los recuerdos borrosos y, sin embargo, no dejaba de frotar, limpiar, pintar y mover muebles. El caserío no se hallaba en mal estado, eso estaba claro, pero sabía que sería incapaz de competir con el ahínco con el que ella lo había cuidado hasta que no pudo más. Ahora, algo desaliñado por los días de luto, su hogar parecía lleno de… nada. Estaba vacío, al igual que él.

Por eso supo que, cuando una tubería de la cocina explotó entre sus manos, era momento de detenerse al fin. Tomarse un respiro. Fue rápido en encontrar el teléfono de un fontanero de la zona, en concreto, el de confianza al que su familia siempre llamaba cuando algo se torcía. Podía estar ahí en quince o veinte minutos. Sus clientes eran de los alrededores, unos caseríos a veces insondables que cada día parecían enfrentarse a las fuerzas a la naturaleza. Por suerte, la casa de Unai estaba en una posición de acceso privilegiada.

Igualmente, eran quince minutos. Debía darse una ducha. No iba a dejar entrar a nadie oliendo como olía. Decidió pasar frente al espejo sin mirarse y, aunque quiso tararear alguna canción mientras el agua lo revitalizaba, parecía que no le salía la voz. Era… imposible.

Entonces se dio cuenta de que el fontanero sería la primera persona con la que hablaría, e incluso vería, en días. Necesitaba romper con ese hechizo de tristeza que lo había convertido en un ermitaño. En uno que ni siquiera se había recortado la barba.

Cuando el timbre sonó, Unai se encontraba algo mejor, casi como si el agua lo hubiera desconectado del mal de su cabeza y lo hubiera hecho conectar de nuevo con la tierra, con lo físico. Estaba ahí, presente. Frente a la puerta del caserío. El timbre volvió a sonar. Ahora sí se atrevió a dar un paso. Con la puerta abierta frente a él, el fontanero se tomó unos segundos en devolverle la mirada después de observar desde sus zapatos hasta su cara, atentamente, para no olvidar detalle alguno.

Era Joaquim. De entre todas las personas que podían aparecer por su puerta... era él, el hijo del fontanero que siempre acudía a su casa. Llevaba sin ver a aquel joven lo que parecía una eternidad. El tiempo no había pasado en vano para ninguno, eso estaba claro, pero, joder.

No era el momento de pensar en lo que había crecido. Su nariz respingona y su piel tersa, sin una sola arruga o marcas, ni siquiera de acné adolescente. Nada, absolutamente nada. Y, sin embargo, se percibía que se había enfrentado al frío extremo, pues se advertía cierta resistencia en sus poros. Los ojos permanecían iguales, con esa mirada que Unai había olvidado en algún punto de su vida y que ahora volvían con más fuerza que nunca.

Porque tras él no estaba ya la voz que le cortaba las alas.

—Cuánto tiempo —casi musitó sorprendido el recién llegado, aunque con actitud agradable—. Unai, ¿verdad?

Este asintió con la cabeza sin apartar su mirada de la de él ni saber muy bien qué eran esos retortijones que notaba en el estómago. Era un manojo de nervios al volver a verlo, quizá también de sentir algo, y esa nebulosa de culpabilidad y cansancio que le atacaba de manera constante.

El hecho de que Joaquim hubiera fingido no recordar su nombre había sido a propósito. ¿Acaso estaba jugando a dos bandas? Por supuesto que se conocían, de hecho, reencontrarse no entraba en los planes de Unai, que quería mantener el pasado más que encerrado y solo seguir hacia delante, sanarse, dejarlo todo atrás. No quiso pensar en lo que habían compartido de manera fugaz, cuando tan solo eran unos críos. Fueron recuerdos bonitos, pero también dolorosos, y se habían visto obligados a desaparecer en lo más profundo de su mente.

—Pasa, pasa. No te quedes ahí.

El fontanero obedeció y entró en el caserío. Con él, se coló algún resquicio del frío del exterior, como si estuviera impregnado en su propia piel o en su ropa. Al cerrar la puerta tras él, Unai le daba ya la espalda para señalarle el problema.

La casa era un espacio abierto y diáfano, grande, con apenas un par de estancias en la primera planta. Así que, nada más entrar, uno daba a parar con una mesa enorme de madera, con sillas a juego, hecha por su también difunto padre, y no mucho más allá se extendía la cocina. Aún era de gas y las tuberías, como acababa de comprobar Unai, no estaban tampoco en su mejor momento. No era por dejadez, obvio, sino un signo de historia viva, de que su familia llevaba viviendo en esas tierras más de cien años y, al final, el paso inexorable de las décadas terminaba por mermar cualquier arreglo que en su día estuviera en perfecto estado.

—¿Qué ha pasado? Mi padre me lo ha contado por encima, pero no me he enterado muy bien —dijo Joaquim al tiempo que dejaba en el suelo las cosas con las que cargaba y en las que Unai apenas había reparado. Se acercó a echar un vistazo rápido por la cocina antes de ponerse a trabajar. Lo miró de nuevo, esperando su respuesta.

Estaba clavado ahí, en mitad de la estancia, y tragaba saliva de manera casi compulsiva.

—¿Estás bien?

Él era un tipo rudo, grande, enorme. Con un corazón inquebrantable. Siempre se lo habían dicho: era fuerte. En todos los sentidos. Por lo que ser incapaz de mantener a raya sus emociones en aquel instante le estaba haciendo casi temblar. No lo comprendía. El torrente de emociones que había sentido aquellos días parecía haber alcanzado sus cotas máximas, como un vaso que rebosa justo cuando le viertes otra pequeña gota. Y ya nada importa, porque se desborda sin que puedas detenerlo.

—Sí, no te preocupes —respondió finalmente Unai, planteándose un debate sobre si explicarle la situación de la tubería o utilizar a Joaquim como terapia y desahogarse. Enseguida supo que lo segundo sería mala idea, aunque era probable que los vecinos (si es que así podían llamarse viviendo tan alejados los unos de los otros) no tardarían en enterarse, aunque tal vez ya lo supieran.

—Vale, pues dime.

Entonces Unai le contó lo que había pasado, aunque con palabras escuetas; también lo que él pensaba que podría pasar si no se arreglaba el problema y le pidió que presupuestara un cambio de todas las tuberías de la cocina. Por si acaso. No andaba demasiado bien de dinero, y ahora menos sin la pensión de su madre para pagar algunos de los gastos que conllevaba una casa tan grande, así que era solo por hacerse una idea. Al final, no era el mejor momento para ponerse a pensar en todo lo que había perdido sin su amatxo. La echaba de menos, y…

Aprovechó el tiempo para arreglar una de las sillas de la cocina, que anoche se había tambaleado demasiado mientras cenaba una sopa de sobre y leía una novela de Julio Verne de la extensa colección que aún guardaba en cajas, de cuando su tía se había mudado durante unos meses a aquella casa hacía unos años. No dijo nada en todo el rato, ni siquiera cuando Joaquim se quitó el abrigo y dejó a plena vista unos brazos delgados y salpicados de pecas. Llevaba una camiseta de tirantes blanca repleta de manchas. Con cada movimiento que hacía, y con cuidado de que no se diera cuenta, Unai se fijaba en el vello de su axila o en los dedos y manos con venas azuladas que se hinchaban y aplanaban con cada esfuerzo.

Así pasaron los minutos. La silla no terminó nunca de arreglarse.

—Pues ya está, guapo —le dijo Joaquim al cabo de un rato al tiempo que se daba la vuelta y se secaba las manos con un trapo que había encontrado tirado sobre la encimera. Sonreía. Un simple gesto. De buena gente o porque sabía que, entre la robustez de Unai, había algo que pugnaba por salir. Quizá eran imaginaciones suyas.

—Gracias. Dime cuánto es. —La boca de Unai, seca como un desierto. Notaba la lengua enclaustrada entre sus dientes.

Transcurrieron unos segundos de pausa. Se escuchaba hasta el tictac del reloj de pared que ahora descansaba guardado en uno de los cajones, pues a Unai siempre le había parecido horrible. Y, sin embargo, sonaba como si estuviera aún colgado a pocos centímetros de él. O no, podía ser también el latido de su corazón. Porque el tiempo se expandió mientras cruzaba la mirada con Joaquim, que no le respondía. Era como si... quisiera algo más.

El fontanero dio un paso con una media sonrisa y sacó del bolsillo trasero de su pantalón el típico cuaderno de notas para hacer facturas a mano. Aún sin pronunciar palabra, se apoyó sobre la mesa y comenzó a garabatear. De una forma muy conveniente, su trasero parecía apuntar a la pelvis de Unai, ahora más cerca de lo que jamás hubiera estado. Y el pantalón ajustado no le hacía ningún favor para que apartase la mirada.

Casi rozándole, Joaquim volvió a su postura original. Le entregó el papel con una mueca. Parecía decepción, aunque consiguió disimular el gesto en cuanto se dio cuenta de que se le había notado. Unai se dispuso a leer la factura cuando sintió que algo se movía; era Joaquim, que ya se marchaba. Dejó la nota de nuevo sobre la mesa sin darse tiempo a leerla.

—¿Te vas? —Unai se acercó raudo a la puerta. No estaba seguro de si abrirla, no dejar que se marchara, charlar con él, invitarle a un café o quién sabía a qué más en aquel momento. Parecía que estuviera borracho, con la mente en las nubes. Todo le daba vueltas.

—Claro. Ya he terminado —dijo Joaquim simplemente. Aprovechó la evidente confusión en el rostro de Unai para abrir la puerta y marcharse.

A los pocos segundos, Unai volvió a la factura. La arrugó entre sus dedos y corrió hacia la entrada. La luz otoñal le golpeó de lleno en la cara. Vio cómo Joaquim se montaba en su coche sin hacerle demasiado caso. Introdujo la llave en el contacto y se abrochó el abrigo hasta el cuello.

—¡No te he pagado!

Pero no obtuvo respuesta más allá del motor del vehículo al arrancar y el sonido de las ruedas contra la gravilla. Aún con la puerta abierta, mientras el viento frío le congelaba los dedos, desdobló la factura y vio que en vez de una cantidad por los servicios prestados había una carita sonriente y nueve números.

Unai alzó la vista, pero Joaquim ya se había marchado.

# Olor a hogar

A las cuatro y media todavía no había salido el sol. De hecho, la mayor parte de la ciudad no había comenzado con su rutina. Había excepciones, como los panaderos, bomberos o quienes trabajaban con animales en los caseríos de las afueras. Aries siempre reflexionaba sobre aquello, sobre qué pasaría si quienes sacrifican su vida en pos de un trabajo tan necesario dejaran de hacerlo de repente.

Pero es que Aries no podía imaginarse un mundo sin pan. El cartel rezaba PANADERÍA SAGARDI EST. 1908, en un acabado austero con tipografía tradicionalmente vasca. Un par de lauburus a cada lado y listo, la verdadera esencia de la institución que habían logrado establecer en la ciudad.

El local le dio la bienvenida con su ya familiar vacío invernal. Era habitual a esas horas, y más en plena temporada. Según las noticias de Google, se encontraban inmersos en una ola de frío polar, pero era una tontería, porque vivir en Irún siempre era sinónimo de vientos gélidos en aquella época.

Aries tenía la suerte de trabajar en una de las panaderías

que quedaban que funcionaban con leña. Todo el mundo le decía lo distinto que sabía cualquiera de las cosas que hornearan, como si el sabor que otorgaba la madera a la harina fuera algo ancestral o místico. Pero sí, no podía negar que tenía cierto encanto, aunque en ese momento estuviera cargando con sacos de leña desde la trastienda y se estuviera arrepintiendo de haber elegido aquella profesión.

Se emocionaba mientras amasaba el pan, se rascaba la cabeza llenándose de harina y veía el sol salir, tímido, entre los edificios. Los coches empezaban a inundar las calles y los comercios aledaños abrían sus puertas. Se saludó con la chica que regentaba el local de enfrente con la mano, a través de la ventana, como cada mañana.

Y es que las cosas siempre sucedían del mismo modo. Por eso cuando dieron las ocho en punto, alzó la mirada hacia la entrada con una sonrisa nerviosa dibujada en el rostro.

A los pocos segundos entró alguien. Era Sara, al igual que cada día. Por la panadería aún reverberaba el sonido de la campanilla que había sobre la puerta, pero ella ya había avanzado hacia el mostrador y le sonreía con el dedo pulgar debajo de la tira del bolso, colgado al hombro, agarrándolo con fuerza como un acto reflejo debido al frío de aquellas horas. Era menuda y con una vibra tranquila, aunque el abrigo gigantesco de color granate le hacía parecer aún más pequeña. Las marcas alrededor de su sonrisa eran profundas debido a los años que llevaba fumando y tenía la piel desgastada, pero nada de eso importaba por la paz que era capaz de transmitir. Le daban un aspecto muy diferente tan pronto abría la boca.

Antes de que Aries se dispusiera a preguntarle cómo iba, qué tal estaba, o cualquier pregunta de las cinco que siempre le hacía, fue ella quien se adelantó en esa ocasión:

—¿Cómo vas?

Había una sutileza en la forma en la que cruzaban sus miradas, llenas de palabras sin decir debido al miedo a fracasar y el poco valor que cada uno de ellos sentía. Ambos se preocupaban demasiado por lo que el otro pudiera pensar, algo que era más que evidente cada día que pasaba. Aries, sin embargo, se dispuso a responder mientras agarraba las pinzas para sacar una de las napolitanas rellenas del mostrador. Aún estaban calientes y el chocolate amenazaba con escaparse del hojaldre crujiente. Si respondía concentrándose en otra cosa, no se notaría tanto que le temblaban los dedos. Como era habitual.

—Lo de siempre —dijo sin apartar la mirada de la pinza de metal para luego dejarla sobre un trapillo y alzar la cabeza—. Madrugar y servir el primer bollo de la mañana.

Sara contestó con una sonrisa. Aunque ya la tuviera dibujada en su rostro, amplió más las comisuras de sus labios dejando entrever sus dientes. Eran perfectos, blancos y relucientes, algo sorprendente porque fumaba como una camionera. Siempre decía lo mismo y se quejaba de que el sueldo de profesora le hacía complicado tener vicios tan mundanos como aquel. Aries lo entendía: a veces calculaba cuántas cajetillas de cigarros podría comprarse en base a cuántos panes de espiga hubiera vendido durante el día.

—Uno veinte. —Aries le tendió la napolitana envuelta en una servilleta de papel. Sara la recogió y se la llevó a la boca antes de buscar siquiera la cartera—. Eso no falla —bromeó el panadero.

—Es como cuando empiezas a hacerte un bocadillo y antes de terminar, le das un mordisco. —Siempre respondía la misma frase. Eran tradiciones, al fin y al cabo. Misma hora todos los días, misma napolitana recién hecha, mismas cosas que contarse.

Lo único que variaba era que sus miradas duraban un poquito más en cada ocasión. Casi como si el tiempo les permitiera tomarse un respiro de esa rutina y disfrutar más allá de una simple interacción, pudiendo deleitarse el uno con el otro tal y como ellos querrían.

Pero más allá de nombres y profesiones, poco más sabían de sus respectivas vidas. Jamás se habían visto fuera de aquellas paredes. Y por el momento, no era algo en lo que Aries pensara demasiado. Podría sonar egoísta, pero según pasaban las horas y entraban más clientes con nuevas historias y situaciones que contarle, el recuerdo de Sara se iba desdibujando. Hasta que llegaba la hora de dormir, claro, y pensaba en que sería la primera persona con la que tendría contacto a la mañana siguiente.

Así las cosas, Sara se despidió y la campanilla sobre la puerta volvió a emitir tu tañido exasperante y agudo. Aries puso los ojos en blanco, otra tradición cuando se quedaba solo, y le lanzó una mirada amenazante.

—En cuanto vuelvan de vacaciones, te arranco de cuajo —le dijo, señalándola con un dedo.

El resto de la mañana pasó como siempre: calentar más pan, vender más napolitanas y preparar bandejas de bollos para algún cumpleaños con su correspondiente lacito color salmón. A la hora de comer, darle la vuelta al cartel:

VUELVO EN 15 MINUTOS

No le gustaba dejar colgados a sus clientes y no tenía mucho más que hacer que pasar el día en la panadería. Sacó un táper de la mochila. En el almacén había una nevera pequeña donde conservaba las sobras de aquellos días así como un par de latas de Coca-Cola. Sobre esta, estaba el microondas, donde calentó su comida del día. No eran más que macarrones con tomate y chorizo hechos el día anterior, pero...

Comió mirando la avenida frente a él. La gente vivía ajetreada e iba de un lado para otro. El viento zarandeaba los árboles y lanzaba las hojas marrones de un lado para otro, tiñendo el suelo del color del otoño. Esos tonos significaban que no faltaba demasiado para el invierno y, por consiguiente, que dejaría de comer junto a la ventana y para hacerlo más cerca del horno y así mendigar un poquito de su calor.

Pese a la rutina manida, ese día fue distinto. Porque volvió a pensar en Sara, en su sonrisa y en lo que le gustaría invitarla a un cigarrillo algún día de esos. Quién sabía, quizá después de tanto tiempo tenían algo más en común que una napolitana de chocolate.

# Soñar así

El tiempo a veces ayuda a cambiar. Las circunstancias vitales o la manera de ver la vida, también. Pero para Unai, este había sido casi un enemigo. Le había mantenido encerrado, proclamando a los cuatro vientos que era su prisionero. Era casi como si las agujas de ese reloj de pared tan horrible que descansaba a buen recaudo en un cajón se riera de él con cada pequeño movimiento, a cada segundo. Casi como si le gritara que el paso del tiempo sería más lento para él, que su vida se encontraba allí y que no podría liberarse de esa carga jamás.

Lo que Unai Esnaola no sabía era que estaba equivocado. O que, al menos, al madurar, vería la vida con otros ojos.

Tenía veinte años y pocas ganas de vivir. Tras una adolescencia que prefería no recordar, ahora se encontraba más atrapado que nunca. Su familia. Su deber.

—Nos lo agradecerás cuando te des cuenta de todo lo que hemos hecho por ti.

Su padre le repetía aquello cada vez que discutían sobre su futuro. Ponían sobre la mesa todas las opciones y, una a una, con la ayuda de su madre y sus comentarios mordaces, todas esas posibilidades iban desapareciendo. Hasta quedar solo una.

El caserío.

Siempre era el maldito caserío.

No había nada que odiara con tanto ahínco como aquellas paredes blancas, los árboles que debía talar, las astillas clavadas en su mano cuando manipulaba la leña. Podría acabar con todo si simplemente alzaba el hacha, se volvía loco y se cortaba un brazo. Esa misma hacha que le habían regalado cuando cumplió los dieciséis años, un amuleto cargado de significado que más que traerle suerte, lo condenaba.

—Ahora eres todo un hombre —le había dicho su padre al entregársela con los ojos llorosos y henchido de orgullo.

Era el caserío, pero también estaba aquello.

Con una fuerza sobrehumana, el manto que lo retenía dentro de unos parámetros que sus padres consideraran correctos era lo que más lo asfixiaba. Casi más que el tiempo y sus malditas manecillas, o más que tener que quitar la nieve durante horas en pleno invierno con la antigua pala de su tío que le provocaba ampollas. Odiaba aquel maldito lugar y todo lo que significaba. Y odiaba ser un hombre obligado a llevar anteojeras; porque no las había pedido, porque se las arrancaría de cuajo en cuanto tuviera la oportunidad.

—Dudo mucho de que me gustara vivir aquí para siempre —le respondió a su padre. Se equivocaba: jamás estaría agradecido. Unai trató de calmarse, de volver a recapacitar sobre ese supuesto agradecimiento que les daría por el sacrificio que habían hecho. Pero, honestamente, es en vano si para quien uno se esfuerza, no quiere esa ofrenda.

Entonces su padre frunció el ceño. No le sorprendían las palabras de su hijo, sería absurdo que así fuera. Ambos habían repetido aquello tantas veces que lo tenían grabado como tatuajes en sus lenguas. Entraba en su rutina, como darse las buenas noches o un beso en la frente al despertar. Por más enfadados que estuvieran, aquello siempre sucedía.

—Termina la comida, al menos. —Era su madre que, de brazos cruzados, lo miraba serena. El puré de lentejas reposaba intacto frente a Unai, probablemente ya frío. La conversación se había enmarañado, como siempre, y pese a siempre tener hambre, las circunstancias como aquellas solían quitarle el apetito de un plumazo.

—Estoy muy cansado.

Esa frase encerraba tantos sentidos que nadie más se atrevió a pronunciar una palabra mientras Unai abandonaba la mesa. Recluido ahora en su cuarto, se quedó mirando la pared durante lo que parecieron horas. Soñar con una vida normal no era tan raro a su edad. A veces le hacían hasta dudar de sus propios anhelos.

La puerta retumbó. Eran los nudillos de su amatxo, que golpeaba la madera cual martillo. Unai cerró los ojos y se concentró en cargar sus pulmones con la mayor cantidad posible de aire y así tratar de tranquilizarse.

Necesitaba despejarse. O explotaría en cualquier momento.

—Maitia, el aita está muy mal.

Y cuándo no lo estaba, esa era la verdadera pregunta. La forma en la que se victimizaba era tan deplorable que Unai ya no sentía absolutamente nada. Ni pena ni rabia. El más completo vacío, un valle de sensaciones que solo se hacía más hondo en su pecho. Quizá, si lo pensaba con más calma, aquella era la mejor solución.

Dejar de sentir era la mejor de las opciones.

La barrera en la que se había convertido la puerta continuaba siendo inexorable, pero la presencia de su madre era capaz de traspasar cualquier material. Estaba ahí, presionando. Molestando. Porque sabía lo que tocaba, sabía cómo se desarrollaría la siguiente parte de la conversación. El colofón final. La traca de fin de fiesta.

Así también se tambaleaba lo demás, los cimientos más robustos, las fortalezas mentales y las barricadas contra quienes supuestamente le debían cuidar.

—Yo sé que igual con los añitos que tienes no es lo que más te apetezca, pero hazle caso al aita, que sabe de lo que habla. Además, cuando te cases, podrás criar aquí a tus *preciosos* hijos. No hay nada como el aire fresco todas las mañanas para que crezcan *fuertes* como un roble. Es lo que hicimos contigo y *mírate*.

Una punzada le atravesó el corazón, lo hizo añicos y lo volvió a rematar para desangrarlo.

Podría acostumbrarse a las conversaciones eternas sobre los mismos temas e incluso se arriesgaría a decir que podría cavar un hoyo en su mente donde encerrar todas esas palabras para que no le perjudicaran nunca más. De hecho, se encontraba a medio camino de lograrlo.

Pero de eso estaba seguro de no poder recuperarse nunca. Su madre no era un martillo, era un taladro. Un taladro que pronunciaba ciertas palabras con maldad.

Y ella sabía la verdad. Lo había sabido toda la vida. La mujer no lo hacía con mala intención, aunque en la mayoría de las ocasiones estas estaban cargadas de miedos e inseguridades. Uno no actúa en consecuencia del otro, sino en cómo piensa que quiere que actúe. Ahí es donde se pone la zancadilla uno mismo, y el tropiezo puede ser monumental.

No obstante, su madre se empeñaba en dejar claras sus sospechas de que Unai escondía algo. Aun con veinte años estaba muy atado a la idea férrea del caserío y todo lo que significaba, a esa carga familiar y su herencia, el cumplir metas y objetivos marcados por unos padres que no entendían nada que no fuera radicalmente rural, perenne, manual. Se acercaba a un precipicio que lo mataría cuando saltara, pero es que estaba deseando lanzarse al vacío, romperse en añicos, en tantos que fuera imposible recomponerse, porque eso era mejor que vivir traicionándose.

Pero era inútil. Lo sería siempre.

Al menos, mientras sus padres vivieran.

El hacha partió el tronco de un solo golpe y el sonido de los maderos cayendo a ambos lados siempre le era reconfortante. Estaba exhausto. Las altas temperaturas nunca asfixiaban allí arriba como en el resto de la ciudad, pero ese verano estaba siendo diferente. Necesitaba volver a casa para rellenar la botella de agua y continuar.

Comprobó los montones: la madera sin cortar, la que ya lo estaba y la leña inservible. Había muchos motivos por los que un árbol podía encontrarse en mal estado, aunque en los últimos años no parecía que hubiera tantos con problemas. También podía deberse a que hace una década hacía cinco entregas diarias y, desde hacía unos años, se sentía agradecido si llegaba a dos. Por eso la mirada que le devolvieron los montones era lastimosa, porque adoraba distraerse con su trabajo, pero cada vez era más complicado dedicarle el mismo tiempo.

Los miraba con tristeza. Diez años en los que no había cambiado prácticamente nada y durante los que había seguido cortando madera casi a diario, esforzándose en mejorar porque era lo poco que podía hacer para evadirse, aunque fuera un poquito, de toda la mierda que rumiaba en la cabeza.

Agarró la botella de agua y se dispuso a sortear las rocas, los charcos pantanosos y los restos de madera que encontraba a su paso. Pero antes de llegar a la puerta de entrada pasó por la cocina, cuya ventana estaba abierta de par en par para que corriera el aire. Su madre, sentada con los codos apoyados sobre la mesa, hablaba por teléfono.

—Claro, Charo, si yo le digo eso mismo y me responde que Puri estaba enfadada por lo de la excursión del Imserso.

Unai sonrió. Se detuvo, porque la última vez que su madre había charlado con sus amigas fue hacía unas semanas por falta de fuerzas. Aquel día se había despertado con algo más de energía. Era reconfortante verla así, un poquito más lúcida, con un poquito más de alegría en el cuerpo, aunque por fuera no lo pareciera en absoluto.

Ahora la amaba. La amó mucho más cuando faltó su otra mitad. Lo enterraron en una ceremonia privada, solo ellos dos, con su madre apretando el brazo robusto de Unai sin intención de soltarlo durante las siguientes horas. Al llegar a casa, tuvo que dejar que el agua caliente corriera por las marcas. Le dolía.

Desde entonces, Unai había perdonado actitudes de su madre que, de verse en otra situación, jamás habría pensado siquiera en excusar. Con el paso de los años, el tiempo, su mayor enemigo, le había dado la razón a su aita.

Seguía allí, encerrado. El fallecimiento de su padre fue como dejar de darle cuerda al reloj. Todo se detuvo y la condena llegó para partirle en dos... Y ahora eran dos mitades deambulando por un caserío en la montaña. Su madre, como un alma en pena. A él... le tocaba seguir hacia delante. Por los dos.

Y era triste en cierto modo. Sentía que se traicionaba a sí mismo, habiendo deseado tantos males para sus progenitores. No obstante, ahora, con treinta años, la vida se veía desde un prisma diferente. Adoptó el rol que nunca hubiera querido aceptar, pero lo hizo de una forma tan rápida y sin apenas preámbulos que se mimetizó sin rastro de conflicto interno. Era extraño.

Aunque nada de eso evitaba que su corazón continuara ocultando la verdad.

—Ahí va, si eso ya lo sabes, por favor. Que tu niña eso lo dejó hace mucho tiempo... Sí, sí. Por allí andará. Pero bueno, ya lo conoces... No, todavía no. Y dudo que alguna vez pase. —Unai arrugó la frente. Tragó saliva. Respiró—. Nah, yo creo que tu niña ya es mayor y está divorciada, si eso no le gusta a ningún chico... ¡Charo! Madre mía, se te va la cabeza, Charito. Como te escuche...

Unai supo enseguida lo que estaba pasando. El dolor... Joder, era demasiado grande. Se le ennegreció el pecho, lo notó. Porque había heridas que se cerraban para siempre y otras que dejaban cicatrices visibles, enormes. Esa conversación las reabría todas, hasta las curadas. Desmoronaba sus luchas perdidas y las batallas que había abandonado.

—Al final me voy a preocupar, en eso le voy a dar la razón a la Maite, que lo mismo... Pues eso digo yo, si lo normal es que con treinta y dos años que tiene me haya traído alguna muchacha, pero nada. Que ni la Almu, vaya.

Como sea verdad... Qué disgusto. Antes acabo muerta yo, así no lo veo.

Unai podría haber actuado de muchas formas. Se le pasaron todas por la cabeza en cuestión de segundos.

Pero solo apretó la botella entre sus dedos y, al entrar en casa, fingió no haber escuchado nada.

Como siempre hacía. La vida no le daba más opciones. Era un prisionero de su destino.

Hacía solo unos días que su madre había muerto.

Se sentía libre. Se sentía un traidor. Se sentía mal hijo, mal hombre y una decepción. Se sentía orgulloso, feliz y sin presiones. Se sentía roto por dentro. Se sentía nervioso.

A pesar de ello, Unai no era una persona que expresara demasiado sus sentimientos. Los años de ocultarlos y tragarse cualquier pensamiento que pudiera enervar a sus padres —y así romper la calma de la casa— le habían hecho fuerte. Primero había sido por ese motivo, más tarde, porque su madre ya estaba lo bastante enferma como para joder las cosas aún más. Así que, quisiera o no, su actitud ante la vida le había convertido en eso, alguien increíblemente fuerte con todo. Rudo. Para muchos hombres, aquella era una cualidad. Pero no para él. No servía de nada estar roto por dentro y no saber expresarlo.

Porque incluso en ese momento, con la ansiedad instalada en sus pulmones, las lágrimas le escocían por ser incapaz de romper la tensión y dejarlas ir.

Con cuidado, colocó la rosa que había llevado al cementerio sobre la tumba de su madre. Temía que se rompiera. No sabía si la rosa o la piedra. Cualquiera de las opciones era absurda, pero eso era mejor que concentrarse en la amalgama de sensaciones que le recorrían todo el cuerpo, en darle voz a las contradicciones de su cabeza.

Lo único que tenía medianamente claro era lo cansado que estaba.

Pensó en el caserío y en su infancia en él, en su hacha ajada del uso, en sus padres comiendo mientras lo regañaban, en su madre limpiando con un afán inagotable pese a estar tan enferma que no se podía tener en pie porque amaba ese lugar con todas sus fuerzas, en ella llorando sobre la tumba de su marido...

Ahora él estaba ahí. Era un cierre de círculo extraño, pensó. Pero, al mismo tiempo, ahora toda su vida carecería de sentido. La casa se le echaría encima; era demasiado grande para una sola persona, le recordaría tiempos pasados cada vez que abriera una puerta o pisara el escalón que siempre crujía. Tendría la memoria envenenada, porque se esforzaría en sonreír para intentar mantener un buen recuerdo de ellos, cuando lo más probable era que su yo más joven lo hubiera maquillado para que así fuera. En el fondo estaba la verdad. El problema era saber si se atrevería a mirar en las profundidades y desintoxicarse.

Era lo que debía hacer. Quizá un paso en la dirección correcta para comenzar a sanar.

—Aprendí a amarte con el paso de los años, aunque eso no borra todo el daño que me has hecho. Amatxo, la verdad es que... no sé si te echaré de menos —le susurró a la lápida con su nombre, entre lágrimas ya incontenibles—. Lo decidiré cuando haya pasado el tiempo.

Por primera vez en su vida, este era suyo.

Y de pronto, se convirtió en su mejor aliado.

# El mejor queso que vas a probar

Viernes. Para mucha gente, el día más ansiado de toda la semana. Para Aries, lo único que lo diferenciaba del resto de los días es que vería a su cuadrilla. Era una tradición para «terminar la semana a tope», aunque los sábados fueran de los días con más trabajo en su profesión.

El sol había muerto hacía horas, pero las calles estaban más vivas que nunca. Aries contempló a través de los fríos vidrios cómo los coches se defendían como podían de la lluvia que impactaba sobre sus cristales y la manera en que las luces inundaban las aceras con sus sombras alargadas cuando un peatón cruzaba buscando guarecerse de la tormenta. Suspiró, dejando un rastro de vaho que no se molestó en limpiar. Le lanzó una mirada al reloj digital sobre el horno metálico donde descansaban algunas de sus especialidades de pan durante el día y comprobó que saldría en menos de una hora para acompañar a sus amigos en los típicos potes pre-fin de semana.

Hacía un tiempo que no los veía. No había pasado nada

en especial y la tradición seguía igual de vigente que desde que se instauró, pero la vida adulta a veces era así: te atropellaba como un tren y no había forma de escapar de entre sus hierros. Que es un poco lo que le había pasado a Maialen, que se había llevado un susto con su familia de Soria y había desaparecido durante dos largas semanas. Recién llegada esa mañana, casi los obligó a que se vieran para ponerse al día. Estaba algo mejor, al parecer.

El único que faltaba en aquel momento, cómo no, era Aries.

A veces se preguntaba si su vida seguiría siendo así para siempre. Porque durante un tiempo está bien, y podría acostumbrarse a echar una mano en el negocio familiar, pero cada vez le quedaba más claro que nadie tenía muchas ganas de retomarlo y que Aries se había convertido en algo más que un apoyo. Ahora era un comodín; desgastado, por cierto.

Tan inmerso estaba en sus pensamientos que no escuchó la puerta abrirse ni la campana sonar.

—¿Tienes chuches?

Era una niña rubia de unos siete años empapada hasta el tuétano. Chocaba las moneditas en su mano, como una recompensa que le hiciera tremendamente feliz.

—Mira ahí —le sonrió Aries al tiempo que señalaba hacia una esquina del mostrador con el dedo.

La decisión de vender cuatro tonterías industriales y gelatinosas había sido de su padre. No es que hubieran cosechado un éxito arrollador, pero todo céntimo contaba en cada trimestral. Las declaraciones de impuestos eran jodidas.

De pronto, se escuchó un golpe sordo contra el suelo y luego otra vez, acompañado de un chirrido propio de una suela de goma contra el suelo mojado. Aries se asomó, pero la niña no estaba en su campo visual. Sacó medio cuerpo sobre el mostrador y la vio a punto de romper a llorar tirada en el suelo.

Salió como pudo para ayudarla justo cuando la que debía de ser su madre —con el mismo color de pelo— hizo acto de presencia al abrir la puerta de manera distraída mientras charlaba con alguien que quedaba a sus espaldas.

—Ay, mi niña —casi gritó. Se lanzó hacia el suelo para recogerla.

Aries trató de dirigirle una mirada para que pidiera perdón y a la vez le echara la bronca. Se sintió padre por un momento, así que se dio la vuelta raudo para escudarse detrás del mostrador. Esa era su barrera contra el mundo. Y por estúpido que pareciera, casi siempre le funcionaba. Más ahora, cuando aún se debatía entre amar de verdad esa panadería o sentirla como un castigo.

La madre intentó calmar a la niña, que lloraba como si se hubiera roto una costilla. El golpe no había sido para tanto a juzgar por el ruido que había hecho al caerse, pero bueno, Aries mantuvo la pose como buenamente pudo.

—Tenéis que poner esto un poquito mejor —le dijo la señora al cabo de un minuto. La manera en la que su mirada se cruzó con la de Aries le hizo sentirse pequeño, pero enseguida se hinchó de orgullo y sacó pecho.

—O podría haber sido usted un poquito más cuidadosa con su propia hija.

En cuanto pronunció aquellas palabras, se arrepintió. La mujer no dijo nada más y se marchó con la niña agarrada con fuerza del brazo y amenazando con no volver nunca más.

Cuando la puerta se cerró y Aries se quedó de nuevo a solas con sus pensamientos, rememoró la caída y se sintió mal por soltar una carcajada.

Maialen era una mujer de diez. Todos sus novios se volvían locos por ella. Sus amantes también. E incluso algunos de sus amigos. Por suerte para Aries, nunca había surgido nada más con ella aparte de alguna noche loca, porque era una mujer que desde luego podría comerse el mundo si quisiera. Y a quien quisiera.

Estaba apoyada contra la pared, con la pierna doblada y la suela apoyada contra la piedra. Fumaba un piti de liar. El humo se le retorcía alrededor de la nuca como si la quisiera asfixiar, y es que el constante vaivén del viento hacía imposible llevar a cabo hasta una tarea tan simple como aquella.

Maialen tenía los ojos tan oscuros que parecían negros. El pelo, que justo le rozaba la mandíbula, tan azabache que cualquiera diría que el resto de los colores se asustaban de su fuerza. Las pecas se le extendían por toda la cara, los tatuajes se sumían por su cuerpo y una voz fuerte, grave, rota brotaba de ella. Como si llevara fumando una eternidad.

—Por Dios, qué pintas me traes —le dijo a Aries en cuanto sus miradas se cruzaron. Ambos iluminaron el mundo con sus sonrisas.

Se fundieron en un abrazo que decía muchas cosas. Su amiga había vivido un infierno aquellas semanas y aunque sí que parecía más delgada que la última vez que se habían visto, no estaba tan mal como Aries se habría imaginado. Además, rezumaba a alcohol. Llevaban buen ritmo al parecer.

—¿Cómo va todo?

Maialen chasqueó la lengua y se llevó el cigarrillo a los labios para sopesar la respuesta. Aspiró mientras evitaba centrar su mirada en los ojos de Aries.

—Pues como se puede, cari. Ya sabes que la vida está jodida —dijo simplemente. Luego expulsó el humo y a Aries le dieron muchas ganas de acompañarla.

El agua de la lluvia taladraba sus oídos al golpear sobre los toldos. Y, bueno, también el del resto de las personas a su alrededor. Porque aquel viernes era uno más y la lluvia formaba parte del ADN de cualquier vasco. Y en esas tierras nadie jamás dejaría de tomarse unos pintxos por cuatro gotitas de nada y tres graditos centígrados.

Pero hasta entonces, Aries no se había percatado de lo alto que hablaba la gente de la terraza. Estaba tan emocionado de reencontrarse con Maialen que se había centrado solo en ella.

—Bueno, ya estás aquí. Eso es lo importante.

—Si lo jodido es quién no está, cariño. Esa es la putada.

Lo dijo de un modo tan claro y conciso que Aries entendió, por cómo era su amiga, que tenía la pérdida ya más que superada. Joder, era Maialen en estado puro, un toro que arrasaba con todo.

—El tiempo que tenemos aquí lo tenemos que vivir, ¿sabes? Eso me queda ya clarinete —dijo en voz alta sin dirigirse a nadie concreto, y luego tiró el piti al suelo e hizo un gesto con la mano—. Bueno, vamos dentro, que estos están tocacojones que te cagas con que llegaras cuanto antes y no sé qué mierdas. Están como moscas.

Nada más entrar, Julen se levantó de su asiento para saludarle con la mano. El barullo en el interior era casi peor que el de la terraza y el olor del Gaztelu le inundó las fosas nasales con su clásico queso. Se le hizo la boca agua.

Aries se abrió paso como pudo entre el gentío y alcanzó al grupo.

—Flipo —dijo señalando la mesa—. Menuda suerte, cabrones.

Los amigos lo celebraron entre risas, porque los milagros como aquel ocurrían solo una vez en la vida.

Julen le sonreía algo molesto. Era el más alto. Dos metros de pura esencia bruta, pelo y molestia. Siempre se llevaba lo peor por parte de todos, pues le sacaba punta hasta a la más mínima tontería. Pero dentro de lo que cabía, joder, era Julen. Siempre había sido así, desde que iban a El Pilar.

Y, en fin, era especial. Aries le apretó la rodilla por debajo de la mesa como diciendo «Todo bien, me alegro de verte».

—Mi panaderooo, menudo bollitooo, dichosos los ojooos —gritó Cris desde el otro lado de la minúscula mesa. Ninguno de los otros comensales en el restaurante se volvió; no pareció molestarle a nadie.

El piercing de su labio inferior siempre había puesto nervioso a Aries desde que se lo hizo en su época más radical. Luego uno se acostumbraba a su atuendo y a cómo no encajaba estéticamente dentro del grupo. Maialen podría parecer metalera; Julen, el típico informático... Pero el aspecto de Cris siempre le llevaba a la gente que se cruzaba con ella a pensar cosas que no eran, y más en los tiempos que corrían.

—Gora el Aries, copón —celebró, alzando su cerveza para brindar.

—Joder, no pedí. —¿Cómo había sido tan idiota?—. Esperad, que vuelvo...

Y apareció Amaia. Llevaba dos tercios en la mano y le guiñó un ojo.

—Te vi al entrar.

Luego se abrazaron y se sentaron muy juntitos, con los muslos rozando y la mirada de Julen sin despegarse de esa unión. Porque, joder, era Amaia.

Cuando tenían dieciséis años, la A Bikuna (Doble A) era casi una dupla incompatible. Por más que hubiera amigos en la cuadrilla, viajes o excursiones, nada conseguía que su fijación del uno por el otro sufriera ningún tipo de rasguño. Era casi adoración lo que sentían. Mutua. Durante tantos años que parecían un matrimonio.

También se habían besado. No les había gustado. A veces las amistades solo tenían que ser eso, amistades. Pero también era normal equivocarse, confundir caricias y roces, compartir miradas a medianoche. Y eso era justamente lo que sucedió hacía tantos años que ya casi ni lo recordaban.

—Bueno, ¿qué? —le espetó de pronto Cris, con una mala hostia que tiraba para atrás—. A ti no se te ve el pelo si no está la Maialen o qué hostias, tío.

—He estado liado —se disculpó Aries, sabiendo que era mentira y que todos en la mesa también eran conscientes de ello. Se hizo el silencio durante unos segundos o todo el que pudiera haber en un bar de ciudad un viernes a las ocho y media de la noche.

—Tsss. Menudo cabrón, colega. Deleznableee —se burló Cris, experta en poner cara de asco y luego reírse de la incomodidad que hubiera creado. Era divertido verlo con gente que no la conocía; no tanto cuando llevaban toda una vida siendo amigos.

En días como aquel, Aries no tenía el horno para bollos. Pero no dijo nada. Estaba junto a su cuadrilla, al fin y al cabo, y eso era como tener unos brazos larguísimos rodeándolo en un abrazo constante. Solo estar en su presencia le hacía sentirse en casa, porque ellos eran su hogar. Su familia elegida.

Se pusieron al día como pudieron. Julen, Amaia y Cris sí se habían visto en las semanas anteriores. La falta de Aries se había notado más debido a que Maialen tampoco estuvo, así que había bastante que comentar. En resumidas cuentas, Amaia seguía hasta los cojones del curro, Julen se había encontrado a un gato abandonado en un cubo de basura pero en realidad era el de su vecina y Cris seguía trabajando de barrendera y discutiendo con su compañera de trabajo por los turnos.

—Siempre con la mierda de que tiene un hijo, ¿a mí qué cojones me importa, Edurne? No haber *follau*.

Aries cerró durante un segundo los ojos y suspiró. Respiró la calma que los problemas mundanos, aburridos y adultos le brindaban. Era como una estabilidad que nunca hubiera deseado para sí mismo, pero que ahora que la tenía —más o menos—, no soltaría por nada del mundo. Por eso, que una niña empapada se hubiera resbalado en la panadería hizo que sus amigos rompieran a reír. Era algo tan cotidiano y estúpido que una vida gris se convertía de repente en algo brillante. Su vida podría resultar tediosa e incluso rutinaria, pero por algún extraño motivo, se sentía completo con lo ordinario. Le otorgaba una sensación de seguridad que nada más le podía ofrecer. Sobre todo en momentos como aquel, después de haber estado alejado de Irún y de su cuadrilla, después de haber regresado de estudiar fuera hacía un tiempo. Aún no se acostumbraba a eso, a volver a sus raíces, por más que ahora la panadería tuviera que formar parte de esa rutina anodina.

Pero bueno, estaban los quesos rebozados. Eso estaba fuera de cualquier lógica humana. Así que cuando le pusieron delante un pintxo de quesos picantes del Gaztelu, sintió que no necesitaba nada más en la vida que morderlos y sentir cómo se derretían en su boca.

Cuando lo mordió, quemándose la lengua, se sintió desfallecer por su sabor explosivo.

—Siempre te quemas, coño —se rio Amaia, a la que le había pasado lo mismo e intentaba disimular tapándose la boca.

Y así fue el viernes.

# Ver las estrellas

Entre toda la basura que su madre había acumulado durante años, lo que menos esperaba encontrar era un baúl cerrado con llave que, después de asestarle unos golpes fuertes con un martillo, había abierto para descubrir qué escondía en su interior.

Los álbumes ahora reposaban sobre su regazo. Unai, sentado con las piernas cruzadas, repasaba por enésima vez las mismas fotos de su infancia que hacía casi dos décadas no veía. Sentía vergüenza y asco por saber que su madre sentía eso mismo por él, pero también vio las imágenes de su primer día de playa, de cómo posaba ante la lente borrosa de la cámara mientras comía arena.

—Luego estuviste como tres días con dolor de estómago —le contaba siempre su madre.

Era una de las anécdotas más extendidas de su niñez. Y de las pocas que Unai recordaba con claridad.

No es que su madre lo hubiera odiado ni que él lo hiciera. Siempre habían tenido una relación llena de incongruencias y tensión, tanta que a veces se rompía y recuperarla era una verdadera obra de orfebrería. Sin embargo, ver esas fotos lo había roto aún más por dentro.

En una de ellas, un joven Unai de unos seis años se reía a carcajadas con sus amigos de la ikastola. Sus padres habían sido siempre bastante tradicionales, lo que no era de extrañar, y por eso lo habían llevado a ese tipo de colegio, conocido por ser la cuna de un pasado que era mejor no recordar.

La imagen que contemplaba era, probablemente, de una celebración de carnaval. Las chicas iban con la cara pintada de varios colores (gris, negro, blanco) y unas mallas negras con pompones de lana pegados por todos lados para que pareciera... algo similar a un conejo. Bueno, el concepto estaba ahí. Unai recordaba que los chicos iban vestidos de zanahoria: una idea terrible y fatal ejecutada, pues solo tenían que llevar encima unas cartulinas naranjas y una especie de diadema con algo verde pegado. No es como si los niños, ni siquiera a esa edad, fueran a consentir llevar algo mínimamente femenino, ¿verdad?

Como la profesora les había explicado la semana anterior cómo tenían que hacer los disfraces en casa y, al final, Unai no dejaba de ser el chico raro que vivía en mitad de la nada sin apenas comunicación entre sus padres y los de sus amigos, decidió elegir el disfraz que más le gustaba. Por supuesto, no era otro que el compuesto por mallas ajustadas, maquillaje y pelotitas de lana suaves.

Jamás supo por qué, pero simplemente había una curiosidad en él que necesitaba aplacar. Era una tontería, lo sabía y, sin embargo, sí que se imaginó a sí mismo cada noche de esa semana bailando con sus amigas en el recreo, jugando a quitarse y ponerse los pompones, a retocarse el maquillaje con el set de pinturas de cara que había en la clase. Era como cuando la profesora María se pintaba los labios y luego sonreía al mirarse al espejo. Él también quería tener esa sensación indescriptible que nunca había sentido, la de poder cambiar, aunque fuera un poquito o durante cinco minutos.

—Mira, ama, ahí están todos —recordó que dijo, señalando a sus amigas. En cuanto lo hizo, su madre le soltó la mano como si le hubiera dado un calambre.

Fue una de las pocas veces en las que su madre había tenido la decencia de bajar a la ciudad por algo que le incumbiera a él. Eso le había pasado factura a Unai en la adolescencia. Siempre fue el raro y ella no ayudaba demasiado. Su padre, aún menos. Eran felices en el ostracismo.

Cuando Unai se hubo reunido con sus amigas, escuchó las risas de los niños que le decían cosas feas en el recreo, pero los ignoró, porque la opinión que le importaba de verdad era las de aquellas niñas embadurnadas de un maquillaje pastoso. Se abrazaron y contaron quién tenía más pompones y luego se prepararon para el desfile que harían por el patio. Aunque Unai saludó a su madre en varias ocasiones e incluso posó para la cámara, con los años recordaría que el único flash del que fue consciente había sido al reunirse con su grupo de amigas. Su madre había guardado la cámara y contemplado el desfile con una mueca. Estaba avergonzada.

El hecho de que la foto estuviera escondida en un baúl con llave no hacía más que confirmar esos miedos, como si enterrarlo ahí entre recuerdos fuera la mejor forma de hacerlo desaparecer. Unai sintió pena mientras pasaba los dedos con delicadeza sobre su cara sonriente. Le habían arrebatado ser feliz consigo mismo.

Por supuesto, no volvió a haber más carnavales para él.

Después de ese viaje, decidió ver fotos de su etapa en el instituto, aunque no duró demasiado en esa nube de melancolía y recuerdos semiborrados. Volvió a introducir los álbumes en el lugar de donde nunca deberían haber salido y buscó un candado funcional en el cajón de la cocina donde tenían un batiburrillo de cosas inservibles. Era el mismo lugar en el que había guardado el reloj de pared.

El baúl volvió a cerrarse y con él, su memoria.

El vacío se había adueñado del caserío, pero no de Unai, que ahora lo contemplaba como si haberlo despojado de su personalidad fuera la mayor obra que hubiera llevado a cabo jamás. Estaba más que satisfecho.

Lograr que la presencia de su madre desapareciera de allí había sido más una cuestión de orgullo que de supervivencia, aunque ambos sentimientos se entrelazaban como un uróboros. No podía arrancarse el corazón, donde residía el primero, ni la cabeza, donde se hallaba el segundo. Así que en pleno combate entre ambos, dejó que el orgullo cogiera algo de terreno durante esas últimas semanas.

Unai se acercó a la nevera y agarró una cerveza fría. Al abrirla, sintió que por fin las cosas iban a cambiar. Tras sus ojos aparecieron flashes de su infancia desatados por las fotografías, esos mismos episodios traumáticos que se le repetían constantemente, muchas veces en sueños, imágenes en las que su madre se comportaba como lo que era. Pero ahora la nebulosa había dejado paso a la añoranza, rasgando esos recuerdos e inundándolos de una ponzoña que él solo podía considerar amor. El amor de su madre hacia él, el amor que había sentido en algún punto. Pero ¿lo era realmente cuando le había hecho tanto daño?

—No lo sé —dijo en voz alta.

La nevera le devolvió la mirada, helada, como lo estaba él ahora. El clima continuaba iracundo tras la ventana y él, por haber estado sin parar desde hacía horas, no lo había sentido. Ahora, sin embargo, el permanecer allí quieto sin nada más que una camiseta de tirantes no era la idea más sensata.

Después de cambiarse volvió al salón. Sacó otra cerveza. Se tumbó en el sofá y estiró sus piernas fuertes sobre la mesita de madera.

Y respiró.

Dejó que hasta el más mínimo vestigio de su madre inundara sus fosas nasales. Poco a poco iría desapareciendo, ya para siempre. Porque deshacerse de lo tangible era algo muy distinto a lograr que no quedara rastro en la memoria ni en sus sensaciones. El perfume de su amatxo se había quedado impregnado en el sofá y seguramente así seguiría durante mucho más tiempo.

Ahí era donde la había encontrado muerta.

Pero al mismo tiempo, era reconfortante saber que no estaba. Y que por fin podría deshacerse de todo lo que le había metido en la cabeza, que por fin podría... Lo haría. Así de simple. Se iba a dejar de tonterías.

Nada de condicionales.

Todo de acciones.

# El horno

No había amanecido en Irún. Las luces del amanecer las formaban aún las estrellas, las farolas y algunos coches. Por eso cuando Aries entró en la panadería, pensó que sería algún juego de luces extraño que le estaba jugando una mala pasada.

Pero no. Lo viera como lo viera, el horno de leña estaba vacío, como siempre a esas horas, pero eso no fue lo que perturbó su calma. El almacén se encontraba abierto de par en par y había huellas sobreimpresas sobre la harina en el suelo; uno de los sacos había sufrido un percance y, agujereado, teñía la estancia con su color particular. El frío se colaba desde la puerta de la calle hasta el interior del establecimiento.

Aunque la ciudad no hubiera despertado, las luces de la panadería se prendieron como fogonazos. Aries estaba más despierto que nunca. Ni una tonelada de café habría logrado que sus sentidos se espabilaran tan rápido.

—Ama —dijo por teléfono en cuanto su madre lo cogió. Después de tantos años en su profesión, había terminado por ceder ante las exigencias de su cuerpo, y raro era el día que despertaba más allá de las cinco de la madrugada. Incluso de vacaciones, como era el caso—. Entraron a robar.

—Ha tenido que sonar la alarma, cariño, ¿qué dices?

Aries se apresuró a revisarla. Parecía desconectada; no tenía ningún piloto encendido y habían cortado los cables.

—No tiene sentido —susurró más para sí mismo que para su madre. Aunque bueno, no es que fuera una panadería especialmente golosa, por lo que aquella alarma podría llevar instalada cerca de diez años sin haberse revisado concienzudamente.

Al otro lado de la línea, Aries escuchó que su madre despertaba a su padre. A él siempre se le pegarían las sábanas, por más años de hacer pan a primera hora que hubiera a sus espaldas. Su amatxo le contó la situación deprisa y activó el manos libres para hablar los tres.

—Pero ¿quién querría robar leña?

—No sé, no se me ocurren demasiadas posibilidades... Que hace frío y ha subido el precio de todo. Supongo que alguien necesitaría calor o yo qué sé. Igual es un lumbreras que quiere venderla.

—Lo dudo —dijo su padre. Aries casi fue capaz de escuchar cómo se frotaba la frente, lo que siempre hacía cuando la caja no cuadraba al final de la jornada—. Tendría que haberle hecho caso a Alfredo con lo de poner cámaras. Ese tío siempre tiene razón, cagüen sos.

—Es que siempre estás empeñado en la tradición —espetó su madre. Era una de sus frases estrella. Siempre luchaba por que la panadería tuviera un nuevo aspecto, que se atrevieran a organizar eventos o incluso trabajar para otras empresas para llevar ellos el catering. Pero siempre se encontraba con la misma traba: su marido y su férrea aversión por las modernidades.

—Pero qué tiene que ver...

—Por Dios, que el marrón lo tengo yo, copón —se quejó Aries. El frío continuaba colándose por la puerta y no sabía si tocarla, continuar pisando sobre la harina o llamar a la policía.

Se hizo el silencio.

—Te diría que no tocaras nada, que todo estaba bien, pero no hiciste un nuevo pedido, ¿verdad?

Aries cerró los ojos. Pensó. Se devanó los sesos mientras se acariciaba las sienes con los dedos.

—Todavía no, estaba esperando que volvierais para actualizar el inventario.

Un suspiro cansado por parte de su padre fue la respuesta que obtuvo al momento. Y después:

—Vale, entonces no hay demasiado de lo que preocuparse. Llevaba ya allí un tiempo, lo único. Estaba perfecta para estos meses. Aunque no había demasiada. Si fuera a principios de mes, todavía me asustaría, pero normalmente bajan del 5 al 7 si les avisamos. Ya sabes que hay meses más flojitos.

Los padres de Aries siempre habían trabajado de una manera práctica y correcta. Pagaban a sus proveedores al momento, limpiaban siempre todo con gran mimo y esmero y la panadería se había conservado sin grandes novedades o reformas durante décadas. Claro que era un emblema de la ciudad y que ahora las cuentas no salían como en los años noventa porque el resto de los negocios les habían comido terreno. Sin embargo, sus proveedores continuaban ahí, firmes, sin darles la espalda. El buen hacer de la familia Sagardi se había contagiado y ninguno les había dejado tirados por los grandes supermercados, por más que sus ofertas fueran tentadoras.

—Y ¿qué hago, pues?

Aries escuchó las instrucciones. Aprovecharían la situación para reabastecer el almacén y sobrevivir algo más de mes y medio. Se acercaba la Navidad y estarían hasta arriba de trabajo; ya no solo ellos, sino quienes les daban los materiales con los que hacer felices a la gente en una fecha tan señalada. Para entonces, sus padres habrían vuelto.

Cuando colgó, el universo pareció hacerle entrar en razón a Aries. Porque aquella situación carecía de sentido o al contrario, mejor dicho, aquello tenía todo el sentido del mundo en un extraño universo alternativo. Era absurdo robar una materia prima como aquella cuando a cinco minutos uno podía encontrarse árboles centenarios con madera suficiente como para construirse tres casas. Bueno, quizá no tanto, pero desde luego que era algo estúpido. Y más haber dado el golpe de noche, tomarse las molestias de desconectar la alarma...

Ahí nadie salía ganando.

Con el misterio rondando su cabeza, Aries se dispuso a hacer lo que pudiera. A aquellas horas nadie más allá de su madre le contestaría el teléfono, por lo que encontrar esas soluciones que sus padres le habían dado no serviría de nada hasta bien entrada la mañana. No quiso pensar en cuánto dinero perderían.

Se distrajo como pudo limpiando el estropicio que los mangantes le habían dejado en el almacén. Al menos, se compadeció, no habían robado la caja registradora o las tartas tan caras expuestas en la zona de los refrigeradores.

Y entonces la campanilla de la puerta sonó, rompiendo la calma.

Y entonces, allí estaba la siempre sonriente Sara.

Y entonces, el tiempo se detuvo.

Pero aquel día no había napolitana de chocolate para ella.

—Lo-lo siento. —Aries estaba molesto y enfadado. Con el universo. Con los estúpidos ladrones. Y consigo mismo, por supuesto, por tener que enfrentarse a esa obligación de la que ahora se sentía extrañamente ajeno.

Sara esbozó una sonrisa. Estaba decepcionada. Nerviosa, también. Simplemente hizo un gesto con la cabeza, como agachándola, y se marchó del establecimiento tal y como había entrado.

El corazón de Aries latió desbocado en un mar de contradicciones. Podría haber hablado más con ella, al menos cruzar dos o tres frases como cada día. Pero Sara no... Aunque estuviera sonriendo, era evidente por la mirada triste de sus ojos que algo andaba mal. Era posible que así fuera desde hacía un tiempo, pero claro, siempre había cierta urgencia en su interacción.

Podría haber salido a buscarla, porque se había encendido un cigarro apoyada contra el ventanal que daba a la calle, casi como si lo estuviera esperando. Su eterno abrigo granate se apretaba contra el cristal mientras barajaba opciones. De repente, bajo la atenta mirada de Aries, Sara se sacó del bolso una napolitana industrial con la típica envoltura de plástico transparente. La mordió y luego tiró el cigarro al suelo. Se marchó sin mirar atrás ni ser consciente de que Aries no había despegado sus ojos de ella en ningún momento.

Aries tragó saliva al darse cuenta de que la napolitana de

chocolate que le preparaba todos los días a primera hora con tanto esmero no era más que una excusa para ella. Para verse. Para hablar.

Debía compensárselo de alguna manera. También se preguntó cómo cojones había estado tan ciego.

# Bajar la montaña

Era la primera noche en la que Unai había descansado de verdad. Las pesadillas lo habían abandonado de una vez por todas o, al menos, eso esperaba. Sus fosas nasales se abrieron de par en par, como esperando el olor a café. No tuvo más remedio que salir de la cama y caminar descalzo hasta la cocina. Todavía tenía que revolver entre parte del desorden donde había dejado su ropa de estar por casa. Porque una cosa era haber extirpado el dolor en forma de objeto y otra muy diferente haber rellenado esos huecos con sus propias pertenencias.

La cafetera italiana empezó a lanzar vapor, directo hacia la ventana, y entre este alcanzó a vislumbrar un movimiento. Unai se puso en alerta de inmediato. No era habitual que llegara gente al caserío y menos a esas horas, que apenas eran las ocho de la mañana. En ocasiones, podrían tratarse de aventureros, excursionistas o aficionados del senderismo, pero siempre iban en grupo y aquella silueta pertenecía a una sola persona. Y era pelirroja.

—Almu —dijo entre dientes.

Hasta que no llamó a la puerta, Unai no se movió ni un ápice. Era complicado volver a verla después de tanto tiempo. No por nada, sino porque si los visitaba, era por la amistad que sus madres mantenían desde hacía tiempo. Pese a que durante los últimos días ella hubiera intentado contactar con él, era la primera vez que daba el paso de aparecer en la puerta de su casa. Ahora no podría decir que no.

Unai se equivocaba al creer que era capaz de hacer desaparecer cualquier rastro de esa vida pasada de una manera efectiva. Tampoco es que quisiera que ella lo hiciera; era un pilar fundamental, lo quisiera admitir o no.

Los golpes de Almu volvieron a repetirse contra la puerta. El café se estaba quemando. Hacía frío, fuera, dentro.

—Hey —le dijo Unai escueto y, sin esperar ni un segundo, se dio la vuelta para atender a la cafetera. Era la excusa perfecta para tener unos segundos más y pensar en cómo actuar.

—¿Cómo estás? Veo que…

No tuvo que terminar la frase, porque ambos sabían a lo que se refería.

—Lo necesitaba.

Por el rabillo del ojo vio que Almu movía la cabeza para captar cada rincón de la planta baja y diáfana. El cambio era más que evidente, incluso para alguien que aparecía por allí de Pascuas a Ramos.

—Es normal —dijo ella tan solo—. Cada uno lleva el duelo a su manera.

El silencio volvió a hacer acto de presencia. Había cierta tensión entre ellos. No porque no estuvieran acostumbrados a interactuar, pues prácticamente se habían criado juntos durante los meses estivales, sino porque cualquier relación que hubieran tenido se había ido enfriando con el tiempo, porque Unai prefería recluirse a compartir. Y así seguiría siendo por el momento, era más fácil.

—Y bueno, ¿qué vas a hacer ahora? ¿Quedarte con el caserío? —A juzgar por el tono de voz de Almu, no era una pregunta que quisiera hacer. Y menos en voz alta. Sin embargo, siempre había sido una mujer bastante cotilla, algo que le venía de familia.

—Creo que es demasiado pronto para hablar de problemas de futuro. ¿Por qué estás aquí? No vienes con tu madre. —Fue sincero. Decidió cortar por lo sano. Ser directo era lo que le había conferido un poco de salud mental durante su vida, al menos a la hora de hablar.

La expresión de Almu se tornó de agradable a ceñuda, algo molesta incluso. Tenía las mejillas y la nariz rojas a causa del frío. A esas horas era incluso habitual que hubiera hielo sobre las briznas de hierba.

—No hace falta que venga con ella para verte. Y más ahora. Si no aparezco, no te veo el pelo. Quién sabe cómo lo estás pasando. Estamos preocupados.

Ese plural incluía a su familia, evidentemente. No guardaban una relación demasiado buena con ella, pero continuaban compartiendo casa. Almu había decidido hacía ya muchos años que su lugar se encontraba con ellos pese a que se llevaba muy regular con sus progenitores. Los detalles se quedaban siempre en el aire, aunque Unai nunca la juzgaba. Cada uno tomaba las decisiones que creía oportunas, al fin y al cabo. Por eso tampoco aceptaría ninguna crítica de Almu.

Pero a decir verdad, la echaba de menos. Volver a verla le traía demasiados momentos en los que ella había sido un apoyo, casi una vía de escape. Durante años se habían refugiado el uno en el otro. Tampoco era como si se tocaran demasiado; eso del contacto físico no iba con ellos. Eran fríos por más unidos que se creyeran. Con las miradas era más que suficiente. Y con los actos. Nadie más se había atrevido a presentarse sin avisar, aunque Unai creía que se trataba de algo más.

—Estoy bien. Puedo solo —respondió Unai con sequedad, intentando no fijarse en el rostro compungido de su amiga.

—Que te den la mano a veces está bien.

Unai no dijo nada, solo respiró hondo. Volver a pensar en lo mismo y a sentirse como una mierda no entraba en sus planes aquella mañana, y menos cuando el sol aún estaba perezoso y los pájaros amenizaban las primeras horas del día. Era demasiado temprano para enfrentarse de nuevo a todas esas mierdas, maldita sea.

—Se me va a hacer raro venir, no sé. —La confesión de Almu lo pilló desprevenido, porque con su lenguaje no verbal intentaba dejar claro que no quería seguir hurgando en la herida—. Pero bueno, no he venido por eso. Dejemos el tema.

Los cafés, ya sobre la mesa, y un silencio sepulcral acompañaron a los amigos durante los siguientes segundos. Unai no iba a preguntar y Almu no quería romper la calma. El hecho de que su amigo fuera tan raro y contenido hacía que cada paso fuera una tarea arriesgada.

—Ha pasado algo ahí abajo. —Era una de las maneras en la que los dos se referían a la gran ciudad—. No sé qué movidas de una panadería. Les hace falta leña, Unai.

—¿A estas alturas? Pocas quedan... —preguntó extrañado, pero enseguida se recompuso—. Ah, coño. Claro. La de los Sagardi.

Almu asintió con la cabeza.

—Es raro que no me llamen directamente. Siempre lo hacen.

—Están de vacaciones —los excusó Almu con rapidez. Ella también los conocía. Y quién no, era la cuestión. Generaciones de familias enteras habían vivido allí.

Unai no lo comprendió; lo dejó claro con una negativa nerviosa de la cabeza.

—Su hijo.

—Poco responsable me parece por su parte. —Pero se calló lo que pensaba en realidad. No tenía ni idea de que los Sagardi tuvieran un hijo. O quizá sí y lo había olvidado. Además, si le habían dejado a cargo de la panadería, no debía ser un chaval demasiado joven. Se preguntó si tendría su edad. Y también por qué jamás lo había conocido y si era uno de esos hijos de papá que renegaban de las responsabilidades de la familia y por eso había sido tan idiota de quedarse sin la maldita leña.

La respuesta llegó sin que tuviera que expresarlo en voz alta.

—Le han robado —explicó Almu—. Alguien ha entrado y le ha dejado sin nada al pobre. Los Sagardi están haciendo el viaje del que siempre hablaban, lo del tour por Europa en caravana. Tardarán bastante en volver. Al chico le ha caído un marrón de tres pares de cojones. Ha estado fuera un tiempo, estudiando y tal. Conoce el oficio, forma parte de su familia, pero no es demasiado experto en la gestión de la panadería. Está haciendo lo que puede, ¿sabes?

—Yo no lo conozco.

Almu no dijo nada durante unos instantes. Unai la miraba serio, esperando que fuera una excusa suficiente para bajar a la ciudad. Era su responsabilidad, y ahora más que nunca. El caserío —su vida en general— no se mantendría solo por arte de magia. Sabía que no le quedaba otra opción, pero por algún motivo volver a la rutina del trabajo de reparto le parecía frívolo. Como si fuera demasiado pronto aún para fingir que todo era normal.

—Bueno, que lo conozcas o no desde luego que no es importante, Unai. La cuestión es que cuanto antes puedas bajar, mejor. No quiero que nadie se cabree y sabes que son de tus mejores clientes.

—Y ¿por qué has venido tú? —Algo le molestaba, pero no sabía de qué se trataba. Aún.

—Le pasaron el recado a mi madre. ¿Te lo tengo que decir todo o qué? Qué más dará. Lo han gestionado los padres desde no sé dónde porque los ladrones dejaron todo manga por hombro y el pobre estaba intentando dejar el local decente.

—Pobrecito el chico, estaría demasiado ocupado aprendiendo a barrer —se burló Unai. No soportaba a la gente de la ciudad. Le generaban una rabia que trataba de aplacar. En el fondo, sabía que era envidia. Nunca lo admitiría en voz alta, eso sí, así que resultaba más fácil tomar esa actitud casi burlona contra ellos.

Era algo que venía de lejos, de su infancia, de cuando contemplaba con desesperación cómo el resto de los niños de su edad podían ser un poquito más libres que él, de cómo no estaban condenados a desaparecer en cuanto el timbre sonara en lo más alto de la montaña. La vida social que siempre había rodeado a las demás personas allí abajo no iba con él y, a veces, se preguntaba si era porque se había esforzado en que no le importara. Si era así —y era algo que debería averiguar ahora que estaba solo—, no sabría cómo sentirse. A veces, descubrir esas respuestas no era buena idea.

Unai y Almu se quedaron mirándose fijamente durante unos minutos. Había tantas cosas que nunca se habían dicho y que estaban en el aire... Pero por encima de todo, Almu le conocía. Él sentía esa certeza en el pecho y puede que fuera la única persona en el mundo que podía hacerlo. Ser clara con él y decirle las cosas con un par, sin miedo a cómo reaccionaría. Sucumbía entre actuar de una manera o de otra, pero lo importante siempre era formar parte de lo pudiera ayudar a Unai. Si eso implicaba hacer que espabilara por las malas..., tendría que hacerlo. Y más en estos momentos, cuando su vida se desmoronaba sin remedio.

Así que aceptó sin discutir más. Dejaría de ser tan estúpido con alguien que siempre había estado ahí. Y, joder, necesitaba el dinero. Las tuberías de la cocina no se cambiarían solas.

—Sé dónde es. Dame media hora y bajo a la puta ciudad.

# Y sucede así

Con cada respiración, el vaho que salía de la boca de Aries se volvía más evidente a causa del frío. Ahora no podía dejar de apreciarlo, casi embobado. Cuando la gravilla de la entrada trasera de la panadería comenzó a sonar, alzó la mirada. Una furgoneta desvencijada y vieja con las ruedas recubiertas de barro y los retrovisores arreglados con cinta de carrocero se abrió paso hasta frenar lentamente frente a él. Debido al reflejo del sol —que, aunque escondido tras las nubes que amenazaban con tormenta, era más que suficiente para impedirle la vista—, fue incapaz de vislumbrar quién iba al volante.

Su padre le había enviado un mensaje para avisarle de que todo estaba solucionado. Aries se sintió mal por no haber sido capaz de ayudar en nada más a su familia en un asunto como aquel, pero claro, aunque creyera manejar casi a la perfección el negocio, no era —ni había sido nunca— el encargado de algo tan mundano como aquello. Sentía que le quedaba grande en ocasiones.

Entonces, el motor de la furgoneta se detuvo. Daba pena, a decir verdad, tan llena de suciedad, como si quien estuviera a su cargo no tuviera ni tiempo para preocuparse por tenerla decente.

Era la primera vez que Aries presenciaba una entrega de su elemento principal diferenciador: la leña. La mitad de las veces ni habría estado en la panadería y la otra, estaría seguramente atendiendo en el interior. El almacén era lo bastante grande como para aplacar los ruidos del exterior, por lo que nunca se daba cuenta cuando había entrega.

Y no comprendió por qué había sido tan idiota.

La puerta del vehículo se abrió. Lo primero que alcanzó a ver fue una bota negra gigante seguida de un gemelo robusto atrapado en la tela de un vaquero que amenazaba con estallar debido a la presión y unas piernas cuyos muslos serían equivalentes a las dos piernas de Aries.

Su análisis prosiguió hacia arriba, con lentitud. La cintura de aquel hombre también era imponente, incluso con ese cinturón apretado que acentuaba su volumen para que la camiseta blanca interior permaneciera quieta. Por encima, una camisa de cuadros típica. Parecía irónico, pero no, ahí estaba. La viva imagen de un leñador huraño y desconectado de la civilización a pocos metros de él.

Entonces llegó a la parte superior y se deleitó con cada centímetro de aquel espécimen que no había visto en su vida. La camiseta de su cuello redondo dejaba entrever unos músculos fieros y recubiertos de vello oscuro que se escapaban por el borde como si nada pudiera detenerlos, enroscados al inicio de su cuello, también fuerte, hasta casi entremezclarse con la barba poblada. Un rostro serio y puramente rudo con unos labios tan grandes como para no desaparecer en medio de toda esa maleza de pelo.

Y las muñecas, las manos. También tenían un tamaño descomunal. Se imaginó durante un instante que esos dedos le tocaran; parecían tan ásperos y duros que el simple hecho de imaginarlo hizo que sintiera demasiadas cosas. Era tosco, con las venas marcadas casi hasta la punta de los dedos. Estaba en forma, pero no como la gente que iba al gimnasio. Era como si Thor se hubiera teñido de oscuro y ahora estuviera en su almacén.

En otras circunstancias, quizá con unos vinos de más encima, Aries le hubiera dicho algo. Se le había secado la boca y notaba que le palpitaba el pecho.

Pero aquel no era el día. Se quedó quieto, casi asustado.

El hombre terminó de bajar de la furgoneta y cerró la puerta de un golpe. El eco rebotó tan fuerte que Aries se molestó y se reflejó en su expresión. Sin embargo, nadie le estaba mirando; aquel hombre no había dicho ni una palabra, simplemente se había dirigido con paso firme hacia la parte de atrás de la furgoneta y ya se disponía a cargar la leña.

Lo que Aries estaba viendo era imposible. No había conocido a nadie con esa fuerza, esa entereza. Sus movimientos eran duros, gráciles y concisos. Una mezcla extraña que solo creía posible en las películas de Hollywood, de esas de acción que su amiga Maialen siempre iba a ver al cine.

—Son tíos de mentira, eso en la vida real no te lo encuentras —le había dicho en una ocasión.

Esa misma sensación tenía Aries. Aquello no podía ser verdad.

El leñador continuó su proceso sin hacer contacto visual. Solo se escuchaba el ruido de sus botas contra la gravilla y el de la leña al chocar contra el suelo dentro del almacén. Para disimular, Aries se encendió un cigarro. Dos.

—Si necesitas algo, me dices —le dijo al cabo de unos minutos sin obtener respuesta. Solo una mirada lánguida de tres segundos que ni siquiera fue a parar a sus ojos.

Pasaron cerca de cuarenta minutos durante los que se sintió rodeado de una sensación curiosa de tensión, pero no de incomodidad. Era eléctrica.

Cuando por fin terminó de descargar la mercancía, el hombre se dio la vuelta y relajó los hombros al tiempo que soltaba todo el aire que había contenido hasta el momento. Seguía sin mirarle, sin cruzar ni una palabra. Era extraño y esa era la razón por la que Aries no podía apartar la vista de él, de su cuerpo imponente, de su cintura enorme, sus muslos gigantescos y masculinos y de cómo la camiseta se le ceñía con cada movimiento, incapaz de retener la masa muscular que amenazaba con abrirse paso por la tela.

Entonces alzó la mirada. Clavó sus ojos castaños en Aries. Este tragó saliva, pero enseguida entendió. Se apresuró a entrar en la tienda y volvió con el dinero para pagarle que sus padres le habían comentado. No era el pago al completo, pero sí casi la totalidad de lo que había en la caja en aquel momento.

Al entregárselo, los billetes permanecieron sobre su palma durante más de lo que debería. El contacto duró unos segundos durante los que las pieles de ambos se tocaron. Ahí fue cuando Aries confirmó sus sensaciones, porque juraba haber sentido un chispazo entre ellos. Trató de pensar que no estaba loco, que era cosa de los dos, algo compartido, y que el leñador también se había percatado de ello. Al menos, para él era demasiado evidente que entre ellos había algo más. Incluso aunque solo hubieran compartido unos segundos. Era un anhelo por saber más, por hacer que se quedara, perderse en sus ojos, tan oscuros como el pelo que decoraba su cabeza.

Pero como todo en la vida, los buenos momentos son efímeros y no duran eternamente, por lo que ese contacto se rompió. A Aries le dolió en el pecho desconectarse de ese modo.

Luego el hombre se guardó el dinero en el bolsillo trasero de los pantalones y se dirigió a la furgoneta. Justo antes de subirse, se paró en seco con la mano sobre el tirador. Parecía pensativo e incluso a esa distancia se podía apreciar la cantidad de preguntas que volaban alrededor de su cabeza. El tiempo se detuvo. Ni un ruido, un pájaro, ni un claxon más allá. Era como si estuvieran solos, en medio de la nada, pero sintiendo un todo.

Aries tragó saliva, sin moverse ni saber qué hacer. Diría muchas cosas, de las cuales se arrepentiría. Él no era así en absoluto, pero estaba bloqueado. Nunca le había ocurrido con tanta intensidad. Se sentía perdido consigo mismo y no sabía cómo actuar de la manera correcta. Entonces la calma se rompió y el hombre se dio la vuelta, pero no con todo el cuerpo, solo lo justo, como si no tuviera demasiado interés. Ladeó la cabeza y con esos ojos tan penetrantes atravesó lo que quedaba de Aries.

—Tú... ¿eres el hijo de los Sagardi? Nunca te había visto.

Aries asintió, demasiado estresado como para hacer algo más y aún con el recuerdo de ese contacto en la palma de su mano. El hombre pareció sopesar la respuesta durante unos segundos y, lentamente, hizo un gesto afirmativo con la cabeza. Y sin decir nada más, abrió la puerta y se montó en su reliquia roñosa. A los pocos segundos, lo único que quedaba de él era el eco del motor y la leña, apilada allá donde cupo en el almacén.

Sin embargo, también permanecería en la cabeza de Aries por mucho tiempo. El hombre sin nombre, el espejismo en medio del oasis, la calma en mitad de la tormenta.

El Hombre de la Montaña.

# Bambi

El caserío ya no albergaba tristeza. Había pasado un mes desde que Unai lo hubiera convertido en algo atrevido, más joven y diferente, en algo con lo que se sintiera un poquito más identificado que todos los cachivaches y reliquias familiares que su madre se había empeñado en guardar durante tantos años. Ahora por fin había conseguido designar un buen lugar dedicado para su ropa de estar por casa, también a la interior y a la de entrenamiento, aunque a decir verdad, hacía bastante tiempo que no trabajaba su físico como antaño. Pese a necesitar esa distracción, se había dedicado en cuerpo y alma a talar árboles, almacenar leña y recuperar lo que fuera posible de aquellos troncos que estuvieran en mal estado, algo que no habría hecho de no ser por la necesidad de rellenar ese tiempo vacío.

En su afán por lograr crear una distancia más que necesaria con su pasado, se había entregado cada día a distintas tareas, desde reordenar armarios a darles capa de barniz a las sillas de la cocina que no hacía falta e incluso llegó a cambiar la tapicería de los muebles. Así dejaría por fin su pasado atrás. Se despidió del olor de su madre en el sofá; lo necesitaba de veras. A veces veía amanecer en plena tarea, la señal para irse a dormir. En ocasiones, Almu lo acompañaba y tomaban un café cuyo calor calentaba sus manos doloridas mientras esperaban a que se secara la pintura de la pared.

Unai sentía que ahora su hogar, pese a ser una herencia que no quería en un primer momento, se había convertido por fin en algo digno de él. A la altura de lo que un día quizá habría conseguido si tuviera otra vida. Una que se le antojaba lejana e imposible, pero que tal vez no era para él. Siempre tendría esa duda, casi un remordimiento instaurado en lo más profundo de su pecho.

El único problema era que le había dedicado tantas horas al caserío porque su cabeza no se acallaba. En parte por las imágenes recurrentes de su madre que asolaban su mente. Pero sobre todo, por una nueva que había aparecido; le resultaba imposible deshacerse de ella por más que lo intentara con todas sus fuerzas.

El recuerdo del hijo de los Sagardi no lo dejaba tranquilo.

Nunca le había pasado algo similar. Quizá con Joaquim. Y ya.

Incluso después de los años, Unai se sonrojaba con el mero hecho de saber que un día llegó a meter las manos por debajo de su pantalón de pijama en una fría noche de invierno para calentarse. Jamás olvidaría cómo eyaculó sobre la tela, empapando tanto el pijama que a la mañana siguiente tuvo que deshacerse de él. Su madre no lo aprobaría en la vida, incluso para algo tan sencillo y primitivo tenía una opinión que encallaría aún más a su hijo en la miseria.

¿Qué pensaría Joaquim si lo descubriera? Daba igual, el delito había prescrito. Había pasado demasiado tiempo. Pero la escena que le había atravesado la cabeza desde entonces era fuerte, porque era siempre la misma.

Se trataba de algo que ocurrió en verano, durante una tranquila y húmeda tarde de verano. Jugaban frente al caserío, cuando el verde era más verde y la tierra ocupaba menos terreno, mientras en el interior de la casa sus padres intentaban arreglar algo defectuoso de la cocina. No había clases y todo eran vacaciones. Joaquim no tenía nada mejor que hacer en esos días que pasar un rato con el chico del que todo el mundo se reía en la ikastola.

—Pásamela, venga —le había dicho su amigo a gritos entre dos rocas que servían como portería.

Ninguno de los era especialmente bueno con el balón. Tal vez porque a ninguno los dejaban jugar en el recreo. Ambos compartían una sensibilidad que los hacía destacar entre el resto, aunque no en los ámbitos que un niño de esa edad querría. Así que jugar con la pelota allí, en mitad de la nada, solo observados de vez en cuando por sus padres, asomados entre las cortinas de la enorme casa, era como una victoria para ellos. Podían jugar a lo que siempre soñaban, pero en realidad significaba algo más: encajar, ser como los demás, reclamar esa posición inaccesible en la vida real.

De modo que se comportaban como Ellos. Así era como los llamaban, en clave, para que nadie de su entorno familiar descubriera la verdad. Porque igual los padres de Joaquim sí eran más permisivos con él, pero desde luego, no los de Unai. Él parecía condenado a vivir una eternidad escondido.

—Ahí va, pero ¡qué bruto! —exclamó Unai, que había sido incapaz de esquivar un balonazo que le dio en toda la cara.

Cayó al suelo como un peso muerto. Trató de mantener el equilibrio, aunque al parpadear veía estrellitas, haciendo que se descolocara aún más. Notó las briznas de hierba rodearlo, como si lo quisieran secuestrar. Menudo golpe, y menuda forma tan estúpida de romper la alegría que los envolvía.

Joaquim se acercó corriendo, esquivando ramas y partiendo otras por el camino en su afán de comprobar que su amigo estaba bien. Cuando lo alcanzó, sudoroso y rojo como estaba, se acercó tanto a Unai que por un segundo los dos se quedaron de piedra. Había sido el impulso de la carrera, claro, no había culpables. Aunque había cosas que tampoco se pueden controlar aunque uno lo desee.

Las manos de Joaquim recorrieron la cara de Unai como si fueran un tesoro que hubiera estado buscando durante una eternidad sin haberse dado cuenta siquiera. Lo había hecho por instinto, tocarle con delicadeza; un gesto de apreciación tan bonito y diferente, tan innato, que hizo que el dolor de Unai se disipara al momento. Tocarse así... Eso no era lo que Ellos hacían, pero sí lo que *ellos* querían hacer y no lo supieron hasta ese momento.

La mano de Joaquim contra su mejilla consiguió que la picazón que sentía Unai en la cara dejara de existir y, en ese momento, el futuro leñador creyó que su amigo no era de ese planeta. Tenía superpoderes. Y eso le hacía ser un superhéroe. Nadie podía saberlo en la escuela, tendrían que mantenerse ocultos de cualquier mirada que pudiera sospechar. No era buena idea desvelar todavía esas habilidades secretas que los hacían tan diferentes al resto.

Ese momento tan extraño y memorable terminó a los pocos segundos. Quizá ni siquiera fueron más de cinco en total. Pero en la mente de Unai permanecía como un yunque, tan pesado y cargado de significado que no podía deshacerse de él ni con todo el esfuerzo posible. Ese contacto había significado un mundo o más bien le había descubierto uno totalmente nuevo. A decir verdad, poco importaba. Tan solo eran críos; lo de soñar despiertos formaba parte de su día a día.

Y claro que ambos sabían que debía permanecer como un secreto.

—Jamás revelar que somos superhéroes. —Fue el pacto al que llegaron.

Nunca se habló. No se comentó. No se dijo nada más, aparte de esa promesa lanzada en susurros.

Tan solo siguieron comportándose como niños en el patio del colegio, pegándole patadas a un balón y celebrando las victorias. Luego pasaron los años y todo se enfrió, casi como si hubiera llegado un invierno que convirtió los recuerdos en esquirlas inalcanzables. Cada uno por un camino, cada uno abrazando las diferencias de un modo distinto y desentendiéndose de su pasado.

Tampoco es que se le hubiera permitido preguntarse siquiera qué le había podido pasar. Pero por algún extraño motivo, ese chico se había convertido casi en un ancla en medio de la tormenta. Lo pensaba todos los días; lo veía todos los días.

Se sentía estúpido. Como un adolescente, joder. No tenía ningún tipo de sentido que se dejara llevar así por alguien con quien había intercambiado dos frases, y menos siendo alguien de la ciudad. Se le revolvía el estómago.

Sin embargo, había pasado un mes con ese pensamiento perenne en su mente como los pinos que lo rodeaban. Con la cantidad de leña que había descargado, no tendría necesidad de volver a la Panadería Sagardi hasta por lo menos dentro de otras dos o tres semanas. Lo sabía de sobra porque lo había calculado con sus dedos, llenos de heridas; siempre se le habían dado mal las matemáticas.

Y es que Unai había actuado desde la vergüenza, que era algo de lo que se arrepentía por completo. La interacción con Joaquim había sido diferente, pues la muerte de su madre estaba demasiado reciente y él todavía no tenía la fuerza necesaria para afrontar ningún cambio más allá que el de la pérdida en sí. Ahora, con el paso de los días, aquella huella se borraba y se permitía disfrutar de los pensamientos hasta entonces prohibidos cada vez que cerraba los ojos.

Se dormía cada noche preguntándose por qué se había privado tantos años de soñar con la persona que era de verdad.

Y también, a veces, reflexionaba sobre si un verdadero superhéroe podía ser tan cobarde como él.

Debido a que su mente no lo dejaba descansar en condiciones, el aspecto físico de Unai tampoco lo acompañaba. De tanto trabajar y dormir tan poco se le habían formado unos surcos profundos bajo los ojos. Ni siquiera se había percatado de ello hasta que, por andar algo distraído, dejó que su mirada se posara durante unos segundos en el espejo alargado del baño. No, no solía hacerlo a menudo. Para nada era vanidoso en ese sentido, y menos cuando en aquellos últimos días ducharse era casi un castigo, algo que llevaba a cabo con la mayor rapidez posible porque sabía que si no lo hacía, se hundiría aún más en la mierda de sus propios pensamientos.

Entonces, entre el vaho y que apreciarse no entraba dentro de su rutina, aquella mañana se quedó patidifuso con la imagen que le devolvía el cristal. No recordaba haber tenido la barba tan larga nunca en su vida, ni las cejas tan despeinadas, ni el pelo tan largo y desaliñado.

Trató de recordar la última vez que se había cuidado, aunque fuera un poco, y no lo recordaba. ¿Tan idiota había sido de dejarse llevar por su melancolía? ¿Por qué el efecto de aquel chico de la ciudad le había condicionado tanto o más que la muerte de su propia madre?

Aquello no era para nada normal. Él sabía que, además, algo estaba cambiando en su interior, aunque no tuviera las agallas para preguntarse a sí mismo de qué se trataba y plantarle cara.

Y aún menos normal era que a esas horas de la noche alguien llamara a su puerta.

## «Cierra los ojos»

Aries despertó sobre una almohada que no era suya, unas sábanas con olor a semen y el aroma a vómito inundando la habitación.

Su primera reacción fue asustarse y se llevó una mano a los ojos para frotarlos. Desconocía qué hora o qué día de la semana era si le apurabas. ¿El dolor de cabeza? Terrible. Y el sol que entraba por la ventana no le ayudaba para nada. De repente, un ronquido a su lado hizo que pegara un brinco.

Estaba en la cama de Julen. Su amigo. El de toda la vida. Julen.

Puso los ojos en blanco. Cómo no. Le apestaba el aliento a Jägermeister y… efectivamente, estaba desnudo. Había vuelto a pasar y se sentía una puta marioneta del alcohol. Un sentimiento al que debería haberse ido acostumbrando, la verdad, puesto que no era tan tan raro que terminara actuando como un idiota.

Mientras se bajaba de la cama y buscaba la ropa tratando de no ceder ante las ganas de vomitar, se arrepintió de que aquella situación fuera ya casi algo habitual. Lo suficiente como para no emparanoiarse. La suma de una noche más alocada de lo normal con la cuadrilla, una crisis existencial y Julen rondando a su lado siempre terminaban arrojando el mismo resultado. Era sota, caballo y rey.

Se puso los calzoncillos como buenamente pudo y Julen se movió, aunque no hizo nada más. Aries supo que debía ser rápido y desaparecer cuanto antes: no quería enfrentarse a sus preguntas y tonterías. Al ser tan maniático, se pondría como loco al ver la habitación en el estado en el que se encontraba.

—Joder —susurró Aries sentado en la taza del váter. Meó mareado y aguantando las arcadas. Al limpiarse sintió que su pene olía muy fuerte, supuso que debido a los restos de semen. Ni siquiera recordaba haberse corrido; se habría dormido inmediatamente después. Comprobó su abertura con la punta de los dedos y encontró restos de lubricante—. Joder, joder, joder.

Para las pocas veces que se daba una alegría al cuerpo, siempre sucedía con demasiado alcohol en sangre. No acordarse lo ponía enfermo, aunque quizá era mejor que tener ese recuerdo punzante en el fondo de su cabeza y que apareciera saludando cada vez que se reencontraran. Coño, era Julen, su amigo de la infancia, de entre toda la gente de la ciudad y los alrededores. Estando sereno nunca había sido capaz de verle nada atractivo, así que no sabía a ciencia cierta por qué aquello sucedía cada cierto tiempo.

Después de ducharse, Aries se miró al espejo con el ceño fruncido; no podía evitar enfadarse consigo mismo por sus actos descontrolados cuando llevaba unas copas de alcohol encima. Era un problema, a decir verdad. No creía ser una persona conflictiva, pero sí se dejaba llevar demasiado por lo que los demás le dijeran. Se convertía en alguien influenciable, algo que detestaba por completo, pues sentía que su personalidad se desprendía de él casi como si quisiera abandonarlo para siempre. Sobrio, era todo lo opuesto.

Y entonces sucedían cosas de las que se arrepentía a la mañana siguiente. Como la que estaba viviendo en esos momentos.

—¿Otra vez?

Era la voz de Julen, que habló en cuanto Aries volvió a entrar al dormitorio. Estaba apoyado sobre las palmas de las manos tras la espalda, estirándose en una postura bastante incómoda y que había hecho que las sábanas no dejaran demasiado a la imaginación. Pero ¿pudor? Nunca existía después de lo que habían hecho. Ya se lo habían visto todo, aunque no lo recordaran. Eso sí, al cabo de unos días, ese velo que había desaparecido volvía a erigirse incluso más denso que antes.

—Joder, lo siento. —Julen ahora se restregó los ojos, intentando que el sol que entraba por la ventana no fuera lo único que le despojara de los últimos resquicios del sueño para espabilarse por fin. Además, Aries supuso que no le resultaría nada cómodo que estuviera observándolo desde la puerta de una manera tan seria por más amigos que fueran.

—No, lo siento yo —dijo cediendo un poco en su esfuerzo por aparentar más molestia de la que en realidad sentía. Si tenía que enfadarse con alguien, como siempre, era consigo mismo y su carencia de fuerza de voluntad—. Al menos no nos acordamos. Eso es bueno, ¿no? Para la amistad, digo.

—Bueno, muchos artículos dicen que este tipo de cosas la refuerzan. —Julen medio sonrió, aunque parecía abatido y soltó un largo suspiro. No se creía sus propias palabras.

Se mentía para convencerse de que la cagada no era tan monumental como pintaba.

—Y ¿eso te lo crees? —Las cejas de Aries casi alcanzaron el tope de su frente, pues la incredulidad era tal que rompió el otro sentimiento que inundaba aquella habitación: la tensión. Al menos los ánimos se calmaron un poco cuando se acercó a la cama y se sentó sobre ella.

Julen se encogió de hombros. Se miraron durante unos segundos sin saber qué decir. Aries se mordía los labios por dentro, haciendo que desaparecieran en una línea fina mientras que su amigo pestañeaba mucho y muy rápido.

—Pf. Menuda mierda, coño —terminó por decir, rompiendo el silencio—. Me cago en todo.

—Oye, que tampoco estoy tan mal —se defendió Aries y, aunque no quería, se rio. Los dos lo hicieron, de hecho. Volvieron a cruzar miradas y se disculparon con un solo gesto.

—Si no es por eso. Es que... no sé por qué lo hacemos. No tiene más.

Aries no dijo nada porque no tenía algo que aportar. Él se hacía siempre la misma pregunta. Era estúpido e irresponsable, y ninguno de ellos se beneficiaba de ninguna manera de aquello. Porque sí, claro que sus cuerpos liberaban tensión, pero no dejaba de hacer que esa amistad que según Julen se fortalecía, se convirtiera en algo más incómodo de abordar, al menos durante las siguientes semanas en las que se vieran.

—Creo que tendremos que hablarlo en algún momento. Ya toca —respondió Aries. Si no le echaba un par, Julen tampoco lo haría. Y su intención nada más haber recuperado la conciencia no habría sido en absoluto entablar conversación con su amigo, pero viendo que estaba despierto y que ambos parecían guardar demasiado por decir...

Julen asintió despacio. Para sorpresa de Aries, accedió.

—Me duele mucho la cabeza, pero estoy de acuerdo —aseguró de nuevo, ahora en voz alta—. Pásame un ibuprofeno y hazme un café, anda. Y si quieres lo hablamos.

—Vale.

Si toda aquella extraña situación tenía una ventaja, era que la confianza de pronto se transformaba en casi una sensación de hermandad. La casa de Julen, en la cual rara vez se juntaban o visitaban todo el grupo de amigos, se convertía en un hogar para Aries. Las normas establecidas cuando estaban en sociedad, y sobrios, por supuesto, no parecían aplicarse cuando cruzaban esa frontera. Aunque fuera temporal, tenía cierto cariz reconfortante.

Tras unos minutos en la cocina durante los que Aries se debatió entre vomitar, comer algo, volver a vomitar y hacer café, volvió a la habitación. Ya no parecía el escenario de una película bélica. Julen había aprovechado para hacer la cama como buenamente había podido e incluso doblar la ropa en una esquina de la mesilla de noche.

Aries se sentó sobre el catre con las piernas cruzadas y le ofreció el café a su amigo en una taza de color rojo con el logo de Nescafé. Por dentro era blanca y el contraste con el líquido de su interior hacía que este destacara aún más. Le dio también la pastilla que le había pedido y Julen se tomó ambas cosas de un trago.

—Entonces, dime. —Aries le dio un sorbo a su café. Le quemó los labios, aunque le supo a gloria.

—De normal no siento nada por ti —comenzó Julen, sin mirarlo. Parecía esquivo, y eso hacía que la conversación fuera un poco más tensa de lo que ya era—. ¿Crees que hacemos esto porque no conocemos a tanta gente...?

—Hay maricones en todos lados. Menuda tontería —lo

cortó Aries poniendo los ojos en blanco, aunque se sentía extraño a la vez, pues tampoco era un experto. Sí, a veces salía a discotecas en Donostia, o alguna vez había pasado un finde loco en la Ciudad Condal. Pero no se movía en esos ambientes ni de lejos, y ahora se las quería dar de sabelotodo. No colaba. Y ambos amigos sabían perfectamente de lo que estaban hablando.

—Pero aquí siempre son los mismos. —Era obvio.

—Ya sabes que no uso aplicaciones, Julen. Yo paso de todo ese rollo. No por nada, sino porque…

—No está mal —le respondió Julen encogiéndose de hombros—. Es una forma de descubrir el mundo, no sé. Y es algo que tienes. Te lo he dicho mil veces.

—Y no tengo ningún reparo, ¿eh? No tiene nada que ver con eso.

Julen chasqueó la lengua y alzó una ceja en un claro gesto de superioridad.

—*Excusatio non petita, accusatio manifesta.*

—Vale, lo que tú digas. —Aries puso los ojos en blanco—. Sea como sea, Julen, que sepas que entre nosotros… no hay nada. Y ya está. Es que no quiero que esto signifique nada más de lo que es, que no deja de ser el comportamiento de unos borrachos y ya está. Y punto.

—Oye, y ¿por qué te enfadas? Cálmate —le dijo Julen con sorna. Aries estaba rojo. De pronto, debía enfrentarse a todas las emociones que con la mente fría se había obcecado en esconder desde que se había despertado. No engañaba a nadie intentando mantener la calma—. Pero sí. Claro que lo sé. Son demasiados años de amistad y creo que es bueno que lo hablemos para… limar asperezas. O lo que sea.

—Pues nunca te has atrevido.

El tono burlón que utilizó Aries pareció sentarle mal a

Julen, que se irguió sacando pecho casi en un gesto instintivo, rozando lo cómico. Todo el mundo sabía que no era bueno gestionando los conflictos.

—Ni que tú fueras el más echado para adelante, no te jode —le espetó a Aries.

—Más que tú, guapo. Tú eres el tiquismiquis. No yo.

Julen mostró una sonrisa que no pudo evitar, un levantamiento inconsciente de las comisuras de los labios.

—Entonces no te molesta follarme, ¿estás diciendo eso?

—No. Deja de tergiversar mis palabras.

—Aries, que no pasa nada. Por mí, que todo siga como hasta ahora. Amigos. Con derechos —añadió eso último con un rayito de esperanza, pero una especie de miedo se reflejó en sus ojos al lanzar esa propuesta.

Aries cogió aire y cerró los ojos. Trató de no pensar en su amigo como un mero objeto sexual, pero a decir verdad, era complicado vivir su sexualidad con la cantidad de horas que echaba en el trabajo, especialmente en esas últimas semanas.

No se consideraba a sí mismo alguien muy activo, aunque estaba claro que su cuerpo lo pedía a gritos, por más que se esforzara en ocultarlo. Pero es que no tenía tiempo. Lo que no era ni medio normal era que tuvieran sexo solo cuando tomaba alcohol y tenía a su amigo de toda la vida al lado para descargarse. Aunque eso no podría continuar así durante mucho tiempo sin que explotara.

¿Acaso les beneficiaba? Dudaba de que sus necesidades fueran más importantes que mantener una amistad tan longeva y, aun así, ahí estaba Julen, lanzando ese dardo que no supo cómo tomarse. Le había sorprendido y en el estado en el que estaba, tenía las defensas por el subsuelo.

—No lo sé —dijo al cabo de unos segundos mientras soltaba todo el aire que había retenido en los pulmones.

—Perdona si la he cagado...

—Cállate, Julen. —Fue tajante, no quería excusas ni más dolores de cabeza—. Tenía lubricante en el ojete esta mañana. No me jodas, tío.

Julen se aguantó la risa ante aquella confesión.

—Date una ducha si quieres y te lo quitas. Qué asco. Ahora me toca a mí.

Estaba claro a lo que se refería. Julen recogió las tazas del desayuno y dejó a Aries pensativo y dubitativo mientras se terminaba la magdalena que había cogido.

Le costaba encontrar un verdadero motivo para continuar haciendo aquello. Era como aferrarse a una única oportunidad de sobrevivir en pleno oleaje, pero ¿había mejores opciones? Además, pensó que si habían follado en tantas ocasiones, sería porque se entendían en cierto modo. Había ocurrido las suficientes veces como para que se rayara y no de una forma eventual, sino de una manera más profunda. Igual sí que había algo entre ellos, aunque fuera esa amistad con confianzas de más de la que hablaba Julen.

Lo esperó en la cama de nuevo. Seguía oliendo a sexo. Antes de que pudiera arrepentirse, Julen apareció recién duchado por la puerta de su habitación. Estaba completamente desnudo.

—Me lavé —informó mientras se tumbaba a su lado.

Y ahí se quedaron durante unos segundos, mirando el techo.

—Esto es raro —dijo Aries para romper el hielo.

—¿No funcionas sin alcohol?

El pique de Julen le molestó, aunque en el buen sentido, vaya. Se rio. Giró la cabeza para estar más cerca de Julen, que ya lo observaba. Los labios, a apenas unos centímetros.

Sus ojos compartían una mirada que encerraba demasiadas dudas.

Y entonces, se fundieron en un beso que contenía mucha incertidumbre, en un baile de lenguas condenado al fracaso y al arrepentimiento, pero que sentaba bien después de tantas idas y venidas sobre el mismo tema.

Cuando Aries rompió esa barrera y agarró el miembro de Julen entre sus dedos, todo pareció cobrar sentido de alguna forma. Aquello..., joder, tenerlo en la mano era aún mejor que verlo. Era inmenso. Y Aries no era una persona que sintiera especial debilidad por los tamaños grandes, ni mucho menos. Pero por algún motivo, tanto eso como la forma, las venas, el capullo, sentirla caliente y dura en la mano... La verdad es que estaba sin palabras.

Después se lo llevó a la boca, aunque no fuera una de las acciones que más disfrutaba en la cama. No estuvo demasiado tiempo dándole placer a su amigo porque este le pidió hacer lo contrario. Así que ahora ahí estaba Aries, con las manos detrás de la cabeza —porque le iba a estallar— y los ojos cerrados —porque si no se mareaba—, disfrutando de una buena mamada que le estaba haciendo volar.

Si seguían con ese ritmo, no tendría otro remedio que confirmar que el sexo con uno de sus mejores amigos de toda la vida era bueno. Más que bueno. De los mejores que había tenido. ¿Desde cuándo Julen, siendo el tiquismiquis que era, la chupaba tan endiabladamente bien?

Durante todo el rato, Aries sintió que deseaba continuar sin importar las consecuencias a la vez que quería parar porque la resaca lo tenía completamente revuelto. Aun así, siguieron hasta el final. Los dedos de Aries exploraron el interior de Julen, que aún seguía dilatado de la noche anterior, y los dedos de él hicieron lo propio. Ambos jugaron a unirse, comerse y morderse, hasta terminar por turnos el uno encima del pecho del otro.

Hacía tiempo que Aries no disfrutaba tanto del sexo.

—Venga, ve tú primero —le dijo a Julen al verle la cara de pánico en cuanto le empezó a entrar el bajón de haber llegado a su fin. Mientras este se duchaba, Aries se dedicó a echar un vistazo a Instagram en su teléfono sin encontrar nada interesante, además.

—Ya está libre.

Esa segunda ducha sí que le sentó bien a Aries, que sintió cómo sus fosas nasales se abrían tanto como podían para respirar aire fresco, e incluso su cabeza se calmó notablemente. Luego, envuelto en la misma toalla, aún húmeda, que había utilizado hacía tan solo un rato, se asomó a la habitación de Julen a ver cuál era la situación.

Se lo encontró tirado en la cama, recuperando el aliento o descansando, vaya, y se dio cuenta de que eso no podría volver a pasar. No era porque se hubiera corrido, sino porque incluso mientras follaban, se había dado cuenta de que era más una respuesta natural que una atracción física verdadera. Era difícil de explicar, la verdad, pero en ocasiones le había pasado. Recordó cuando se acostó con una chica en Pamplona que no le parecía para nada atractiva, pero que al unirse sus bocas... Ostras, despertaba todo tipo de sensaciones. Meneó la cabeza para apartar esos pensamientos de su mente.

—Buenooo... —dijo Julen en voz alta alargando mucho la última vocal.

Entonces Aries entendió que su estancia en aquella casa se había terminado. No se lo tendría en cuenta a su amigo, él era así. Bastante extraño era ya haber pasado más tiempo del debido e incluso repetir estando en plenas facultades.

Se vistió y recogió un poco la habitación mientras Julen se masajeaba la nuca y la nariz. Según él, la mayoría de sus dolores de cabeza eran musculares, algo que en aquel momento era absurdo con la cogorza que cargaban de la noche anterior, pero así era él.

—Nos vemos.

Aries desapareció por la puerta sin mirar atrás y sin esperar una despedida. Ni la quería ni la necesitaba. Porque total, no había pasado nada. (Y lo negaría siempre).

# El hombre del pan

La presencia de Almu no era en absoluto necesaria y, sin embargo, ahí estaba. Llevaba dos noches con Unai, durmiendo en el enorme caserío. Le había echado una mano para darle los últimos retoques a la casa. Parecía que su nueva vida necesitaba un nuevo enfoque de verdad y ella permanecía impasible ante tantos cambios, como si no significaran nada para ella. Era mentira. Aquel lugar también había sido suyo durante años, como un segundo hogar, así que ver a Unai despojarse de tantísimos recuerdos le hacía sentir un pequeño vacío en el corazón.

Había llamado a la puerta de la casa con los nudillos congelados por el frío. Sin avisar, de repente. Sabía que así su amigo no tendría excusa para dejarla marchar. No era idiota y, por lo tanto, sabía lo necesitado que estaba de compañía.

Pero esa segunda noche todo estaba más calmado. Unai, con la compañía de su amiga, debía admitir que también lo estaba.

—Hace mucho tiempo que mi padre no viene por aquí. Ya sabes, desde...

Sí, desde que el padre de Unai murió. La pérdida todavía decoraba la casa como si fuera un cuadro y, ahora, ya iban dos. La familia de Almu había dejado de hacer tantas visitas a la casa, en parte por la edad, y porque desde hacía un tiempo, solo se podía acceder hasta allí en algún tipo de vehículo. Con los años, los arbustos y la hierba habían convertido el camino casi en imposible de transitar para alguien con algún tipo de limitación. Y la edad avanzada era un factor más que determinante en un lugar como aquel.

—Le sorprendería ver la casa así. —Almu casi sonrió con tristeza, pero también queriendo lanzarle un mensaje a su amigo. Cuál, lo desconocía.

—Todo necesita un cambio —respondió este escueto, sin pararse demasiado a pensar en que la visita del matrimonio no haría más que avivar los ecos del pasado que quería acallar. Cuantos más lazos cortara con lo que le ataba allí, casi mejor. Y eso que habían sido unas figuras importantes en su vida. Aún se preocupaba por ellos, pero todo había cambiado demasiado en tan poco tiempo.

Estuvieron callados durante largos minutos con tan solo el sonido del reloj guardado en el cajón y algunos pajarillos en el exterior de fondo.

Entonces Almu posó la mano sobre la de Unai en un gesto delicado, casi fraternal. Y podría encerrar mucho más que eso, más que un acto de apoyo que dijera que estaba ahí en ese momento tan duro en la vida de su amigo.

—¿Sabes? Mi madre siempre quiso que estuviéramos juntos.

Unai sonrió con tristeza, porque Almu no se merecía ver el desprecio que aquellas palabras le hacían sentir en el pecho. No era justo, pues nada tenían que ver con ella, sino con el motivo oculto de su madre. De ambas, quizá.

—La mía también —confesó Unai en un suspiro y extrajo de su memoria ese recuerdo que se obligaba a olvidar.

—No sé por qué tenían tanto empeño. —Sin embargo, la voz de Almu dejaba entrever su duda. Una que era casi un secreto a voces.

Claro que Unai lo había sabido a ciencia cierta durante la mayor parte de su vida. Solo que ahora la sensación de ahogo no era tan fuerte. Parecía estar aflojándose poco a poco, liberándose y convirtiéndolo en algo distinto que aún no lograba identificar.

—¿En serio no sabes por qué?

Almu se encogió de hombros, más para que Unai se abriera y ella pudiera asomarse en su interior y sus pensamientos. Aunque él no lo hizo.

—Me lo puedo imaginar, pero es mejor no lanzarse a la piscina —comentó Almu. Luego miró por la ventana para darle un poquito de espacio a su amigo, que sopesaba su respuesta en un esfuerzo más que visible reflejado en sus ojos.

Encontrar las palabras exactas sin poner etiquetas era complicado, ya que ni siquiera él era aún consciente de lo que sentía en realidad. Por supuesto que no se había equivocado en su vida, que siempre había encontrado esos instintos latentes, pero haberlos suprimido durante tantísimos años le habían hecho perderse a sí mismo por el camino y, ahora, enfrentarse a la verdad le resultaba casi el doble de difícil de lo que jamás hubiera pensado.

Sin embargo, sentía que todo empezaba a encajar.

—Sabes que la relación que tuviera con tu madre no tiene nada que ver con la que tenías tú. Para mí... No sé, fue como una segunda madre. Lo sabes, porque siempre lo he dicho. Pero también sé que mi amatxo y la tuya hablaban mucho de cosas que a veces yo tenía que obviar para no enfadarme. Me ha costado alguna discusión. Y sin yo saber nada.

Las verdades sobrevolaban el aire.

Unai cerró los ojos para verse por dentro. Necesitaba conectar las ideas sin venderse, sin evidenciar lo que era más que obvio y sin lanzar un dardo en ninguna dirección. Si por él fuera, rompería todo lo que había conocido y terminaría por hundir a su madre delante de Almu, pero le debía cierto cariño, eso era cierto. Tampoco quería pintarla como una villana, aunque en ocasiones siguiera pensándolo así.

Al final, todo superhéroe necesita su kriptonita para hacerse más fuerte. Así lo había pensado durante años, por más triste que fuera.

El leñador carraspeó cuando fue capaz de encontrar las palabras. Al abrir los ojos se encontró a una Almu casi asustada al ver cómo la conversación transitaba hacia lugares inhóspitos, nunca hablados ni explorados.

—He roto el cascarón, Almu. Y no quiero volver a encerrarme de nuevo en él.

Almu compuso una O silenciosa con los labios, sorprendida. Retiró su mano casi avergonzada. El corazón de Unai se resquebrajó un poquito en aquel momento; que de pronto su amiga mostrara su inocencia, le hacía sentir vulnerable. Estar seguro de algo no significaba que los demás lo estuvieran. Quizá Almu aún albergaba algún tipo de esperanza, al fin y al cabo, aunque fuera incómodo y absurdo.

—Siempre tuve la duda.

Ahí estaba. La verdad. Era dura de escuchar en boca de otra persona. ¿Tan bien había interpretado su papel que incluso quien lo había visto crecer no le conocía con tanta profundidad? Para Unai, por cómo había presentado ella el tema, parecía más que evidente. Quizá no se había preocupado en conocerlo tan a fondo como proclamaba.

—Mi madre nunca la tuvo. Por eso era tan pesada. Quería… aplastarme.

Decir aquello también en voz alta era como abrirse el pecho con un cuchillo. La sangre, su verdad.

—Pero nunca se lo has contado a nadie, ¿verdad? Entiendo que… lo has roto porque ella ya no está. Así, sin más.

Unai asintió con la cabeza y apartó la vista de la penetrante mirada de Almu. Era doloroso ver que en sus ojos se reflejaba un atisbo de decepción injustificada.

—Ha sido muy duro. —Empezó a romperse, ya no podía parar. Sin lágrimas, pero con la voz rota—. He frenado tantas cosas por ellos y he sacrificado tanto. Hasta el último momento, joder. Hasta que no se han ido. Un idiota es lo que he sido toda la vida por haberlo permitido, y ahora es demasiado tarde para plantearme nada… Estoy condenado a vivir así. Moriré así.

—Nunca es tarde —le dijo Almu negando con la cabeza—. No te equivoques, Unai. Tienes todo el tiempo del mundo.

—Sí que es tarde. —Derrotado, roto, drenado, harto.

Las pausas eran indispensables. Almu sopesó bien sus palabras antes de atreverse a pronunciarlas en voz alta. Necesitaba ser consciente de la situación, de lo que le pasaba a su amigo y de cuál era la mejor forma de abordarlo. Se sentía miserable por haber malinterpretado su cariño o simplemente quizá aquello venía de su propia necesidad. Tenían más en común de lo que aparentaban.

—Pero has estado raro estos días. Creo que hay algo más

que el caserío vacío, Unai. Te conozco lo suficiente como para saber que tienes otras cosas en mente.

El cambio en el tema de la conversación fue un golpe de efecto que hizo que la intuición de Almu saliera victoriosa, porque con la mirada de Unai bastó para confirmarlo. Fue así, sencillo. Ni siquiera tuvo que decir nada más para sentir ese cosquilleo propio de un detective cuyas pesquisas habían salido bien paradas.

—Hostia. Pensaba que lo conocías. —Y la sorpresa era real.

—Nunca. No se había dado el caso.

Unai negó suavemente con la cabeza, casi distraído. La cantidad de veces que pensaba en aquel chico era más que notable. No había que ser tampoco demasiado observadora para notarlo; ahora que lo tenía frente a ella, era demasiado evidente.

—Pero ¿habéis hablado? Invítale a una copa, no sé. Haz algo, Unai. Ahora que puedes —le dijo, tratando de animarlo. Ahora sí, su mano volvió a agarrar la de su amigo. Esta vez, no había un doble sentido. Era real, un apoyo en firme, una alianza.

—Demasiado... peligroso —respondió Unai. De pronto, le costaba hablar otra vez—. No me quiero hacer responsable de nada de lo que suceda. Probablemente hable más de la cuenta y me eche a llorar.

—Tú no eres así, hombre. Además de que eso espanta a cualquiera, te lo digo por experiencia —casi rio Almu. Se llevó la taza de café a la boca y, cuando terminó de tragar, continuó—: Tampoco sé si el hijo de los Sagardi juega en tu equipo. Ni que lo conociera de toda la vida, vamos.

—Si ni siquiera sé en cuál estoy yo. No tengo experiencia suficiente para saberlo, ¿no?

La cabeza de Unai era un torrente de dudas, tantas que era incapaz de hablar con coherencia y que todas ellas cobraran sentido. Pero las tenía en la punta de la lengua y podía sentirlas. Estaban ahí.

—Nadie la tiene nunca y siempre hay una primera vez para todo.

—Para esto sí es tarde, Almu. Te equivocas. —Luego, Unai apretó su mano, confirmando que le estaba ayudando aunque fuera una situación complicada.

—Yo tampoco soy experta en el tema —le dijo Almu. Se rascó la nariz, pensativa, como buscando las palabras correctas—. Me da tanto asco la ciudad como a ti, la verdad. Nos hemos criado en un entorno demasiado alejado del resto. Nuestras habilidades sociales son distintas, así que no voy a ser tu guía espiritual ni nada de eso.

—Menuda estupidez. —Unai fue tajante.

—Pero es verdad y lo sabes. Yo quiero mucho a mi familia y nunca los culparé por cómo me han educado ni por todo lo que me han dado, pero eso no quita que las cosas pudieran haber sido diferentes. Lo habría agradecido en cierto modo. No hemos tenido un trabajo de oficina, ni siquiera uno en el que tuviéramos que interactuar día tras día con gente nueva.

—Habla por ti.

—Tratar cinco minutos con cada cliente mientras ellos están ocupados y tú cargas leña tampoco es algo revolucionario para que sepas cómo comportarte en sociedad —se burló Almu con una mueca que hizo que Unai soltara una carcajada—. Bueno, al menos te hago reír. A veces te olvidas de ser humano, copón.

—Joder, es que nos pintas como ermitaños cavernícolas y no es así.

Almu alzó una ceja, algo molesta. Odiaba que pusieran palabras en su boca que no había dicho. Si algo la caracterizaba era lo franca que era. Lo había heredado de su madre.

—No es eso. Sabes a lo que me refiero.

—Sí, claro. —Unai soltó la mano de su amiga para elevar ambas sobre su cabeza con las palmas abiertas en señal de tregua—. No hemos salido de fiesta, no conocemos los bares de moda ni qué se lleva en la cama. No podemos mantener una conversación sobre el último grito en la televisión pero sí sobre cosas de la vida como cambiarle el aceite a un coche, arreglar un techo de escayola o diferenciar la madera buena de la mala. Pero a efectos prácticos, no tenemos ni puta idea de nada. Tampoco podemos fiarnos de las películas, eso ya me quedó claro hace un tiempo. Nadie vive el amor así y pensarlo sería autoengañarnos.

Almu no dijo nada durante unos segundos. Su rol en ese momento estaba más que claro: debía darle un empujón a su amigo, si de verdad lo quería, para que se atreviera a terminar de romper ese cascarón que tan prisionero lo había mantenido durante toda su vida.

—Vuelve —le dijo en un tono casi paternalista—. Baja a la ciudad. Tomaos un café por lo menos. Solo te pido eso, hazlo por mí aunque sea.

—Me da miedo, Almu. Igual he estado confundido toda la vida y la realidad es otra, ¿no? Eso también puede pasar.

Ninguno de los dos creyó las palabras de Unai: venían del miedo a enfrentarse a lo desconocido —y a lo prohibido—, y aquella era una aventura en la que se arriesgaba a darse de bruces contra el suelo. Y lo más probable era lo que sucedería.

—No eres una persona a la que le dé miedo nada, Unai.

Mira cómo has quitado de en medio cualquier rastro de tu pasado. Lo has conseguido tú solo.

—Pero ¿y tú? Estás aquí porque necesito ayuda.

Y lo decía en serio. Sentía que, aunque no quisiera, la casa se le echaría encima, vengándose por haber mermado su personalidad e historia en algo tan simple y egoísta como lo eran él y sus gustos. Decorarla o destrozarla, qué más daba. Era un nuevo capítulo en su vida que trataba de reflejar de alguna forma en el exterior, aunque por más que lo hiciera, no paraba de ponerse la zancadilla.

—No he movido ni un mueble, anda. —Almu sonrió entre dientes para escurrir el bulto como buenamente pudo.

—Otro tipo de ayuda. —Unai fue sereno en su respuesta.

Ya, por supuesto. Aunque se mostrara fuerte, en el fondo era un hombre débil. Solo que se acomodaba demasiado en su postura —la que le había tocado impostar desde que comenzó a no ser la persona que sus padres esperaban que fuese— y, a veces, olvidaba que tenía sentimientos. Aunque con el panadero parecía que las cosas estaban cambiando.

—Tengo que pensarlo. Le doy demasiadas vueltas a la cabeza con este tema. Es... muy difícil. Tengo miedo de cagarla. Conmigo mismo. De traicionarme. O ser un estúpido.

Almu simplemente suspiró y le dio un beso en la frente. Unai no supo si en referencia al casi ritual que tenía su familia cada noche antes de irse a dormir o si fue un gesto para darle fuerzas. A pesar de ello, sintió que se le arremolinaban las lágrimas en los ojos y los cerró para que no resbalaran por sus mejillas. Sería débil a veces, pero llorar era otro tema.

Después de eso, Almu se fue a la habitación de invitados. Unai se quedó mirando el campo por la ventana, su espesura y negrura, con las luces de fondo en el horizonte, donde la ciudad mantenía su ritmo sin pausa. Siempre era así.

Decidió salir al porche para descubrir la inmensidad en sus propios términos. Retiró con cuidado la mecedora de su madre de una esquina. La había conservado a pesar de haber hecho limpieza general. Sobre los reposabrazos aún descansaban algunas telarañas que, casi congeladas, desafiaban el paso del tiempo. Le tocó soplar sobre ellas y ver cómo temblaban para luego terminar de arrancarlas con suavidad con el dedo meñique. No le daba reparo, estaba demasiado acostumbrado a vivir entre todo tipo de bichos.

Cuando movió aquella reliquia que tantos recuerdos encerraba, lo hizo tan despacio que pensó que se quedaría dormido de cualquier manera. No quería despertar a Almu con el ruido y la madera crujía demasiado como para arriesgarse a dar un paso en falso. Necesitaba de esa soledad, de su conversación con las estrellas. No era algo que le definiera, pero siempre le habían parecido la única cosa de la naturaleza que permanecía igual desde que era niño.

Al final, se podía destruir o cambiar de posición. El árbol crecía, aunque de una forma tan lenta que nadie se daría cuenta de un simple vistazo. La tierra se mojaba, erosionaba, creaba agujeros. El mar se comía la arena y la Tierra se vengaba de los humanos sumiéndolos en sus aguas.

Pero las estrellas eran inmutables, y quienes giraban o cambiaban eran ellos. Tan pequeños, tan humanos y tan nada al mismo tiempo. Le gustaba un poquito esa sensación de sentirse diminuto, de que todo lo que le pasaba era temporal o de que el mundo continuaría girando aunque él no estuviera en él. Le daba respeto, pero también esperanza. Era macabro, lo sabía, e incluso sombrío. Y pese a todo no podía evitar que verlas brillar le llenara de una manera incomprensible. Le abrazaban desde la distancia.

Unai se sentó y contempló las estrellas con admiración.

Una de ellas titilaba, como si le estuviera enviando una señal. Si supiera código morse lo anotaría en una libreta para descifrar su mensaje, pero decidió que su niño interior tomase el control y creyese que era de verdad un gesto del cosmos que le daba alas para por fin alzar el vuelo. Siempre que las miraba le contaban algo. No eran aventuras o ideas fantasiosas, sino que aquello que le transmitían en sus peores momentos le hacían volver a poner los pies en la tierra y relativizar todo cuanto le molestara o enfadara. Por suerte para él, creer estar cuerdo era un gesto que lo ayudaba a regularse de aquella manera tan íntima.

Y con esa sensación de pertenencia y una sonrisa en la boca, se quedó dormido sin importarle el frío, porque las pequeñas piezas que conformaban el puzle de aquel universo abismal por descubrir parecían poco a poco empezar a encajar.

«Hey»

El silencio sepulcral de la casa le recibía cada mañana con un ruido condenador. Echaba de menos que su madre pusiera la televisión de fondo mientras se preparaba, porque según ella:

—Despertarse y no escuchar nada es como seguir durmiendo.

A veces, Aries llegaba de fiesta justo cuando su familia se marchaba a la panadería. Era verdad eso de que nunca había entendido del todo esa pasión para con ella, aunque ahora sí la estuviera comprendiendo con el paso de los días. Había echado una mano —o varias— durante mucho tiempo, pero no se había dedicado en cuerpo y alma a ser tan feliz como ahora. Porque eso era lo que recibía.

Sus padres llevaban toda una vida ahorrando no solo para comprarse la caravana, sino para perderse durante medio año por toda Europa. Amaban la carretera. De jóvenes, habían sido adictos a las quedadas de moteros. No podían ir a todas, por supuesto, debido a sus obligaciones como panaderos, pero en cuanto tenían la más mínima oportunidad se iban de aventuras juntos. Era una de esas parejas que, pese a sus diferencias, continuaban guardándose el mismo amor y respeto que el primer día. Mucha gente les decía que gracias a ellos creían en el amor, y Aries siempre ponía los ojos en blanco cuando lo escuchaba.

—El secreto está en que todo lo que yo pienso, él lo ha pensado antes —le había confesado una noche su madre cuando se pintaba las uñas frente al televisor mientras veía una película antigua.

—Como si fuerais mutantes. —Aries tuvo que aguantarse la risa, pero su madre le lanzó tal mirada seria que se calmó al instante.

—Tú ríete, pero es así. La gente ahora no se aguanta, porque se equivocan.

—Os casasteis demasiado jóvenes, ¿cómo lo ibas a saber?

Ante aquello, su madre no respondió y siguió con la manicura, ignorando deliberadamente a Aries durante la siguiente media hora hasta que volvió a decir algo que le marcaría para siempre:

—Cuando encuentres a la persona ideal, hijo, lo sabrás al momento. Parece mentira y créeme que cada vez que lo digo en voz alta, me siento como una pitonisa de mala muerte, pero es verdad. Yo lo supe. Tu aita también. Y aquí seguimos. El instinto sigue en nosotros, porque somos animales.

Aries, en ese momento, se lo había tomado un poco a broma. Con el paso de los años, sin embargo, se había dado cuenta de que quizá era cierto. No por las películas romanticonas que veía, sino porque las parejas que en ocasiones se formaban a su alrededor funcionaban de esa manera; algunas surgían tan rápido que parecía un error, pero el tiempo les daba la razón.

Y esa mañana, Aries pensaba en eso mientras se tomaba un café rápido hecho el día anterior, con ese sabor tan extraño que le dejaban en la lengua los posos mal filtrados. La leche de soja parecía estar también mala, porque sintió que, en general, aquella mañana todo le sabía diferente. Se marchó sin que hubiera amanecido y cerró la puerta con cuidado.

El calor que hasta hacía escasos minutos había inundado la Panadería Sagardi desapareció como por arte de magia en cuanto el letrero de CERRADO se colgó sobre la puerta. Aquel día, Aries necesitaba un descanso. Comerse los mismos macarrones manidos con chorizo calentados en el microondas era tan rutinario y humano que le despertaba emoción en días como aquel en los que no había tenido ni tiempo para fumarse un puto cigarro.

Se lo encendió sin darse cuenta de cómo había llegado hasta allí. A veces le pasaba cuando vivía épocas de mucho estrés. Y no es como si hubiera tenido clientes cada dos minutos, pero su cabeza era incapaz de desconectar del todo en ningún instante.

Porque el maldito Hombre de la Montaña no le dejaba en paz, al menos en sus pensamientos.

Pese a su encuentro con Julen, el cual ambos habían decidido que no se volvería a repetir como por enésima vez, no había servido de nada distraerse un poco con los placeres carnales que le ofrecía la vida sin ningún tipo de obstáculo. Aries parecía obcecado en lo imposible e inalcanzable. Porque al fin y al cabo, no dejaba de ser misterioso. Se lo había comentado a Cris y opinaba igual.

No paraba de darle vueltas al tema de entrar en el ambiente, de conocer el mundo, como decía Julen. Estaba hecho un lío, porque no tenía ni idea de qué era lo correcto. El consejo le había pillado completamente desprevenido o, al menos, con la guardia baja, y había permitido que en su momento de vulnerabilidad esas voces que susurraban las pocas ganas de aventurarse en algo nuevo se hicieran un hueco entre todos sus dilemas.

Quizá era demasiado tarde para dar un paso en esa dirección o quizá no estaba hecho para ese tipo de entornos. Y, sin embargo, sentía que se alejaba poquito a poco de lo que se suponía que debía ser. Estaba hecho para cumplir con ciertos requisitos como persona y como hombre, o eso había pensado durante toda su vida. Sin embargo, nunca se había preguntado cuál era su papel fundamental como bisexual. Ya no solo en la vida, sino en la sociedad con la que convivía, con sus amigos, con su familia. Con los hombres. Quién era realmente Aries en todo ese puzle. ¿Se estaba escondiendo de algo? Tal vez tenía miedo de descubrirse demasiado bien, quizá era mejor apartarse de sus propios sentimientos y desconectar. No atreverse a dar un paso a veces te podía salvar.

Sin duda, esa conversación lo había dejado fuera de juego. Ahora, esas dudas que posiblemente ya hubiera respondido en su adolescencia y juventud habían vuelto reformadas y cargadas con toda la pólvora del mundo. Tristemente, las balas eran partes de sí mismo que se jactaban de sus propias inseguridades y dudas.

Miró el cartel de CERRADO asomado a la puerta del almacén que conectaba con el interior de la panadería y, a sabiendas de que era una irresponsabilidad, decidió tomarse cinco minutos de descanso. Solo cinco. No era para tanto, ¿qué es lo peor que podría pasar?

El ruido de un motor despertó a Aries de su siesta involuntaria que, con la espalda pegada a la pared, le había conseguido desconectar al menos durante un rato de todo el estrés acumulado. El sonido provenía de fuera, de la calle, más allá del almacén. La entrada de los proveedores. El mismo lugar por el que hacía ya un mes el Hombre de la Montaña había hecho su aparición estelar para marcharse sin dejar ningún tipo de rastro.

Y pese al tiempo que había pasado desde su primer encuentro, aquel petardazo lo hizo levantarse de un salto. Era inconfundible. Venía de esa maldita furgoneta destartalada y vieja, estaba seguro de ello. Había soñado con ese sonido.

Así que el panadero se armó de fuerzas, porque lo inundaba el nerviosismo, y abrió la puerta sin demasiadas esperanzas. Y ahí estaba, su Hombre de la Montaña. Se lo encontró de frente, a tan solo unos metros, apoyado contra la puerta de su vehículo.

—Hey —lo saludó simplemente y, como si le hubieran pellizcado, se dio la vuelta para abrir la parte trasera.

Sin decir nada más, se dispuso a sacar la leña y a colocarla dentro del almacén, para lo que Aries tuvo que dejarlo pasar. No se miraron a los ojos, era demasiado extraño e incómodo, ya que al mismo tiempo lo inundó una sensación de familiaridad. No estaba intranquilo a su lado, al contrario, toda esa ansiedad acumulada de las últimas semanas parecía desaparecer en cuanto el Hombre de la Montaña aparecía de nuevo.

Sin embargo, se comportaba de un modo extraño. Era

como ver un documental de personas de la prehistoria que hacían movimientos rudos y vivían de la fuerza bruta, con grandes musculaturas pero, eh, sin rastro de tener habilidades sociales o un vocabulario complejo. Quizá el misterio que rodeaba a aquel hombre era lo que hacía que Aries se hubiera vuelto loco con él. Además, llevaba impregnado en él un aroma tan poco identificable con los de la ciudad que le evocaban otro tiempo.

—Es la mejor que he cortado en años —le dijo de repente de espaldas a él. Parecía que tuviera miedo de cruzar su mirada con la de Aries.

—Gracias.

No le iba a dar más, pero tampoco se iba a quedar mudo como la primera vez. De pronto, el miedo se instauró en su pecho. Podría tratarse de un gilipollas neonazi que le diera una paliza por hablarle de más, un facha con actitud de mono, como esos que aparecían en las noticias persiguiendo a muchachos por las calles del barrio de moda de cualquier capital. Pero podría ser también todo lo contrario.

Al final, se atrevió a dar un paso al frente.

—Llevas haciendo esto mucho.

Estaba tan nervioso por toda la situación que ni siquiera fue capaz de modular su voz lo suficiente como para que pareciera una pregunta, por lo que se quedó ahí, a medio tiro, seco, haciéndole pasar una vergüenza que le picaba desde la punta de los dedos hasta la mejilla. Estaría rojo hasta la nariz. Respiraba ansioso.

Unai soltó un soplido. Como aún se encontraba de espaldas mientras colocaba la leña, era complicado saber a qué se debía, si estaba aburrido o se había pinchado con una astilla, aunque parecía que todos sus movimientos fueran mecánicos y eso en parte respondía a la pregunta a medias de

Aries. Por suerte, a los pocos segundos, Unai se dio la vuelta y Aries pudo vislumbrar en su rostro agreste y masculino un esbozo de sonrisa. Se mantuvo ahí durante unos segundos antes de contestar, casi dudoso de abrirse, de mostrar un poquito de la simpatía que ocultaba detrás de aquella fachada, porque era más que evidente que lo era.

—Toda una vida —respondió, aunque no con el tono de voz que Aries esperaría.

Comprendió entonces que no sería tan idiota de volver a hablar con alguien que ni se molestaba en mirarlo a los ojos y se esforzaba en crear una distancia innecesaria entre los dos. Le echó un vistazo a la furgoneta y... Joder. Estaba vacía. Unai llevaba unos cinco minutos colocando esa leña y atando los troncos. No hacía falta ni era necesario que los asegurase tanto, pues se mantendrían intactos durante meses hasta que Aries los necesitara para el horno. Se preguntó entonces si el leñador estaría fingiendo para, por algún extraño motivo en la mente de aquel hombre, permanecer más tiempo en la ciudad. Para quedarse allí, con él, en el almacén de la panadería. A solas.

—Pues eso es todo —anunció a los pocos minutos tras golpear con la palma de la mano los troncos y en cuanto hubo terminado de asegurar por décima vez el mismo fardo de leña.

Los pasos firmes del leñador sobre la gravilla producían casi el mismo ruido que las ruedas de su furgoneta. Era algo que atemorizaba y excitaba a Aries a partes iguales. No es solo que se veía imponente, sino que le transmitía esa misma sensación, como si una vez te hubiera atrapado entre sus brazos, fuera imposible escaparse de ellos. Era como si Aries, a su lado, se volviera más pequeño, como si fuera un crío asustado, temeroso de preguntarle a sus padres algo que estaba prohibido y, al mismo tiempo, le causaba tal sensación de excitación imaginarse enredado en ese cuerpo que ahora no podría quitarse esa imagen de la cabeza.

—Bueno, espera —le dijo, viendo que el leñador se iba a marchar sin despedirse.

Aries lo acompañó hasta la puerta sin decir nada más. Ninguno de los dos se atrevió a pronunciar ninguna palabra, tampoco se miraron. De hecho, era el Hombre de la Montaña quien llevaba la voz cantante, con un paso acelerado, dando la sensación de querer escaparse cuanto antes. De pronto su actitud había cambiado y parecía nervioso —o más bien contrariado— por estar ahí; parecía que quería marcharse rápido después de haber hecho el idiota durante horas con un trabajo que en la anterior ocasión había realizado en escasos cuarenta y cinco minutos.

Aries lo observó subirse a la furgoneta sin atreverse a dirigirle la mirada. Nadie rompió el silencio reinante. La mano del hombre lo saludó de forma vaga, apoyada sobre el volante, como cuando dejas pasar a una señora en un semáforo. Y Aries, como era idiota, le devolvió el saludo con una sonrisa a medias. La misma que pondría esa señora.

La gravilla volvió a estallar bajo las ruedas y la furgoneta desapareció en la noche, dejando a cada extremo de una distancia que parecía inexorable a un panadero sintiéndose solo y a un leñador que buscaba respuestas sin ser capaz de hacer las preguntas correctas ni a él ni a nadie, sino al destino. Le picaba la lengua con solo pensarlo. Se le nublaba la mente con solo permitir que su imaginación volara un poquito.

Tal dicotomía, que todavía alimentaba lo que había estado pensando aquella misma mañana, lo estaba volviendo loco. Había sido un día de mierda. Uno de esos en los que solo quieres tirar la toalla y volver a tu cama, al confort del calor de tus sábanas limpias, a desaparecer entre el sueño y las pesadillas. Eso era más cómodo que enfrentarte a tus propios miedos.

Y Aries estaba lleno de ellos.

# Vértigo

En el mismo instante en el que Unai Esnaola encendió la radio de la furgoneta, se arrepintió de haberse marchado sin decir nada. Se sentía completamente atrapado, con los músculos aferrados a sus huesos para que no se moviera, la lengua seca como la suela de un zapato.

¿Por qué cojones le era todo tan difícil?

Pensó en las palabras de ánimo de Almu. Pensó también en que a veces los gestos contaban más que las palabras y esperó que el haber vuelto le hubiera dado algún tipo de señal al panadero.

Además, se preguntó por qué no podía sacárselo de la cabeza si ni siquiera sabía si tenían algo en común. Era, cuando menos, lo más raro que le había pasado en la vida. Pero le resultaba imposible abandonar la idea de besarlo.

Joder. Eso era nuevo.

Sin duda, conducía en modo automático. Se dio cuenta cuando tuvo que dar un frenazo porque el semáforo estaba en rojo y una señora le gritó que casi la había atropellado.

Eso sirvió para despertarlo de su ensoñación y buscar la siguiente bocacalle para dar media vuelta y volver a la panadería.

Si no lo hacía así, actuando por impulso, sabía que no se atrevería, o que volvería a pasar otro mes de incertidumbre. No se veía capaz de romper con todo lo que le habían enseñado a avergonzarse.

Permaneció en la furgoneta durante unos quince minutos que se le hicieron larguísimos, a unos metros de la entrada del almacén. La puerta estaba cerrada. Si el chico salía, lo vería, pero mientras tanto, podía seguir torturándose a sí mismo visualizando todas las cosas que podían salir mal y convertirlo en el hombre que nunca había querido ser: uno del que se podría avergonzar.

Pero no había nada más vergonzoso que no tener las agallas para ser uno mismo.

Así que terminó por conducir. En primera, apenas a diez kilómetros por hora, tratando de no ser visto, de no hacer ruido. La gravilla estalló bajo los neumáticos. Aparcó. Se bajó, nervioso. Le temblaba la mano. Había olvidado las llaves dentro. Volvió a abrir la puerta y las quitó del contacto. Se las guardó en el bolsillo. Comprobó que tenía la cartera y el cinturón bien apretado. Se echó el aliento contra la palma de la mano. Todo parecía correcto. No, las botas. No tenía los cordones atados. Se agachó para dejarlas perfectas.

Al levantarse, el panadero lo miraba fijamente, tan solo iluminado por la luz del mechero con el que prendía el cigarrillo que descansaba entre sus labios entreabiertos.

—Esto, hola —fue lo único que dijo Unai—. He vuelto.

—Sí. Eso veo. Gracias por la leña —le respondió el chico como saludo.

Unai no supo qué hacer. Juraría que la camisa le vibraba

a causa de los brincos que pegaba su corazón y eso, de pronto, también lo avergonzaba.

—Te invito a unas cañas como agradecimiento, ¿vale? Ya que no me aceptas todo el dinero.

La actitud del panadero había cambiado. Ahora parecía incluso envalentonado; había dado un paso al frente y se había atrevido a dirigirle la palabra. Era, quizá, porque la actitud de Unai también era diferente. Ahora no andaba enfurruñado, porque poco a poco había ido entendiendo lo que le pasaba.

—¿Cuántas?

En cuanto dijo aquello, Unai sintió que había sido una cagada monumental. Seguía nervioso y era incapaz de procesar sus palabras de un modo coherente y ordenado sin que estas lo traicionaran, porque iban directamente de donde quiera que nacieran hasta la punta de su lengua sin pasar ningún filtro.

—Pues no sé, las que quieras. —Y había cierta duda en el tono de voz de Aries, y también un poco de lo que parecía ser una propuesta velada.

Así que Unai asintió, tampoco sin saber cómo continuar esa interacción. Contempló a Aries mientras se terminaba el cigarro, que se lo había ventilado en tiempo récord, y ahí se quedaron pasmados, mirándose el uno al otro. Al final, Unai terminó por esbozar una media sonrisa que estuvo seguro de que pareció más un gruñido sordo que otra cosa.

—Dame cinco minutos a que cierre y tal y salimos. Podemos vernos en la puerta principal.

Y el panadero desapareció por la entrada del almacén. Unai se quedó quieto, sí, todavía. Sentía los pies clavados al suelo por unos clavos enormes que tiraban de él hacia abajo de tal forma que le dolían incluso las rodillas si intentaba moverse. Nunca había estado tan tenso, ni siquiera hacía unas semanas, sobre la tumba de su madre, ni siquiera cuando lo insultaban en el colegio. Era como si fuera la primera vez real en su vida que sentía algo que le perteneciera solo a él, y era una sensación que no podía definir con palabras. Era él, y estaba vivo porque estaba ahí, sintiéndolo hasta en las pestañas, y la forma en la que su corazón palpitaba era completamente nueva. Daba miedo, claro que sí. Para él no resultaba habitual verse removido por algo... bueno.

No, tenía que acostumbrarse a eso.

—Hey, ¿qué haces?

La voz de Aries interrumpió su torrente de pensamientos, pero cuando alzó la cabeza para volver a mirarlo, estaba mucho más calmado. Necesitaba dejarse abrazar por esas sensaciones nuevas y disfrutar, joder. Para eso había bajado y había vuelto, para atreverse, descubrirse, romper con todo.

—Nada, no te preocupes.

Y la sonrisa que esbozó Unai para acompañar a esas palabras sí que fue sincera y llena de confianza, tanta que incluso hizo que el panadero se sonrojara.

—He terminado, así que... —Ahora el nervioso era él. Se le habían bajado los ánimos al ver que el leñador estaba un poco más seguro de sí mismo y de sus acciones—. Podemos ir al centro si te parece. No está demasiado lejos.

—Donde quieras. No suelo bajar demasiado a la ciudad, así que no conozco...

Aries asintió antes de que terminara de pronunciar su frase. Unai deseó que le hubiera preguntado algo más, como los motivos por los cuales se mantenía recluido a kilómetros de allí tras una ventana por la que en ocasiones observaba la ciudad, solo, cortando leña, sin saber bien del todo quién era en realidad. Pero supuso que también era pedir demasiado; no habían cruzado más que unas cuantas frases, como para ponerse a hablar de estos temas. Y Unai tampoco tenía muy aclarada la mente para saber si quería abrirse tanto con esa persona desconocida.

Y por algún motivo, todas esas dudas parecían insignificantes. ¿Sería el hecho de querer plantearlas siquiera o darle un hueco en su mente a esa conversación interna?

—Bueno, entonces vamos, ¿no? —Aries se había puesto un abrigo tipo anorak, por el cual el agua resbalaría si llovía, algo que terminaría sucediendo en cuestión de minutos u horas, incluso. Lo que sí era evidente era el frío que se estaba levantando poco a poco—. Se nos va a hacer muy tarde si no. Y no sé nada de ti.

—¿Cómo?

Unai no supo qué responder. Sintió que se le tensaba el cuello. Le había sonado a amenaza. Igual era porque no estaba acostumbrado a andarse con medias tintas o que alguien sintiera un poco más de interés en él de ese modo tan distinto.

—Nada, nada.

—¿Dejo aquí la furgoneta? No sé luego si puedo entrar...

—Claro, no te preocupes. Sin problema. No hay demasiada gente que vaya a robar... eso. Uy, perdona. Es que no quería decir eso, solo...

—Yo le tengo cariño, pero te entiendo. Hay que tener mucha pasta para comprarse una. Y ganas de bajar aquí, ¿sabes? No se me da bien.

—¿El qué?

—Muchas cosas —respondió Unai triste, porque esa verdad encerraba demasiadas otras.

Pero la conversación se interrumpió cuando desembocaron, ahora sí, en el Paseo Colón, la arteria principal de la ciudad. Caminaron en silencio durante varios metros. Nunca se sintieron incómodos o nerviosos. Había cambiado todo al sentirse cerca.

Las luces de Navidad ya decoraban cada rincón de la ciudad, convirtiendo las calles en lo que parecía ser el escenario de la típica comedia romántica que inundaba la programación de las cadenas generalistas de televisión en esa época del año. En otra ocasión, y pese a considerarse alguien romántico por naturaleza, incluso Aries habría sopesado el pasear bajo las luces y con un hombre al que podría considerar una cita una situación demasiado empalagosa. Y ni siquiera estaba sucediendo nada que lo hiciera sentirse así, por lo que dudó de sus propios sentimientos. O mejor dicho, de la ausencia de estos y de cómo se estaba esforzando en que la atracción y curiosidad que le provocaba aquel hombre se mantuviera en un plano algo más oculto para no hacerse demasiadas ilusiones.

Caminaron durante minutos a un ritmo lento y disfrutando de la compañía del otro. Unai parecía ser una persona demasiado reservada, pese a que en su mirada se evidenciaba que deseaba contarlo todo y estallar por lo que ocultaba. Que no se diera cuenta de que cuerpo y mirada eran cosas que hablaban por sí solas le hacía sentir a Aries incluso tristeza. ¿De qué debía ocultarse?

—No me hace falta conocerte demasiado para saber que no estás acostumbrado a esto. Te noto nervioso —le comentó Aries como quien no quería la cosa, a sabiendas de que ya estaba entrando en su mecanismo para conquistar que consistía en un pique constante para sacar información.

—¿El qué? No.

Pero las palabras de Aries lo desestabilizaron incluso

más, por más que tratara de ocultarlo. Si no fuera tan grande ni sus pasos tan firmes, estaba seguro de que habría trastabillado.

—Pero sí conoces la ciudad, espero. El centro, la zona de bares...

—Tampoco te creas que mucho. Aunque sé dónde están los bares. Tampoco soy idiota.

—Como dices eso de que no sales mucho...

—Soy más feliz entre los árboles que entre las personas.

Y lo dijo de una forma tan simple, tan cargada de inocencia, que Aries lo creyó sin lugar a dudas. Reflexionó sobre aquellas palabras durante unos segundos, pensando en lo simple que era a veces alcanzar la felicidad. Porque él la encontraba entre harina y dulces y eso no significaba que estuviera viviendo una vida plenamente feliz. Se preguntó si ese también era el caso de Unai o si se esforzaba en mentirse a sí mismo tanto como lo intentaba con el resto.

—Yo llevo toda la vida con la carga en la espalda de la panadería de mi familia. Me habría gustado..., no sé, hacer otras cosas. Por lo menos he podido salir y estudiar, pero esa obligación estaba ahí siempre, en la sombra.

—¿No te gusta tu trabajo? Por lo que tengo entendido, es un negocio familiar. Eso no siempre sale bien.

—Para nosotros, sí. No estamos montados en el dólar, pero gracias al horno de leña tenemos ese elemento que nos diferencia del resto, ya sabes. Y los trabajos como el mío siguen teniendo su encanto. O como el tuyo. Casi nadie se dedica a lo que hacemos. Y creo que eso es bonito.

—Mantener las tradiciones no tiene por qué serlo siempre.

—Bueno, en este caso creo que es algo más que una tradición; implica historia, esfuerzo y sacrificio. Pero mejor no sigo porque me pongo blandito. Más por mis padres que por mí. Yo haría muchas cosas distintas, pero ellos... Son viejos ya.

Unai se rio y fue como el romper de las olas contra las rocas. Era una risa familiar, como si la hubiera estado escuchando toda su vida. O como si quisiera hacerlo el resto de ella.

Ya estaban llegando a la plaza del Ensanche, atestada de gente pese al frío y el viento. Los niños correteaban por el templete, esquivando los árboles, mientras los adultos los ignoraban inmersos en sus conversaciones.

—¿Por aquí? —preguntó Unai; ralentizó el paso al ver que Aries también se había detenido apenas sin darse cuenta. Se encogió de hombros—. Eres tú el que conoce el sitio.

—Venga, podemos ver cómo está el Real Unión, si no el Disco o también podemos tirar para abajo, que alguno habrá.

Como era habitual, la gente que se encontraba en los bares hablaba alto, gritaba y cantaba. El barullo reinante amenazaba con convertirlo todo en un lugar donde llevar a cabo una buena conversación fuera imposible, aunque mermar las ganas que los dos tenían de conocerse un poco más sí que resultaría imposible. Ambos, confiados en encontrar un buen lugar donde sentarse a beber, otearon el interior de los diferentes bares hasta dar con una mesa libre algo apartada en el Real Unión, algo sorprendente, a decir verdad.

—No sabes la suerte que hemos tenido —le dijo Aries.

Y en cuanto pasaron al interior, fue idiota por creer que decenas de pares de ojos lo estuvieran observando. Pero así es como se sintió. No era el alma de la fiesta, pero sí conocía a la gente suficiente como para que al día siguiente se comentara que lo habían visto con un chico atractivo tomando unas cervezas. No sabía por qué había ido al maldito centro de la ciudad en vez de a algún lugar más alejado donde no pudiera encontrarse con sus amigos.

Tan pronto como le había venido esa sensación, desapareció, porque miró a los ojos a Unai y vio su nerviosismo, que trataba de no morderse los labios, cómo la inseguridad se abría paso en su seguridad, en esos pequeños detalles como remangarse la camisa y volver a colocarla en su posición original, un tic nervioso de manual.

Aries le guiñó un ojo. Esperó que le diera la tranquilidad que quería transmitirle. Lo necesitaba; ambos lo hacían.

Terminaron por sentarse en la mesa que habían visto. Sí, había alboroto a su alrededor, pero no tardaron demasiado en atenderlos. Aries supuso que un hombre como el que lo acompañaba, tan descomunal, grande e imponente, era difícil de ignorar. La camarera se esforzó en pasar completamente del panadero y parecía que tonteaba un poquito con Unai. Una sonrisa, una miradita...

—Yo otra jarra —terminó por decir. Estaba de los nervios. No quería admitir lo que había sentido en el estómago durante aquella interacción. Era demasiado pronto para sacar a relucir la parte que más odiaba de sí mismo, así que sonrió con educación y respiró hondo, disimulando como buenamente podía el desdén que le había provocado la camarera.

Y luego, se perdió en los ojos de Unai.

# Invitado extraño

A Aries le sorprendió la forma en la que Unai agarraba la jarra de cerveza. Lo hacía como si fuera un elixir indispensable que lo devolviera a la vida y le otorgara las fuerzas que aparentaba tener y de las que era evidente que carecía, con los nudillos blancos por la presión y esa mano gigantesca rodeando por completo el enorme recipiente de cristal. «Terminará por calentarlo», pensó Aries, pero bebía tan rápido como si su cuerpo asumiera que el alcohol era agua.

El ruido del bar donde se encontraban les transmitía a ambos una sensación de calma extraña. Porque podían hablar y mirarse sin rendirle cuentas a nadie, sin que importara quiénes eran ellos o de dónde venían. El anonimato y el pasar desapercibido, como sucedía en la vida de los dos, se convertían en sus mejores compañeros.

—Bebes rápido —comentó Aries cuando Unai se terminó la mitad de la jarra de un trago. Se le quedó algo de espuma sobre el bigote y sintió el impulso de limpiárselo con el dedo. Como en las películas.

Se miraron en silencio. Unai tenía una sonrisa en el rostro que iluminaba el corazón de Aries porque no era una al uso, ni mucho menos, sino que mostraba su debate interno y su mutismo, todas las cosas que quería decir pero que no se atrevía y las cuales solo podría compartir si se contemplaban sin decir nada. No, aquel gesto auguraba días buenos, aunque llenos de contradicciones.

—Siempre lo hago —fue la respuesta de Unai, que percibió que tenía el bigote húmedo y se lo lamió con velocidad para que desapareciera la huella blanca de su elixir indispensable.

—Dame dos minutos y pedimos otra. —El leñador asintió. Luego, desvió la mirada de la de Aries, buscando desconectar de él para no ponerse aún más nervioso. Miró a la mesa, las marcas de los cubiertos sobre la madera, cómo se podía percibir la cantidad de gente que había pasado por ahí y vivido sus propias historias.

Hasta entonces, no habían hablado demasiado. La tensión entre ellos era tal que Aries notaba un cierto mareo. Su cuerpo, tan ansioso por querer saber más de aquel hombre misterioso, parecía traicionarle cada vez que abría la boca. Por eso no se atrevía a soltarse, a ser como era. En pocas ocasiones le había sucedido algo similar; odiaba sentirse traicionado por sí mismo, pero las fuerzas de la naturaleza parecían ser inexorables entre ellos.

Porque si uno se fijaba bien en el Hombre de la Montaña, su pierna no dejaba de dar pequeños saltitos, ni siquiera un tic nervioso constante y rutinario, sino tan inquieto que era incapaz de mantener un ritmo constante. Y de vez en cuando le temblaba el párpado inferior. También se mordía el labio y, cuando se daba cuenta de que ese gesto lo delataba, disimulaba como buenamente podía.

Aries no sabía si esa primera cita estaba saliendo bien o, por el contrario, sería recordada como una desastrosa. Lo que Unai tenía claro, por su parte, era que nunca se había alejado tanto de su zona de confort y que todavía era demasiado pronto para hacer una valoración sincera y con la mente clara. Estaba tan pero tan fuera de la seguridad en la que durante tantos años se había dedicado a resguardarse que ahora se sentía como un crío en un parque de atracciones, deseando hacer tantas cosas pero plagado de miedos absurdos e irracionales.

—¿Llevas mucho trabajando en la panadería? —Habían hablado más de lo que hubiera pensado en un primer momento, sí. Y ya habían comentado ese tema, pero no importaba mientras Unai llevase ahora la voz cantante. Tenía algo que demostrar, Aries no podía llevar la batuta siempre.

—Es una herencia familiar, llevamos siendo panaderos durante generaciones. Te puedes imaginar que la mitad de nuestro beneficio se va para masajistas —dijo Aries con tono de broma, aunque la sonrisa que le devolvió Unai pareció forzada. Joder, seguía nervioso. Quizá necesitaba más cerveza. O hablar más—. Aunque, bueno, a mí me gusta en cierto modo. Lo hago porque me toca y al final le coges un poco el gusto. Lo que odio son las horas que paso ahí dentro. Es muy sacrificado. Me gustaría dedicarme a otra cosa, la verdad, pero de momento es lo que hay.

—Y tu familia está de viaje.

—Sí. Unos cuantos meses. Llevan toda la vida ahorrando para eso.

Unai asintió en silencio. Conocía esa historia, la mítica aventura que los Sagardi se dedicaban a contarle a todo aquel que les dedicara cinco minutos de su tiempo. Buena gente, buena familia, eternos aliados de quienes se habían mantenido fieles a sus principios y tradiciones. Les honraba, o eso siempre habían comentado en el caserío. Eran del mismo bando.

—Lo sé —confesó Unai. Se sintió raro por un segundo al conocer más sobre la vida de Aries que él de la suya, aunque supuso que era normal tras haber mantenido una relación comercial con su familia durante tantos años—. Llevo desde los quince bajando a la ciudad para repartir leña. La vuestra es una de las pocas panaderías que sigue funcionando de esta manera.

—¿En la ciudad?

—No, por la zona. Con el paso del tiempo dejamos de…, bueno, dejamos de ser tan imprescindibles. Todo se volvió eléctrico. La gente es más cómoda. —Lo dijo con cierta añoranza, una que no supo de dónde procedía. Tal vez estaba demasiado acostumbrado a su vida y lo demás se le antojaba extraño.

—Claro. Pero eso nos hace diferentes, ¿sabes? —Los ojos de Aries se iluminaron de orgullo. Era precioso verlo, pensó Unai, cómo entendían perfectamente las implicaciones de mantenerse firmes a esos conceptos, para mucha gente banales.

—Se mantiene la esencia de lo natural. Es bonito.

—Yo no soy quien vive ahí en mitad de la nada, así que, no sé, dímelo tú. Cuéntame cómo es vivir así. Supongo que tu vida es muy diferente a la mía, ¿me equivoco?

Unai se rio. Su carcajada rompió todos los esquemas de Aries, todas sus defensas, todas sus teorías. Se quedó casi embobado viendo cómo la nuez se movía de arriba abajo, cómo se le ensanchaba la cara y sus dientes se vislumbraban entre su barba y los labios. Era como ver arte en directo. Era increíble.

—Siempre me ha resultado interesante —confesó Aries, encogiéndose de hombros.

—¿El qué?

El panadero sopesó la respuesta durante unos segundos. Miró al horizonte, como si las paredes sucias le devolvieran las palabras exactas que su lengua necesitaba para explicarse.

—Poder alejarse de todo. Yo soy feliz aquí, no te creas que no, pero a veces uno piensa que quiere dejarlo todo y no volver nunca. Irse sin echar la vista atrás.

—Tampoco estoy tan lejos —apuntó Unai con una mueca.

—Sí, pero me refiero a... No sé. Perderme en la naturaleza, ¿sabes? Como si fuera de donde yo vengo. Al final creo que todo ser humano tiende a volver a sus raíces. Hay gente que es más del mar, yo creo que soy más de montaña.

Unai no dijo nada durante un rato, solo bebió y contempló con los ojos entrecerrados la belleza en el rostro de Aries. Lo apreciaba y, si lo pensaba, se notaba también en sus ojos, en cómo buscaba las palabras para responder algo que estuviera a la altura.

—¿Haces senderismo? ¿Escalada?

Aries negó con la cabeza de manera efusiva.

—Tú sí. —Fue más una afirmación, ante la que el leñador se rio.

—No tengo otro remedio, anda. Es lo único que me queda. ¿Tú irías?

—¿A dónde?

El leñador respondió como si la respuesta fuera evidente:

—Al caserío.

Si eso era una invitación, no quedó del todo claro, pues la camarera pasó por su lado para interrumpirles. Pidieron otra ronda. Sin darse cuenta, Aries se había terminado la cerveza de forma automática para poder seguir hablando. Así tenía la boca tan seca.

—Y, bueno, quiero saber una cosa —casi pidió permiso Unai, rodeando la jarra con la totalidad de su mano. Las venas, marcadas. Las uñas, con padrastros del frío, de la lluvia, del esfuerzo físico—. Si dices que la panadería ha sido de vuestra familia, ¿por qué nunca te había visto hasta ahora?

La pregunta encerraba muchas otras, aunque Aries agradeció que no las lanzara todas de golpe. Probablemente no sería capaz de procesar tantas sensaciones, y menos con la cantidad de alcohol que había ingerido en tan poco tiempo. Porque la mirada de Unai mostraba anhelo, necesidad de solventar un puzle que generaba dudas en su cabeza. Se las daba de duro —y se empeñaba en mostrarse fuerte—, pero era más transparente de lo que querría y eso era una ventaja para Aries.

—Solía estar dentro. O estudiando fuera. Yo también me lo pregunto, no sé. Creo que ha sido cuestión de los últimos meses, cuando he conectado más con la panadería al encargarme yo de todo, echar tantas horas... Es raro. Lo odio y lo disfruto a partes iguales.

—Eso a mí no me pasa. —Una pizca de tonteo, una sonrisa a medias y un casi guiño.

Aries vio su oportunidad.

—¿Te encanta llenarte de astillas, señorito?

Segunda carcajada. Aries se mordió los labios por dentro, feliz de haberle arrancado una segunda y sonora risa al Hombre de la Montaña.

—Eso solo les pasa a los idiotas que no tienen ni idea.

—A mí me pasaría, tenlo claro.

—Nah, lo dudo. Además, creo que todo el mundo puede aprender si tiene un buen maestro.

En cuanto Unai dijo aquello, un arrepentimiento fugaz que disimuló casi al instante cruzó por su cara. Pero Aries lo vio. El conflicto interno se reflejaba tan pero tan bien en cada uno de sus gestos. Era como si se sintiera culpable de dar un paso en la dirección que quería.

Estaba claro de qué pie cojeaba. No había demasiadas dudas al respecto. Pero al mismo tiempo, todo en él era extraño. Su comportamiento no era como el de otros chicos que Aries había conocido que habían visto mundo, que habían follado, que se habían atrevido a disfrutar. No, Unai era algo radicalmente diferente. Tenía la misma fuerza interna que él cuando era adolescente, eso era capaz de reconocerlo. Eran sus ganas de romper con lo establecido y atreverse a buscar su verdadera identidad. Sin embargo, verlo en un hombre ya entrado en la treintena era cuando menos extraño y generaba en Aries una sensación de inestabilidad un tanto rara.

¿Cuál era el paso correcto? ¿Qué debía hacer? La mente de Unai divagaba entre miles de opciones, aunque tuviera claro qué era lo que quería. Se le apareció la cara de Almu entre medias de tanto pensamiento y se sintió estúpido por no hacerle caso. Debía atreverse, joder. Después de haber esperado tanto tiempo a romper con los lazos de su madre y su educación, ahora tenía la oportunidad perfecta de hacerlo.

—Pues me tendrás que enseñar un día de estos, ¿no? Digo yo. Si te atreves, claro.

—¿Por qué no me iba a atrever?

—Te veo muy... No sé cómo describirlo. —Aries estaba disfrutando de hacer sufrir a Unai; había conseguido que se le desencajara el rostro y lo miraba sin entender nada. No dejaba de mover la maldita pierna por debajo de la mesa—. Te veo como un pájaro al que le han quitado las alas, ¿sabes? Pero que ahora de repente se ha dado cuenta de que siempre las ha llevado. Perdona por la intensidad, por cierto, pero no sabía cómo describírtelo.

Unai sopesó la frase de Aries durante unos segundos. Se tomó un buen trago de cerveza antes de responder, aun sintiendo cómo bajaba por su esófago.

—Si fuera un pájaro, sería un txantxangorri.

—No lo entiendo.

—Porque ahora es su época. Vienen cada invierno a hacerme compañía mientras trabajo en el campo. Solo me miran, esperan. No tienen prisa. Saben que en cualquier momento recibirán su recompensa y eso es suficiente para ellos: la certeza de saber que siempre llega algo que merece la pena. —Se encogió de hombros—. No sé, perdona mi intensidad también.

Pero Aries negó con la cabeza. Lo miraba como si acabara de descubrir al hombre que tenía frente a él. Sus ojos, algo aguados. Las palabras de Unai lo habían emocionado.

—Qué... bonito.

—No intentaba serlo. Es la verdad. Ellos nunca me han dado de lado.

Antes de que su voz se quebrara, Unai buscó su cerveza y volvió a pegarle un trago para acallar las lágrimas que ya le escocían en la garganta. Miró a Aries durante unos segundos. Ninguno se atrevía a romper el silencio ahora que se habían dejado llevar por las palabras y su vulnerabilidad había despertado sin quererlo.

—Bueno, cambiemos de tema, que terminamos siendo los dos demasiado dramáticos y nadie quiere eso en una primera cita —dijo Aries y en cuanto pronunció aquellas palabras, no pudo evitar reírse—. Joder.

Unai lo acompañó en esa carcajada.

—Vale, tenía mis dudas. Es mi primera.

—Síií, claro. Seguro. —El leñador le devolvió la mirada serio, confirmando lo que acababa de decir—. Pero mírate... ¿Cómo es posible?

—No soy un hombre de demasiadas palabras. Creo que hoy he hablado más que en los últimos años. Y aun con todo eso siento que te he contado más que a mi propia familia en dos décadas. Creo que puedes saberlo.

—¿El qué?

—El porqué es posible que esta sea mi primera... cita.

Pronunciar aquella palabra en voz alta era un paso al frente dado con el pecho henchido de orgullo. Soltarlo así era afirmar una realidad con la que parecía estar poco a poco haciendo las paces.

Siguieron bebiendo durante un buen rato más; uno con la cabeza en las nubes y el otro, también.

Ninguno de los dos se había sentido antes un cierrabares, pero aquel día, incluso tras alargar el momento mientras se fumaba un cigarro en la puerta, Aries sintió que volvía a sus aventuras de hacía quince años. Un finde loco, una resaca como las que solo se viven cuando eres adolescente, más que nada por la ilusión que le embargaba.

Unai se mantenía en pie a duras penas. Sujeto al hombro de Aries, trataba de no resbalarse con el suelo mojado por la lluvia que se había desatado hacía media hora.

—Que sí puedo —balbuceaba.

Pero no, estaba claro que no se encontraba en condiciones para conducir de vuelta al caserío. Ni de lejos. Y llevaban debatiendo sobre el tema un buen rato.

—No vivo demasiado lejos —repitió Aries que, de pronto y gracias a las cervezas que se había tomado (innumerables a esas alturas), se sentía con el atrevimiento suficiente como para no cortarse, como para jugar a aquello que le gustaba.

Ah, porque a todo esto, él tenía un poco de las dos caras. Su nombre no era más que una demostración increíble de originalidad por parte de sus padres, que lo habían llamado de esa forma por su fecha de nacimiento. No creía demasiado en el tema del horóscopo, pero cuanto más tiempo pasaba y más maduraba, más se percataba de que quizá las estrellas sí tuvieran cierto peso en cómo era él como persona. Aun así, aquella noche hacía gala de sus mejores cualidades para honrar a su signo y había sacado a pasear su parte más impulsiva y sin tantos remordimientos de conciencia.

—Venga, vamos a mi casa. Recuerda que estoy solo.

Unai se rio, socarrón, pero no compartió el chiste que tanta gracia le había hecho en voz alta. Caminaron bajo la lluvia sin que les importara en un vaivén continuo en una competición contra la gravedad y el equilibrio.

Ni siquiera sabían cómo habían llegado, pero ahí estaba el portal de la casa de Aries. Se vio reflejado en el espejo, sosteniendo las llaves entre sus dedos. Era una hora más cercana a la apertura de la panadería que de irse a dormir y probablemente se arrepentiría a la mañana siguiente, pero sentía el fuerte amarre del leñador en su brazo. No podía dejarlo así. Por más imponente que se viera, sería incapaz de hacerle eso a alguien. Aún quedaba demasiada gente mala en el mundo.

Abrió el portal y tuvo que ponerse tras Unai para empujarle la espalda. Parecía que estuviera todo el rato a punto de caerse hacia atrás. Hacer aquello, tocarlo directamente aunque fuera borracho, le generaba una corriente eléctrica desde la punta de los dedos hasta el final de sus pies. Su olor, incluso mezclado con el de la cerveza y su presencia en sí misma... Era demasiado. Todo en general era demasiado. Y había tenido que joderlo bebiendo como un cosaco, maldita sea.

Llegaron a la puerta. Aries abrió. Pese a estar solos, mandó callar a Unai con un dedo sobre los labios, que este imitó a modo de burla. Los dos se rieron bajito.

—No hay nadie —dijo simplemente el leñador y para corroborar que así era, abrió todas las puertas que encontró en la casa.

Aries se llevó la mano a la frente en un intento de aguantarse la risa. Era privado, era anónimo. No cuando bebía. Y ahora estaba ahí, en su casa, con el hombre que lo había obsesionado durante semanas. En el peor estado posible, sí, pero algo era algo.

Y ahora llegaba el momento de mayor tensión. Cuando se decidiría... todo. O nada. Se estaban acercando a la habitación de Aries. En penumbra, sin preocuparse por encender la luz, ya que la que arrojaban las farolas era más que suficiente en ese momento, con los ojos ya hechos a la oscuridad de caminar por las calles, por llevar unos cuantos minutos dando vueltas por la casa.

Sin más preámbulo, Unai se tumbó sobre la cama. Cayó como Aries supuso que lo haría un tronco en el bosque después de ser talado: con precisión, torpe pero duro, fuerte, demostrando que el impacto de todo su peso traería consecuencias. El somier rechinó debido a su envergadura y, casi al instante siguiente, justo en ese momento en que Aries se llevaba las manos detrás de la cabeza, presa del pánico por no saber cómo actuar, se escuchó un ronquido que retumbó hasta en las paredes.

Resignado, el panadero se desvistió. Se quedó tan solo en calzoncillos. No necesitaba más para dormir. En cierto modo, la situación le traía recuerdos de la vivida hacía tan solo unos días con su amigo Julen. Borrachos, de noche, con atracción mutua.

Si es que no había identificado mal las señales del misterioso Hombre de la Montaña.

Pero su cabeza ya no daba para más, demasiado ebrio como para seguir dilucidando teorías. Y cayó también como un tronco sobre el colchón. Su mano, sobre el pecho del leñador.

Así se durmieron.

# El tictac del reloj

A veces, Unai podía ver la ciudad desde su ventana. Si no había niebla, por ejemplo. Aquel día era uno de los elegidos, uno donde con solo apretar un poco los párpados y enfocar era capaz de vislumbrar algunos edificios. Y verlos, allí en la lejanía, aún con dolor de cabeza por la resaca, significaba que se le removía todo en su interior.

No quería pensar en la noche anterior. O en la madrugada, concretamente. Tampoco quería pensar en el panadero, en... En todo lo que conllevaba lo que se podría considerar su primer acercamiento. La había cagado y se sentía estúpido por ello. Se sentía muy mal consigo mismo por haberse dejado llevar por la cerveza. No había sido consciente de lo borracho que iba hasta que se había despertado con las primeras luces del amanecer.

Pese a todo, Unai no era una de esas personas que bebieran demasiado. Tampoco le resultaba especialmente atractivo. Aunque su cuerpo no estuviera acostumbrado, sí que lo estaba a sacar pecho y echarle un par de cojones a la vida.

Por eso huyó sin avisar, sin dejar una nota, sin despertar a Aries. Se movió con gran mimo en la cama, concentrado en esa mano experta en harina sobre su estómago, para que no se despertara. Sentía que se lo debía. Se había comportado de diez al aguantarlo. A saber qué narices había hecho aquella noche.

Sin embargo, tampoco quería preguntar. Solo caminó durante un buen trecho hasta encontrar su furgoneta roñosa, la misma que siempre le acompañaba en sus expediciones, la misma en la que el día anterior casi había atropellado a una mujer por ir pensando en ese chico con el que había terminado durmiendo.

Un sentimiento de culpa le azotó el pecho mientras se montaba en el asiento del conductor. Quizá se estaba equivocando al desaparecer como un fantasma. Pero debía poner en orden sus pensamientos, ser una prioridad para sí mismo. Volver a su guarida, disfrutar de un buen café y destrozarse las manos con el hacha de apretarla con tanta fuerza como pudiera para partir los troncos en pedazos. Era su terapia. Eso conseguiría que desconectara aunque fuera unas horas.

Aunque no lo había conseguido. Seguía sumido en su taza de café, viendo cómo la ciudad se mantenía fija en el horizonte rebosante de vida, ruido y personas. Personas más especiales de lo que pensaría en un primer momento. Se preguntó para qué tanto empeño en construir barreras a su alrededor si luego era tan fácil destruirlas, porque Aries había roto *todos* sus esquemas.

Había tenido que llamar a Almu. Era extraño. No recordaba demasiadas ocasiones en las que, por pura necesidad, saliera de él coger el teléfono y pedir ayuda. Aunque, bueno, no lo había hecho así tal cual. Almu no tendría por qué saber el verdadero motivo de la llamada. Le contaría lo que había pasado, porque los pensamientos inconexos y que despertaban en él todo tipo de sensaciones que no podía gestionar le estaban empezando a molestar demasiado.

Tal vez ella le echara una mano, como lo había estado haciendo durante las semanas anteriores.

No tardó mucho en llegar. Media hora a lo sumo. Durante ese tiempo Unai aprovechó para tomarse un ibuprofeno del cajón de medicinas de la cocina —uno que no utilizaba demasiado, dicho sea de paso— y darse de nuevo una ducha para terminar de despertarse y despejarse.

—Tienes mala cara —fue lo primero que lanzó Almu al verle abrir la puerta.

—Y tú —respondió Unai, soltando un aspaviento.

En cuanto su amiga se acomodó en una de las sillas de la mesa de la cocina y agarró entre sus manos el café caliente que Unai le había preparado, solo tuvo que echarle un vistazo para saber qué es lo que estaba pasando. Porque sí, cada vez resultaba más evidente que era incapaz de guardar sus sentimientos.

—Estás nervioso. Mala cara. Todavía hueles a alcohol, aunque por el pelo mojado veo que te has duchado. En resumen: has bajado a la ciudad y se te ha ido de las manos.

Unai no dijo nada. Solo tragó saliva, porque no encontraba las palabras para responder.

—Confiesa —insistió Almu con una sonrisa pícara en la boca—. El hijo de los Sagardi.

Que lo hubiera descubierto a esa velocidad sorprendió a Unai, aunque casi al instante recordó que ya habían hablado sobre el tema. Después de haberle dado tantas vueltas, al final se había atrevido a dar el paso que su amiga le estaba casi suplicando que diera. Y el rostro de ella se iluminó, feliz, orgulloso, pletórico. Tal y como había vaticinado en el Real Unión entre gritos y cervezas.

—Tienes que contármelo todo, así que habla, muchacho.

Unai se disculpó. Claro que ahora decir las cosas en voz alta... Es muy distinto a tan solo pensarlas y querer ignorar todos esos recuerdos que acudían a su mente en forma de flashes. Habían pasado horas, pero ya parecían enterrados en lo más profundo de su memoria. En ese momento supo que sería un trabajo titánico deshacerse de ellos, si es que acaso quería hacerlo.

Al final, terminó por contarle por encima cómo había ido lo que Aries había bautizado como su primera cita. Sin ahondar en detalles —cómo se había sentido o la incertidumbre—, aunque supuso que si su máscara de tipo duro ya se había caído tantas veces en los últimos días, Almu estaría leyendo entre líneas.

—El problema es que... No sé, ahora miro hacia allí —señaló la ventana— y no siento lo mismo que antes. Como si me hubiera dejado algo en la ciudad.

Almu lo observó con una mezcla de incomprensión y burla.

—No te puedes enganchar tan rápido.

—Es otra cosa, Almu. Es recuperar el tiempo perdido.

Entonces su amiga comprendió a lo que se estaba refiriendo.

—Me recuerda a lo de Adán y Eva. Sabes que esa manzana puede incluso estar podrida y que te llevará por el mal camino, pero es demasiado tentadora, ¿verdad?

—Aries es un buen tipo.

—Lo sé, lo sé. Más bueno que el pan. Perdona por el chiste.

—No está podrido.

—Y tampoco quiero decir eso. Es algo más general. No puedes pasar de cero a cien, aunque quieras. También hay que tener un poco de cabeza.

—Me animas y ahora me lo echas todo por tierra. Entonces ¿para qué hago ningún esfuerzo?

—Por ti, joder, Unai. Por ti. En la vida todo lo tienes que hacer por ti. Sé un poco egoísta, pero no tanto como para perderte a ti mismo en el camino. De verdad, ¿nadie nunca te ha dado un puto buen consejo?

Almu se había roto, deshecha en furia, y había terminado la pregunta dando un duro golpe contra la mesa. Se mantuvo firme durante unos segundos hasta que su ceño dejó de estar tan fruncido y pudo recobrar un poco la respiración. Mientras tanto, Unai no se atrevió a decir nada.

—Me preocupo por ti —dijo ella, como si eso lo solucionara todo.

# Una Navidad en familia

Sara Mengual no parecía feliz. Aries lo supo por su sonrisa forzada y las patas de gallo, que empezaban a marcar su piel de un modo que se convertirían en un dibujo indeleble sobre su rostro y que también enmarcaban esa mirada que no parecía atinar con el sentimiento que quería fingir. Así que no, por más que lo intentara, Sara no podía disfrazar algo que no sucedía en su interior.

Por eso, aquella mañana, la napolitana de chocolate tardó un poquito más en aparecer por detrás del mostrador. Porque Aries se la quedó mirando impasible, esperando a que ella diera un paso que ninguno de los dos se atrevía a dar. Entonces se dio cuenta de que ya era algo casi habitual en su vida que dos personas que hacían que las mariposas de su estómago revolotearan nerviosas no recibían de él lo que se esperaba. Pero lo de Unai era otro tema.

Ahora, en ese mismo momento, todo se centraba en Sara.

—¿Cómo vas?

Pero la pregunta mítica de Sara fue casi arrancada de su

garganta, como si no quisiera salir porque auguraba la rotura. Y así fue. Su voz no era fuerte, parecía esconder miedo, y se rompió en un silencio estruendoso que disimuló como pudo tragando saliva.

—Lo de siempre. Madrugar y servir el primer bollo de la mañana —respondió el panadero casi como un robot, porque era lo que tenía que pasar, era la manera en la que debían responderse. Aunque todo pareciera diferente.

Ante esa frase, Sara no sonrió. Es decir, sí que lo hizo, pero nadie se lo tragaba. Ni siquiera ella misma.

—Estás triste.

Aries nunca pensó en romper su rutina con Sara con una frase como aquella, pero el destino así lo había querido al parecer. Ella se aferró más aún a su bolso, con el dedo gordo sobresaliendo como siempre victorioso entre la tela, el agua y la presión. Porque claro, fuera llovía; no demasiado fuerte, pero sí como para que el granate del atuendo de Sara se viera más oscuro, más noche.

—Se acerca la Navidad —fue la respuesta escueta de Sara, que ahora trataba de no establecer contacto visual con Aries, sino con la napolitana que este mantenía atrapada en la pinza de metal. Pero el bollo reposaba aún sobre la bandeja, detrás del cristal, encerrado. Así que pensó que eso era lo que necesitaba Aries para que todo continuara fluyendo y añadió—: No sé, es complicado. Son fechas agridulces, ¿no te parece?

La voz de Sara llegó a los oídos de Aries de un modo cinematográfico; podría jurar que había visto cómo las ondas de sonido atravesaban los metros que los separaban, serpenteando y formando notas musicales. Era una voz rota y al mismo tiempo delicada, serena.

—Claro. Mis padres este año la pasan fuera. —Aries

dudó en dar tanta información y, al final, por ceder a su instinto, a esas palabras que se agolpaban en su garganta—. Porque están haciendo el viaje de sus vidas, por eso me ves tan solo. Así que supongo que pasaré las Navidades con mis amigos.

Sara asintió con la cabeza en señal de comprensión. Y ahora sí sonrió un poquito más, y un poquito más de verdad, porque Aries así lo había logrado.

—Tampoco te veía mucho antes —mintió Sara.

—En mostrador, no tanto —aclaró él.

Ella sonrió a medias y perdió el contacto visual durante un segundo, casi avergonzada de lo que diría en voz alta.

—Siempre que me asomaba sabía que estabas, a ver si alcanzaba a verte.

Ante la confesión, Aries tan solo dejó escapar el aire de sus pulmones por la nariz. Había sido un detalle bonito y mostraba agallas por parte de Sara.

—Ahora es cuando hemos empezado a hablar más.

Los dos sonrieron ante la verdad o, más bien, ante las coincidencias del destino. Porque parecía ser que cuando Aries había aparecido de un modo más evidente y no tan solo dejando ver su cabeza desde el almacén, Sara había empezado a necesitar su napolitana de chocolate recién hecha cada mañana.

—Seguro que tú también tienes algún plan diferente, anda —intentó animarla como pudo. De nuevo, el gesto de la profesora se torció.

—Ojalá tuviera opciones, pero me toca estar con mi hija. No estamos en nuestro mejor momento —dijo, dejando que la tristeza volviera a inundar su mirada—. Es una edad complicada. El pavo. Me va a matar de un disgusto algún día.

Para Aries, aquello no podía estar más lejos de la realidad. Sí que había pensado en tener hijos en algún momento, pero cada día que pasaba sentía que no era para él. No se veía a sí mismo dedicándole tanto tiempo a alguien solo para que cuando alcanzara determinada edad pasara de él o lo encerrase en una residencia. Para eso adoptaba a una lagartija.

—Vaya —se obligó a responder. Tenía alguna prima en plena edad del pavo, así que se hacía una idea.

—Sí, bueno, qué te voy a contar... Y ahora a dar clase a otros cuarenta chavales de su edad. Y a ella, claro.

La revelación de aquel dato —más esclarecedor de lo que parecía— sorprendió tanto a Aries que abrió mucho los ojos, provocando una risa en Sara.

—Así funciona. Soy su profesora y su madre. Te puedes imaginar que cualquier problema es el doble de difícil.

—No quiero ni pensarlo —soltó Aries. Quería darle un poco de humor al asunto, así que trató de sonreír.

Por algún motivo, su intención no llegó a encajar con la actitud que mostraba aquella mañana Sara, que compuso una expresión que el panadero no supo identificar cuando alzó la mano con las monedas para pagar la napolitana y marcharse de una vez de allí.

Fue raro. A Aries, de hecho, le llegó a sentar un poco mal aquel movimiento. Pensaba que estaban hablando y abriéndose por fin, pero ella no parecía estar por la labor. Igual había sido demasiado rápido o las cosas se estaban confundiendo, ¿no? No eran nadie el uno para el otro, no había muchas cuestiones que contar ni que confesarse. Y, sin embargo, la punzada de dolor que sintió solo se podía calificar como traición.

Le sirvió la napolitana y ninguno de los dos volvió a abrir la boca. Solo se miraron, incluso cuando Sara le dio un mordisco al bollito. Luego se dio la vuelta y desapareció por la puerta, dejando a Aries a solas con el eco de la maldita campana, que aquella mañana reverberó tanto que le dio dolor de cabeza. Ya la tenía demasiado llena de problemas.

Y entonces, sin avisar, pensó en Unai. El Hombre de la Montaña y su siguiente movimiento. Cada cosa que hacía era más confusa que la anterior y no sabía cómo sentirse al respecto. Aries se consideraba una persona enamoradiza, de estas que se sacrifica todo cuanto puede por amor. Ni siquiera era capaz de recordar las veces en las que en sus relaciones se había hecho lo que él quería o en las que se había puesto él por delante de la otra persona. Era ridículo, y pensarlo le hacía sentirse como un verdadero payaso, pero eso no quitaba que fuera real.

Por eso el hecho de estar pensando en Unai le daba rabia. Se había prometido a sí mismo cientos de veces no caer en las mismas mierdas de siempre, pero era imposible cuando la chispa empezaba a incendiarlo por dentro. Y sentía eso, vaya si lo sentía. Claro que por eso era más que notable su confusión al volver a ver a Sara, al entregarle esa napolitana que simbolizaba más que un mero contacto con un cliente. Era algo mucho más fuerte y ambos lo sabían.

¿Acaso era justo para Unai que sí se atreviera a dar un paso con él y no con Sara, que siempre estaba ahí, cada mañana, y no desaparecía como si nada?

# La soci

Aquella Nochebuena iba a ser diferente. En los últimos días apenas había tenido tiempo para charlar con sus padres, aunque ellos también parecían estar bastante ocupados, puesto que tampoco se habían molestado demasiado en hacerle sus videollamadas rutinarias para contarle cómo iba su viaje de ensueño. Para Aries, el pasar esas fechas tan alejado de ellos se le antojaba extraño y los de su cuadrilla, conocedores de la situación, habían tomado la decisión de recuperar una antigua tradición. Ellos también pasarían la noche separados de sus seres queridos, pero eso no significaba alejarse de la familia, porque ellos se consideraban una.

Era habitual el reparto de tareas en cenas como aquella, y a Aries le había tocado cargar con parte de la comida: una olla enorme con verduras que había estado hirviendo en su cocina durante horas. Patatas, puerro, pimientos... Una mezcla extraña pero que Maialen no dejaba de insistir en que convertiría en algo delicioso una vez llegara el momento de metamorfosearlo en puré con queso, toda una exquisitez culinaria.

El concepto de las sociedades era algo bastante curioso para quien no fuera del País Vasco. Vaya, se podría decir que no eran más que locales grandes con mesas y cocinas, para reuniones de amigos como aquella. Podías pertenecer a una pagando una cuota y reservar con anticipación para usarla. Haber conseguido una de las salas para Nochebuena era prácticamente un milagro navideño.

Cuando Aries llegó, cargado con la pesada olla, fue Cris quien le abrió la puerta sosteniendo un eyeliner entre los dedos y con cara de muerta.

—No me mires así, que estoy baldada —se quejó, pero enseguida trató de ayudar a Aries como pudo. Primero dejaron la olla sobre la mesa al tiempo que aparecía Maialen de la cocina. Olía a comida. Ella. El local. Todo.

La parte de la soci que habían reservado no era una de las más grandes. Había dos mesas largas como para unas diez personas a cada lado con bancos corridos para sentarse. Al fondo, también había sillas apiladas, que normalmente nunca usaban. Siempre solían ser los mismos. No eran un grupo de amigos demasiado amplio, aunque no necesitaban a nadie más. Para celebraciones familiares, esa parte de la sociedad a veces se quedaba corta, por lo que debían alquilar otras zonas mucho más grandes. Eso sí, la cocina era compartida, y estaba separada de las otras salas por una pared cuyo acceso era abierto, así que era normal que el olor a comida inundara el resto del local.

—Venga, que me tengo que poner a hacer el puré. —Maialen agarró la olla como si no pesara nada.

—Tía, ¿puré en Nochebuena? No entiendo nada —se

quejó Cris, mientras focalizaba toda su atención en conseguir que su línea del ojo quedara perfecta.

Maialen se cruzó de brazos antes de replicar. Miró a los amigos con desdén.

—Os he dicho que como critiquéis mi menú os rajaba el cuello, así que chitón y dejadme cocinar, hostias. Si no, la próxima vez os venís cinco horas antes como yo para haceros la puta comida.

—Vale, vale —se defendió Aries, aunque no pudo evitar sonreír. Le hacía gracia cuando su amiga se estresaba por minucias como aquella. Le salía una vena en el cuello que parecía a punto de explotar por la rabia acumulada en apenas unos segundos, y más absurdo era por el hecho de que le encantaba cocinar y se había ofrecido voluntaria para ello.

Maialen cargó con la olla sin pedir ayuda y volvió a desaparecer en la cocina, cabeza en alto y fingiendo estar más indignada de lo que se sentía en realidad.

—¿Y Julen? —preguntó Aries. Cris estaba terminando de maquillarse mirándose en un espejo portátil. No quería que su pregunta por el paradero de su amigo sonara demasiado interesada, porque eso levantaba ciertas ampollas, ciertas heridas... Que quizá eso era exagerar, pero pensar en él le hacía sentir de una forma extraña.

La respuesta de su amiga Cris fue encogerse de hombros. No era habitual que llegara tarde, pero en una fecha tan señalada como aquella y con tanta alegría en el cuerpo y alcohol esperando en la despensa, nadie se iba a preocupar demasiado. Y quedó claro cuando Aries le abrió la puerta a Amaia y apareció totalmente mojada y riéndose.

—Vamos a ver, pero ¿en qué momento ha caído el diluvio universal?

Menos mal que llevaba botas katiuskas que se quitó y

dejó en una esquina, porque de lo contrario habría empapado toda la soci en cuestión de segundos.

—Una nunca sabe —se quejó Amaia. Era cierto, el tiempo era impredecible, aunque si uno apostaba porque fuera tormentoso y lluvioso probablemente acertaría—. Bueno, ¿en qué tengo que ayudar?

—Creo que Cris necesita ayuda con su maquillaje —respondió Aries medio en broma, y su amiga le sacó la lengua.

—Ya estoy terminando. Dadme cinco minutos, nos servimos unas copitas y organizamos esto un poco. Ponemos la mesa y eso. He pasado por el chino a por decoración.

—Tía, di «bazar».

Cris resopló, porque veía innecesaria la corrección. Era un debate que habían mantenido en varias ocasiones y que él no terminaba de entender. Aun así, tanto Amaia como Aries decidieron no esperarla y buscaron entre las bolsas enormes de plástico blanco el contenido que Cris había traído. Desde vasos transparentes a copas desechables, platos y manteles de tonos navideños, cubertería y un par de paquetes de chocolates con forma de Papá Noel.

—Te has pasado, nena. Dinos cuánto es, que te hacemos bizum —dijo Amaia, sorprendida por continuar encontrando detalles a medida que rebuscaba.

—No os rayéis, me invitáis a unas copas estos días y listo, ya ves —replicó mientras terminaba por fin su maquillaje y corroboraba que estuviera bien posando ante el espejo.

El olor proveniente de la cocina estaba, poco a poco, convirtiendo aquello en un lugar insoportable. Aries notó una punzada de mareo; tenía bastante hambre y no había comido nada en todo el día. Había estado demasiado ocupado preparando bollos y pasteles y estresado por no haber podido colaborar en nada más que en meter durante un par de horas verduras en un recipiente mientras se duchaba, afeitaba y echaba cremas sobre la cara.

Los tres amigos se dedicaron a colocar sobre una de las mesas uno de los manteles que había comprado Cris, luego los platos y cubiertos, como si aquello fuera en realidad una cena de palacio. Pese a que los cubiertos fueran de plástico, tenían un acabado en oro que dejaba bastante que desear, pero sí daban el pego para que se sintieran envueltos en un espíritu navideño como en las películas estadounidenses.

—Ha quedado bonito, ¿no?

Amaia contempló su obra con las manos sobre las caderas. Y luego abrió los ojos, antes de darse la vuelta para rebuscar algo en una de las bolsas blancas. Sacó un par de velas gordas y anchas de tonos rojizos y las plantó como centro de mesa.

—Esto mejor lo apagamos dentro de un par de horas —advirtió Aries, que últimamente no se fiaba demasiado de en quién se convertía cuando se pasaba de la raya con el alcohol.

Después de eso se sirvieron unos vinos y brindaron mientras, desde la cocina, el olor seguía inundando el resto de la estancia. Fuera, aparte del frío, el viento y la lluvia, se escuchaban petardos y niños chillando. Por más que la soci fuera un edificio tosco y grande, era difícil separarse de la realidad.

—En fin, hacía bastante que tenía tan pocas ganas por estas fechas —terminó por confesar Maialen, después de que Aries le hiciera un gesto arqueando la ceja. Se había percatado de que estaba un poco distraída, pese a todo.

—¿Cuándo estará la cena? —preguntó al mismo tiempo Cris—. Tengo hambre. Uy, perdona.

—No pasa nada. —Maialen bebió de su vino y volvió a

enlazar sus ojos con los de Aries, que esperaban a que continuara—. Tengo que dejarla un rato al fuego, calma. Pero eso, que es una sensación rara. La vida es una mierda.

—Eh, no te pongas así —le espetó Amaia, rompiendo un poco con la tranquilidad que la caracterizaba—. Que hay años mejores y peores.

—Sí, pero ¿sabes? Debería estar con mi familia. Con la de sangre. No es que vosotros no lo seáis, pero ya me entendéis.

Por un momento, Aries creyó que rompería a llorar. Pero Maialen era mucha Maialen, así que ella misma cogió la copa de vino y la apuró.

—Ya está bien con la tontería, copón. Que no quiero ni amargarme ni amargaros.

Aries se rio y alzó su copa para brindar por ese momento mientras, en medio del brindis, les interrumpió el sonido de unos golpes contra la puerta de entrada. Su primer instinto fue acercarse, aunque en cuanto su mente unió los cabos decidió pararse en seco ante la atenta mirada de Cris, que torció el gesto.

Solo faltaba una persona. No sabía cómo tomarse el reencuentro después de lo que había ocurrido la última vez. Se habían estado evitando porque ambos creyeron que sería bastante probable que la incomodidad hiciera acto de presencia, y no era el día ni el momento para que su nube tormentosa de arrepentimiento tocara al resto del grupo.

Fue Cris quien por fin y sin decir nada le echó una mano. Se dirigió a la puerta mientras Maialen volvía a echarle un ojo a su mejunje y Amaia se distraía terminando de ordenar alguna cosa de la mesa. Durante un instante, Aries sintió que no iba a ser sencillo por más que lo intentara. Deseó que Cris no se hubiera ido de la lengua, que bastante tenía con sus propias vocecitas en la cabeza.

Cuando Julen entró lo hizo con una actitud seria, algo que no desentonaba demasiado con la que habitualmente portaba en el rostro, pero conociéndolo, Aries supo captar más matices. Estaba nervioso, con ganas de no estar ahí. Y la verdad, le pareció algo exagerado. No era necesario molestarse tanto con el tema, por más que lo estuviera haciendo él mismo.

Aries decidió saludarle con la mano y para cuando Julen se acercó, los dos se sostuvieron la mirada intentando leer las intenciones del otro en sus ojos.

—Hola —dijo el de aspecto de informático de una manera más escueta de lo habitual.

—Hola —respondió Aries sin más, luego se dio la vuelta y fue directo a servirse otra copa de vino.

En la distancia, a unos metros más allá, Maialen gritó un saludo al que Julen respondió y tomó asiento. Se miraron de nuevo. Aries se rascó la nuca.

¿Por qué era incómodo? Resultaba totalmente innecesario. Claro que el plan perfecto para Aries no era reencontrarse a Julen y actuar como un estúpido, pero no parecía haberle dejado más opción.

—¿Cómo estás? —le dijo al cabo de un minuto, cuando tanto Cris como Amaia se inventaron una excusa para abandonar la sala y desaparecer en la esquina de la cocina. Ahora estaban solos.

Julen suspiró.

—Bien. No quiero que sea tenso ni nada de eso. Me lo quiero pasar bien. —Pese a dejarlo claro, Aries no estaba del todo seguro de creerse sus palabras. No estaba dando demasiado de él si quería que de verdad fuera así, ¿no? Podría haber entrado con una actitud diferente.

Eso sí, los dos sabían que Julen era el complicado, el que

le daría más vueltas al asunto. El error de haber caído en la tentación era culpa de ambos. Aries no podía escurrir el bulto e ignorar los sentimientos que pudieran aflorar en Julen, aunque, por otro lado, no eran su responsabilidad.

Estaba hecho un completo lío. Menos mal que la pausa que le habían dado sus amigas desapareció en ese momento, con una Cris cargando una cubitera llena hasta arriba y una botella de Puerto de Indias en una mano.

—Venga, que sois un muermo —dijo y, sin más, comenzó a servir copas.

A partir de ese momento, Julen se liberó un poquito más y aunque durante la noche no habló demasiado con Aries (algo que este agradeció), sí sintió que las aguas parecían haberse calmado e incluso llegaron a entonar juntos alguna que otra canción a todo volumen.

—Tengo que confesaros algo.

Era Amaia. Todos llevaban tres ginebras rosas encima, tenían las mejillas ruborizadas y un toque de sudor les perlaba la frente. Bajo las axilas de Julen se entreveía un surco, y los labios de Cris ya no estaban maquillados.

—¿Qué pasa? —casi se rio Aries. Amaia no era demasiado seria y, de repente, todo parecía haber cambiado.

Esta le pegó un buen trago a su copa y luego la dejó con fuerza sobre el mantel de papel, que ya era incapaz de absorber nada más y se estaba rompiendo por todos lados.

—Estoy conociendo a alguien. Hace tiempo. Bueno, no hace tiempo. Es intermitente.

Ante la sorpresa —y cuasi traición—, ninguno de los amigos se atrevió a replicar nada. Se mantenían atentos a Amaia, esperando más respuestas y explicaciones, también porque el hecho de que no lo hubiera compartido hasta el momento implicaba que la historia estaba incompleta y que los detalles serían, cuando menos, interesantes. En cualquier sentido. Aunque, bueno, la mente de ninguno de ellos funcionaba ahora lo suficiente como para procesar la información de manera consciente. Cualquier reacción que pudieran tener sería exagerada comparada con si hubiera contado la historia sin alcohol en el cuerpo.

—Vino una vez a verme. Al trabajo. Un alemán. Lo conocí en una aplicación de estas de mierda, la verdad es que no sé por qué. Creo que fue un día que salimos y, al volver a casa, estaba cachonda. —De nuevo, silencio, solo la atenta mirada del grupo de amigos. Tan solo se movían para beber, y el sonido de los hielos en los vasos era lo único que rompía la quietud—. Terminamos hablando bastante y con la tontería... Bueno, llevamos unos meses conociéndonos. No es nada serio, pero... No sé, me siento estúpida.

—¿Por qué? —Cris se había levantado para poner la pierna bajo el culo, una de sus posturas favoritas y que siempre granjeaba comentarios sobre que terminaría rompiéndose la rodilla algún día de esos.

Amaia, antes de responder, negó con la cabeza. Pese a las horas que eran, los petardos se escuchaban a lo lejos, en la calle, y la música que tenían puesta continuaba reverberando en toda la soci. Los restos de comida descansaban sobre la mesa y Maialen se atrevió a coger un trozo de queso Idiazabal mientras, expectante, esperaba el resto del relato de su amiga.

—Él tiene novia. Y me siento como una mierda, pero ¿debería sentirme así? Eso es lo que me raya.

—No, tía, no tienes culpa de nada. O sea, ¿tú sabías que él tenía pareja desde el principio?

—Pfff, bueno, como desde la segunda cita.

—O sea que sí, casi desde el principio.

Amaia asintió con la cabeza.

—Ese es el problema, que pese a todo...

Aries escuchaba atentamente a su amiga sin saber cómo sentirse. Debido a las copas que se había tomado, su mente era incapaz de tener las ideas muy claras, pero sí tuvo una y era que él odiaría que le pasara eso. Era una persona bastante exigente, lo tenía claro, y cuando se enamoraba de alguien, se negaba a sacrificar ni un aspecto minúsculo de su vida si a cambio no le ofrecían lo mismo. Era tajante con ello y, aun así, siempre se condenaba a vivir las mismas situaciones y lo dejaba todo de lado para no recibir lo mismo. Terminaba cansándose, pero parecía que ese sufrimiento le gustaba al fin y al cabo, por más que le hiciera sentir un completo idiota.

—Bueno, pero la responsabilidad no es tuya, así que no te flageles —le dijo Cris, casi enfadada—. Ya sabes que a mí me van ese tipo de tíos guarros que ponen los cuernos y deberían ir a terapia, y te digo yo que al final las tías no tenemos la culpa. Si ellos son unos cerdos, no es cosa nuestra. Pero, claro, no te fíes. Porque si se lo hace a una, se lo hace a todas. Eso no cambia.

El consejo de Cris fue recibido con discusiones, conversaciones cruzadas y reproches, mientras que las miradas de A Bikuna se mantuvieron fijas en la del otro. Cuando las voces del resto se acallaron, fue cuando Aries alargó la mano sobre la mesa hasta rodear los dedos de su amiga.

—Si tienes que pararlo, hazlo antes de que sea demasiado tarde. Pero ya sabes lo que opino.

Ella tragó saliva y asintió. Luego suspiró. Terminó por cargarse de nuevo la copa hasta arriba y beber para olvidar.

Mientras el alcohol entraba en el sistema de Aries, este pensó de nuevo en Unai. Se preguntó si su red era igual que la suya, fuerte y tejida con confianza durante los años. Tenía toda la pinta de que no, y de pronto, sintió pena por él mientras contemplaba a sus amigos. El simple hecho de estar reunidos y poder hablar de miedos y vulnerabilidades fortalecía a Aries de un modo incapaz de lograr de otra forma.

Ojalá todo el mundo pudiera tener una red de seguridad que le mantuviera sin poder ir a la deriva. Todos la merecen.

# La mejor compañía

Para Unai, la Navidad no era una fecha señalada en el calendario. Quizá sí cuando era pequeño y sus padres colocaban bajo el árbol unos regalos que siempre eran los mismos: algún accesorio para el frío como unos guantes o bufandas tejidas a mano por su madre, algún que otro zapato un año que tuviera suerte y, por supuesto, un título que había elegido con anterioridad, siempre de aventuras y en las líneas de su amado Julio Verne —para intentar igualar la colección de su tío— o de Agatha Christie —a quien había descubierto después de que su amatxo dijera que Corín Tellado había vendido más que esa «mindundi inglesa»—. No eran demasiados regalos ni una Navidad abundante como las de Ellos, pero para él era más que suficiente.

Su madre solía cocinar un tipo de sopa que solo hacía en esas fechas y que recordaba con nitidez, pues el sabor del ajo y las gambas mezcladas no le gustaba en absoluto. Su padre celebraba la Nochebuena tomándose un coñac de postre y luego encendían la radio o veían alguna película que emitieran en la televisión y a dormir.

Por eso el día había llegado y Unai se sentía en la necesidad de no hacer nada. Se había obligado a ello. Intentó apartar de su mente la imagen de Aries, que aparecía parpadeante como si fuera su regalo navideño, y luego pensó en invitar a Almu a tomarse algo pese a que en su interior tuviera esa cruzada contra celebrar nada. No tenía la obligación de hacerlo, y sin embargo, había encendido una vela en el centro de la mesa de la cocina.

Supuso que su amiga estaría ocupada, aunque llamó al número fijo de su casa.

—Puedes venir, claro. Pensaba que no te gustaba celebrarlo. Tu madre siempre me lo decía, que te importaba un comino —casi bromeó la madre de Almu al otro lado de la línea.

Unai puso los ojos en blanco, porque parecía que el manto del recuerdo de su madre no desaparecería, pero también pensó que cada uno sobrellevaba la pérdida a su manera y que si ella lo hacía así, no la culparía de nada.

—No se preocupe, no haré nada. Tengo mucho lío. Pero si le puede decir a Almu que...

—Se está duchando.

—Sí. Da igual. Que si quiere venir a tomarse algo más tarde.

—Yo también iría, pero ya sabes que cada vez me cuesta más, precioso —le dijo en tono cantarín. Probablemente la buena mujer ya se habría servido alguna copa de Baileys mientras preparaba la cena—. Yo aviso a Almu por ti. ¡Qué afortunada!

Y luego colgó sin que el leñador tuviera derecho a replicar, convirtiendo el momento en algo más amargo que dulce, y dejando a Unai con ganas de estampar el teléfono contra el suelo.

En el mejor de los casos, Almu iba a llegar tarde y borracha. Para sorpresa de Unai, él también había alcanzado ese estado. No había querido atreverse a beber demasiado rápido, pero no lo había podido evitar; contemplar su casa vacía y la televisión sin encender, sin devolverle la película que debería de estar reproduciéndose en ella le había dejado un poco bajo de ánimos.

Y, sin embargo, cuando Almu entró, lo hizo como un torrente de fuerzas renovadas por continuar, cantar y vivir con un poco de alegría. Le estaba haciendo un favor, pero no lo pintaba como tal. Ella querría huir tanto como él de una de esas comidas familiares características. En parte, por eso Unai odiaba tanto la Navidad. Odiaba el concepto de tener que fingir estar unidos y felices, soportar las preguntas eternas sobre cuándo iba a buscar pareja...

No, era mejor así. Al menos, con Almu pasaría un rato agradable, aunque no tuviera demasiadas ganas de hablar. Sentía que la lengua le pesaba.

—¿Qué has cenado? —le preguntó cuando ya estuvieron sentados en el sofá. Ella, con las piernas apoyadas sobre la mesa de centro. De fondo, un canal de música con los mismos videoclips en bucle en bloques de dos horas. Acabarían por aprenderse las canciones de tanto repetirlas.

—Ya sabes cómo se pone mi madre. Un poco de todo. Chorizo del bueno, jamón del bueno... Se deja casi más dinero en Nochebuena que en Nochevieja, con eso te digo todo. Es un poco agarrada y como viene el resto de la familia, dice que para despedir el año, la gente tiene que aportar.

—Típico de ella, ¿no?

Siempre pensaba que la gente le debía algo. Así lo afirmaba Almu. Era ciertamente problemático, pues había causado algún que otro altercado en el pasado. Pero aquel no era un día para eso, sino para intentar desconectar un poco más.

—No te gusta nada de esto, ¿verdad? Ni siquiera has colgado un espumillón.

Su amiga se lo quedó mirando con más cosas que decir en la punta de la lengua y una extraña tensión se instaló entre ellos; esta solo se rompería cuando Unai se comprometiera con la verdad, se desahogara, cuando traicionase el buen ambiente que quería crear aunque fuera durante unos momentos y un día tan terrible como aquel.

—Es odioso.

El leñador se refería a tantas cosas… y Almu sabía que si empezaba a nombrarlas, probablemente no terminaría nunca. Por su mente no dejaban de pasar nubes de cansancio y hastío por los mismos temas que venían dando vueltas sobre ellos durante las últimas semanas. Ella también necesitaba desconectar un poco del monotema, aunque no lo dijera en voz alta, porque eso sería como traicionar a su amigo y a su propio papel como su fuente de apoyo.

—Tengo ganas de viajar —dijo ella de repente.

Unai frunció el ceño.

—Me gustaría pillarme un globo aerostático. ¿Sabes por qué?

Dejó que la pregunta quedara suspendida durante unos segundos antes de romper la magia del momento con lo que parecía ser una respuesta de la que se sentía orgullosa.

—Porque podría verlo todo como un halcón, pero con los pies en la tierra. Bueno, no en la tierra exactamente, pero de alguna manera sobre un suelo firme. Aunque se mueva, aunque esté suspendida en mitad del aire.

—Es casi lo mismo que un avión.

—No, porque me daría el viento en el pelo y sentiría que estoy volando. El calor del motor, el fuego, todo. ¿No crees que es algo diferente?

Unai no sabía qué responder, porque nunca se lo había planteado y tampoco entendía de dónde venía de repente aquella idea. Aunque supuso que sí, que sería una bonita experiencia.

—Ver desde arriba nuestras casas y los árboles, los senderos y los árboles. Si lo piensas, nunca hemos podido hacerlo. No es lo mismo verlo desde nuestra altura. Creo que me ayudaría a poner las cosas en perspectiva.

—Eso es porque quieres irte.

—Nunca dejaría... esto. —Señaló a la nada, a todo en general—. Pero quiero ver lo bonito que es en realidad, sentir que pertenezco a algo mucho más grande. Vivir toda la vida rodeada de los mismos colores puede llegar a ser aburrido, aunque al menos los tenemos.

El leñador carraspeó, algo incómodo de que su amiga estuviera forzando ese tipo de reflexión en un momento como aquel cuando solo quería distraerse. Se imaginó durante unos instantes montado a bordo de un globo y fue capaz hasta de sentir el viento acariciar el pelo tras sus orejas. Pese a estar solo en su cabeza, se sintió bien, feliz por un instante, algo que no era tan habitual como le gustaría en esos momentos de su vida. Y esbozó una sonrisa que dejó entrever sus dientes.

—Míralo —dijo Almu, a la que no se le escapaba nada.

Unai abrió los ojos al instante—. Me dirás que es mala idea y todo.

Él negó con la cabeza. Debía admitir que la sensación de libertad se le antojaba extraña y lejana, casi como un cuento infantil que reconoces pero que sabes que forma parte de otra vida, algo que no te pertenece. Por eso cuando cruzó la mirada con la de Almu de nuevo, encontró en sus ojos ese sentido de pertenencia que solo ella, en cierto modo, podía ofrecerle.

—Podríamos hacerlo, sí.

Su amiga lo celebró alzando los brazos y sonriendo. Luego dijo que si todavía le quedaba algún puro habanero de su padre y se dedicó a buscarlos por los cajones, sin éxito.

—Y aunque aún tuviera, estarían secos —comentó Unai a la nada, porque Almu había desaparecido en el baño.

Ese momento de calma, con la música sonando de fondo y él tumbado en el sofá, hizo que se detuviera durante un instante la vorágine de pensamientos negativos que asolaban su mente en cualquier ocasión de distracción. Se fijó en sus pies, sobre la mesa, cubiertos con unos calcetines de lana que su madre le había regalado hacía unos cuantos años. Había olvidado por completo que se había decidido por ponérselos aquella mañana… hasta ahora. Estaban visiblemente desgastados por el uso y el tiempo, pero la lana era de calidad, de una de las ovejas que en su momento habían criado en el caserío. De eso hacía ya mucho tiempo, ni siquiera tenían ya animales vivos más allá de alguna gallina a la que dejaban a su libre albedrío. Quién sabría dónde se encontraban ya.

El hecho de ver el calcetín le hizo sentir un agujero en el pecho. Había obviado lo difícil que había sido para él tener unos. O zapatos. Calzaba una talla descomunal, lo que imposibilitaba encontrar diseños atractivos y decentes para sus pies; les tocaba buscar bien en miles de tiendas, encargarlos con tiempo o pedirlos a talleres. Al menos, Unai siempre había pensado que sus zapatos no eran para que los vieran, sino para protegerse del frío y trabajar.

—¿Qué haces? Te vas a quedar bizco.

Almu se sentó en el sofá dejando caer todo su peso y lo sacó de su obnubilación, que pareció despertar de un trance.

—Nada —mintió, porque confesar que su madre retornaba a su mente volvería más oscura la escena, y no era eso para lo que estaban intentando distraerse los dos—. Juguemos a algo.

Sacaron una baraja de cartas y echaron un par de horas riéndose como enanos mientras el tiempo se volvía más frío afuera, la lluvia amenazaba con romper el techo y el alcohol inundaba sus venas.

# A kilómetros

Los padres de Aries llevaban años soñando con esas vacaciones. Habían ahorrado mucho dinero y también habían tenido que gastar parte en momentos de crisis o desesperación para pagar las facturas. Por eso, por más que hubieran separado cada moneda y billete y la hubieran guardado con esmero dentro de un tarro de la cocina, nunca se había mantenido cerrado más de seis meses. Hasta que había llegado el momento de la verdad, de romper con todo y por fin dinamitar la emoción que los había acompañado toda la vida.

Compraron la caravana haría dos o tres años. El sueño de ella, camperizarla; el de él, poder viajar sin rumbo fijo. Así que consiguieron aunar esfuerzos en convertir aquello en una casa para dos personas, la que llevarían a cuestas durante miles de kilómetros de recorrido.

Aries los había acompañado en varias ocasiones a ver caravanas. Los precios subían y bajaban, echaban cuentas en la cocina con un cuaderno que utilizaban para contabilizar las facturas y siempre terminaban por abandonar ese sueño porque el trabajo en la panadería de leña era demasiado duro y sin pausa. A veces había tocado renovar las vitrinas, otras era simplemente que la puerta de entrada se había roto. Siempre había habido algo que los mantenía tras su sueño sin lograr conquistarlo.

Pero el día en el que por fin tuvieron la caravana en la puerta de su casa y llamaron a Aries por la ventana, las lágrimas rodaron sin cesar. Era domingo y hacía frío. Aries se puso el primer abrigo que encontró en el perchero. Mientras bajaba las escaleras se dio cuenta de que era de su padre y que le quedaba enorme, pero qué más daba con esa ilusión que ahora lo inundaba. Se abrazaron cuando estuvo abajo y le enseñaron la caravana por dentro, las ideas que tenían para cambiarla, cómo la llenarían de sueños y esperanzas. Aun así, en el ambiente reinaba un poco de incredulidad, como si pese a tener el vehículo fueran incapaces de tener el control del volante para llegar de verdad a su objetivo.

—Por fin —susurró su amatxo simplemente con lágrimas en los ojos, embargada por la emoción.

Su padre la rodeó con sus brazos y los tres terminaron enredados, celebrándolo por todo lo alto e ignorando a los vecinos que pudieran asomarse para ver la causa del escándalo. Nada podría arrebatarles ese instante de felicidad.

—Yo me ocupo de todo —prometió Aires entonces, una vez se hubieron separado del largo abrazo—. No os preocupéis.

La mirada de su madre rebosaba calidez y agradecimiento, aunque con algún rastro de sorpresa. Ambos sabían que Aries no estaba demasiado involucrado en la panadería, por más horas que estuviera echando últimamente en el almacén o alguna tarde de vez en cuando, cuando había demasiado trabajo por Navidad o en la época de las opillas.

—¿Harías eso? Sabes que es lo que más nos preocupa... No nos podemos permitir cerrarla, ni siquiera una temporada. —Su aita se sonrojó al admitirlo, casi con una punzada de culpabilidad por decir aquello en presencia de la enorme caravana.

Aries asintió con la cabeza y con la mirada al mismo tiempo. De pronto, estaba seguro. Si tenía que tomar las riendas de la panadería, lo haría aunque tuviera que sacrificar lo que fuera, porque ver a sus padres así... Probablemente nunca los había visto tan repletos de felicidad. Era extraño y reconfortante al mismo tiempo, y ya que no había podido aportar su granito de arena antes, era el momento de hacerlo. De dejarles un poco de esa libertad que tanto ansiaban y merecían.

—No os preocupéis —repitió—. Creo que puedo de sobra. Entre una cosa y otra sé hacer de todo.

Y así habían quedado las cosas unos años atrás. La promesa no se había olvidado y desde ese momento, Aries se tomó algo más en serio el oficio artesanal que su familia había portado en la sangre durante generaciones. Llegó la universidad y puso todo un poco en pausa, aunque en cuanto podía, sacaba fines de semana o festivos para echar una mano. Aprendió a su ritmo y poco a poco, aunque lo pasó también mal cuando se le chamuscaron postres cuya preparación era más delicada que los habituales. También se quemó con algunas chispas y se clavó alguna astilla. Por su mente siempre rondaba el momento en el que estuviera solo y se viera entre la espada y la pared, cuando tuviera que resolver por su cuenta los problemas que surgían en el día a día, organizar las facturas a proveedores, la leña o la harina.

Pero cuando miraba el rostro de su madre cada vez que le contaba a alguien los avances que iban llevando a cabo con la camperización de la caravana... Con eso bastaba para tragar saliva y continuar. No quería heredar la panadería por el momento, aunque no lo descartaba, pero no iba a dejar que sus padres no pudieran disfrutar de lo que se merecían después de décadas de trabajo. Lo habían tratado tan bien en todo momento que no le cabía otra idea en la cabeza. Además, y aunque fuera a echarlos de menos, en cierto modo también él ansiaba un poco de espacio personal. O no, o quizá se estuviera acostumbrando ya más a esa rutina.

Lo que tenía claro era que desde que sus padres se casaron, ese sueño los había perseguido y ahora que por fin, meses después del inicio de su verdadera formación en la panadería, lo estaban cumpliendo, Aries no sabía cómo sentirse al respecto.

Por un lado, lo hacía sentirse pequeño y sin ambiciones, mientras que por otro le daba esperanzas de ser capaz de encajar tanto con alguien y poder compartir su vida con esa persona. Por su cabeza revoloteaban una inmensidad de sensaciones difíciles de comprender, el rostro de alguien a quien no quería ver, pero ahí permanecía por más que le hiciera hincapié a su subconsciente de que cualquier fantasía que tuviera sería imposible de volverse realidad.

Ahora se estaba fumando un cigarro en la ventana de la cocina mientras esperaba a que hirvieran unas patatas en la olla, hasta que su calma se vio interrumpida cuando su teléfono empezó a vibrar. Pese a que habían pasado dos días desde Nochebuena, la resaca todavía resonaba en su cuerpo y aún no había sido capaz de volver a ponerlo en sonido. Era mejor que vibrara, le perforaba menos las sienes.

—Pero bueno, ¿cómo estáis?

Sus padres, a miles de kilómetros de distancia, sonreían al otro lado de la pantalla.

—Hoy descansas, ¿no? Te lo mereces un poquito, hombre. ¿Todo bien? Nosotros estamos por aquí...

—Ama, pero dame tiempo a contestar —rio Aries, sintiendo que en esa carcajada se le juntaban muchas cosas. Los echaba de menos.

—Sí, tienes razón, cariño. Dinos, ¿cómo va todo?

Entonces pasó a contarles en líneas muy generales cómo había estado yendo todo en un tono optimista, que es lo que sentía por dentro. Claro que esa llama estaba infestada por el percance del robo y lo que había conseguido, bajar a un hombre misterioso de las montañas para...

Debía detenerse ahí. Frenó para no distraerse mientras su boca continuaba trabajando por sí sola de manera automática. También les comentó lo bien que había ido la cena en la soci y la borrachera que se había pillado Amaia, algo que, estaba seguro, comentarían durante meses a partir de ahora.

—Nosotros hemos estado en tantos sitios... Bueno, lo habrás visto por el grupo de la familia.

Pues no. Aries había estado demasiado en sus cosas como para leer los chats más recientes, donde sus padres habían ido compartiendo con el resto de sus tías y primos más pequeños los recuerdos del viaje en forma de fotos y vídeos. Se sintió algo culpable por ello, no lo iba a negar, al ver la emoción de su madre reflejada en los ojos.

Continuaron charlando durante un buen rato mientras se ponían al día con todo hasta que las patatas estuvieron cocidas; Aries las acompañó con mantequilla y un par de filetes de pollo y se sentó a comer.

—Hace mucho que no vas al gimnasio —le comentó su padre al ver el menú.

—No tengo tiempo.

—Ahora esa excusa te sirve; hace unos meses, no.

Aries soltó un bufido algo molesto, aunque no le quitó razón a su progenitor. Sin embargo, sentía que ahora tampoco era el momento de preocuparse por ese tipo de cosas. Estaba demasiado centrado en su nueva rutina, en su nueva vida y en la responsabilidad de mantener la panadería a flote, de abrirla todos los días, perdiendo horas de sueño, sacrificando quizá demasiado por el camino. Era feliz sabiendo que podía devolverles a sus padres lo que le habían dado durante toda su vida sin pedirle nada a cambio, aunque se preguntó cuánto tiempo más duraría así o si llegaría a acostumbrarse a ello.

Cuando terminó de comer, aún seguía pegado al teléfono, pero sintió la necesidad de encenderse otro cigarro en soledad y en silencio, así que se buscó una excusa para colgar a sus padres.

Con medio cuerpo fuera de la ventana y el humo del tabaco formando espirales frente a él, su cabeza estaba en el monte y su corazón no encontraba su lugar, dividido entre tantas dudas respecto a su vida. Presente, futuro. Todo se entremezclaba. Y se encendió un tercero, que le picó la garganta, pero que consiguió marearlo y arrastrarlo al sofá para dormir mientras su cerebro lograba ese ansiado descanso que pedía a gritos.

## Las doce uvas

Unai se dedicó gran parte de la noche a preparar la comida que cenaría solo. De fondo, una televisión que permanecía apagada la mayor parte del tiempo y una botella del buen vino de su padre extraída de lo más profundo de la despensa a la que solo él accedía en épocas especiales. En cierto modo, Unai podría admitir que estaba cargado de pena, porque miraba a través de la ventana y ya veía fuegos artificiales precoces, jóvenes que correteaban por la calle mientras sus familias ultimaban los detalles para despedir el año y porque escuchaba el eco incomprensible provocado por la música de algún caserío lejano. Aunque más que pena, sentía lástima y melancolía. Almu estaría pasando la noche con su familia, con la que no guardaba muy buena relación y con la que probablemente terminaría peleándose a gritos. Esa era la verdadera tradición, ¿no? Él, al menos, recordaba que sus Nocheviejas tampoco eran tan bonitas como su mente había decidido almacenarlas.

A pesar de todo, y en medio de ese debate constante que

marcaba sus días y sus noches, había terminado por poner la mesa para dos. El duelo de su padre lo había superado hacía ya bastante tiempo, pero perder a su madre englobaba algo mucho más que el no tenerla cenando con él, por lo que era consciente de que quizá no lo superase nunca por más liberación que sintiera o por mucho que limpiara la casa para deshacerse de sus recuerdos y de su olor.

Se encontraba ahí de nuevo, en esa maldita encrucijada, después de pasar una Navidad mediocre, la cual no había querido celebrar, pero que le pesaba en el pecho como si fuera una obligación cumplir con la tradición. Y se sentía también un poco así con el último día del año. Volvió a mirar a través de la ventana, casi atemorizado de que alguien descubriera cómo había terminado por configurar la mesa pese a las idas y venidas que había mantenido consigo mismo. Ni siquiera él era capaz de aclarar sus sentimientos.

Por eso ahora, mientras el agua para la pasta burbujeaba en la olla, bebía de su copa sin despegar los ojos del plato vacío de su madre y que así seguiría; jamás volvería a llenarse, porque no habría nadie al otro lado esperando esa comida. Era un pensamiento tan sencillo como absurdo, pero fue suficiente para que sintiera la emoción desplegarse por su pecho hacia su garganta y formarle un nudo que no estaba seguro de querer deshacer. Así que se volvió a distraer con la cocina y los más de veinte condimentos y verduras y utensilios que había repartido sobre la encimera. Cuanto más hubiera que hacer, menos pensaría y más rápido se pasaría todo. Y cuanto más bebiera, también. Ya se notaba algo mareado con ese vino casi ancestral, tan puro y delicioso.

Y el tiempo, sin embargo, no le daba tregua. Se acercaba la medianoche. Le rugía el estómago y no por hambre, además, puesto que sentía que era incapaz de comer nada. Solo perdía el tiempo en la cocina como una mera distracción.

Los tortellini rellenos estaban ya al dente; la tele de fondo, ya encendida, anunciaba el inicio del programa especial de las campanadas de la ETB, otra tradición de esas fechas que jamás cambiaría. Los presentadores comenzaban en ese momento a explicar el proceso de los cuartos y cuándo correspondía empezar a comer las uvas, por lo que Unai se apresuró a escurrir el agua y dejar la pasta en la olla durante unos minutos más mientras buscaba desesperado la fruta en el frigorífico. Las lavó y cuando se quiso dar cuenta, se las tuvo que comer directamente de la palma de su mano. Sentía cómo se resbalaban entre sus dedos, queriendo estrellarse contra el suelo y terminar chafadas. Menuda ironía. Las uvas que iban a marcar su supuesta buena suerte estaban siguiendo el destino que él, en ocasiones, querría para sí mismo: estamparse y desaparecer, inservible.

En verdad prefirió que las cosas se hubieran dado así. Había abierto una botella de vino, tenía el estómago vacío y demasiados recuerdos en la cabeza. Deseó en cierto modo que todo fuera diferente, pero...

—Feliz Año Nuevo —le dijo a la nada, al tiempo que empezaba a escuchar los primeros petardos a kilómetros de allí, ahora sí, celebrando la entrada de una nueva era, como decía siempre su amatxo, como si las cosas cambiaran solo porque un reloj así lo determinaba.

Sabía que nada sucedería y, aun así, sintió una pequeña decepción por sentirse exactamente igual que el año que dejaba atrás. Era absurdo haberse ilusionado, ¿verdad? Y a pesar de todo... Desechó el pesimismo con una sacudida de la cabeza y continuó el proceso de la cena. Le faltaba freír algunos ingredientes y terminar la salsa.

No se dio cuenta de cuándo había terminado de comer, pero de repente ahí estaba, contemplando su copa de vino, de nuevo vacía, el estómago a medio llenar —al final sí que tenía hambre y había cocinado demasiado poco para un cuerpo tan demandante de hidratos como el suyo— y sintiéndose un estúpido por haberse dado cuenta de algo que llevaba ignorando toda la noche.

Se había peinado. Domar su cabellera a veces era complicado y no porque fuera larga, sino por la fortaleza de sus pelos y la cantidad que tenía. Justo ahora le rozaba la parte alta de sus orejas; el olor a gel le proporcionaba un aspecto más serio de lo habitual. Estaba completamente vestido de una forma en la que nunca lo haría un día normal. Pero se había arrepentido en cuanto había puesto el primer pie fuera de la puerta.

Y es que quería bajar a la ciudad y buscar a Aries. Empezar el Año Nuevo con él. Era lo único en lo que había pensado durante el día, joder, y no se había atrevido a hacerlo. La evidencia de su cobardía estaba ahí plantada, delante de él, con el plato de su madre descansando en la mesa, al que podía escuchar riéndose de él.

Quizá era por el alcohol o porque las fechas no acompañaban, pero sentía que todo su mundo volvía a derruirse después de haberse esforzado en decorarlo a su gusto. Notaba en sus pies la fuerza de algo extraño que lo empujaba para que continuara hacia delante, que se montara en la furgoneta destruida, que hiciera lo que necesitaba de verdad. Anhelaba esa interacción, por más que no le hubiera querido dar cabida.

Entonces, con el frío del invierno atravesando la casa por haber mantenido la puerta abierta de par en par a la espera de su decisión, giró sobre los talones y apoyó ambas manos sobre la mesa. Vio el plato vacío de su madre devolverle la mirada, aunque no del todo; estaba algo borroso. Se movía.

Así que no supo cuánto tiempo pasó desde que lo había cogido y lo había estampado contra el suelo ni cuánto vino había bebido casi de un trago después de eso para armarse de valor, pero no iba a permitir que el nuevo año siguiera regido por la sombra de su pasado. Era ahora o nunca.

Sus pasos sobre la gravilla de la entrada le hicieron darse cuenta de que iba a cometer una locura. Eso, en vez de detenerlo, hizo que quisiera continuar con aún más ímpetu. Le ardía el pecho, el latido de su corazón. Era una irresponsabilidad montarse en un vehículo en ese estado y, sin embargo, lo hizo, sin atender a los rumores de su cabeza o al sentido común.

Menudo idiota. Pero al menos era un idiota con coraje, pensó.

Posó las manos sobre el volante. No sabía en qué momento había entrado en la furgoneta, pero ahí estaba, maldita sea, sintiendo en la suela del zapato la tensión que el embrague generaba contra él. Lo apretó, se dejó ir. El ronroneo del motor le llegó a los oídos y una oleada de satisfacción lo golpeó. Maniobró como pudo y terminó bajando el monte cantando a pleno pulmón una canción de Camilo Sesto repleta de agudos de los que se arrepentiría de haber entonado al día siguiente.

No sabía cómo lo iba a hacer, pero tenía claro que lo encontraría. Necesitaba verlo.

# 1 de enero

Pese a los esfuerzos de la Ertzaintza en hallar a los posibles culpables de esas manchas en la pared, Aries sabía perfectamente que serían incapaces de encontrarlos. Porque en cuanto se había subido la bragueta, acompañado de Cris, habían huido sin dejar rastro y corrieron durante lo que parecieron kilómetros, sintiendo el corazón a mil y con la adrenalina propia de un adolescente tras saltarse las clases. Ahora, con la vejiga descansada y un poco mareados, los amigos se reencontraron con el resto de la cuadrilla por las calles de Irún para proseguir con su marcha.

Gritaban villancicos a todo pulmón y aunque las miradas del resto de los transeúntes parecían querer acallarlos, nadie lo haría. Porque era Año Nuevo, maldita sea. Un momento para celebrar y pasarlo bien, emborracharse y olvidarse de todas las penas, hacer borrón y cuenta nueva de una forma casi mágica como no se podía hacer ningún otro día del año. Era su momento, aunque no se quitaba de la cabeza que le gustaría compartirlo con alguien más.

Y eran pensamientos a los que era mejor no dar demasiada cabida. Así que se estaba dedicando a beber, a tratar de contactar con sus padres por videollamada y a escapar de la Ertzaintza y sus multas ridículas en una noche como aquella. Parecía que la mejor forma de entrar en un nuevo año para ellos era perseguir a personas que solo se lo estaban pasando bien sin hacerle daño a nadie —si no contaban con los vecinos que, al día siguiente, tendrían que limpiar las paredes de sus portales con lejía, pero eso era otro tema que ahora mismo poco o nada le importaba.

Algunos de los bares del centro estaban abiertos. Al menos, a esa hora. Aún era pronto, apenas la una, por lo que muchos todavía celebraban en casa mientras se preparaban para tomar las calles. Allí era tradición salir, disfrutar en el exterior o en los bares, lanzar algún que otro petardo y terminar al día siguiente comiendo churros con chocolate. Quien llegara vivo al día siguiente, claro. Porque Aries no tenía ninguna intención de volver a su casa hasta el día 2 de enero como muy pronto. Ya se buscaría un plan, pero tenía demasiadas cosas rondando en su cabeza como para preocuparse en ese momento de un futuro inmediato.

—Mira, es que no me voy a cansar nunca de ver a mi tía Puri ahogarse con las uvas —se reía Amaia, como llevaba haciendo toda la noche. Estaba feliz, exultante. Era bonito verlo.

—Pero compradlas peladas, hombre. La vais a terminar matando un año de estos —le dijo Aries entre risas.

—Ella cree que lo están. —Amaia tenía los ojos muy abiertos y su vaso de plástico estuvo a punto de resbalársele de las manos—. La gracia es que ninguno de la familia se las come solo para mirarla a ella. Es demasiado graciosa, las caras que pone, todo. Te meas, vamos.

—Estáis jugando con la vida de una persona, ¡madre mía! Lo peor es que después de tantos años la pobre sigue pensando que es un error y no que uno de vosotros quiere quitársela de en medio.

Aries no pudo reprimir lanzarle una mirada seria a su amigo. Le era inevitable no sacar a relucir su parte más tiquismiquis, como si todo estuviera sujeto a la lógica y al buen hacer cuando a veces había que dejarse llevar. Aries estaba aprendiendo a hacerlo, no estaría mal contagiarle un poco de ello a su amigo.

—Bueno, se lo toma a broma si es así. No deja de estar pobre. Nadie quiere su herencia.

—¿Deudas?

—Ajá.

—Madre míaaa —casi gritó Amaia entre risas. Esas anécdotas nunca morían.

Era algo complicado escuchar al completo las conversaciones que estaban teniendo lugar, a decir verdad, porque el barullo de las calles los rodeaba como un manto de éxtasis y felicidad y porque mantenían varias al mismo tiempo, como solía pasar cuando se juntaban varios. Por eso, de repente, Aries posó su mirada en la de Julen, simplemente por comprobar si estaba escuchando o contando algo, atemorizado de pronto porque compartiera la experiencia que habían vivido juntos y casi al mismo tiempo dudó de que eso fuera a suceder.

Pero no, estaba hablando con Amaia sobre dinero, deudas y herencias, vaya, la continuación de la anécdota de la tía Puri.

Después brindaron. Aries llevaba unas cuantas cervezas en el cuerpo. Y vino blanco. También un par de copas de cava. Y era cierto que le rugía el estómago porque las cenas de esa época del año lo dejaban bastante machacado de tanta mezcla de mayonesa con txaka, incluso pinchos de tortilla y algún consomé. Vamos, que era más que normal que ahora los alimentos parecieran confabularse para atacarlo en cualquier momento. Y a ver, no es que fuera buscando eso, pero esa noche quizá era un buen momento para escapar del Hombre de la Montaña y de su amigo Julen, que ya le empezaba a hacer ojitos y con el que ya había tenido un momento de debilidad que jamás admitiría en voz alta. Así que no se cegaría por sus imposibles o prohibiciones; terminaría en casa de quien fuera o en la suya propia, se dejaría llevar, joder. No era tan difícil y debía quitarse todos esos miedos. Seguiría bebiendo. Para eso estaba la Nochevieja.

Sabía que no lograría ponerle barreras a su mente, pero al menos sentía esa intención quemándole el pecho, como si lo moviera, como un imán gigante que lo arrastraba hacia el abismo de una equivocación inquebrantable.

—Me hacía falta esto —confesó Maialen, que después del duro golpe de su familia parecía estar apreciando más que antes los buenos momentos junto a sus amigos—. No sé por qué esto solo puede pasar una vez al año. Por mí, que hubiera Navidades cada tres meses.

—Si nos lo pasamos tan bien es justamente porque es una vez al año —le dijo Cris poniendo los ojos en blanco.

—Sí, pero las fechas no acompañan. ¡Que es prácticamente fin de mes! He tenido que pagar esta ronda con la de crédito. Ya me jodería —se quejó Maialen.

—No tendría sentido terminar el año en un día cualquiera, en plan, el día 28 de un mes, ¿no? —La forma en la que Amaia lanzó aquella reflexión, con la mirada perdida y realmente concentrada, los hizo estallar en carcajadas a todos sin ella comprender por qué—. No, claro, es que pensadlo. O sea que termine el 31 es que tiene sentido.

—Por favor, que alguien le quite la bebida a esta señora —bromeó Aries.

Todos rieron y volvieron a brindar. Pidieron otra copa, brindaron de nuevo y siguieron bailando y saliendo a fumar. Poco a poco el mundo de Aries se desdibujaba y se convertía en algo menos importante y más disfrutable, y su cadera se unía a la de Julen cuando sonaba reguetón; notaba su aliento en la nuca, sus dedos apretando los suyos delante de todo el mundo, como si nada importara, como si todo fluyera ya, como si el espacio entre ellos no significara nada.

Entonces decidieron cambiar de bar, ir a explorar otra zona. Amaia estaba aburrida de ver siempre las mismas caras y debía de tener un ligue en el barrio de al lado por lo que Aries había captado entre una canción y otra. Los amigos, conscientes de que nada aseguraba que hubiera el mismo ambiente unas calles más allá, decidieron probar suerte. Pidieron la bebida para llevar. Les dieron unos vasos cutres de plástico que vendían en packs. El suelo olía a pólvora y el viento, a humo de tabaco. Al menos no llovía. Todo era fiesta, ladridos de perros y grupos de amigos cantando villancicos. Como ellos. La ciudad se volvía una unión de celebración y parranda. Era bonito verlo, aunque Aries no se tuviera ya casi en pie.

Salieron de la zona del centro en dirección al barrio de Lapitze. Pasaron por la enorme plaza de San Juan, la misma donde unos meses más tarde celebrarían con el mismo ímpetu las fiestas de San Marcial, reformada hacía tan poco que pisarla se sentía como un pecado. A Maialen se le cayó media copa, los hielos se desparramaron por el suelo, que se tornó oscuro allá por donde el líquido se deslizaba. Porque ya estaban probando algo más duro. Según ella, los cubatas eran cuestión de las tres y media de la mañana y se le estaba yendo la olla.

Ya era tarde. O era pronto. Dependía del punto de vista, ¿no?

Caminaron y saltaron los setos, con cuidado de no liarla demasiado. O más de lo que ya lo estaban haciendo. Pero Aries vio una esquina oscura, justo antes de una bocacalle hacia la izquierda, por donde no pasarían porque el Paseo Colón era mucho más céntrico y habría más jarana.

—Dos minutos, voy a mear —dijo como buenamente pudo, y sus amigos respondieron con un ademán. Se detuvieron para liarse un cigarro o seguir bebiendo.

Lo veía todo en ambos lados. Le costaba atinar entre los cubos de basura. Ahí sí que se llevaría una buena multa, algo que no le haría ni pizca de gracia. Era alto, destacaba desde cualquier ángulo. Al menos ocultó su pene como pudo. Que se lo viera un picoleto casi que le daría más vergüenza. Aunque dependía de lo bueno que estuviera. Pensando en eso, cerró los ojos durante unos segundos y todo su mundo tembló, viró, se dio la vuelta y, al abrirlos, había terminado.

Se dirigió de nuevo hacia sus amigos entre risas, recuperó su copa de las manos de Cris y, cuando alzó la cabeza para emprender todos juntos el camino dando tumbos hacia el Paseo Colón, Aries se quedó paralizado. Porque no podía ir tan borracho como para tener alucinaciones. Al menos, no es algo que le hubiera pasado nunca.

—Madre mía, ¿quién es ese? Está buenísimo. —Era Maialen.

—Joder, menudos brazos, me cago en todo —dijo Amaia.

—Yo quiero un macho de esos para mí, Jesucristo, ese te coge y te empala. No salgo viva —bromeó Cris.

Escuchaba la voz de sus amigos a lo lejos, como si estuviera a kilómetros de allí, porque la mente de Aries se había quedado congelada por completo, petrificada, suspendida en el tiempo.

Era imposible. El Hombre de la Montaña. No debía estar ahí. Aries tragó saliva y luego esbozó un intento de sonrisa. No lo iba a ver a esa distancia, estaba claro. Se encontraba lejos, a varios metros, los suficientes para que el uno se fijara en el otro, pero no para saber cuál era la expresión en la cara de cada uno.

Sintió entonces todo su cuerpo alerta, incluso se le erizaron los vellos del brazo. Y no, no era una sensación negativa, sino todo lo contrario. Y no quería sentirlo. El porqué de verlo y convertirse en una especie de flan sin dignidad cuando apenas habían compartido una cita terrible era todo un misterio. Uno que quería resolver con todas sus ansias. Y no sabía cómo gestionar todo eso.

Vio cómo la mirada de Julen se tornaba algo oscura. No podía evitarlo. Se había percatado de que algo estaba sucediendo frente a sus ojos. A esas alturas de la noche, era extraño que Aries no se hubiera ido de la lengua sobre el leñador, y más aún con la cantidad de alcohol que corría por sus venas. Pero no era necesario para que a Julen le saltaran las alarmas, ni siquiera cuando Unai lo saludó con la mano.

Estaba quieto, como esperando a atreverse a dar un paso... que no llegaba. Se apoyaba en una farola en un gesto distraído, evidentemente fingido. Quería parecer despreocupado, pero a pesar de todo estaba ahí. Aries sabía que no tenía a nadie con quien pasar Nochevieja y, aun así, había sido tan cerdo de no haberlo invitado a nada. En su cuadrilla podía entrar cualquiera, así funcionaban. Aunque, por otro lado, tampoco eran nada como para incluirlo. Habría sido raro. O habría tenido todo el sentido del mundo.

Pero bueno, que encontrarlo ahí en medio de la ciudad debía significar algo, ¿verdad? Eso pensaba Aries mientras se adelantaba a sus amigos como podía y ellos comentaban, casi preocupados, el hecho de que su amigo se estuviera acercando al hombre misterioso, grande y rudo. Como si les diera miedo.

Aries sintió cada paso como si cayera de un precipicio. Pero era un precipicio diferente, uno que podría terminar en tragedia o en un vuelo cargado de libertad. Sentía pinchazos en los pies, puros nervios en cada milímetro de su cuerpo.

Y a medio camino, todo cambió.

# Vino tinto

Estaba ahí, joder, a tan solo unos metros. Unai no podía creerse la suerte de haberlo encontrado entre tantos miles de personas que habitaban la ciudad, entre toda la gente que se había cruzado durante esas horas que llevaba dando vueltas con un cartón de vino tinto en la mano. Ya estaba caliente y rancio, pero era su mejor amigo aquella noche, después de haberse bebido una cantidad ingente de la bodega de su padre. No sabía cuántos se había tomado, porque total, llevar la cuenta solo le haría perder aún más la cabeza.

Tras tomar la decisión de bajar a la ciudad, aun con la esperanza de encontrarlo en un momento mágico, creía imposible que fuera a conseguir su meta. Tampoco estaba del todo seguro de querer hacerlo, porque no sabía cómo enfrentarse a él después de semanas. La última vez se habían visto borrachos y probablemente habría dicho cosas de las que se arrepentiría si se las repitieran en voz alta. No, no quería verlo. Estaba claro.

Y al mismo tiempo, su única razón de ser era él. ¿Cómo

era posible si el tiempo estaba cambiando? ¿Cómo era posible que aquello fuera una verdad a la que, aun arraigada en su corazón, no le quería prestar demasiada atención? ¿Cómo era posible que estuviera allí abajo, que hubiera confiado en las causalidades, para verle, como un niño ilusionado que desea cosas imposibles? Era algo tan complejo y a la vez primitivo que parecía casi un animal. Era algo instintivo, como si persiguiese el olor de quien le fuera a dar caza. Porque Aries podría acabar con él en muchos sentidos. Podría despojarlo de esa independencia que creía haber conseguido. Dejar de lado el caserío y a su madre era una cosa, pero sustituirlos por Aries tampoco era demasiado inteligente y algo muy distinto. Quizá todo tenía que ver con que necesitaba rellenar ciertos huecos y carencias.

Fuera como fuera, ahí estaba. Caminando entre la gente con un cartón de vino tinto comprado en una tienda que había encontrado abierta. Había dejado la furgoneta en el único lugar del que se fiaba en toda la ciudad, tras el almacén de la panadería de los Sagardi. Era estúpido, lo sabía, pero había cierto cariz de confianza que solo le otorgaba ese apellido. Como si hubiera heredado de alguna forma esa sensación que transmitían sus padres y ahora lo portase él, por otro lado, con otro sentido completamente distinto y renovado. Pero era eso, aunque sonara extraño, algo así como la palabra «hogar». Como si se pertenecieran.

Cuando lo vio, creía que estaba demasiado borracho como para fiarse de sus propios ojos. Se encontraba rodeado de sus amigos. En cuanto Aries alzó la vista y lo vio, Unai quiso echar a correr. Se le aceleró el pulso y se tensó por completo, su cuerpo se preparó para huir y dejarlo, de nuevo, todo atrás. Así que apretó el brik más de la cuenta sin percatarse de ello, casi como si lo quisiera espachurrar y hacer desaparecer el poco contenido que aún conservaba, aunque terminó por estrujarlo tanto que se escaparon unas gotas que le mojaron los dedos. Ahora olería aún más a vino, ahora nadie querría acercarse a él. Y menos Aries, que ya lo conocía borracho.

Aun así, el tiempo parecía haberse detenido. Podía sentirlo. Dejó de escuchar los petardos a lo lejos, a las chicas borrachas riéndose a sus espaldas, los coches cuyos cláxones hacía segundos le perforaban los oídos. Ahora no había nada más en aquella plaza que ellos dos, independientemente de que estuvieran rodeados de gente.

Era incapaz de ver algo más que la figura del panadero desdibujada entre el humo de la pólvora y la suave bruma que despertaba la humedad a aquellas horas.

Aries se tomó su tiempo en dar unos pasos hacia él. Un gilipollas de su grupo de amigos lo miraba mal primero a él; luego, a Unai. Pero no le importaba en ese momento, porque no podía apartar la vista de cómo caminaba el panadero, de sus piernas enfundadas en esos vaqueros ni de sus pasos decididos y tan sexis pese a estar borracho como una cuba. Mostraba la seguridad que a él le gustaría tener. Su pelo, despeinado por el viento y esos ojos tiernos que tan bien se habían comportado con él en la desastrosa cita.

Venía sonriendo. Cada vez más cerca.

De pronto, alguien le pasó por delante, a punto de caerse. Había tropezado con algo en el suelo, probablemente una alcantarilla en mal estado. Aguzó un poco más la vista y apreció que se trataba de una mujer. Parecía pegada a su bolso, con el dedo gordo debajo de la tira como si se fuera a romper en cualquier momento. Un abrigo granate. Una sonrisa de oreja a oreja.

Unai se puso alerta y se separó de la farola en la que había apoyado todo su peso durante esos últimos minutos, aunque a él le habían parecido unos segundos y, al mismo tiempo, horas. Unai se puso alerta porque de repente Aries no se dirigía hacia él, porque sonreía, pero no a él. Hablaba con aquella mujer como si fueran algo más que conocidos. Era evidente que les unía… algo. Fuera lo que fuera.

No quería admitirlo, pero la sangre de Unai empezó a hervir de un modo que había desconocido hasta ese momento. Y más cuando se atrevió a avanzar, a acortar la distancia entre ellos, como para reclamar su puesto. Uno que, quizá, no se merecía, pero que sentía suyo. Aries llevó de pronto una mano al cabello de aquella mujer en un gesto típico que simulaba peinarla, pero que en realidad escondía una caricia.

Unai no se dejó derrotar, continuó unos cuantos pasos más. Tal vez el grupo de Aries lo estuvieran juzgando demasiado, podía sentir el peso de sus ojos en su pecho, en sus rodillas. Las señales de su cuerpo querían evitar que hiciera el ridículo y quedara en evidencia, pero tampoco conocía a los otros. No les debía nada.

—… pues sí que te has puesto guapa al final —comentaba Aries con una sonrisa tan ancha y grande que no le cabía en la boca.

El leñador se sintió absurdo. Quedaban unas buenas zancadas hasta ellos, pero se dio la vuelta sin pensarlo dos veces. No era el momento. Sobraba. Todo había sido un error garrafal. Esa vida no era para él. El caserío lo esperaba, él no le haría daño. A pesar de saber que era mentira, pensó que sus raíces jamás lo traicionarían. Por eso se fue y volvió a caer en la distancia, en la separación física que reforzaría su jaula mental, esa que encerraba tantos deseos que no sería capaz de deshacerse de ellos nunca.

Pero es que aquello le había dolido. Se bebió el resto del contenido del vino y dejó que unas gotas se escurrieran por su barba. Ya qué más le daba oler como un borracho si lo era. Nadie más se le acercaría.

Como si lo hubiera conjurado, un grupo conformado por tres chicos pasó por su lado. También iban bebidos. Vestían de un modo bastante atrevido, una ropa que solo se pondría una chica en pleno verano. Y ni siquiera eso. Unai trató de no juzgarlos ni mirarlos con asco, pero le fue imposible en el estado en el que estaba.

Uno de ellos rompió la tensión entre ellos.

—Qué buenorro, joder —le dijo un chico delgado a otro más grandote cuya ropa le quedaba ceñida y dejaba que todos los pelos del pecho sobresalieran.

En ese momento ya se encontraban prácticamente al lado. Si Unai alargara un brazo sería capaz de golpearlo, pero no lo hizo. No. Se los quedó mirando. Amainó el paso. Ellos también. Se observaron de una forma extraña, una manera en la que Unai nunca había sentido que se hubieran fijado en él. Ni siquiera Aries, ahora que lo pensaba. Fue raro, demasiado. Porque la mueca de asco que había compuesto no era ahora la misma que antes, porque se daba asco él, porque esos chicos...

Joder, podrían ser él. El más grandote se parecía. La barba del mismo estilo, un cuerpo cuadrado como el suyo, de gimnasio en este caso, cubierto de pelo y con aspecto rudo. Y aun así vestía de una forma tan sorprendente y, al mismo tiempo, mostraba tanta libertad en sus movimientos, en esa forma de caminar y de expresarse que hicieron sentir a Unai como una verdadera basura. Más aún.

Luego no pasó nada. Tan solo continuaron cada uno por su camino. No se esforzó en escuchar si comentaban algo de su actitud, tampoco le importaba demasiado. La cabeza le daba vueltas. ¿Había sido necesario bajar a la ciudad para darse cuenta de tantas cosas? O ¿de beber tantísimo vino? No, desde luego que no. Era, simplemente, lo que pasaba cuando abría un poco la mente.

# Feliz año nuevo, supongo

Aries era incapaz de concentrarse en nada más que en los labios de Sara. Desconocía desde cuándo eran así, tan atractivos y carnosos. No haberse dado cuenta antes, cuando la veía cada mañana, era algo absurdo. Se sentía casi traicionado consigo mismo. Y a ella no parecía molestarle que su mirada se dirigiera tan solo a ellos. Era un día para celebrar; ella probablemente también habría tomado alguna que otra copa de más, por lo que el ambiente reinante, y no solo en la calle y a su alrededor, era de alegría y ganas de disfrutar.

Y, sin embargo, tampoco era capaz de apartar la mirada de la de Unai. No podía evitar apreciar sus detalles, qué expresión mostraba su cara, que se había repeinado como un niño bueno, que sus músculos parecían haber aumentado de tamaño desde la vez anterior y que había iniciado un trayecto hacia él que se había detenido en seco.

—Ostras, Sara. ¿Qué haces por aquí?

Ella sonrió de medio lado; era una mezcla de disculpa y

muestra de confianza. No apretaba ya tanto su dedo contra la tira del bolso; se había relajado un poco. O eso parecía. Olía a alcohol, también.

—He dejado a las niñas con mis padres, me he pirado a buscar a mis amigas, que creo que andan por el centro.

—Pero ¿todo bien? ¿Cómo se ha dado la entrada al nuevo año?

—Me he pasado con las cervezas —dijo como si no fuera ya evidente. A pesar de todo mantenía bastante bien el tipo, al menos sus pies seguían conectados con el suelo, no como los de Aries, que necesitaba moverse constantemente y sentía que habían cobrado vida propia. Quizá era a causa de las copas o tal vez se debía a los nervios que sentía al estar en presencia de Sara. Y del Hombre de la Montaña. Estaban sucediendo demasiadas cosas al mismo tiempo.

—Espero que hayas pedido algún deseo con las doce uvas. —Trató de distraer su mente con algo terrenal y retomó la conversación con Sara después de un incómodo (o al menos extra) silencio de unos cuantos segundos.

Ella sonrió.

—Sí, he pedido el deseo de tener cada mañana una napolitana recién hecha, para seguir viend...

No terminó de pronunciar la frase porque giró la cabeza y chasqueó la lengua. De pronto, parecía molesta. Luego frunció el ceño. Cuando Aries enfocó de nuevo la mirada en ella, sintió un vuelco en el corazón.

—¿Quién es? —preguntó Sara, ya confusa. Su frustración se reflejaba en sus cejas arrugadas. Torció por completo su cuerpo hacia detrás y trató de enfocar, sin conseguirlo—. Dios, qué mal rollo. No dejas de mirar hacia allí.

Aries debía disculparse. Lo sabía en lo más profundo de su corazón, porque la forma en que la actitud de Sara había cambiado desde que se había dado cuenta era bastante evidente. Y dolía, claro que dolía. No obstante, Aries no podía resistirse a... nada. Ver ahí plantado a Unai con esas ganas de acercarse y hablar, evidenciado por su lenguaje corporal, le hacía querer ir corriendo hacia él. De hecho, es lo que había estado a punto de hacer hasta que Sara se había cruzado en su camino.

—Bueno, veo que estás ocupado.

El tono de voz de la mujer era ahora distinto. Se había vuelto mucho más frío, casi rencoroso. Aries, envalentonado por el alcohol, posó sus dos manos sobre los hombros de su ¿amiga? El tirón que sentía en el estómago, esas mariposillas, no cesaban cuando la miraba a los ojos. Era extraño y él también se sentía raro.

—Perdona, es alguien que conozco y...

Sara lo interrumpió con un simple gesto de la mano.

—Nada, no te preocupes. Si yo ya me iba.

Pero ¿por qué le dolía tanto la forma en que lo estaba mirando? La sonrisa había desaparecido, el pulgar, que se había relajado alrededor de la correa del bolso, volvía a apretarse ahora más fuerte que nunca. Era rabia contenida, tensión, incomodidad.

En cierto modo, Aries no quería saber nada de alguien que se comportara así por una tontería, por algo que ni siquiera había sucedido. Coño, se había distraído. No estaba cometiendo un crimen, ¿verdad?

—Vale, pues...

Su voz se apagó porque Sara se marchaba, de verdad, tras despedirse con la mano en alto, saludándolo como si ella se fuera en barco y él estuviera aún anclado al puerto. Aries no supo cómo reaccionar ante aquel corte —porque indudablemente lo había sido— y se quedó pasmado, quieto en el sitio, sin comprender por qué no había sacado a relucir la parte que tanto odiaba de su embriaguez.

Y luego volvió a pensar en el Hombre de la Montaña. Alzó la cabeza para comprobar si aún seguía ahí, pero lo único que permanecía ahora en esa farola era su recuerdo. Había sido tan estúpido... Y no porque no sintiera nada por Sara, sino más bien porque creía que, de algún modo, le debía algo a aquel chico tan misterioso. Lo más seguro era que, incluso sin conocerlo lo suficiente como para elucubrar teorías en cuanto a cómo actuaba, hubiera bajado desde el caserío por él. Lo podría casi asegurar a juzgar por la forma en la que estaba parado en plena calle, en cómo lo había mirado, en cómo se había sentido.

Pero con Sara... Era más fácil. Esa era la definición. La sencillez con la que podía entablar una conversación con ella, pese a que les hubiera costado llegar hasta ese punto, era muy diferente a los nervios que sentía con el leñador. Y aun así, con él también lo percibía, pero de manera diferente.

Era incapaz de comprender las verdaderas motivaciones de su corazón, su estómago y su cerebro, pero tampoco era el momento de hacerlo. Sus amigos se acercaban ahora, viendo que la conversación había terminado. Con cualquiera de los dos, tanto con esa mujer desconocida como con el acosador, que así era como lo había decidido bautizar Julen.

Sus amigos continuaron hablando y todos siguieron el ritmo que habían marcado anteriormente hacia un nuevo barrio, nuevas caras y nuevos bares. El sentimiento festivo, sin embargo, se había evaporado casi por completo del cuerpo de Aries, que ahora se sentía mareado y distraído. No entendía qué hacía en mitad de la calle cuando lo único que quería era irse a dormir.

O salir corriendo detrás de su leñador.

## Pena

Había sido la peor idea del mundo ir hasta allí con esas pintas y en el estado en el que se encontraba, pero, hey, ¿qué cojones se suponía que debía hacer? Se encontraba frente a la casa de Almu con la furgoneta llena de barro y una sintonía en la radio casi tan polvorienta como el maletero, probablemente de una época pasada que sus padres sí recordarían. Y por más que hubiera tomado vino y que su mente se hubiera quedado anclada a la ciudad y su panadero, de repente la traición no provenía de ese chico, sino de su cabeza que, rebosante, lo llevaba serpenteante por un zigzag de recuerdos por completo innecesarios que se mezclaban con el encuentro con aquellos chicos.

Y cuanto más tardara la maldita Almudena en salir de su maldita casa, peor sería.

Casi como si la hubiera invocado, la puerta del copiloto se abrió de un tirón. Lo primero que entró en la furgoneta fue el bolso de Almu que, lanzado como una jabalina en las Olimpiadas, aterrizó certero sobre el regazo de Unai mientras que contemplaba la escena con el ceño fruncido —y un poco cabreado, a decir verdad—. Cuando su amiga apoyó por fin el culo en el asiento, soltó un aspaviento.

—Venga, tira —le dijo.

Olía a cerveza, vino y cava. El típico mix de cualquier Nochevieja. Y tenía el rímel corrido. Almu no era una mujer que se maquillara de manera habitual y tan solo la había visto así en un par de ocasiones. Las noches como aquella siempre eran especiales, y más en su familia. Seguía unida a cada uno de sus miembros, desde sus tías y tíos pasando por primos e incluso familiares en segundo y tercer grado. Claro que en fechas señaladas se reunían en el caserío familiar donde Almu residía la mayor parte del año, aunque detestara invitar gente a su casa.

Aquel año, algo debía de haber salido mal. Peor que siempre.

Ninguno de los dos pronunció palabra hasta que Unai echó el freno de mano. La imprudencia de conducir borracho solo le atinó una vez puso los pies sobre la gravilla de la entrada, en ese camino que ahora se le antojaba como una prueba porque le costaba mantener el equilibrio. Sentía a las piedras y al barro burlarse de él. El brazo de Almu, aunque reticente, le permitió encontrar esa estabilidad perdida y mantenerse recto mientras sus dedos jugueteaban con las llaves y el cerrojo.

Dentro del caserío hacía algo de frío, pero nada comparable con el exterior. Ya amanecía; era oficialmente el inicio de un nuevo año.

Almu no tardó en buscar en la bodega del padre de Unai uno de los vinos que bebía como si de agua se tratara. Debía de tener al menos cien botellas iguales distribuidas por distintos puntos de la casa. Algunas aún se guardaban en la buhardilla, a sabiendas de que, si fueran más accesibles, se terminarían más pronto que tarde. Cuando Almu descorchó la botella y le dio un trago, sus labios se quedaron teñidos por un color tinto intenso.

—Te ves como una mierda —le dijo sin miramientos a Unai, que se había tirado sobre el sofá, tratando de enfocar la vista en algún punto fijo y no vomitar. El vaivén de la carretera no lo había ayudado a estabilizarse, desde luego.

—Y tú. Vaya par. —Unai fue escueto, pero realista. Los dos lucían a noche de fiesta terminada en tragedia, y eso que, pese a la cantidad de alcohol ingerido y los malos momentos, ninguno parecía tener demasiadas ganas de irse a dormir. El cuerpo de Unai, al menos, estaba bastante activo. En guardia.

—Bueno, en teoría deberíamos estar follando —soltó Almu con los ojos en blanco—. ¿Te crees que mi prima Elena me dice que soy imbécil por no aprovecharme?

Unai no lo entendió, por lo que su gesto ceñudo fue quizá exagerado, pero con el vino se volvía de una manera que no era y ahora mantener sus barreras en alto se convertía en un acto ilógico. Se habían derrumbado demasiado.

—¿De qué?

—De ti, joder. De que estés triste. Dice que es romántico, como si fueras..., yo qué sé, una damisela en apuros. Menuda payasa es la tía, copón. Lo ha repetido como treinta veces. Y nadie la mandaba callar. Le reían las gracias, coño, y no tiene ni pizca. Una mierda las comidas familiares, ¿sabes? Tienes suerte de estar solo. Te envidio.

La manera en la que Almu soltó aquello hizo que la estancia quedara luego demasiado en silencio. Era atronador, casi, y golpeaba los oídos de ambos por el eco de sus palabras. Al cabo de unos segundos, Almu abrió mucho los ojos.

—Hostia, disculpa. No quería decir eso. —Se acercó a Unai con una mano alargada buscando su contacto. Y su perdón.

Unai emitió un suspiro sonoro. Bebió un trago de vino. Luego otro. Miró al frente, ignorando a su amiga, porque no quería captar la preocupación en su mirada.

—Si no pasa nada, no te preocupes. Lo sé. Es mejor así. —Pero fue seco al decirlo. Era posible que le hubiera molestado, pero no tanto como hubiera pensado en un primer momento. Al fin y al cabo, Almu tenía parte de razón. Tenía suerte de estar solo.

—Por cómo te ves, yo no diría eso. Y he visto que pusiste la mesa para dos.

Ante eso, Unai tragó saliva, sopesando sus palabras.

—Todos tenemos momentos de debilidad y, bueno, es Nochevieja. Ya sabes que ni siquiera me aclaro. —Hizo una pausa para volver a beber—. Pero en fin, que esté así no tiene nada que ver con mi madre. Créeme. No quiero hablar del tema, además.

—Por cómo hueles debajo de todo ese alcohol y tu puta cara de enfado..., diría que esto tiene nombre de baguette —casi lo interrumpió su amiga.

El chiste no terminó de aterrizar y tan solo despertó una mueca en la cara apagada de Unai. Se sentía vacío, triste y le daba demasiadas vueltas a las cosas. Tener a Almu a su lado, no obstante, le ayudaba un poquito a levantar el espíritu. Y ahora también se sentía idiota por no haber acudido a ella ni haber sido más cercanos en los años anteriores, antes de que tuviera que suceder una desgracia. Sin embargo, pensó, ahora estaba ahí. Su cariño se notaba, aunque a veces fuera demasiado bruta. A pesar de que le quisiera sacar los colores, las vergüenzas, su parte más vulnerable. Pero todas las conversaciones que mantenía con ella conseguían arrancarle un pequeño rayo de esperanza, le ayudaban a moverse en lo que parecía ser la dirección correcta.

—Olvídalo —dijo Unai, al cabo de unos segundos—. Yo no soy nadie para él. Ni lo seré. No pasa nada.

—Necesitas echarle un par de huevos a la vida.

Almu lo miraba casi enfadada. Sostenía tan fuerte la botella de vino en la mano que parecía a punto de hacer añicos el cristal.

—Y ¿qué conseguiría? No importa —respondió Unai al tiempo que se encogía de hombros.

Se debatía entre continuar con la conversación o sumirse en un pozo de mierda absoluto, beber a morro de esa botella a temperatura ambiente y desaparecer durante unos días del resto de la civilización. Aunque, bueno, eso último ya lo hacía quisiera o no. Formaba parte de su rutina, ¿no? Mantenerse alejado del barullo de la ciudad, escondido entre arbustos y montañas para no tener que bajar (ni verlo a él).

Y claro, en su mente también acechaba la sombra de sus padres. La pérdida. No quería hacer caso a esas voces, pero, coño, claro que Almu tenía razón. Era la primera Nochevieja que pasaba sin ella. No sabía cómo sentirse al respecto todavía, aunque cada vez su recuerdo era menos y menos doloroso. Por fin parecía estar despojándose de esa sensación que lo había mantenido en vilo durante las últimas semanas. Y al mismo tiempo, ahí estaba esa culpabilidad por sentirlo. Ese vino, tan extraño y rico, hacía que todo le diera vueltas y lo mandaba de nuevo a la ciudad, a esa calle donde Aries sonreía a una persona que no era él, donde se había sentido sustituido. Si es que tenía razón de serlo, acaso.

—Escúchame —le dijo Almu, en un tono serio. Le arrebató la botella de la mano y tras pegarle un buen trago, se sentó en el sofá junto a su amigo—. Eres igual de hombre que siempre que te he conocido, lo sabes, ¿no?

Unai arrugó la frente, como si le hubiera dicho una estupidez, aunque no se atrevió a decir nada. De hacerlo, explotaría. No se lo podía permitir en ese estado, ni en el de su amiga, porque si ya lucían como dos pordioseros, el resultado de un desencuentro sería aún peor. Terminarían hechos mierda.

—Así que échale un par de huevos al asunto. Parezco una puta coach contigo últimamente, joder. Y eso que yo también estoy en la mierda. —Hizo una pausa para coger aire—. Pero es la verdad, Unai. No has cambiado en absoluto. Mira, si tuviste un par de cojones para bajar a la ciudad y volver a verlo, ahora debes tener las pelotas suficientes para hacerlo otra vez. Y todas las que quieras. No hay más, coño.

En el fondo, Unai era consciente de que su amiga tenía razón. La voz de Almu le taladraba de tal forma que supo que la resaca del día siguiente sería incluso mayor. El vino tinto era una de las peores opciones existentes para beber y, aun así, ahí seguían. Le arrebató la botella a su amiga y se bebió lo que quedaba. Ya habían vaciado dos.

—Media puta botella de un trago, no me jodas —le dijo Almu, como si le diera asco—. Sabes que tengo razón y por eso te quieres emborrachar. Pues no, Unai. Atente a las consecuencias de tus actos.

—¿De qué? No he hecho nada, joder.

Almu soltó un gruñido y alzó las manos al cielo como pidiendo paciencia a quien fuera que estuviera allí arriba.

—Pues ¡justamente de eso! De no hacerlo. De quedarte quieto sin hacer nada. ¡De no espabilar!

Pero Unai explotó, porque ya no pudo más. Le picaba la

garganta, no sabía si por las lágrimas o las palabras que necesitaba dejar brotar. Se arrepintió al instante por haber alzado tanto la voz y haber hecho sentir a Almu pequeña. Pero no lo pudo remediar, ni aguantar, durante más tiempo.

—¡He bajado, joder! ¡He bajado a la puta ciudad! Y ¡ha pasado de mi cara porque no sé ni hablar cuando lo tengo delante! Se ha cruzado una mujer y se ha quedado embobado. Ni siquiera sé qué cojones es, ni siquiera sé qué cojones soy yo. ¿No te enteras? ¿No ves que ni siquiera sé qué coño quiero en mi vida? Hostia puta, que estoy pasando por mi peor época. ¡Que quiero conocer a ese puto chico y no tengo los huevos para hacerlo, tienes razón! ¡Porque no soy yo ahora mismo! Y aunque lo fuera, es demasiado difícil olvidar mi pasado de golpe. ¿Es que no lo puto entiendes? ¡Me cagüen sos!

El último improperio lo soltó en un grito tan alto que el eco reverberó por toda la estancia. Se escuchó el ruido del sofá cuando Almu se movió sobre él. Parecía a punto de echarse a llorar, en shock por la reacción de su amigo.

—Lo siento —dijo enseguida en cuanto se percató del efecto de sus palabras.

No era la primera vez que alguien se asustaba cuando se rompía de esa forma. Y tampoco es que fuera tan habitual como para que pudiera controlarlo. Después de tantísimo tiempo aguantando desprecios constantes por parte de su familia y de sí mismo, no podía no hacer otra cosa que reventar por todos lados cuando las situaciones le sobrepasaban. Y la conversación con Almu lo había conseguido. Sentía el corazón latiendo tan fuerte que amenazaba con salírsele del pecho. Le habría gustado acabar la noche con esa misma sensación, en un lugar muy diferente. Se permitió divagar durante unos segundos en ese efecto que despertaba el recuerdo del panadero para tratar de calmarse o, al menos, pensó, de desconectar de la mirada que le lanzaba Almu.

—No pasa nada. Sé cómo eres. Y por lo menos has dicho qué cojones ha pasado y por qué hueles a puto pis.

—No huelo a pis —contraatacó Unai, raudo.

Pero se miró y estaba mojado. Quizá sí se había meado encima en algún momento de la noche, él qué cojones sabía ya de nada. O se habría sentado en algún lugar... O quizá era por la farola. Qué importaba, ¿no? Y qué buena era Almu, que había comprendido perfectamente y al instante lo que le estaba sucediendo. Se preguntó si se merecía a alguien así de bueno a su lado.

—Escúchame —lo llamó Almu para que le prestara atención y clavó la mirada en sus ojos—. El problema es que yo sí sé quién eres, tío. Es lo que te estoy diciendo. Quien no lo sabe eres tú y ese es el problema. Pero bueno, sí creo que lo sabes, solo que uno quieres aceptarlo. Supongo que es duro después del por culo que ha dado tu madre.

Ese era el motivo más evidente. Almu no era idiota; lo conocía más que él mismo, por sorprendente que pareciera.

—Bueno, dejemos el tema. Tenemos que estar felices. Celebrando —se forzó a decir Unai, que miró cómo el sol ya iluminaba por completo la estancia. Era una luz perezosa que se abría paso entre las nubes y los árboles, pero lo suficiente como para despertarlo un poco e invitarlo a seguir bebiendo y charlando—. Hablemos de algo más animado, por favor. ¿Qué te pasó a ti?

Almu suspiró y se llevó la mano a las manchas de rímel.

—Mira, esto ha sido por llorar.

—Hombre —dijo Unai y se rio.

Entonces Almu fue a buscar otra botella de vino y, tras

destaparla, por fin la sirvieron en copas y brindaron con ellas. Se deshicieron en insultos hacia la familia de Almu y terminaron abrazados a las tres de la tarde, llorando, pero ambos con un poco de esperanza en el pecho.

A pesar de todo, no estaban tan solos como se sentían. Eran dos, pero en ocasiones no hace falta nadie más para crear una buena red de seguridad. Juntos eran más que suficientes.

## 20 de enero

La siguiente ocasión que Sara y Aries se cruzaron se debió a que las napolitanas de la Panadería Sagardi se mantenían perennes en la lengua de ella, un sabor con el que despertaba cada mañana y que se había esforzado en no probar.

Las clases se habían reanudado hacía unos días. Había estado cargada de trabajo, pero aquella mañana sintió tanto estrés antes de atreverse a volver al aula, a volver a ver a su hija enfurruñada por tonterías, al resto de los alumnos hacerle el día imposible... No, joder, necesitaba verlo. Por muy gilipollas que hubiera sido aquel día.

En cuanto abrió la puerta de la panadería, lo vio. Como siempre. Había cosas que no cambiaban y verlo ahí, con ese delantal que le sentaba como un guante y con la cara de haber dormido poco, le hizo volver a sentir cosas que creía haber logrado apartar. Le sonrió. Fue una disculpa no pronunciada en voz alta, pero ¿acaso hacía falta? ¿Acaso eran algo más que... lo que eran?

—Hola —le dijo Aries. Parecía nervioso y había roto su

rutina, algo que despertó a Sara de su ensoñación matinal—. Pensaba que no volvería a verte.

Sara apretó su bolso contra sí, como hacía siempre que sentía que algo no le gustaba, ya fueran nervios o tristeza. Era una mujer fuerte, o al menos intentaba demostrarlo continuamente; aunque mirar a los ojos a aquel panadero hacía que sintiera que su corazón rodaba cuesta abajo y sin frenos. Tampoco sabía si quería echarlos.

—Bueno, fue... raro. Pero no importa. Estabas borracho —respondió ella, excusándose en cierto modo.

Y es que le había dado muchas vueltas a cómo sería esa primera conversación después de semanas. Claro que no conocía a aquel hombre lo suficiente como para saber los detalles de su vida, pero sí creía que había algo, ¿no? Una atracción. Se había permitido ilusionarse un poco y aquella noche todo se fue al traste. Ella no estaba tampoco en su mejor momento, pero de ahí a cómo la había cambiado de repente por aquel hombre detrás de ellos... Fue extraño, como bien le había dicho a Aries. Al final esa era la palabra que más se acomodaba a lo que había sentido.

—Te perdiste. —La voz de Sara sonó dura y Aries alzó la mirada sorprendido—. Era como si ya no me estuvieras viendo. Solo lo hiciste durante unos segundos.

—No es eso. Era alguien que conocía.

—En fin, no fue para tanto. Solo que me sentí tonta, ¿sabes? Nunca te había visto fuera de aquí, me crucé contigo y me miraste de una manera que... No sé. Imaginé cosas.

Se acabaron las medias tintas y las tonterías. Eran dos adultos que sentían una atracción evidente, ¿por qué no poner las cartas sobre la mesa? Ya era suficiente, tenía bastantes problemas en casa como para continuar complicándose la vida con un chico al que apenas conocía.

Aries se encontraba preparando su napolitana —joder, qué bien olía, incluso ya sentía el chocolate y el hojaldre deshacerse en su boca— cuando volvió a hablar.

—Da igual —dictaminó él. Su actitud era fría. Nada que ver con esa sonrisa que siempre le dedicaba, esas buenas palabras y el buen rollo—. Tú desapareciste. No yo. Y, sinceramente, no tenemos nada como para que te pusieras celosa. Es que fue tal estupidez...

—Salgamos a cenar —lo interrumpió ella.

Apretó aún más la tira de su bolso. Su cabeza la había traicionado. Pero no, era lo que quería. Se había prometido a sí misma dejarse de juegos y lanzarse a la piscina. Y ahí estaba.

El silencio que se hizo en la panadería fue doloroso para ambos. La tensión se estiraba entre ellos, tan densa que casi la podían palpar. Era ahora o nunca.

—¿Cuándo estás libre?

Sara se sorprendió ante el repentino cambio de actitud de Aries, que se mostraba siempre en un estado avergonzado que generaba un aura de misterio en torno a él pero de la que parecía estar despojándose poco a poco, y más después de aquel encuentro en Nochevieja. Lo veía diferente. Lo veía seco también, pero de una manera en la que parecía mostrar casi un desafío. Como si tuviera algo que demostrar.

—Pues podemos vernos uno de estos días. Por la noche, cuando salga de trabajar. No creo que a mi hija le importe. De hecho, a las dos nos vendrá bien separarnos un poco.

Aries asintió y terminó de preparar la napolitana.

—Dame tu número y lo vemos —le soltó y le entregó el bollito. Acto seguido sacó el teléfono móvil, en el que tecleó el número que le dictó Sara en voz alta—. Pues ya está. Ten buena mañana.

El tono de voz que utilizó para la despedida fue tan distinto que Sara sintió que esas mariposas volvían a despertar con gran ímpetu, porque había sido picarón y, acompañado con la mirada, se había lanzado a una especie de juego en el que empezarían a apostar.

Sara asintió con la cabeza y esbozó una sonrisa. Mordió su napolitana.

—Es como cuando empiezas a hacerte un bocadillo y antes de terminar, le das un mordisco.

Ante aquella frase, que formaba parte de su rutina, Aries sí dejó entrever una sonrisa. Esa misma en la que Sara pensaba cada mañana antes de entrar en el local. Y sin más, después de unos segundos intensos de miradas inquietas pero llenas de ganas, se despidió y se marchó, dispuesta a romper, ahora de verdad, con sus miedos.

Durante el resto de la mañana, Aries decidió que no escribiría a Sara al menos en unos días. Tenía que ser así. Se había esforzado en mostrarse frío —y en parte lo sentía de verdad—, por lo que no rompería esa poca estabilidad falsa que había logrado construir.

Atendió con una sonrisa a los clientes y habló con sus padres, que estaban deseando volver. Según su madre, el viaje les estaba dejando ampollas en los pies de tanto caminar y hacerse los turistas. Además, algunos de los lugares que habían visitado se les había ido de presupuesto y en muchas ocasiones habían tenido que recortar gastos y cuadrar los horarios y fechas para entrar de manera gratuita a los museos o catedrales.

—Es un poco pesado hacer eso, pero bueno, al menos

dormimos cada noche en el mejor de los hoteles —le dijo su madre refiriéndose a la caravana de sus sueños mientras soltaba un suspiro de tranquilidad.

Aries les dijo que no importaba, que seguro que serían la envidia de la familia y del barrio al volver, copón, que un viaje como aquel del que todo el mundo estaba pendiente no era una tontería y podrían fardar todo lo que quisieran. Incluso cuando lo pensaba, se emocionaba.

—No lo hacemos por eso tampoco, hijo. —Pero su padre escondía en su sonrisa juguetona un ápice de orgullo, que en el fondo sabía que estaría encantado de enseñarle las fotos a todo aquel que se cruzara en su camino y mostrara un mínimo de interés.

Cuando Aries colgó, volvió a la realidad. A la de su vida, vaya. Se preguntó si se había equivocado en aceptarle una cita a Sara cuando la mayoría del tiempo quien habitaba su mente no era otro que el Hombre de la Montaña. Le jodía no poder comunicarse con él. ¿Cómo narices podría conseguir su número de teléfono? Ya que lo había logrado con una de las personas que le gustaba, ¿por qué no seguir el mismo camino?

Entonces recordó que la primera vez que había bajado, sus padres habían sido quienes se encargaron de todo. Seguro que había alguien que tuviera un contacto más directo con él o incluso ellos mismos, por lo que terminó por escribirles un whatsapp para preguntarles sobre el tema y su madre le pasó directamente un contacto. Se trataba de otra amiga de la familia.

Se quedó contemplando el número durante minutos que se hicieron eternos. Empezó a sentir calor, le picaban las palmas de las manos y notaba un hormigueo poco habitual en la punta de sus dedos, como si un fuego quisiera que se moviera, que pulsara sobre las cifras, que llamara en ese mismo instante.

Tragaba saliva de manera compulsiva y las primeras gotas de sudor comenzaron a recorrer su frente. Era casi como si lo sintiera a su lado, porque de pronto notó su olor y el de la madera, cómo se miraban cuando se atrevían a cruzar las miradas. Ahora estaba cerca de él, pero también lejos, y la incertidumbre de la respuesta le daba náuseas.

Al final, terminó por llamar después de fumarse un cigarro para calmarse. Aún con el sabor de la nicotina reposando en su lengua, lo hizo sin mirar.

—Hola, soy Aries Sagardi, de la Panadería Sagardi. Mis padres me han dado su teléfono y me preguntaba si era posible que me pusiera en contacto con las personas encargadas de la leña, me gustaría preguntar algo.

Al otro lado de la línea se escuchó una tos y un movimiento de tela, de ropa. Casi como si quien estuviera al otro lado del teléfono estuviera avisando a alguien de que se acercara antes de responder.

—Claro, pero dame un momento.

Ahora sí se confirmaron las sospechas: susurros en voz baja, eses filtradas a través del micrófono a frecuencias bajas.

—Venga, apunta. Va a ser más fácil, creo yo.

Aries anotó el número corriendo en la copia de un tíquet de unas pastas de té que una señora acababa de comprar. Después de eso, la conversación no tardó demasiado en terminar y se quedó mirando su propia letra sobre el papel. Sopesó la idea de llamar a Unai. No sabía cómo se lo tomaría, a decir verdad, porque ahora sí que era el momento decisivo.

El hecho de poder comunicarse con él, algo que podría haber pasado hacía semanas, le hacía sentir incómodo. Era un hombre peculiar, no lo iba a negar, y esa primera cita que habían tenido —aunque terminara de aquella forma casi fatídica— lo había conseguido sacar de su rutina y de su vida de mierda. Había sido como ver la luz al final del túnel, como si pudiera empezar a vivir de otra manera y no pensando solo en el trabajo.

Pero luego pensó que no iba a ser el idiota en dar siempre el primer paso y que al otro le costaba lo mismo. Además, quien ni siquiera le había dirigido la palabra aquella noche había sido él; tan solo lo había observado como un alma en pena apoyada contra una farola esperando el momento de atacar. Así que terminó por arrugar el tíquet para lanzarlo a la papelera bajo el mostrador.

# Huevo roto

Unai golpeó la tubería con tanta fuerza que sintió cómo un pinchazo le recorría desde el talón hasta la rodilla y con el frío del exterior, el dolor se multiplicó por diez. Aun así, no estaba dispuesto a dejarlo pasar. Se aseguró de que quedara completamente inservible. Era de acero, parecía irrompible, pero como todo en la vida, se quiebra cuando ejerces demasiada presión.

Después de eso, decidió darse una ducha. Había sido lo suficientemente inteligente como para romper una de las tuberías del sistema de calefacción de la planta de arriba, algo que no entraba en conflicto con la caldera de la parte de abajo. Entre el vaho de la ducha se vio en el espejo, en el cual se había estado mirando durante horas mientras intentaba domar sus cejas con unas pinzas y se recortaba la barba con la cuchilla como solo lo había hecho hacía unos días, en Año Nuevo.

Pero eso quedaba en el pasado; no había servido para nada.

Cuando hubo terminado y se sintió limpio, fresco y embadurnado en colonia, cogió el teléfono y marcó a la única persona que podía arreglar aquel desastre. Tenía su número apuntado en un trozo de papel, acompañado de una sonrisa. Llamó.

Joaquim se presentó con una actitud muy distinta a la del primer día. Sus mejillas todavía recordaban a veranos y escondites, no habían perdido esa rojez infantil en la que Unai había pensado durante años. Tampoco sus dientes, blancos y fuertes. Ni sus labios.

—Dime, ¿en qué te puedo ayudar? —le dijo el fontanero en cuanto el leñador abrió la puerta.

Había algo en el ambiente, cierta tensión, que dejaba claras las intenciones de ambos. Era una sensación rara, pensó Unai, pero ahora parecía que el aire lo acompañaba, como si le estuviera diciendo que las chispas que saltarían entre ellos estaban destinadas a ser.

El fontanero entró en la casa tras pedir permiso y Unai se quedó un poco rezagado. Dejó las herramientas sobre la mesa y preguntó sobre el problema.

—Ah, es fuera. Vale. —Parecía decepcionado con la respuesta del leñador, pero igualmente salió a comprobar qué pasaba con la tubería.

Dejó a un Unai pensativo y lleno de dudas, nervioso, dentro de casa. En menos de un minuto, Joaquim estaba de vuelta en el interior. Cerró la puerta, dejando el frío atrás. Frotó las palmas de las manos entre sí para entrar en calor.

—Ha debido ser un golpe fuerte —le dijo a Unai, intentando no sonreír. Se había dado cuenta, joder. Cualquiera lo habría adivinado. Aquello había sido una tontería—. Pero creo que se puede arreglar fácil.

Y después de decir eso, no se movió. Se quedó ahí plantado, al otro lado de la mesa de madera que funcionaba como barrera natural, una que Unai quería romper.

Bueno, de hecho, quería romper con todo. Llevaba días pensando en este momento, en cómo actuaría y qué es lo que haría cuando tuviera a Joaquim delante. Había necesitado reunir el valor suficiente para darse a sí mismo una excusa, algo que no le hiciera parecer desesperado, buscar un motivo real. Pero acababa de darse cuenta de que no tenía ningún sentido, que Joaquim era un experto y que la rotura de esa tubería era un arreglo tan sencillo y absurdo que su mano de obra no era necesaria.

Pero ahí seguía, quieto, como esperando a que Unai dijera algo.

—Sí, no lo sé. Es raro.

Joaquim lo miró a los ojos.

—No soy idiota.

El leñador tragó saliva cuando vio que Joaquim se acercaba a paso lento. Al ver que Unai estaba algo nervioso, decidió detenerse.

—¿Estás bien? —Unai asintió con la cabeza—. Te noto tenso.

—Mucho estrés con todo lo de la casa, ya sabes.

—Ya, claro.

No dijeron nada más durante unos segundos. Unai decidió que lo mejor sería hacer café, como hacía siempre que las situaciones le sobrepasaban. Además, no era demasiado bueno con las palabras. Mientras se calentaba la cafetera italiana, ninguno pronunció una palabra. El único sonido que interrumpió la calma de aquella tarde de enero fue el de la silla que deslizó Joaquim para sentarse y el del café borboteando.

Una vez hecho, lo sirvió en dos tazas. Sacó leche y azúcar. Se sentó.

Las rodillas de ambos chocaron. Ninguno cambió de postura.

—¿Sabes? Pienso muchas veces en nuestra infancia —le dijo Joaquim después de darle un trago al café—. En cómo... estábamos todo el día pensando en qué dirían los demás. Que a veces ni nos saludábamos en el patio por miedo. Es un recuerdo que tengo bastante enquistado. Me duele un poco. Pero luego pienso en los veranos y en ese día... Significó bastante, aunque no lo entendí en su momento. Y luego todo se enfrió. Supongo que sé por qué.

—Claro que lo sabes. Siempre estuvo ahí.

El espíritu de su madre, la forma en la que sin decir nada ya era capaz de infundir verdadero terror con sus opiniones. Había dictaminado la manera de vivir y comportarse de Unai, pero sus tentáculos habían sido hasta capaces de inmiscuirse en la vida de otros.

—Es una pena. Igual puede que no hubiera llegado a nada, pero me dio pena no saberlo nunca.

—¿El qué?

Joaquim no respondió. Para Unai, estaba diciendo demasiadas cosas. Si seguía por ese camino, su mente lo traicionaría. Se llevó de manera disimulada una mano a la entrepierna, quería comprobar algo, porque la rodilla de Joaquim era lo único en lo que podía pensar en ese momento.

Lo que tocó debajo de la mesa le sorprendió más de lo esperado. Y el fontanero se dio cuenta de que algo había cambiado.

Se terminó lo que quedaba en su taza de un trago sin separar los ojos de los de Unai, que le devolvió la mirada tragando saliva con fuerza.

—Si querías que viniera, solo tenías que decírmelo.

Unai no respondió; no tenía manera de defenderse. Que era un idiota, que tenía miedo de lo que podía significar todo eso... Que lo estaba haciendo por egoísmo para echarle un par de pelotas y enfrentarse a quien le quitaba el sueño. A ese chico de la ciudad del que no quería saber nada y del que quería saberlo todo al mismo tiempo.

—Ven. Acércate —le susurró Joaquim. Parecía emocionado, casi incrédulo, de que ese momento estuviera teniendo lugar.

Como Unai no hizo el ademán de acercarse, fue Joaquim quien dio el paso. Acortó el espacio que los separaba sobre la mesa, posó su mano sobre la de Unai y buscó sus labios en un pico simple y sencillo para romper el hielo.

La mirada que le devolvió a Unai cuando se separaron, así, cerca, hizo que parte de sus dudas se disolvieran. Sí, era diferente. Había abierto la caja de Pandora. La otra mano de Unai, la que aún guardaba debajo de la mesa, apretó su erección. Se sentía ridículo, como un crío preadolescente, pero su cuerpo reaccionaba, no podía evitarlo. Llevaba demasiado tiempo queriendo ocultarlo.

En cuestión de segundos, Unai agarró el borde de la mesa y la empujó hacia delante. Ahora nada lo separaba de Joaquim, cuya mirada había pasado de la confusión al deseo más absoluto. Se lanzó hacia él y se sentó encima, rodeando con sus piernas el cuerpo del leñador. Unai no daba crédito a cómo se comportaba su cuerpo, como si nunca hubiera experimentado algo similar, con una furia y un salvajismo que lo hacía sentirse completamente alocado. No podía pensar bien, solo se fijaba en cómo sus labios devoraban los de Joaquim, en cómo sus bocas se unían, y en ese movimiento leve de cintura que encajaba a la perfección y que hacía que el asunto se volviera aún más duro de controlar por la fricción de su amigo sobre su pantalón. Era como si no pudiera contener las reacciones de su cuerpo. Y es que no podía.

No pudo evitar rodear las nalgas de Joaquim con las manos; era una exploración amateur, pero tan llena de fervor que apretó y agarró como si le fuera la vida en ello. Mientras tanto, sus lenguas enredadas hacían que la temperatura aumentara a unos niveles casi extremos.

Joaquim se separó un poco para coger algo de aire y, sin más dilación, se quitó el jersey y la camiseta, al mismo tiempo, y los lanzó al suelo. Unai contempló durante unos segundos ese cuerpo de hombre adulto, muy alejado de sus recuerdos de la infancia, sentado encima de él. También tenía la piel plagada de pecas, como su cara, y unos pelos rizados en el pecho que lo invitaban a explorarlos. El trabajo físico había hecho que su amigo estuviera en forma; sus músculos eran duros, sin más, duros y tersos.

Continuaron con el baile de lenguas, el roce de ropa con ropa, pero pronto empezaron a sobrar capas.

—Quítate la camiseta —le susurró Joaquim, entre beso y beso, contra sus labios.

Unai estaba tan caliente que no tardó demasiado en hacerle caso. Ahora, con el pecho al descubierto, Joaquim se echó hacia atrás para contemplarlo, sujeto por las enormes manos del leñador.

—Joder. —Fue lo único que dijo. Luego llevó sus manos a los músculos fuertes de Unai, acarició sus pectorales cubiertos de pelo negro en un momento de pausa construido exclusivamente para ello, para tocarse de nuevo, para palpar—. Increíble.

El pobre Unai no sabía cómo responder a aquello. Era extraño que un hombre le dijera eso, con esa mirada pícara y llena de adoración en los ojos.

—Me encantan los pelos —casi susurró Joaquim, fascinado, al tiempo que continuaba acariciándole todo el cuerpo.

No había sido una persona de entrenar demasiado, pero con lo grande que era y tras casi treinta años trabajando, era robusto y lo tenía todo marcado. Y peludo, claro. Una capa de pelo fuerte y oscuro lo cubría desde el cuello hasta más abajo del pantalón, formando caminos y recovecos que Joaquim parecía más que dispuesto a explorar.

Al no saber cómo reaccionar, se mantuvo callado —pues parecía ser la mejor opción— y apretó el trasero de Joaquim contra él para que su propio peso lo llevara otra vez sobre sus labios. Se deshicieron de nuevo en un beso que parecía eterno, pero ya no bastaba. Nada lo hacía. Poco a poco, Joaquim empezó a dejarse caer, a deslizarse, dejando que los pantalones de ambos sirvieran como tobogán natural, hasta desconectar sus labios.

Ahora, Joaquim olfateaba el pantalón de Unai. Este, con ese simple gesto, llevó la cara hacia el techo con un suspiro. Cerró los ojos, solo sentía la nariz y la boca de Joaquim regodearse con el secreto que ocultaba bajo su ropa. Uno que había mantenido como tal durante tanto tiempo que parecía a punto de reventar, demasiado caliente y húmedo como para que no fuera el momento de sacarlo a la luz.

Notó que la presión empezaba a desaparecer y volvió la vista hacia abajo. La mirada que le devolvió Joaquim mientras desabrochaba el pantalón de Unai le hizo sentirse querido. No amado, sino deseado. Era una sensación diferente y extraña; jamás admitiría en voz alta que era algo con lo que había soñado en varias ocasiones. Los dedos de Joaquim jugaron con su bulto hasta que consiguió desabrochar todos los botones de la bragueta, dejando al descubierto un calzoncillo ajustado que enseguida llenó de saliva, pues Joaquim no perdió el tiempo en continuar con su ardiente juego.

Y a los pocos segundos, el secreto quedó liberado.

El pantalón, que Unai no sabía cómo había terminado por sus talones junto con el calzoncillo, reposaba ahora sobre el suelo y, en medio, se alzaba en todo su esplendor lo que Joaquim más ansiaba. Antes de hacer nada más, volvió a erguirse y a besar a Unai con pasión, y este se dejó llevar.

Le estaba costando no romper con la tranquilidad que quería aparentar. Estaba tan absorto y concentrado en las sensaciones que Joaquim le estaba haciendo sentir que temía por su propio bienestar, pues se veía a sí mismo como una bestia enjaulada con muy poca paciencia. No quería asustarlo... Pero le costaba horrores no romperse.

Joaquim volvió a bajar. El pene de Unai, tan duro como nunca lo había visto en su vida, tapaba la cara del fontanero, que sonreía lujurioso. Comenzó a lamer despacio los testículos del leñador, que se llevó las manos a la cara soltando un aspaviento. Notó todos sus nervios conectarse y revolotear, y supo que estaba cada vez más cerca de no poder controlar las ganas que, como el fuego, le quemaban por todo el cuerpo.

Después de unos segundos de juegos, el culmen sería demasiado placer como para soportarlo, así que Joaquim se decidió a llevar la punta de Unai hacia el interior de su boca. Primero lo lamió, casi pidiendo permiso, y en cuestión de segundos tenía gran parte del miembro de Unai chocando contra el fondo de su garganta.

—Joder —no pudo evitar soltar Unai, que jamás había sentido algo igual. Por un momento sintió un arrepentimiento absoluto por haber sido tan idiota de no haber disfrutado de esos placeres carnales, y enseguida volvió a conectar con lo que sucedía. Miró a Joaquim, que disfrutaba con su polla en la boca, que parecía verdaderamente feliz con aquello.

Vibraba. Todo vibraba. Unai no pudo contener más su cuerpo y agarró a Joaquim por la nuca para que se mantuviera así como estaba, con su largura completamente hundida, para quitarse los zapatos con un pequeño esfuerzo y así tener más libertad. Lanzó junto a ellos el pantalón y el calzoncillo y, sin darse cuenta, debido al movimiento, Unai escuchó cómo Joaquim se atragantaba. Ni en mil vidas habría pensado que aquello le pondría como una moto, pero lo hizo, y no respondió de sus actos a partir de ese entonces.

Apretó de una manera animal y casi instintiva la cabeza de Joaquim contra sí, tratando de que albergara todo cuanto pudiera en su boca, aunque era casi imposible, pues no alcanzaba la base. Pero siguió intentándolo. Era egoísta, lo sabía, estaba tan centrado en aquel momento en su propio placer que no podía pensar en nada más. La lengua de Joaquim trataba de jugar con su tronco, pero no había mucho espacio en el interior de su boca como para ello y, sin embargo, lo hacía como un verdadero profesional.

Hubo un momento de tensión en que el fontanero trató de zafarse de la presión de Unai y este se lo permitió solo durante unos segundos antes de que ambos, mirándose y comiéndose con los ojos, se dieran cuenta de que necesitaban más y más. Ahora, mientras la garganta de Joaquim se esforzaba en alcanzar la amplitud necesaria para tragar por completo esa verga robusta, venosa y rodeada de vellos negros y duros, también acompañó su placer acariciando los huevos de Unai con las manos.

Este no pudo más. Sintió que se iba a desvanecer ya mismo, en aquel momento. Nada importaba. No sentía el dolor que el respaldo de la silla, clavado contra los músculos de la espalda, le estaba haciendo, ni el frío que hacía, o cómo Joaquim parecía estar aumentando la velocidad para conseguir volarlo todo por los aires.

Unai empezó a temblar, incapaz de remediarlo. Volvió a cerrar los ojos, ahora intentando concentrarse en no desvanecerse, porque eso es lo que creía que pasaría. Era tal el placer y el morbo que estaba sintiendo que no podía pensar en otra cosa. Ya comenzaba a alcanzar los límites de todo cuanto hubiera sentido en su vida y estaba obnubilado por esa pasión desmedida.

—¿Quieres? —le dijo entonces Joaquim, mirándolo desde abajo. Esa posición, joder, volvía loco a Unai. Tendría que probarlo más veces. Él sentado, con sus piernas gigantes abiertas, con un chico arrodillado tan solo dispuesto a darle placer... Era demasiado para él. Ya el simple hecho de esa imagen hacía que quisiera correrse diez veces seguidas y no parar.

El leñador asintió, abriendo las aletas de su nariz, de pronto casi enfurecido porque Joaquim lo hubiera puesto en duda. Y este sonrió, le guiñó un ojo, ya rojizo y lagrimoso, y volvió a introducirse, ahora sí, la polla de Unai por completo en la boca. Estaba clara cuál era la meta, porque su movimiento de dedos, lengua y garganta se convirtieron en algo casi macabro.

La respiración de Unai empezó a entrecortarse. Movía los pies en el suelo, intentando aguantar lo máximo que pudiera esa sensación tan maravillosa. Al notar que se acercaba el final, Joaquim aceleró el ritmo. Era diabólico, joder. Cómo era capaz de hacer aquello de un modo tan efectivo se escapaba al raciocinio de Unai.

Y entonces llegó. Pese a los esfuerzos del leñador por

aguantar lo máximo posible, no lo consiguió. Porque explotó de tal forma que tuvo que agarrarse a la silla por debajo del asiento para no resbalarse. Vio chispas en el interior de sus párpados cerrados, se sintió desmayar, volar al cielo y bajar. La forma en la que Joaquim le estaba exprimiendo hasta la última gota mientras él disparaba unos chorros inmensos de semen dentro de la boca de su amigo lo estaba volviendo loco. Y gritó. Por supuesto que gritó de placer. Uno que nunca había comprendido ni atrevido a explorar. Ahora lo tenía ahí y cada músculo de su cuerpo, por pequeño que fuera, estaba temblando por su culpa. Las manos expertas de Joaquim acariciaban al mismo tiempo su saco para una experiencia completa y Unai temía quedarse ya sin voz o nada que ofrecerle.

Pero se calmó a los segundos. Había parecido eterno. Abrió los ojos como pudo al tiempo que recuperaba el aliento. Estaba sudando y notaba su pecho tupido gotear a causa del calor corporal que había desprendido.

Se atrevió a mirar hacia abajo, relajándose poco a poco, soltando las manos de la silla y dejando que sus piernas se estiraran un poco. Contempló cómo su pene, aún duro, descansaba sobre su muslo y que Joaquim aún estaba de rodillas sin apartar sus ojos de los de Unai. Se lo quedó mirando unos segundos, casi desafiante.

—¿Qué...? —empezó a preguntar el leñador, pero la respuesta de Joaquim llegó al momento cuando tragó de forma exagerada y acto seguido sonrió.

Ante aquello, Unai no supo si sentirse asqueado o gratamente honrado, pero lo que sí sabía era que según pasaban los segundos el resto de los pensamientos que había abandonado por haberse dejado llevar por el placer volvían a amedrentarlo de un modo inevitable.

Cerró un poco las piernas y Joaquim se levantó. Él también estaba sudado. O ¿eso que perlaba sus pectorales y pecas eran sus propias babas? Unai no quiso fijarse demasiado, ahora sentía vergüenza de haber utilizado de aquella forma a su amigo. O de que él lo hubiera hecho con él. No estaba seguro de lo que había pasado. Todo le daba vueltas.

Se levantó de la silla sin hacer caso a Joaquim, que intentaba hablarle, pero él no escuchaba. Notaba una sensación de liberación gigantesca entre sus piernas, todo lo contrario a su cabeza, que estaba embotada como si tuviera agua en los oídos. Se puso el calzoncillo con rapidez, ignorando que los mancharía a causa del líquido preseminal y la saliva, pero eso no era importante ahora. Solo quería taparse, se sentía vulnerado, débil; la presencia de Joaquim empezaba a incomodarle de un modo violento.

Quería que se fuera. Que desapareciera para siempre. No era capaz ni de mirarlo a la cara.

Hasta que su amigo se cansó de su actitud. Todo había cambiado tantísimo en apenas unos pocos segundos... Joaquim posó una mano sobre el hombro de Unai, que se dio la vuelta. La mirada del fontanero se había transformado por completo, ahora se veía iracundo.

—¿Te pasa algo? —Pero no era una pregunta, era una acusación.

—Creo que es mejor que te vayas.

No se iba a andar con preámbulos. Necesitaba taparse, sentirse de nuevo cubierto por algo. Estar así, en tan poco espacio, con su contacto físico... Y su olor. Joder, olía a él. Olía a su propio semen. Sintió tanto asco que una arcada le subió por el esófago. Estaba mareado, dolido, se sentía usado y también como un puto cabrón aprovechado.

Joaquim asintió con pesar. Se le notaba en cada gesto

que hizo al recoger su ropa del suelo y mientras volvía a ponérsela. Aún sobre la mesa descansaban sus utensilios, que recogió sin rechistar, y a los pocos segundos cerró la puerta del caserío de un golpe fuerte.

Ahora, Unai se había quedado solo, con una silla en mitad de la cocina y una mesa movida que ocupaba un lugar que no le correspondía. Eran los vestigios de un momento de pasión que había sido un completo error. Odiaba sentirse así, pero su mente no podía abandonar la imagen del Chico de la Ciudad.

Supo que si algo como aquello volvía a pasar, quería que fuera con él. Y solo con él.

# No todo sale bien a la primera

Al ser un día tan esperado desde hacía tanto tiempo, Aries no había descansado aquella noche. La jornada en la panadería se le iba a hacer larga y tediosa; no tenía ninguna duda al respecto porque al acabar, iría directo a casa a prepararse para, por fin, tener una primera cita con Sara.

Todavía no había terminado de encajar los sentimientos que ella le despertaba, pero tampoco los del Hombre de la Montaña, por lo que supuso que la opción correcta sería dar bandazos en ambas direcciones, como un adolescente sin ningún tipo de reparo en los sentimientos de las partes implicadas, o casi que tampoco en el daño que podría generarse a sí mismo debido a su maldita obsesión con no herir a nadie para terminar haciéndolo, quisiera o no. Y se sentía idiota y estúpido por utilizar a las personas para buscar su propia conveniencia, pero era la realidad de su corazón y debía luchar contra ella para descubrir la verdad, por más que le pasara o que su cabeza le dijera cada cinco minutos que se estaba equivocando o que, al contrario, estaba haciendo lo correcto.

Por eso estuvo todo el día nervioso: porque no sabía cuál era la respuesta idónea a todas sus dudas.

Sara estaba guapísima.

Era la primera vez que la veía sin su típico abrigo granate; ahora vestía uno mucho más largo y elegante color crema que le cubría hasta por debajo de las rodillas. Llevaba un poco de maquillaje, un labial rojo que hacía que su sonrisa destacara aún más y algo de base en el resto de la cara para disimular un poco las patas de gallo que siempre le daban un aspecto de preocupación permanente en el rostro.

Habían quedado en verse en el Mikel Jatetxea, que era bonito, lo suficiente para sentirse diferente en medio de una semana anodina. Tomarían vino blanco y desconectarían mientras se conocían un poco más, ahora sí, de verdad.

Por su parte, Aries había optado por vestirse de un modo algo más sencillo y casual. Casi no había tenido tiempo para cambiarse, aunque logró agarrar unos pantalones chinos que le marcaban bastante bien sus atributos y una camisa bajo una americana sencilla que había comprado en el centro comercial Mendibil hacía un par de temporadas. En Zara, creía recordar. Se sentía bien, pese a no estar del todo seguro de que esa vestimenta rompía demasiado con la impresión que quería dar.

—Qué guapo estás —le dijo Sara y parecía sincera, así que los miedos infundados de Aries desparecieron en un segundo.

Se saludaron con dos besos. El de la primera mejilla fue normal, pero el segundo se demoró más. Sus pieles no querían separarse y ambos detectaron el perfume del otro. La mano de Sara terminó por posarse sobre el codo de Aries, en una caricia rápida. Era más que un saludo normal o amistoso; con él, al menos ella, transmitía que estaba dispuesta a dar un poquito de sí misma. Por fin se atrevía, pensó Aries, a abrirse de un modo más humano y no tan solo a través de cuatro frases y sus problemas.

—¿Habías venido aquí alguna vez?

Ella negó con la cabeza.

—No recuerdo la última vez. No tengo demasiado tiempo, como te puedes imaginar.

—Seguro que te han traído en alguna cita, mujer. Si es un clásico de gente básica. Como yo.

Ella se rio casi entre dientes con una sonrisa a medias que guardaba sentimientos agridulces, pero que, eh, al menos era una muestra de que había un mínimo de felicidad en ella, por más que fuera forzada.

—Tú no eres básico. No, no te preocupes. Termina el cigarro y entramos. De hecho, me voy a encender uno yo también, así te acompaño un rato. No hace demasiado frío esta noche.

Los dos dieron un par de caladas en silencio, tratando de no establecer contacto visual. Se veían nerviosos. Claro, después de tanto tiempo queriendo llevar a cabo un encuentro como aquel.

—Hace mucho que no tengo una cita. Estoy un poco nerviosa, discúlpame —le dijo ella.

Aries hizo un gesto con la cabeza para restarle importancia.

—Mi última cita fue desastrosa —empezó a decir, pero enseguida se arrepintió. Tendría que explicar demasiadas cosas si soltaba esa información y, ante la mirada de Sara de querer saber más, le guiñó un ojo y tapó esa semiconfesión con un tono jocoso—. Mejor no preguntes, que te echas a llorar.

—Vale, vale —respondió ella divertida. Luego suspiró y se tragó el humo de su cigarrillo—. Yo... Bueno, he probado Tinder y esas cosas. Pero la verdad es que en una ciudad como esta, es una mierda. Supongo que te pasará lo mismo.

—No estoy demasiado en ese tipo de aplicaciones.

—Tampoco te pierdes nada. Créeme. Siempre es la misma gente. Las mismas caras, las mismas profesiones... A veces, si puedo, me escapo algún fin de semana por ahí, dejo a mi hija con alguna amiga. En Sanse es más fácil, ¿sabes? Pero no es como que pierda mi tiempo en eso, vamos.

—Ya, ya, te entiendo —dijo Aries, aunque no lo entendiera en realidad. No lo entendía, más que nada porque él era un poco igual, pero verlo expresado en otra persona le hacía sentir como que perdía el tiempo solo existiendo, viendo la vida pasar y no viviendo de verdad.

—Bueno, ¿entramos?

Sara se había terminado el cigarro y esperaba que Aries le diera la última calada al suyo. Se adentraron en el restaurante, nerviosos, a decir verdad. Para ambos se trataba de una experiencia fuera de su zona de confort. Y ambos se sentían ridículos por ello: eran adultos plenamente competentes, pero la vida real los asustaba. No les gustaba arriesgarse o equivocarse.

Una vez en la mesa miraron la carta en silencio, sintiendo las vibras que los recorrían a ambos. Era electricidad estática.

—¿Ya lo tienes? —preguntó Aries al cabo de un par de minutos con la boca seca. Sentía que le faltaba el aire en los pulmones.

Sara emitió un suspiro.

—No lo sé, la verdad. Creo que me voy a pedir salmón. ¿Te gusta? Podemos compartirlo.

—Bueno, no es mala idea. Yo pido esto si quieres. —Señaló agitado algo en el menú. Todavía se le hacía ajeno estar ahí, compartiendo ese momento con la chica misteriosa de las napolitanas.

Por suerte, y ahora que la tenía enfrente e iluminada con la lámpara de techo que gobernaba la mesa, pudo percatarse de que la mirada de Sara ya no estaba teñida de esa tristeza que la había acompañado durante las últimas semanas. Aries supuso que sus problemas se le habían solucionado después de la época navideña, que en ocasiones sí que hacía milagros como en las películas más baratas y cutres de Hollywood. Le surgían dudas respecto a preguntar sobre el tema, así que no lo haría hasta que no supiera que era el momento. Necesitaba saber que Sara estaba bien, dentro de sus circunstancias, claro.

—Genial, pues entonces eso. Mil gracias.

El camarero desapareció y los dos quedaron observándose como si no hubiera nada más entretenido que devolverse las miradas. No había incomodidad, pero sí nerviosismo. Ambos se sentían acompañados por las ganas y la buena energía. También, en especial Aries, por una sensación de presión en la boca del estómago.

Terminaron hablando de lo que de un modo egoísta Aries quería evitar a toda costa. Él era de los que pensaban que las personas se definían por algo más que sus problemas y sus traumas, aunque también opinaba que quien se abriera respecto a ellos te demostraba entereza y ganas de confiar.

—Ser madre soltera... Bueno, tiene sus cosas buenas y sus cosas malas. Y siendo profesora, te podrás imaginar la cantidad de tiempo que me paso en el trabajo y luego en casa. Educar a mi hija. Encontrármela por los pasillos es... Ya paro, perdona, que no te quiero agobiar.

Aries se apresuró a negar con la cabeza.

—No, no pasa nada. Te entiendo. Es normal. Necesitas desahogarte. Además, no creo que tengas demasiado tiempo para ti misma. —Sara asintió con tristeza y se llevó la copa de vino a la boca. Le dio un pequeño sorbo y prosiguió.

—En fin, a lo que iba. Es difícil dedicarme tiempo a mí, ¿sabes? Ir a la peluquería es casi un lujo, tengo que reservar con semanas de antelación y casi siempre me toca cancelar la cita. El sistema es una mierda y trabajo el triple de lo que debería cobrando lo mismo. Pero qué te voy a contar. Ni salir a cenar, ni al cine...

—Los profesores no ganáis demasiado. —Aries lo sabía porque Cris había estado liándose con un maestro de primaria que resultó que le puso los cuernos a las pocas semanas de oficializar la relación.

—Idiota, que no es por eso tampoco —se rio Sara—. Es porque no hay suficientes horas en el día. Teniendo a mi niña pues... No sé, creo que a veces soy yo misma quien se pone las barreras para no disfrutar. Porque me siento culpable, ¿sabes? Y yo quiero aprovechar mi vida, todavía soy joven y mi cuerpo me lo pide.

Entonces Aries comprendió por dónde quería su cita que fuera aquella conversación y tragó saliva, de pronto presa de la inquietud. Bajo la mesa, empezó a mover la pierna en un tic nervioso. No había pensado en la posibilidad de que esa primera cita terminara en algo más que una simple cena y quizá unos besitos en el portal, pero ahora que lo comentaba Sara, las ganas lo apresaron y su mente divagó durante unos segundos.

No estaba seguro de nada. Y estaba seguro de todo.

El Hombre de la Montaña.

—¿Estás bien?

Aries volvió en sí; se había distraído, a saber por cuánto tiempo. Disimuló con una sonrisa y le cogió la mano a Sara sobre la mesa, rodeándola con sus dedos y tratando de transmitirle serenidad, esa misma que a él le faltaba en verdad.

Desde ese momento, por más que evitó pensar en aquel leñador rudo que elevaba la temperatura de su cuerpo con tan solo imaginarlo, no pudo apartarlo del todo de su mente, ni siquiera cuando Sara lo miraba.

## Tras de mí

No había sido sincero.

La experiencia con Joaquim no había salido como esperaba, aunque ¿qué es lo que cabía esperar? ¿Que todas las piezas de su puzle mental lograsen encajar en un santiamén? Pese a haber tratado por todos los medios de no sentirse como un despojo humano, bajo el agua ardiente de la ducha no podía dejar de pensar en el momento tan excitante que había compartido con su amigo de la infancia. Aún estaba excitado. A pesar de que habían pasado unos días, no había logrado eliminar ese momento de la mente y ahora intentaba evitar rozar su miembro totalmente erecto porque sabía que no tendría escapatoria. La manera en la que su encuentro con el fontanero le había revolucionado todas las hormonas, como si volviera a ser un adolescente, lo mantenía sumido en un hervidero de incongruencias.

Y por eso, ya de vuelta al salón y dispuesto a leer un libro de la antigua colección de su padre que atesoraba en un armario polvoriento, un recuerdo que habitaba su mente desde hacía décadas volvió a aparecer.

Lo había borrado por completo, o eso creía. Le arrasó como una avalancha.

Joaquim no había sido el único tonteo con la homosexualidad durante su vida. Contempló la pantalla de la televisión apagada, una de culo que llevaba meses sin encender, y se vio a sí mismo con el ceño fruncido y una expresión de desprecio en los morros. No quería regresar a esos momentos, pero fue incapaz.

Porque lo que le había hecho el fontanero no había sido su primera experiencia, solo que se empeñaba en no recordar el pasado, porque si lo reprimía, dejaba de ser verdad. Ahora se daba cuenta del daño que eso le había causado a lo largo de su vida y de cómo habría sido mucho más sencillo asumir la realidad y luchar por ella y su felicidad.

Viajó a un momento en el instituto, con dieciséis años. Las clases de educación física siempre habían sido complicadas de gestionar a nivel social. Su relación con los compañeros no era la mejor y, pese a su aspecto físico y actitud ante la vida, no había sido capaz de encontrar su hueco en clase. Unai siempre se había mantenido al margen.

Por eso el momento final, después de que todos sus compañeros sudorosos caminaran con pies de plomo hacia el vestuario casi como si aquello fuera un matadero y no fueran a salir de allí con vida, lo hacía ponerse tenso. Y es que claro, para muchos de ellos aquel momento significaba el final de lo que más les apasionaba para volver al aula durante horas a continuar con clases que los aburrían. Era un mero trámite que debían hacer, un punto de inflexión. Pero para Unai era un completo horror, y más desde que Odei le hubiera soltado algunas perlas en las últimas semanas.

Siempre sucedía allí, entre las cuatro paredes del viejo vestuario. Había unas duchas de paso obligatorio en las que la mayoría de sus compañeros permanecían durante menos de un minuto. Unai siempre se quedaba el último, fingiendo ser lento al cambiarse de ropa, haciendo que perdía el desodorante. Mantenía la vista baja. No quería ver ni que lo miraran. Y lo hacían, claro que sí. Porque aunque ninguno de sus compañeros sintiera la misma atracción que él al mirar a otros hombres, todos envidiaban su cuerpo. Nunca había tenido que hacer demasiado esfuerzo por tener una gran musculatura, y lo que en un primer momento pudo avergonzarle, como ese pelo fuerte que cubría todo su cuerpo, siempre era elogiado por sus compañeros.

Claro que mantenían el tipo como podían. Algunos mostraban más curiosidad de la cuenta y Unai volvía a clase de Matemáticas mientras le daba vueltas al tema sin comprender de qué pie cojeaban. Eran bromas, ¿sí? O quizá era algo más. Fuera como fuera, su libertad se veía coaccionada en cuanto pisaba la entrada de su casa, por lo que explorar las posibilidades siempre caería en saco roto.

Menos con Odei.

Era el que más alababa su cuerpo. Lo hacía de un modo diferente y sin ese toque de sorna o coletilla para que quedara claro que «no era como él». Se fijaba de otra forma en él, podía sentirlo clavando sus ojos en los de Unai durante más tiempo del necesario, con los labios entreabiertos, como si quisiera decir algo más que moría en su garganta por cobardía. Y es que Odei se mantenía también algo apartado de los compañeros chulescos masculinos de clase, pese a que a Unai le constaba que fuera del aula eran grandes amigos. Simplemente, era un poquito más estudioso y se focalizaba bastante en las materias. Era raro, pero no lo suficiente como para estar condenado al ostracismo, algo que sí le sucedía a Unai.

Aquel día empezó como uno de tantos, pero destacaría durante años en la mente del leñador por el hecho de haber sido distinto: Odei también esperó hasta el final para ducharse. Había tan solo dos duchas, así que no era raro que sucediera aquello, solo que la tensión creciente entre ambos era tal que Unai ese día sí que perdió su desodorante de verdad. Nervioso, lo buscaba por todos lados hasta que lo encontró bajo uno de los bancos de madera.

Al levantarse, vio que Lander, uno de los últimos compañeros que quedaban a excepción de Odei, se marchaba por la puerta sin mirar atrás. El silencio comenzó a apoderarse de la estancia y Unai no supo cómo reaccionar cuando Odei lo miró quieto a unos pasos de la ducha, tan solo con un calzoncillo cubriendo sus partes. Lo demás era su cuerpo adolescente, no tan desarrollado como el de Unai —ninguno lo estaba del todo, claro—, pero que empezaba ya a mostrar claros vestigios de que su compañero entrenaba en el equipo de fútbol de la ciudad y que pasaba largas horas en el gimnasio. Era lampiño, alto, delgado. Y por primera vez, Unai lo miró de otra manera, porque no sintió la amenaza que emanaba de la actitud de sus otros compañeros de clase.

Mantuvieron esa mirada de un modo extraño y nervioso durante un rato más hasta que la calma y la parálisis se rompieron con la voz de Odei.

—Vamos a llegar tarde —se limitó a decir antes de meterse en una de las duchas, no sin antes quitarse el calzoncillo y dejarlo sobre el muro de azulejos, en la parte de arriba, colgando como una bandera sin fuerza del viento que la hiciera levitar.

Unai tragó saliva y se dirigió a la ducha contigua. Vestido. Lo haría como siempre, quitándose la ropa con esa sensación tan asquerosa de sentir el agua fría del suelo salpicar sus talones y dedos. Pero era así mejor, más seguro, no solo por lo que sentía, sino porque en ocasiones había sido incapaz de mantener a raya lo que sus hormonas le inducían a sentir.

Así que, una vez desnudo, encendió el agua. Estaba caliente todavía. A su lado, separados por ese muro de azulejos con un calzoncillo sobre ellos, se encontraba Odei, duchándose en completo silencio. De pronto, algo rojo se resbaló por la pared hasta caer al suelo. Se trataba de la ropa interior de su amigo. Unai no supo cómo reaccionar, pero a los pocos segundos se agachó, ya completamente enjabonado como estaba, para tratar de salvarlo. Era imposible.

—Hey, se te han caído los gayumbos. Están mojados, lo siento.

Odei no respondió al momento.

—Espera.

El agua de la ducha se apagó y casi al instante, la puerta que mantenía a Unai separado del resto del mundo se abrió de par en par. Ahí estaba su compañero, rodeado de vapor, desnudo, calado de agua.

Unai trató de no mirar hacia abajo, pero Odei no.

—Vaya —dijo simplemente, y asintió como si aprobara... lo que fuera que estuviera observando en el cuerpo de Unai.

—¿Qué te pasa? —dijo este, intentando taparse como podía y dando un paso hacia atrás hasta que su espalda tocó la pared fría. Pero Odei no se amedrentó, como si aquello no fuera con él, y dio un paso también hacia Unai, arrinconándolo aún más.

Y pese a todo, no sentía esa tensión. No sentía ser una

presa. Había cierta calma y confianza en la situación por muy raro que sonara.

Odei alzó la mano para agarrar los calzoncillos mojados de la mano de Unai. Lo hizo con lentitud. Era extraño contemplarse así de cerca, con el agua separándolos. No querían decir nada en voz alta. Unai no supo por qué, pero dejó de taparse con tanto ahínco. Tampoco podía evitarlo: estaba completamente excitado.

Eran jóvenes. Adolescentes. En la terrible edad del pavo. Y muchos sentimientos encontrados, desde los nervios más primitivos hasta la atracción más instintiva, pasando por la inquietud provocada porque aquello estuviera pasando en unas malditas duchas en las que cualquiera podría acceder en cualquier momento.

Los siguientes momentos fueron húmedos y extraños, inocentes. La mano de Odei rodeó el miembro de Unai y lo masturbó durante apenas dos minutos porque este se corrió sin poder evitarlo y luego lo hizo Odei, que se había tocado con la mano libre. Era raro. No se besaron, solo se miraron, sintiéndose de esa forma. Se limpiaron aprovechando el agua y el jabón sin decir nada.

Después de eso, abandonaron el lugar sin mediar palabra.

Unai volvió al salón. Se había quedado tan hipnotizado que el sol ya no iluminaba la estancia, ahora sumida en una oscuridad que le hacía sentir pequeño y solitario. Tampoco se había percatado de que el recuerdo de aquella escena lo había vuelto a mandar directo a un estado de melancolía del que era consciente que sería difícil escapar.

Porque si pudiera volver atrás en el tiempo, ese gran enemigo con el que batallaba a diario, haría las cosas muy diferentes. Se arrepentía de haber actuado de la forma en la que lo hizo durante tantos años; además, el dolor que sentía por la muerte de su madre ya era un recuerdo pasado. Ahora todo había cambiado.

Sin embargo, a veces uno tiene que actuar cuando le corresponde. Y por eso solo le quedó mirar el reflejo de su cara en el televisor y perderse en sus pensamientos más oscuros.

# Más liado que una madeja

A Aries le temblaba todo el cuerpo y esa era una señal inequívoca de que terminaría por cagarla, porque lo que contemplaban sus ojos y tocaban sus manos no era habitual y había perdido hacía ya tiempo esa experiencia de la que tan orgulloso se había sentido en el pasado. Era incapaz de conectar con el momento presente de un modo que le fuera coherente; disociaba por segundos, volvía a reencontrarse con sus ojos y se deshacía en ese nerviosismo que le atoraba el aire en el pecho.

Porque al fin y al cabo, Aries llevaba mucho tiempo sin acostarse con una mujer. Temió porque sus gestos y caricias se notaran demasiado inexpertos, aunque siempre había sido de la opinión de que era algo que no se olvidaba. Sus últimos encuentros sexuales con Julen no le provocaban ya nada en su interior y aunque por lo general prefería acostarse con hombres, la experiencia de hacerlo con una mujer era, sin duda, algo totalmente diferente. En tantos aspectos que no podía siquiera enumerarlos.

Ver a Sara tendida sobre su cama, tan solo en sujetador y bragas, era algo que no hubiera imaginado después de compartir tantas napolitanas de chocolate a primera hora de la mañana. Y, sin embargo, el destino era tan caprichoso que su deseo —que no sabía que tenía— se había vuelto realidad sin forzarlo.

Aun así, la excitación de Aries no estaba alcanzando las cotas de éxtasis que debería de tener para entonces y no sabía si era debido a la confusión y las dudas propias de volver a las andadas con el sexo contrario o porque, siendo honesto consigo mismo, el Hombre de la Montaña no abandonaba nunca del todo su cabeza.

—Ven aquí —le dijo Sara con esa sonrisa que siempre le mostraba, aunque con un toque más endiablado, más sexy.

Aries se tumbó sobre ella con cuidado, colocando sus dos brazos a cada lado de su cuerpo. Sus labios se juntaron con suavidad, antes de romper toda la tensión en el ambiente y dejarse llevar, disfrutando las lenguas el uno del otro. La mano de Sara no tardó en juguetear con el cinturón de Aries para hacerse un hueco e introducirla bajo el pantalón, sobando la tela fina del calzoncillo con garbo y ganas más que notables.

Los besos se tornaron más húmedos y apasionados a medida que los dedos de Sara exploraban el interior de los calzoncillos de Aries que, ya tensos a causa de su erección, sobraban entre ellos. Pero el panadero debía mantener la cabeza fría y no dejarse llevar por sus instintos, los cuales, debía recordarse, variaban bastante entre un hombre y una mujer. No sabía explicarlo, aunque el erotismo funcionaba de un modo distinto.

Así que fueron sus dedos los que ahora se abrían paso bajo la delgada tela de las bragas de Sara. Atinó a encontrar en su interior algo húmedo que lo embaucó en una excitación que lo hizo temblar durante unos segundos. No recordaba que aquello fuera tan atrayente por el motivo que fuera. Trató de generarle el mayor placer posible con solo el roce de sus yemas, acompasando los movimientos y tocando sin pudor su humedad. Ella soltó un pequeño gemido entre dientes, ya que tenía los labios ocupados con los de Aries.

Él continuó con su danza sensible, sencilla y delicada. Pronto se tornó en algo mucho más cargado de necesidad así que introdujo los dedos más y más en la abertura de Sara, pero debió de cometer algún error por el camino, pues ella le dijo:

—Para.

Y eso hizo Aries.

Acto seguido, ella se armó de actitud y consiguió ponerse encima. El pene de Aries pugnaba por escapar; todo sobraba allí abajo y Sara, como leyéndole la mente, lo liberó en un santiamén de su prisión. Aries se quitó la camiseta y se quedó completamente desnudo. No sentía miedo y el nerviosismo se había disipado ya. Fue natural, como si su cuerpo estuviera encontrando su espacio de pertenencia en esa cama y con esa compañía.

Sara se puso a horcajadas sobre él y se tumbó, postrando sus pechos sobre la cara de Aries, que comenzó a lamerlos mientras le quitaba el sujetador. Ambos jadeaban.

—¿Dónde tienes los condones?

Aries le señaló sin mirar una de las mesillas, que Sara alcanzó con agilidad, y sacó una caja. Aries se perdió en aquel momento; no supo cómo le había colocado la goma ni cuándo se había sentado sobre él, pero así era. La sensación que lo recorrió fue algo de otro mundo. Había olvidado la cantidad de sensaciones diferentes que le otorgaba estar dentro de algo tan blando, tan envolvente. Se dejó llevar, quizá demasiado, soltando un gemido que estaba seguro de que sus vecinos habrían escuchado. Y Sara sonrió, divertida.

—¿Pasa algo? —Sin esperar respuesta, empezó a moverse en círculos, con la cadera deslizándose sobre la de Aries, convirtiendo aquello en un baile tan cargado de excitación que, por un momento, Aries creyó que se correría en cuestión de segundos.

Y eso no lo podía permitir. Maldita sea, ¿qué le pasaba? Así no era con Julen ni con ningún otro chico. Supuso que era la postura o que las ganas que se tenían mutuamente estaban convirtiendo el encuentro en algo explosivo.

Pero aunque se concentrara en no alcanzar el éxtasis, su cabeza no se lo permitía. Porque un hombre barbudo aparecía en su mente. Al principio solo era el eco de su recuerdo y luego, poco a poco, se tornó en flashes que lo descolocaban por completo. Cierto era que Aries creyó que no era tan mala idea para no estar concentrado en los movimientos de Sara sobre él, pero no tardó mucho tiempo en darse cuenta de que quizá era peor.

Porque lo que el Hombre de la Montaña provocaba en él estaba a años luz de lo que Sara conseguiría jamás. No era que no le atrajese o que no tuviera ganas, pero era inevitable. Era, simplemente, diferente.

Se obligó a centrarse en ella, que ahora enterraba sus uñas en su pecho mientras aumentaba el ritmo sobre su miembro y se deshacía en quejidos llenos de pasión y aspavientos cargados de placer. Aries clavó sus ojos en los suyos y se dejó hacer, frunciendo el ceño como siempre hacía cuando alcanzaba unas cuotas máximas de deseo y comenzaba a sentir que le hervía la sangre, como si de furia se tratara, con ganas de comerse a quien se pusiera delante. Estaba siendo diferente, eso sí lo estaba consiguiendo Sara con su meneo.

—Joder —dijo ella cuando Aries agarró sus pechos para llevárselos a la boca, lamer y morder sus pezones. Ella no dejó de saltar sobre él en ningún momento, haciendo que todo se convirtiera en sudor.

Aries se notaba en las últimas y la presión que se puso a sí mismo no le estaba haciendo bien, porque le hacía ponerse más nervioso al creer que sería incapaz de controlarlo. Pero debía cambiar de postura o aquello sería completamente imposible de llevar a cabo. Para una vez que volvía a acostarse con una mujer después de tanto tiempo, y con esas ganas que tenía de conocer más a fondo a Sara desde hacía tantos meses, aquello no podía quedar relegado a una experiencia nefasta.

Por lo tanto, agarró a Sara de las caderas y la condujo sobre la cama, de lado. Le encantaba esa posición, fuera con un hombre o una mujer. Pegó su torso contra la espalda de Sara —ahora veía su perfil, el cuello perlado de sudor— y llevó su mano hacia su miembro más que duro para introducirlo en su abertura. Enseguida ella comenzó a temblar y Aries habría jurado que él también, porque sintió que la completaba y que acariciaba cada centímetro al entrar; una bienvenida espectacular donde enterró todo su ser y comenzó a moverse en su interior sintiéndose pleno.

Cuando al cabo de unos minutos se deshicieron en gemidos y gritos de placer, cubiertos en sudor y recuperando el aliento al mismo tiempo, Aries sintió una punzada en la boca del estómago tan fuerte que la habitación se tambaleó frente a sus ojos y la voz de Unai se abrió paso entre las nubes de su mente tormentosa.

# Primera chispa

Unai había tomado la decisión de volver a bajar a la ciudad. Iría directamente a la panadería con algo de leña para no ser tan evidente. No podía soportar ni un día más la idea de sentirse alejado de Aries, necesitaba hablar con él y verlo, pedirle las explicaciones necesarias o... mejor dicho, pedirle perdón por haber sido un cobarde. Eso haría, maldita sea.

Sentía que lo había engañado —cuando era un pensamiento absurdo— al acostarse con Joaquim. Sin embargo, gracias a ese momento, ahora era capaz de llenar la parte trasera de su furgoneta con la mejor leña que había podido cortar en esos días para darle la de mejor calidad a su panadero favorito.

Y sí, ahora pensaba en él de otra forma. Era como si el hecho de haber sentido un poquito de esa pérdida estuviera, en cierto modo, ligado a su pertenencia respecto a él. Por eso ya no iba a negar el torrente de pensamientos que hacían que sintiera que era suyo. De alguna manera... así lo percibía.

Aunque nada de eso tenía sentido.

Una vez montado en su furgoneta renqueante, encendió la radio al máximo de potencia y el ruido de una banda de metal destrozó sus oídos. Los altavoces, a punto de estallar, luchaban por que los pensamientos de Unai desaparecieran durante unos momentos, porque incluso ellos sabían que sus decisiones, aunque tomadas en firme, podrían convertirse en volátiles en menos de lo que cantaba un gallo.

Y de pronto, ahí estaba. Aparcó con cuidado. El ruido de la gravilla de aquel lugar le recordaba al de su casa. Se preguntó si era algún tipo de señal del destino. Las piedras del suelo marcaban, fuera como fuera, la salida o la llegada. Era ciertamente poético, pensó.

Se quedó apretando el volante con fuerza durante unos largos minutos durante los que divagó sobre esa tontería. La música, ya apagada, imposibilitaba que su cabeza se desviviera por cualquier detalle que no tuviera que ver con, ahora sí, enfrentarse de nuevo a Aries.

No obstante, aquel día era diferente. Lo notaba en sus huesos.

Por fin, abrió la puerta de la furgoneta. Esta se balanceó con su peso cuando posó su pierna en el pequeño escalón para bajarse. Antes de que pudiera cerrar, escuchó una voz:

—Pero ¿qué ven mis ojos?

Unai alzó una ceja. Buscó el origen del sonido, pero era idiota. ¿Quién iba a ser? Vio al panadero ahí parado, apoyado contra la pared de brazos cruzados y un cigarro encendido entre sus labios. Era como una alucinación, casi siempre en esa postura, casi siempre mostrándose... así. No tenía que hacer ningún tipo de esfuerzo para resultar atractivo, como si con un simple pantalón y una camiseta básica brillara con luz propia. Pero sobre todo era esa sonrisa, lo que transmitía. Esa mezcla de vergüenza y picardía, entre lanzar una frase mordaz y luego esconder la piedra.

Cómo no iba a poder dejar de pensar en él.

—Hey —le dijo simplemente Unai, y se arrepintió al instante. Luego cerró la puerta con un golpe y se dirigió hacia Aries, tratando por todos los medios de que su paso se mostrara seguro. Por dentro estaba como un maldito flan.

—Por fin te dignas a bajar, señor ermitaño.

El tono jocoso de Aries le hizo entender que no había tensión entre ellos o, al menos, esa fue su impresión. Como respuesta, Unai se limitó a sonreír con tristeza, pidiendo disculpas con la mirada.

—Estaba hecho un lío —le confesó.

Aries le dio una larga calada al cigarro. El humo permaneció entre ellos como una barrera invisible e infranqueable. Quería hacer las cosas bien, pero no sabía ni por dónde empezar. Perdido, así es como se sentía.

—Bueno, ese no es mi problema. —La forma en la que Aries contestó aquello, intentando contener la sonrisa, hizo que Unai comprendiera el jueguito que se traía entre manos.

Estaba algo molesto, claro. Era evidente. Pero al mismo tiempo, también estaba deseando que ese momento llegara. Eso también era evidente. Se le notaba en la postura corporal, en los ojos, cómo lo miraba lleno de ganas de... algo más.

Y Unai tampoco podía negar que había comenzado a notar no solo mariposas, sino algo más. Algo que había medio atinado a sentir con Joaquim, pero que con Aries se convertía en seguridad. No era teoría, tampoco era necesario llevarlo a práctica para confirmarlo.

—¿Repetimos lo del otro día?

Había intentado entonar de la manera más correcta para que se entendiera como una pregunta, pero se había quedado en el aire más como una súplica. Fue un momento de vergüenza que enseguida se convirtió en orgullo, porque fuera como fuera, había logrado dar el paso en la dirección correcta: perseguir lo que quería.

—Venga —le respondió Aries, señalando el interior del local con la cabeza y tiró el cigarro al suelo—. Hazme compañía mientras hago caja.

Unai se quedó pensativo durante unos segundos ahí parado, sobre la gravilla. Estaba inseguro. ¿Qué pasaría ahí dentro? Si Aries tenía intenciones ocultas..., no le agradaba demasiado la idea. Y, sin embargo, se encontró a sí mismo echando a andar detrás de él para adentrarse en el almacén.

Estaba repleto de leña. Demasiada. La miró como si le extrañara.

—Me lo dejaste a reventar —casi susurró Aries y la manera en la que pronunció aquellas palabras hizo que Unai se erizara.

Tragó saliva, nervioso. Sentir ese tipo de cosas todavía le venía grande. Tampoco era idiota.

—Traigo más en la furgoneta —dijo tan solo.

Se quedaron en silencio durante unos segundos. Ni Unai quería irse, dejar de sentir a Aries a su lado, ni el panadero estaba por la labor de abandonar su lugar. Estar así de cerca, sin posar la vista en el otro, resultaba casi más íntimo que hacerlo mirándose a los ojos. Casi como si el roce de sus pieles —o camisetas— fuera lo único necesario para rellenar ese silencio incómodo que se cernía sobre ambos.

—No hace falta —dijo Aries, aunque no parecía demasiado seguro.

Entonces se dio la vuelta. Unai ladeó su cabeza para poder verlo. De una, se fijó en sus labios. En cuanto se percató de su error, disimuló y volvió la vista a sus ojos, pero Aries era tan picarón que se había dado cuenta y se lo demostraba esbozando una sonrisa.

—Venga, no te entretengas mucho. Me gusta verte trabajar. Es muy sexy.

Aquellas palabras desbarataron cualquier plan de Unai de mantener la cabeza fría respecto a… ese tema. Porque no quería centrarse en nada más que no fuera mantener una conversación y conocer un poco más a este chico que tan difícil se lo ponía.

Y aun así, las palabras de Aries siempre tenían dobles sentidos. Quería ponerle nervioso, picarle. Sacarle de su zona de confort a marchas forzadas. Y Unai no sabía identificar si eso le gustaba o, por el contrario, le hacía sentirse contra las cuerdas. Fuera como fuera, ahí estaba, ya no podría marcharse. Había bajado a la ciudad para demostrarse —y demostrarle— algo. No se marcharía, claro que no.

—De acuerdo —le respondió, aunque su voz fue más un ronroneo porque entraba en acción, dispuesto a jugar con las reglas que había impuesto el panadero por muy extrañas que parecieran.

De camino a la furgoneta, tan solo acompañado del sonido de las suelas de sus botas contra la gravilla, sonrió para sí. Lo que estaba a punto de hacer era una estupidez y ni en mil vidas sabría desarrollar los pensamientos de su mente con palabras. Pero sentir que una persona sentía eso por él… era raro. Extraño. Para nada comparado con Joaquim. Ni con Odei. Esto era otra cosa. Y era algo nuevo. Y excitante. Porque no lo podía negar, saber que el simple hecho de que su trabajo rutinario, levantar y cargar con madera, pudiera serle interesante a alguien a nivel sexual…

Bueno, mejor se ponía manos a la obra. Estaba confuso y excitado por esa misma confusión.

Abrió las puertas de la furgoneta y los troncos lo recibieron en silencio. Agarró unos cuantos para cargarlos en sus brazos. No veía dónde se encontraba Aries, si seguía dentro o si había salido ya para observarlo. Así, dudoso, se mantuvo quieto durante unos segundos, sintiendo el peso de la madera sobre su cuerpo y con los talones enterrados en el suelo. Cogió aire; lo necesitaba.

Entonces salió de su recién hallado escondite. El panadero no estaba. Notaba los brazos tensos mientras se dirigía al almacén. Cuando llegó, como el lugar se encontraba en penumbra, sus ojos tardaron en acostumbrarse. No ubicó a Aries al instante, cuya figura comenzó a dibujarse al contraluz que entraba por los ventanales de la tienda unos metros más allá.

—Creo que hay espacio por ahí —le dijo este, señalando a un punto indeterminado, al fondo.

Unai se dirigió hacia allá con la boca seca. Por más que tragara saliva, su lengua seguía así, como el desierto. No sabía por qué había aceptado y al mismo tiempo, lo único que quería hacer era continuar con aquel sinsentido.

Ahora se encontraba de espaldas a Aries, que lo observaba en silencio. No se movía, no emitía ningún tipo de sonido. Sentía sus ojos clavados en su espalda y en sus brazos; claro, era lo que quería ver. Cómo su ancha y musculada espalda, curtida de décadas de trabajo, se convertía en su propio divertimento.

Y por extraño que pareciera, esa idea le hizo sonreír de un modo genuino.

Se dispuso a colocar la madera y asegurarla sobre una de las torres de leña que ya estaba empezada. No había demasiado hueco, pero sí el suficiente. Cargó un tronco con la sencilla ayuda de sus manos. Eran tan grandes que, dependiendo del grosor, era capaz de hacerlo y casi rodear la totalidad del madero.

Ante aquello, miró de refilón a Aries, que contemplaba la escena, de pronto nervioso. Eso fue lo que pudo ver en tan solo un instante, pero él sí que se mostraba transparente. Era pícaro, atrevido. Como él, parecía haber roto el cascarón del huevo que los recluía.

Lanzó la madera y repitió el proceso dos, tres, hasta cuatro veces más. No sintió ninguna astilla, ninguna arista mal cortada. Era la mejor que había cortado en un tiempo e incluso la había limado para que Aries no se cortara. Claro que no estaba seguro de que apreciara ese detalle si no se lo contaba. O quizá se diera cuenta, como un secreto entre ambos. No podía imaginar los delicados dedos del panadero con heridas por su culpa.

Al terminar, Unai se dio la vuelta. Tenía la respiración trémula por aquel pequeño esfuerzo, aunque en circunstancias normales eso no ocurriría. No obstante, no era una situación normal. Estaba agitado por algo más, esa sensación que se había asentado en su pecho y en el estómago, los nervios, la inestabilidad propia de no saber si estaba errando o acertando al haber ido allí.

Pero la mirada de Aries, precavida pero cargada de deseo, fue más que suficiente para confirmar sus sospechas y eliminar de un plumazo cualquier pensamiento negativo. Le transmitía tanto con sus ojos que se sintió arropado por esa sensación. No creía posible ser capaz de despertar algo así en un hombre. Habría pasado noches enteras buscando sentir eso mismo de haberlo sabido antes.

Se miraron en silencio durante unos segundos. Nadie dijo nada.

—Tengo más en la furgoneta —pronunció Unai con voz queda, sin aire, sin saliva.

La tensión reinaba en el ambiente delicado, cargado de anhelos a punto de romperse.

Aries le hizo un gesto con la cabeza. Asintió, como diciéndole que siguiera.

—Pero ¿no deberías estar en la tienda?

Ahora cambió el movimiento y negó. Parecía importarle más bien poco que entrara algún cliente en ese momento. Y tanto mejor, pensó Unai, porque de repente sintió aquel momento demasiado suyo como para compartirlo con alguien más. Además, el hecho de encontrarse en la trastienda, cerrada y con un inconfundible olor a madera y harina, le otorgaba cierto cariz de intimidad. Casi como si salir al exterior pudiera romper lo que fuera que se hubiera construido en esos últimos minutos.

Volvió como un zombi a la furgoneta. Se había hecho de noche de un momento a otro, o quizá eran las nubes que tapaban la luz. Daba igual, solo podía pensar en la oleada de sensaciones que su cuerpo estaba experimentando. Aquello valía más que meterse mano como un adolescente con el fontanero. No, esto estaba siendo algo muy diferente.

Al entrar por segunda vez, Aries estaba en otra posición. No lo vio nada más traspasar las puertas, pues se encontraba más cerca, en un lateral. Había acortado distancias. Ahora, a medio camino entre la entrada y el fondo, donde Unai depositaría la mercancía.

Se observaron de nuevo. La manera en la que Unai buscó la mirada de Aries fue diferente, demostrando su necesidad de confirmar cualquier atisbo de duda y continuar con aquella danza silenciosa. Aries sonrió con los ojos. Era curioso, podía hacerlo casi sin alterar el resto de su expresión.

Colocó los troncos sin mirarlo. Se descubrió a sí mismo apretándolos con más fuerza de lo habitual. Sabía que era una tontería, que su camisa de manga larga cubría su piel, pero no importaba. Era importante hacer fuerza porque sus músculos se notaban a pesar de todo.

Tras finalizar con la tanda, se volteó para ver en qué lugar se encontraba el panadero. Lo descubrió mordiéndose el labio inferior, como distraído en el pecho del leñador. Subió la vista al darse cuenta de que Unai había parado y la rojez de sus mejillas no tardó en aparecer.

—Sigue, sigue, no te molesto —le dijo Aries como dándole permiso. Fue gracioso verlo así, de repente contra las cuerdas, e hizo que Unai se sintiera, de nuevo, deseado.

Qué sensación tan extraña. Qué forma tan diferente de comunicarse. Mientras recogía la última ronda de leña, se preguntó si eso era siempre así, si la gente no necesitaba hablar en voz alta para expresar sus deseos e ideas, si había sido estúpido por haberse conformado con la nada más absoluta durante toda su vida.

Los últimos troncos encajaron a duras penas en el poco espacio que quedaba. Aries no se había movido y él tampoco lo hizo al terminar. Puso ambas manos sobre sus caderas, buscando un poco de aire.

De nuevo, el silencio entre ellos decía más que las palabras. Al igual que las miradas.

Pero Aries parecía satisfecho. Y sorprendido.

—Gracias —le dijo sin más. Él también tenía la boca seca, podía notarlo. Durante un instante Unai se fijó, quizá demasiado, en sus labios.

—¿Ahora me dejas ir?

El panadero sonrió de medio lado y respondió con sorna:

—Tú no te vas a ningún lado.

# Entre dos realidades

Lo que Aries acababa de presenciar lo acompañaría el resto de su vida. No sabía cómo Unai, esa persona tan distante y misteriosa y con tan poca experiencia con los hombres, había aceptado hacer algo como aquello. Se había sentido un completo loco al pedirlo siquiera, pero no lo había podido evitar. Pensó que era un paso en la dirección correcta, como decirle que sí, que le gustaba, que quería algo más que solo charlar, pero sin agobiarlo o invadir su espacio personal. Porque, al final, lo que pasó en la primera cita no tenía nada que ver. Era otro momento.

Ahora, Aries sentía que todo empezaba a encajar de una manera vertiginosa. Unai parecía... renovado. No sabría cómo definirlo de otra manera. Era la misma persona que había conocido y con la que había salido a tomar algo y pasear por la ciudad aquella noche, pero de un modo completamente nuevo. La forma en la que caminaba, cómo se miraban... Sin duda, algo había cambiado en su interior. Como si estuviera seguro de sí mismo, y eso que ya lo estaba con anterioridad. Así, se preguntó si una persona podía incluso aumentar esa seguridad en su vida.

Al mismo tiempo que lo pensaba, meditó sobre si el hecho de que Unai hubiera aceptado entrar en ese juego sensual tan absurdo como excitante para él, tenía algo que ver con que había experimentado durante el tiempo en el que no se habían visto.

La idea no le gustó. En absoluto. Sintió unas ganas terribles de preguntárselo, o de gritárselo mejor dicho. Necesitaba entenderlo y comprenderlo, explicaciones. No le gustaba esa parte de él pero, joder, no lo podía evitar, al igual que no podía evitar pensar en todo lo que quería hacer con Unai en su cama.

Porque sí, ya estaba en ese punto. La tontería de la leña lo había dejado hecho polvo. Destrozado. Ahora sentía una necesidad de tocarlo como nunca antes la había notado. Las barreras se habían debilitado tanto que ahora aquello se antojaba como una posibilidad plausible. Solo quería enredarse en los pelos de su pecho, acariciarle los pectorales y recorrerle las axilas con la yema de sus dedos mientras ambos se deshacían en un abrazo.

Ensimismado en aquel pensamiento, se dio cuenta de que Unai le estaba hablando. Esperaba su contestación, de hecho.

—¿Qué?

Unai gruñó.

—Hay mucho ruido.

—No me estabas haciendo caso.

El panadero tragó saliva y se sintió estúpido, pero en cuanto la seriedad de Unai se rompió con una sonrisa jocosa todos los nervios se deshicieron en cuestión de segundos. Hasta que volvieron a aparecer. El teléfono de Aries vibró en su pantalón, lo había estado ignorando la pasada media hora, y una sensación se deslizaba a lo largo de sus piernas e incluso los brazos, repudiando los actos del día anterior. No quería que guardasen relación con Sara.

Porque era ella quien le escribía, quien continuaba con el juego del tonteo a través de mensajes de texto con demasiados emoticonos. Y la cabeza de Aries ya no daba para más. No era capaz de sentirse con nadie como lo hacía en presencia de Unai y, sin embargo, sentía que le debía algo a la pobre Sara. No era justo para ella, ¿verdad?

—Estaba pensando en que no sé qué vas a hacer con tanta leña —dijo Unai, alzando la voz debido al estruendo a su alrededor, y luego humedeció su garganta con un buen trago de cerveza.

Aries se lo quedó mirando embobado con una media sonrisa pícara esbozándose en la comisura de su labio.

—Esperar a que se me gaste para que te dignes a bajar a la ciudad.

Quizá el alcohol era culpable de que hubiera lanzado aquello sin pensarlo demasiado, pero ya que se había atrevido y era lo que quería decir, no se echaría para atrás. Además, Unai se sonrojó un poco, lo justo y suficiente para saber el efecto que habían tenido aquellas palabras en él.

Al poco rato, la mano de Unai terminó por posarse —como si fuera un gesto para nada premeditado y regurgitado en su mente— sobre la rodilla de Aries. Si antes ya había pensado en enredarse en su pecho y acariciar cada centímetro de su torso, ahora no podía no imaginar el resto. Notó una vibración casi febril recorrerle la entrepierna, donde se le acumulaba el calor hasta volverse inaguantable. Quería electrocutarse con él y que su tensión se convirtiera en luz entre ellos, o en calor, o en fuego a ese paso, porque la noche anterior no había sido más que un divertimento de lo que en realidad deseaba y que había estado ciego de admitir en un momento de debilidad.

—Qué calor —no pudo evitar pronunciar Aries entre dientes, a lo que el leñador retiró la mano como si hubiera cometido un error, pero el otro la tomó para recolocarla en el mismo sitio.

—No pasa nada —le dijo sencillamente y lo reconfortó con una sonrisa.

Luego continuaron bebiendo y ninguno volvió a mover las partes del cuerpo que ahora los unían, como si temieran perderse para siempre.

# Caminos separados

Bajo lo que parecía ser la atenta luz de las farolas y sus reflejos sobre los charcos del suelo, los dos caminaban como habían hecho hacía un tiempo, borrachos y sin saber qué les depararían los siguientes minutos. No obstante, aquella vez parecía haber cambiado algo. Para empezar, Unai no se encontraba en un estado tan... deplorable como en la primera ocasión. Su paso era firme y un aura de seguridad parecía rodearlo para sorpresa de todos —especialmente de Aries, que todavía no tenía del todo claro quién daría el primer paso.

Sin embargo, era como si algo se hubiera derruido entre ellos, como si esa barrera que habían tenido siempre hubiera desaparecido. Ambos, además, rememoraban sonrojados el tonteo que habían tenido en el bar. No lo dirían en voz alta, pero las mariposas en el estómago eran cada vez más fuertes y ellos se sentían cada vez más imbéciles, más adolescentes, más vírgenes, por extraño que pareciera.

Las primeras veces ponían nervioso a cualquiera. Esa

primera vez cuando te vas a acostar con alguien y desconoces sus gustos con exactitud, esa laguna de incertidumbre que inunda a las dos partes y que por más que se trate de atajar, parece provocar aún más inestabilidad. Y esos nervios de fallar, de que no se levante, de que no le gustes sin ropa... Eran demasiadas dudas. Porque las primeras veces no se dejaban nunca de vivir.

—Me suena este recorrido —confesó Unai con una sonrisa incómoda.

—Qué raro, porque ibas tan pedo que cualquiera lo diría.

—Pero me cuidaste.

—Sí, y no pasó nada. Eso no lo hace todo el mundo. Soy un caballero, lo sabes, ¿no?

Unai tan solo respondió soltando aire por la nariz y se aguantó la risa que tantas ganas tenía de dejar salir.

—Bueno. Mi casa.

De pronto, Aries sintió una especie de quejido en su estómago. Sus padres no tardarían demasiado en regresar y esa libertad que había estado disfrutando esos últimos meses terminaría de golpe y porrazo. Justo ahora, que empezaba a ver luz al final del túnel, que empezaba a experimentar y a salir de su zona de confort, a hacer cosas que hacía tan solo unas semanas se creía incapaz de hacer.

—Nos tomamos la última, ¿no?

La propuesta de Aries fue un grito de esperanza en medio de la calle fría y vacía. Su voz rebotó contra las paredes y se sintió idiota de haberlo dicho tan alto. Eran los nervios, que lo traicionaban. O mejor dicho, el alcohol, que lo hacía comportarse como un imbécil.

No perdió ni un segundo de vista la mirada de Unai. Tardó unos segundos en responder, inmerso en un debate interno que si duraba tan solo un par de segundos más, haría que Aries tirara la toalla, pues no se sentiría del todo a gusto con alguien que tenía que pensarse tanto lo que era más que obvio que iba a terminar pasando en su casa.

—Venga.

Llevaban un par de cervezas más. Sobre la mesita del salón descansaban las botellas de cristal y en la televisión se reproducía una música tranquila, lo suficientemente bajita como para no interrumpir su conversación.

Unai no era un hombre de muchas palabras, y menos cuando estaba tan nervioso como aparentaba. Aries había tratado ya en multitud de ocasiones de arrancarle una conversación que involucrara algo más que respuestas, que por su parte naciera el confesarle algo, contarle detalles de su pasado…, pero había sido en vano. Con eso, sentía que ya no podía luchar más.

Y, por su parte, Unai se sentía vacío en ese sentido. Como si se hubiera extirpado cualquier memoria o recuerdo que pudiera hacerle sentir vulnerable delante del hombre con el que llevaba meses obsesionado. La realidad era que sus sueños se habían cumplido, que todas esas veces que, en vela, había deseado estar en una situación similar con él se habían materializado y ahora lo tenía frente a él. Sin embargo, le era imposible terminar de conectar con la situación, casi como si estuviera sobrellevándose a sí mismo. No era por el alcohol, era una sensación distinta. Tenía claro que quería estar allí en el tiempo presente, en cuerpo y alma, disfrutar y conectar del panadero, aunque al mismo tiempo su mente rehuía de cualquier pensamiento intrusivo que pudiera tener respecto al contacto físico.

En cambio, Aries parecía tener mucha más experiencia. Más que Unai, al menos. En un momento determinado le apoyó la mano sobre el muslo y le apretó la carne durante unos instantes, al contrario que como había sucedido hacía unas horas en el bar, cuando casi había rehuido ese contacto físico como si fuera un error. Las sensaciones que ese gesto desató en el interior de Unai fueron bastante similares a las que había sentido con Joaquim, así que enseguida trató de paralizar cualquier atisbo de ellas porque lo de su amigo de la infancia no había terminado bien.

Durante ese debate interno, y sin que el leñador se diera cuenta de lo que estaba a punto de suceder, Aries se lanzó a sus labios sin que este pudiera oponer resistencia.

Ninguno de los dos habría pensado que su primer beso fuera así. Sin una tensión previa, sin un tonteo que llevara a un final lógico, aunque el hecho de que fuera voraz y feroz no era tampoco una sorpresa, porque acompañaba perfectamente las sensaciones que ambos sentían en el pecho en esos momentos.

Y es que, aun así, los dos sabían que lo que estaba pasando entre ellos era de todo menos normal. Ninguno admitiría que lo que sentían el uno por el otro, a pesar de que no se conocían por completo, era más diferente de lo que jamás habían sentido en su vida. Como una vocecita en el fondo de tu cabeza que te dice que esta vez es la definitiva, que por esto sí merece la pena seguir adelante, sacrificarse, dejarlo todo atrás por la incertidumbre, porque con cada paso hacia delante sientes que estás dirigiéndote hacia la mejor decisión de tu vida.

Entonces sus labios terminaron por juntarse del todo, porque Unai se deshizo en ese beso que tanto deseaba, porque Aries estaba harto de esperar y anhelaba sentirlo un poquito más cerca de él. Piel con piel, labio con labio, lengua con lengua. Aries recorrió con las manos la musculatura fuerte de los hombros y los brazos del leñador mientras se besaban. Poco a poco, los polos de los imanes que albergaban en su interior parecieron conectar después de haberse generado tanta tensión. Los cuerpos se fueron acercando sin remedio y se mordieron un poquito, un juego, un beso en las comisuras, una pausa para respirar, pero sin dejar de tocarse en ningún momento.

Ahora eran las manos de Unai las que continuaban el juego que había iniciado Aries, acariciando su pecho y bajando poco a poco hacia su cintura. Había cierto instinto en esos movimientos que lo hacían parecer todo un experto. Nada tenía que ver ese beso con el que había compartido con Joaquim. Este era mucho más explosivo, más cargado de pasión, una que había querido encerrar, como con todo en su vida, y de lo que ahora se arrepentía al descubrir lo que de verdad era vivir en libertad.

No se calmaron, porque la fogosidad fue en aumento hasta tal extremo que Aries necesitó una pausa para recuperar el aliento y asimilar que aquello sí estaba sucediendo por fin.

—Siento si… —comenzó a decir, con la cabeza apoyada contra el respaldo del sofá y sin apartar la vista de la de Unai, que lo miraba sin comprender. Ambos respiraban agitados. Y excitados.

Pero el panadero no pudo finalizar su frase, porque el Hombre de la Montaña se lanzó directamente en busca de su boca y, con sus dedos fuertes y venosos, a explorar bajo la tela de su ropa para quitarle la camiseta, como si ya no pudiera controlar más lo que le quemaba bajo la piel.

Respiraba su sudor y emanaba el suyo propio en una danza de pasión muy alejada a lo que jamás hubiera sentido, y cuando la yema de sus dedos acarició el pecho de Aries, gimió sin darse cuenta en un vahído de fervor descontrolado que acompañó con más caricias y besos.

Terminaron sin camiseta, tan solo con unos calzoncillos ajustados que les apretaban las erecciones vibrantes, tumbados en el sofá como dos adolescentes cuyos impulsos fueran imposibles de controlar. Las oleadas de miedo llegaban entremezcladas con las ganas más absolutas de seguir mordiendo, pero al estar juntos, los dos sentían que no era lo incorrecto.

—¿Estás bien?

La pregunta de Aries estaba cargada de temor. Se mordió el labio mientras miraba a Unai, que tenía la vista perdida en algún punto de la estancia. Sus ojos cambiaron, su expresión, su postura; todo se transformó en un segundo.

—Sí —dijo tan solo, apartándose imperceptiblemente de la cercanía que habían impuesto entre ellos.

—¿Seguro?

Aries no parecía querer insistir demasiado, pero en la mente de Unai las cosas de repente no estaban tan claras por más que sintiera que en su entrepierna todo fuera a estallar en cualquier instante y que en lo más profundo de su pecho solo quisiera continuar explorando eso que le hacía sentir así de vivo. Sin embargo, al mismo tiempo se sentía sucio, y eso no le era tan ajeno. De hecho, dejó que la sensación de lo habitual —a lo que se había acostumbrado durante toda su vida— lo envolviera en ese momento de debilidad.

No era justo. Lo sabía.

Todo se desinfló.

—Vaya —casi resopló Aries, visiblemente decepcionado con el cariz que había tomado la situación. Notó una gota de sudor recorrerle la espalda y ahogarse entre su piel y el cojín mullido que su madre había arreglado antes de marcharse de viaje.

Unai volvió a distanciarse y dejó que su trasero se deslizara por el sofá hasta que ambos no se estuvieran tocando. Cambió por completo la disposición de su cuerpo y puso distancia entre los dos, entre su intimidad, mirando hacia el televisor mientras fingía estar centrado en la música que emitían los altavoces.

Se había equivocado. Ese no era él. Por más que sintiera que sí, que era lo que quería... No terminaba de entenderlo. Había una barrera invisible que lo separaba de Aries y de todo lo que querría hacerle, de disfrutarle. ¿Cómo iba a continuar hacia delante si cada vez que se atrevía a avanzar se veía arrastrado a dar un paso hacia atrás para juzgar lo que estaba haciendo? Era catastrófico.

—Es tarde y estoy borracho. ¿Dormimos?

Fue escueto y seco, pero miró a Aries para tratar de encontrar algo de calma, transmitirlo así con su mirada. Fue sorprendente verlo con la boca entreabierta, como si estuviera esperando responder en el acto.

—Vale —dijo el panadero, unas palabras llenas de una decepción que, evidentemente, era inevitable. Y Unai lo sabía, era su culpa, pero no podía remediarlo.

Sentía que le temblaba todo el cuerpo y que sería incapaz de encauzarlo, al menos durante un tiempo. Tampoco se imaginaba durmiendo con quien, a escasos centímetros, aún buscaba sus caricias. Lo que fuera a pasar en los próximos minutos también formaba parte de las pruebas a las que el destino lo estaba sometiendo en ese momento.

Unai se levantó y entonces se dio cuenta de que solo estaba tapado por los calzoncillos que, algo húmedos en la parte frontal debido a la excitación, no hacían demasiado para ocultar que aún seguía caliente. Buscó su ropa con rapidez y se atavió con ella mientras Aries recogía las cervezas de la mesa. Luego se llevó las manos a la cara, pensativo.

—¿Cómo lo hacemos?

El leñador se encogió de hombros. El salón le daba vueltas, quizá por el mareo de la cebada fermentada, quizá porque su cuerpo aún buscaba el calor humano que había decidido dejar a medio camino.

—Bueno, me da igual. No lo sé. —Aries estaba mucho más serio de lo habitual. Era una persona divertida y cuya energía se contagiaba, por lo que ver ese cambio de actitud en él era cuando menos extraño.

Y solo había un culpable.

Terminaron por recoger sin hablar mientras una tensión extraña se dilataba y alargaba tanto entre ellos como una sombra al final del día que tocaba cada rincón de la casa y se adueñaba de esta, de su silencio y de esa parte de oscuridad que Unai quería evitar a toda costa, pero contra la que no podía luchar por más que quisiera. Era un cobarde, un completo idiota.

La cama en la habitación de Aries les dio la bienvenida cuando este pulsó el interruptor de la luz. No era gigante, aunque tampoco pequeña. Cabrían los dos. De hecho, así había sido con anterioridad, pero Unai no lo recordaba.

—Puedes dormir en el sofá si quieres —le anunció Aries, ahora un poco más recuperado, como si hubiera procesado la situación y le hubiera quitado hierro al asunto.

Pero el leñador no contestó porque, más que nada, no sabía qué narices debía responder. ¿Tan complicado era ser fiel a sus instintos? Parecía ser que sí, porque notaba que la punta de sus dedos buscaba con ansias el contacto de Aries, volver a conectar, pero su cabeza le decía que se detuviera y se anduviera con ojo, como si tuviera que ocultarse de algo. Era estúpido, con todos los avances que había hecho para llegar incluso a estar ahí. Supuso que había situaciones contra las que aún no podía competir.

—Como quieras —dijo.

—Bueno, pues aquí, más fácil. Mañana ya cambio las sábanas.

Aries respondió sin mirarle y le dio la espalda para abrir la cama y colocar las almohadas y cojines. Se quitó la ropa y volvió a quedarse en calzoncillos al tiempo que evitaba que sus miradas se encontraran de nuevo. Unai tan solo lo contempló como quien veía un oasis en medio del desierto, sin ser consciente del todo de sus implicaciones, deseoso de probarlo, pero con temor a que tan solo fuera su mente jugándole una mala pasada.

Con sumo cuidado, Unai rodeó la cama para dirigirse hacia el lado contrario. Se sentó. Los muelles del colchón sonaron cuando su peso hundió el material. Detrás de él, Aries se había tapado con las sábanas. Respiraba fuerte.

—Buenas noches —le dijo este.

Unai se apresuró a seguir los pasos del panadero y cuando se tapó, sintió la tela acariciar todo su cuerpo. Estaba a centímetros de Aries. Si movía un poco el brazo, lograría tocarlo y volvería a caer en esa desesperación que había sufrido en el sofá.

Pero mientras le daba vueltas al asunto y sopesaba todas las posibilidades, escuchó que el panadero empezaba a roncar y, con ello, sus opciones se esfumaban con cada respiración más profunda.

Odiaba ser así. Odiaba no atreverse.

# Batallón de defensa

Había pasado ya una semana y su cabeza no podía dejar de pensar en ese momento de cobardía junto a Aries, en su cama, los dos tapados y sintiendo el calor arremolinarse en zonas que creía desconocidas. Sentía vergüenza, se le enrojecían las mejillas con cada pensamiento sobre el tema y no quería que su cabeza acudiera a ellos por más que fuera inevitable.

Como era habitual, y lo que parecía ser ya parte de su proceso de terapia —o distracción— para cualquier momento en el que no quisiera rumiar demasiado, se había dedicado a desaparecer del resto del mundo y recluirse aún más entre las paredes de su herencia. Creía que la remodelación había sido un éxito, pero siempre quedaban más cosas por hacer y si no era así, como era el caso aquel día, las buscaba para no tener que pensar, para sentir el dolor y el cansancio físico en sus huesos y poder focalizarse más en eso que en lo que su corazón confuso albergaba.

Unai había terminado de preparar la mezcla de escayola

para comenzar a rellenar los huecos de una de las paredes del salón. Se había arrepentido de haberlas pintado, pero... no tenía mucho más que hacer. Las tardes —y los días— se le hacían aburridos sin nadie con quien hablar. Y casi como si lo hubiera invocado, alguien llamó a la puerta. Puso los ojos en blanco y lanzó la espátula sin miramientos dentro del barreño. Empezaba a acostumbrarse a las visitas de Almu. Ya era parte de su vida diaria quisiera o no, aunque eso no quitaba que en momentos como aquel le apeteciera poner música de fondo y desvivirse durante horas hasta que le salieran callos en las manos. Necesitaba algo de tiempo a solas. O no. Ni siquiera él lo sabía. Ya se estaba acostumbrando a ir a la deriva.

Se acercó a la puerta y abrió sin pensárselo demasiado, sin prestar atención a que su amiga no venía sola y que había una sombra detrás que reconocía muy bien. Almu se había presentado, por primera vez, acompañada. Una pequeña sensación de traición le recorrió los pulmones porque se quedó sin aire durante los siguientes segundos mientras la sombra dejaba de ser tal y tomaba forma ante sus ojos.

Era Aries.

Se miraron durante unos instantes sin ninguno saber muy bien qué decir. El suelo pareció cambiar de ángulo y Unai sintió que se alejaba por un momento, solo un instante, como si de un modo instintivo quisiera poner distancia entre ellos para que no tuvieran que enfrentarse.

—Hola, ¿nos invitas a café?

Almu entró y saludó a Unai pasando la mano por su brazo. Dejó su abrigo y el bolso sobre la mesa de madera a tan solo un par de zancadas de la puerta de entrada. Sin embargo, Unai se quedó allí plantado mirando a Aries, todavía inseguro sobre lo que le parecía aquella idea. No dejaba de ser su casa, su hogar, donde se recluía para desaparecer y no tener la obligación de entablar una conversación con nadie o, en este caso, enfrentarse a sus sentimientos.

—Hola —le dijo Aries simplemente. Parecía avergonzado en cierta manera, como si supiera que estaba traspasando varios límites al mismo tiempo. Se reflejaba en su mirada; le estaba pidiendo permiso, lo veía encogido mientras hacía desaparecer su cuello entre sus hombros—. ¿Puedo... pasar?

Unai no respondió en voz alta, solo se apartó lo suficiente para dejarle paso, aun asiendo con fuerza el pomo de la puerta. Cuando la cerró, se dio la vuelta para contemplar la escena. Almu ya se había sentado en una silla y miraba su teléfono distraída respondiendo algún mensaje en WhatsApp, y Aries miraba fascinado la casa como si fuera un niño en una juguetería, con esa misma inocencia y ese mismo aspecto de no haber visto algo así en su vida. Tenía la boca abierta.

El leñador no supo cómo encajar aquella sensación que le recorría todo el cuerpo. Ese momento se le antojaba incluso más íntimo que haberse quedado semidesnudo junto a él o que haber dormido juntos a centímetros de que sus pieles se rozaran. Aries estaba observando su hogar, cada recoveco del lugar donde se había criado, donde se había convertido en quien era, el mismo donde ahora había un poco más de él desde la muerte de su madre.

—Vaya..., qué diferente —comentó el panadero en un esfuerzo visible por encontrar una palabra que describiera lo que reflejaban sus ojos. Terminó de apreciar el espacio diáfano hasta posar sus ojos en los de Unai, aún con algo de miedo en ellos, de nuevo solicitando permiso por haber ido sin avisar.

Así se quedaron durante unos segundos, ambos ignorando deliberadamente a Almu, que todavía fingía estar distraída. Pero Unai la conocía, sabía que tenía la oreja puesta y que con su vista periférica no estaba perdiéndose ningún detalle de lo que acontecía allí.

Llegaba el momento de afrontar sus sentimientos, de dejarlos ir y no bloquearlos. Así que Unai sopesó durante unos segundos la opinión verdadera que guardaba en su pecho. Se sentía acorralado y atacado, no lo iba a negar. Trató por todos los medios de que su expresión facial no cambiara y mostrara lo que le pasaba por la mente, aunque supuso que ya a esas alturas era absurdo. Había quedado claro que era más transparente de lo que pensaba, y tanto Aries como Almu eran personas que sabían leerlo sin apenas esfuerzo.

—Perdona por venir sin avisar —se apresuró a decir el panadero. Estaba tenso, en medio de la estancia. No se atrevía a dar un paso o hacer nada más hasta que viera que Unai se calmara.

—No pasa nada. Ahora os hago café.

El leñador no pudo soltar aquello con más desdén. Quiso suavizar sus palabras, pero simplemente no fue capaz. Le quemaban en la punta de la lengua.

Dio la espalda a sus invitados. Escuchó las patas de la silla deslizarse sobre el suelo y luego, a Aries sentarse. Se concentró demasiado en preparar la cafetera italiana. Tardó más de lo debido, por supuesto, y le dio vueltas al tema con el ceño fruncido.

Que Aries estuviera allí era romper con su intimidad. Así de claro. Quizá era pronto aún para saber si debía sentirse de otra manera; tal vez, si lo pensaba mejor, le estaba haciendo un favor. Pero eso no quitaba que en ese momento sintiera que lo único que le quedaba plenamente suyo se estuviera destruyendo frente a sus ojos.

Escuchó a Aries y Almu susurrar. Pese a la distribución de la estancia, el sonido de la cafetera retumbó y sumado al del fogón de gas, la conversación se le hizo ininteligible. Los dejó estar. No se voltearía hasta servir el café y haber puesto sus pensamientos un poco en orden, que lo necesitaba.

Cuando terminó al cabo de unos minutos, él también tomó asiento. A su izquierda, rozando su rodilla con la de ella, se encontraba su amiga y enfrente, Aries, a una distancia a la que si cualquiera de los dos alargaba el brazo, se podrían tocar.

Lo miraba pidiéndole perdón. Esa expresión parecía haber llegado para no marcharse. Bueno, le concedió aquello al joven panadero. Al menos sabía que no era una buena idea del todo. Y sin embargo..., ahí estaba. Sin consultar, sin avisar.

Unai encontró uno de los motivos por lo que aquello le molestaba.

—Estoy hecho un cristo —se disculpó al tiempo que le echaba azúcar al café. Aries hizo lo propio y negó con la cabeza—. Estaba liado. Como siempre.

Aquellas palabras iban dirigidas a su amiga, a quien echó un vistazo lleno de culpabilidad. Ella se encogió de hombros con rapidez.

—Siempre te podemos echar una mano, ya lo sabes. Ni que yo tuviera un curro de oficina, copón —casi se quejó Almu. A pesar de sus palabras, el tono fue más suave de lo habitual.

—Yo hoy he decidido tomarme el día libre. Un descanso después de tantas vacaciones y la puta Navidad —dijo Aries, explicando el motivo por el que estaba ahí sin que nadie le hubiera preguntado—. Quería verte.

—No sabía que erais amigos.

Aries miró a Almu como pidiendo permiso para contar algo. Ella simplemente asintió y volvió a fingir no prestarles atención mientras desbloqueaba el móvil. Unai empezaba a hartarse de esa actitud tan infantil. Si ella sentía que sobraba y todo era una treta para traerle al panadero, ¿por qué narices no se iba? Pero entonces Unai lo entendió. Ella era el nexo entre los dos mundos. Ella pertenecía a allí arriba, pero también era quien lo había convertido en lo que poco a poco Unai era. Así que en cierto modo —y no lo diría en voz alta ni hoy ni mañana ni probablemente en semanas—, el leñador se lo agradeció.

—Hace unas semanas conseguí el número de Almu. Y el tuyo también, el fijo. Vives como en las cavernas, es casi imposible dar contigo —bromeó Aries para liberar un poco de tensión. Unai no cedió y este enseguida borró la sonrisa de su rostro—. Quería verte. Y no voy a seguir esperando a que bajes. Lo has hecho muchas veces y... No sé, quería ver cómo estás. Cómo es tu casa y tu trabajo. Saber más de ti, vaya. No es un crimen, creo.

La sencillez e inocencia de aquello hizo que Unai notara algo en el estómago. Eran las mariposas que sentía cada vez que lo veía, aunque esta vez estaban más rebeldes y aleteaban con más fuerza. A decir verdad, era un bonito detalle. Haber subido hasta allí honraba a Aries, sobre todo conociendo a Unai y con la posibilidad de que ni siquiera le hubiera abierto la puerta.

Aun así, la distancia que el leñador se estaba obligando a imponer entre ambos no iba a desaparecer así como así. Si su primer instinto había sido cerrarse, era por algo. La sensación de ser un animalillo en una trampa en mitad del bosque no se le quitaba del pecho. No, claro que no. Esa casa era su identidad. También su intimidad. Sus paredes eran capaces de alejarlo del mundo y de comerle la cabeza al mismo tiempo. Su fortaleza, maldita sea. Y ahora no era suya al cien por cien. Había entrado alguien a quien le gustaría invitar en algún momento, sí, pero este no había llegado aún. Era demasiado pronto para tantos cambios.

Todavía ni siquiera sabía al cien por cien qué pensar de ese hombre. Solo tenía claro que cada vez que lo miraba, se volvía loco y que cuando no estaba con él, lo único en lo que pensaba era en sus ojos y en cómo le hacía sentir, y más después de la última vez. Pero él era una persona que necesitaba tiempo. Eso era lo que marcaba su vida: el tiempo, siempre.

—Pues esta es mi casa —dijo Unai, abriendo los brazos para intentar abarcar la estancia al completo—. Un caserío viejo que me tengo que comer con patatas.

—Ay, si te encanta —lo contradijo Almu con los ojos como rejillas.

—Bueno, vale, y ¿qué tiene eso que ver? —respondió Unai, molesto.

Ella puso los ojos en blanco.

—Que lo dices como si estuvieras obligado a vivir aquí y nunca te hubieran dado la opción a que te fueras, ¿verdad, cariño?

—Lo mismo digo.

Aries contemplaba el intercambio con una sonrisa pícara, bobalicona. Le estaba pareciendo divertido verlos pelear, y Unai se dio cuenta de que no solo era la primera vez que veía una interacción con alguien de su entorno, sino que también se mostraba con una actitud de ese estilo frente a él. Joder, cuántas primeras veces. Y todas sin haberse podido preparar.

—Oye, encima que te vengo a visitar para que no estés

solo y malhumorado. Que a este paso, terminas siendo un viejo cascarrabias.

Tenía razón. Así que Unai no respondió. Era cierto que se veía a sí mismo condenado a seguir ese camino y convertirse en una versión modernizada de sus padres. Nada le daría más asco.

Después de aquella breve conversación, Unai buscó a Aries con la mirada. Los dos se sonrieron de un modo distinto. Aries continuó con ese toque de burla divertida, mientras que Unai escondió sus labios en una mueca, casi disculpándose por no saber qué decir o hacer en ese momento.

Entonces el panadero cogió aire y se armó de valor.

—En fin, ¿me enseñas la casa?

# Y pega la vuelta

No era mentira que Aries se sentía como una mosca en mitad de la tela de una araña. Acechado por los ojos oscuros de Unai, que se desviaban a la mínima que daba un paso hacia un lugar ya reconocido. Estaba completamente bajo su influencia, su vibra y su olor mientras caminaba con delicadeza sobre las hebras que conformaban su hogar. Quizá había sido un error aparecer sin avisar al fin y al cabo, y más por haber aunado fuerzas con Almu, de quien el leñador no esperaría una traición como aquella. (Era inevitable que lo sintiera así; con conocerlo solo un poco y al haber visto su reacción, no se equivocaba).

Unai le enseñó la casa en silencio, abriendo puertas y alargando un brazo como diciendo:

—Esto es una habitación. —Pero sin decirlo en voz alta, solo en su imaginación.

Su rostro se esforzaba en mostrarse huraño, aunque Aries sentía que al mismo tiempo una parte de él agradecía haberse visto en esa situación sin escapatoria, porque así se lo quitaba de encima y más adelante no tenía demasiado que desentrañar. Como avanzar en un juego sin haberlo querido.

Al cabo de unos minutos de explorar recovecos y huellas del pasado ocultos entre restos de polvo y recuerdos escondidos en cajones y armarios, Aries no pudo más con la tensión y al mismo tiempo que se plantó a las puertas del dormitorio de Unai, justo cuando este se lo iba a mostrar, el leñador también rompió el silencio.

—Dime de verdad por qué has venido. —La voz, dura; la lengua, seca.

Aries supo que era el momento de abrirse un poco, de dejarse ver, de que esos pensamientos que le carcomían la cabeza hicieran acto de presencia de una vez por todas. Tocaba sincerarse, ¿no? Que todo cobrase una nueva dimensión. Le daba miedo perder lo que fuera que tuviera con Unai o, más bien, la posibilidad de lo que pudiera pasar, pero por algo se había atrevido a aparecer en su puerta.

—Estoy rayado, Unai. No sé... qué pasa con nosotros.

El leñador no dijo nada, tan solo tragó saliva y clavó la mirada en un punto fijo, como si buscara las respuestas en las paredes.

—No sé si ha estado mal que haya venido sin avisar, pero entiende que es complicado dar contigo. En general. Nunca sé por dónde vas a aparecer ni con qué actitud, y eso me tiene un poco cansado.

—No es tu problema —casi lo cortó Unai.

Aries chasqueó la lengua, molesto.

—Claro que lo es.

—Y ¿por qué?

Ahora sí, Unai se había volteado para mirarlo. Era tan grande e imponente que Aries tuvo que tragarse las palabras y sopesarlas un poco más. No porque le impusiera, sino porque su cuerpo empezaba a arder ante aquella vista y no quería distraerse o que su lengua lo traicionara.

—Deja de actuar como que no hay algo entre nosotros, Unai. Deja de ser tan cobarde. Admítelo. No pasa nada.

El leñador apartó la mirada y buscó en el suelo alguna mancha en la que centrar su atención. Aquella respuesta le había movido algo en su interior, estaba claro. Aries vio que su nuez se movía arriba y abajo, incómodo, como aguantándose las ganas de llorar. Observó que sus ojos ahora estaban vidriosos. Así que vio la oportunidad perfecta de seguir resquebrajando un poquito más esas defensas que parecían a punto de desmoronarse.

—Yo estoy intentando..., no sé, no cagarla demasiado. Darte tu tiempo y tu espacio. Pero tampoco puedo estar esperando siempre al momento en el que tú tengas la cabeza clara. Me gustaría intentar algo más contigo, Unai. Discúlpame si sientes que voy demasiado rápido, pero quiero conocerte más. Creo que puede surgir algo interesante, por lo menos.

—No sé si... —comenzó el leñador, pero Aries fue más rápido y lo interrumpió.

—Deja las dudas de lado, por favor te lo pido. —Se acercó a él para cogerle la mano. Unai se dejó—. Me estoy cansando de no entenderte. De que me des una de cal y otra de arena. Vale ya.

Fue serio, duro. De hecho, alzó un poco la voz, más de lo que quería. Pero es que si no soltaba todo aquello, se comería todas esas palabras en el coche de vuelta a casa y no podía dejar que eso sucediera. Era un día definitorio para lo que fuera que tuvieran, o lo que no. Al fin y al cabo, era importante.

—Entiende que yo quiero —dijo finalmente Unai y a juzgar por cómo se le había roto la voz, era la primera vez que lo decía en voz alta—. Pero es que no puedo. Aunque quiera. Es raro.

—Tienes demasiadas cosas en las que trabajar y yo no soy el salvador de nadie. Te puedo echar una mano, claro, pero tienes que poner más de tu parte.

—Lo estoy haciendo. He roto muchos límites.

—¿Eso crees? Lo del otro día fue una mierda. Eso sí que fue raro.

—Hago lo que puedo, Aries. De verdad. Y no quiero hablar de eso.

—Pues yo sí —se envalentonó el panadero, aunque enseguida reculó al ver que Unai se estaba poniendo nervioso. Veía su pecho hincharse y deshincharse con velocidad, como si le faltara el aire—. Perdona. Es que no lo entiendo. Y no hablas. Falta que esos límites que dices que has roto sean de verdad. No soy adivino, maldita sea.

Hubo una pausa tensa de unos segundos que se hicieron eternos, en los cuales Unai apretó los dedos de Aries con fuerza. No quería que se marchara, quería que se quedara ahí y que le ayudara y, aun así, era incapaz de decirlo en voz alta, de que las paredes de su hogar fueran testigos de sus dudas y del nuevo camino que había tomado en la vida. Eran tantos sentimientos mezclados al mismo tiempo y se veían de una manera tan clara que Aries dudó de si realmente necesitaba las palabras para conocerlo más a fondo.

No tardó demasiado en decidir que sí, que no importaba lo que pudiera observar, que necesitaba confirmaciones, actos que le dijeran que no se estaba equivocando y que podían seguir hacia delante.

—Di algo —le exigió, también con los ojos llorosos. Unai apartó la mirada, también su mano, rompiendo así cualquier rastro de contacto físico. Parecía que esto era lo único que los ataba en aquel momento, aparte de la tensión por haber puesto sobre la mesa un poco de los sentimientos que habían ido aflorando.

—Estoy... en ello. Rompiendo mis barreras, poco a poco. Me ahogo.

Había mucha verdad en esas palabras, porque su garganta flaqueó y produjo un quejido lastimero al terminar de hablar. Aries sintió pena. Mucha pena. Solo quería abrazarlo y decirle que todo iba a estar bien, pero había vivido lo suficiente como para saber que no era su responsabilidad trabajar los problemas de la otra persona.

Debía mantenerse fuerte, pensar también en su felicidad. Y que quizá lo mejor era alejarse, no continuar pidiéndole peras al olmo como un estúpido.

—Pues siento que no has roto las suficientes. Todavía te falta la de atreverte a ser tú.

Y dicho aquello, visiblemente emocionado y temblando, Aries se dio la vuelta y se encaminó de nuevo a la entrada de la casa en busca de Almu. Se marcharía. No podía soportarlo más. Había llegado y soltado lo que necesitaba sin recibir la respuesta que esperaba del leñador. Tampoco es que hubiera albergado demasiadas esperanzas de que lo fuera a conseguir.

Pues bien, por el momento, hasta aquí llegaba su cometido. No se arrastraría más hasta que no viera una actitud diferente en él. Con ese pensamiento, se despidió de Almu con un beso en la mejilla y cerró la puerta de un golpe, dejando tras de sí al Hombre de la Montaña y, con él, parte de su corazón.

# Escapada

El tiempo volaba como una mariposa entre las ramas de un árbol, deslizándose por sus recovecos pero con el objetivo claro de escapar de sus obstáculos. Y justo eso era lo que Unai intentaba que sucediera en su vida. Sin embargo, las situaciones que se habían generado por su falta de confianza y atrevimiento hacían que fuera imposible salir airoso de esos obstáculos que le impedían continuar hacia delante.

Tuvo claro que debía enmendar sus errores. Sus cagadas. Toda la mierda que, sin quererlo, había soltado para decepcionar tan profundamente a Aries. Por eso estaba vestido y perfumado con las manos apretando el volante de su furgoneta, por eso estaba temblando y nervioso como hacía años que no lo estaba, por eso había dejado que pasaran las horas para que las aguas se calmasen y que tuvieran tiempo de echarse de menos, de recordar solo en sueños la sonrisa del panadero y de que este hiciera lo mismo con él. Esperaba, al menos, no haber desaparecido de su mente.

Llevaba unos días preparándole una sorpresa a Aries. Se

sentía estúpido, porque nada le aseguraba que fuera a aceptar, y menos con tan poca antelación. Pero si salía bien... Joder. Necesitaba que saliera bien.

Aparcó en la parte de atrás de la panadería. El sonido de la gravilla bajo sus pies sonaba a hogar en cierto modo, a uno que se había encargado de destrozar con su actitud paupérrima de los últimos días. No se atrevía a llamar a Aries por el almacén, quería que absolutamente todo fuera una sorpresa. Así que daría la vuelta por la parte trasera del edificio donde se encontraba el establecimiento para presentarse por la entrada principal; por primera vez, sería un cliente. Se imaginó a Aries detrás del mostrador con su cara de bueno y sintió que le flaqueaban las piernas. No se lo esperaría para nada y, a decir verdad, él tampoco. Hacía tan solo unos meses aquello se le habría antojado imposible. Sin embargo, ahí estaba.

Parado frente a la puerta tuvo que aguantarse las ganas de salir corriendo. Si se daba la vuelta ahora mismo, dejaría atrás el nerviosismo que le devoraba y sus manos dejarían de temblar. También dejaría de tener la boca seca y de humedecerse los labios como si fuera un adicto, de buscar miles de razones por las que se estaba equivocando.

Se vio reflejado en el cristal de la puerta y se dio vergüenza a sí mismo. Se sintió como cuando era pequeño y esperaba poder formar parte del resto de los chicos de su edad para jugar en el recreo. Nervioso, con la sensación de querer desaparecer y, al mismo tiempo, romper con todo y que sus ganas reprimidas se convirtieran en una especie de furia que no le permitiera pensar en lo que de verdad quería expresar.

En cambio, al fin, su mano se movió por acto reflejo y empujó la puerta sin ser plenamente consciente de ello. Entró con dos pasos firmes y alzó la vista en busca de Aries, el chico que le estaba robando el corazón, y cuando sus miradas se encontraron, juró que el suelo se hizo añicos y tambaleó bajo sus pies.

El tiempo se detuvo, solo rompió la quietud el sonido de la puerta al cerrarse a su espalda, cuando la campana rebotó contra sí misma y formó un eco casi ensordecedor. Porque ahora no había ruido, solo calma, mientras se devoraban con las miradas cargadas de cosas por contar.

Unai suspiró, sacando de su interior cada pensamiento negativo y armándose de valor para continuar andando y acercarse a Aries. La forma en la que este lo observaba era una mezcla de tantas cosas, pero... creía apreciar gratitud. Sorpresa. Emoción.

—Hey —le dijo el leñador, mientras con pasos temblorosos y nada seguros acortaba la distancia entre ellos.

—Hey —respondió Aries sin más, aunque las comisuras de sus labios se estiraron indicando las ganas que tenía de sonreír y que por orgullo evitaba mostrar.

Se quedaron quietos durante unos instantes, el uno esperando el siguiente paso del otro. Estaban evaluándose como dos animales. Quien tuviera más narices para romper de nuevo el silencio, saldría victorioso. Y Unai ya se sentía ganador.

—¿Tienes el fin de semana libre?

Aries soltó un suspiro irónico sin mayor preámbulo que abrir mucho los ojos en señal de sorpresa.

—Soy panadero. No trabajo más el fin de semana porque no quedan horas en el día.

Unai no pudo disimular la decepción en su rostro. Ya iba preparado en cierto modo para ello, claro, porque su respuesta había sido tan lógica como sumar uno más uno. Sin embargo, no se iba a rendir. Haría lo que fuera necesario para convencer a Aries de que había esperanza, de que merecía la pena.

Alzó la mirada de nuevo; había perdido el foco y se había distraído con las manos del panadero, aún manchadas de harina de algo que se calentaba en el horno y conquistaba el lugar con una esencia dulce y deliciosa.

—Quiero compensarte el daño que te he hecho —dijo Unai, unas palabras que había meditado y ensayado frente al espejo como un quinceañero. Le habían escocido al pronunciarlas porque auguraban una garganta rota y una boca seca.

Aries no respondió al instante; trataba de mostrarse entero, ácido y frío, pero por cómo sus ojos cambiaron de forma y se hicieron más redondos, la manera en que las aletas de su nariz se extendieron brevemente para coger aire... Le había tocado la fibra sensible.

—¿Qué propones? —lanzó la pregunta con cuidado, lo que era normal, pues ninguna esperanza que Unai le pudiera dar se convertía en realidad.

—Una escapada este finde.

De nuevo, había reticencia en la mirada de Aries. No se iba a ilusionar demasiado, estaba siendo prudente.

—¿A dónde? ¿Cómo vamos? Pfff, son muchas cosas —comentó el panadero, que de pronto se vio ahogado ante la perspectiva de evadir sus responsabilidades.

Unai disparó las respuestas sin darle lugar a la duda.

—Donosti. En mi furgoneta. Lo tengo todo preparado.

El panadero alzó la ceja sorprendido. Y de verdad. Como si nunca se hubiera esperado esa parte de Unai, una donde llevara la voz cantante y propusiera un plan como aquel de la nada.

—Vaya... —Acompañó la expresión de su cara con palabras—. Me viene bastante mal, no te lo voy a negar. No puedo cerrar en fin de semana ni de coña, lo sabes, ¿no? Y el otro día ya perdí una tarde para... nada.

Unai se mordió el labio inferior presa del nerviosismo y por el dardo que le acababa de lanzar. Para él, salir de su casa ya significaba salir de su zona de confort. Todo aquello —por más que quisiera— le estaba costando demasiado, el romper demasiadas reglas y dejarse ver muy vulnerable. Pero es que nadie lo miraba como Aries y por esos ojos, recorrería el mundo.

—Vamos —casi le suplicó con el tono de voz, con su mirada. Se emocionó al decirlo, además sin querer, pero ahí estaba, el Unai completamente desvalido. La otra cara, la que nunca mostraba.

Aries se apoyó contra el mostrador, con sus nudillos sosteniendo el peso de su torso. Parecía meditar su respuesta.

—Tendría que hacer la maleta, avisar... Mis padres me matarían. Es mucho dinero. Ya sabes que este negocio no nos hace especialmente ricos —dijo más para él que para Unai, así que lo hizo en voz baja. Machacado, también, como si le costara mucho esfuerzo plantear siquiera esas posibilidades.

Además, entre ellos había decenas de palabras que ninguno se atrevía a pronunciar. Muchas de ellas eran de miedo, pero también de esperanza.

—No sé —continuó Aries, meneando la cabeza de un lado para otro. Hasta que terminó por cruzar su mirada con la de Unai.

—Por favor —volvió a suplicar este, deleitándose en los ojos del panadero y tratando de transmitirle lo mucho que necesitaba ese viaje.

Aries cogió aire y soltó un suspiro enorme, de esos que contienen no solo dióxido de carbono, sino inseguridades y temores. Los expulsó todos en un momento y comenzó a quitarse el delantal.

—Que le den a esto. Me merezco un descanso. Pero no

hay más oportunidades, señorito —dijo en tono de broma, aunque visiblemente emocionado.

Luego los dos se sonrieron durante unos segundos mientras perdonaban lo que se habían tragado y lo que habían exigido, y se prometían con solo una mirada que tratarían de que todo fuera bien a partir de ese momento.

Aries había tardado poco en preparar lo primero que se le había pasado por la cabeza. La casa lo recibió de forma violenta, a sabiendas de que no debería de estar ahí cuando la panadería tendría que estar abierta de par en par y atendiendo a cualquier cliente necesitado de una buena hogaza en pleno fin de semana. Pero por primera vez en mucho tiempo, había decidido pensar en sí mismo.

Un gusanillo le recorría el interior del estómago; ya no eran mariposas, sino algo un poco más fuerte, y la excitación de lo que se vendría era tan intensa que no cayó en la cuenta de coger prendas que le hicieran verse bien, sino las cómodas, las primeras que se ponía siempre para cualquier ocasión, nada del otro mundo. Cepillo de dientes, pasta, desodorante y colonia. Poco más. Quería marcharse ya y desconectar.

Según bajaba las escaleras con la mochila a la espalda y agarrando el cargador del teléfono alrededor de la mano como buenamente podía para que no se le cayera, se vio a sí mismo en compañía de Unai riendo, pasándolo bien, cayendo en sus brazos fuertes... Y salió del portal con algo inevitable en su rostro: una sonrisa de oreja a oreja.

Ya en el coche y a medio camino de la capital, Unai se percató de que Aries estaba demasiado pegado al teléfono. Llevaba así unos buenos minutos, sin siquiera tararear las canciones que sonaban en la radio vieja de la furgoneta y, claro, después de cantar tantas a voz en grito, le dio curiosidad esa desconexión.

—¿Ha pasado algo? —se atrevió a preguntar al cabo de unos minutos.

A Unai le costó sacarse la pregunta del interior de su cabeza e incluso de su estómago, porque la tenía ahí encerrada desde hacía un rato y casi le costaba respirar.

—Dame cinco minutos, anda —le respondió Aries. Ni siquiera lo miró, aún sin despegar la vista de la pantalla.

El leñador alzó las cejas sin comprender. Le echó un vistazo a la radio y miró la hora. Contaría cinco minutos antes de perder los nervios, a ver si Aries mantenía su palabra. Se distrajo escuchando un par de canciones y cuando habían pasado seis minutos, apartó la vista de la carretera durante unos segundos para mirarlo.

Aries también lo estaba haciendo. Tenía una sonrisa en la cara. Ya casi estaban a punto de llegar.

—Cuando aparquemos, te lo enseño —respondió de una manera misteriosa, pero que Unai supuso que encerraba algo más, aunque le era imposible reconocer qué había tras sus palabras.

Prosiguieron el viaje mientras Aries entonaba alguna canción de las que el leñador no se sabía ni un acorde y al cabo casi de media larga hora buscando aparcamiento, por fin lograron encontrar un buen lugar donde cupiera la furgoneta y estuviera segura.

Al bajar, Unai estaba nervioso. No por lo que Aries le debía contar (y que imaginaba que sería una tontería), sino porque las sorpresas que había preparado concienzudamente durante días no habían terminado. Aún quedaba algo que le hacía especial ilusión y que era lo que más en el borde del precipicio le hacía sentir, pues mostraría demasiado de sí mismo, una vulnerabilidad con la que aún no estaba cómodo del todo y, al mismo tiempo, le supondría un esfuerzo vertiginoso.

Esperó a que Aries bajara del asiento y lo fue a buscar. Lo esperó mientras cerraba la puerta. Este le devolvió la mirada con una sonrisa en los labios. Eran tan bonitos. Trató de no mirarlos demasiado y le hizo un gesto con la cabeza para que lo siguiera.

Llegaron al maletero y Unai abrió las puertas.

Aries dejó escapar el aire, sorprendido.

El mismo lugar donde había almacenado la excusa para verlo de nuevo ahora relucía, convertida en una versión camperizada. Un colchón recubierto con sábanas de colores tierra, algunas luces colgando a los laterales desde el techo, mientras que el suelo estaba tapizado de flores y plantas que Unai llevaba días recolectando. La imagen, a decir verdad, era preciosa y se sentía muy orgulloso del resultado final, mucho mejor de lo que esperaba. Estaba al nivel de las fotografías que había encontrado en unas revistas guardadas al fondo de un armario y que había utilizado como guía para sacar a relucir su vena artística.

Los detalles que no se veían a primera vista eran los mejores, como el tipo de flores que había escogido para decorar y que encerraban significados de promesas que algún día diría en voz alta; también lo que se ocultaba entre los cojines, guardado en una caja, que no era más que una selección de comida que sabía que Aries apreciaría, como un buen vino de la bodega de su padre o una variedad de quesos que él mismo había curado.

—Es... precioso —dijo Aries sin dar crédito con los ojos aguados. Demasiada emoción reflejada en el rostro—. No tengo palabras. No...

Nunca completó el resto de la frase porque se le cortó la voz debido al sentimiento que lo embargaba. Tan solo miró a Unai, cogió aire y le tomó las manos. Apretó con fuerza, como si no quisiera soltarlo jamás. Tardaron en recuperarse o en descubrir cuál era el siguiente paso que ambos querían dar. Por una parte, Unai deseaba besarlo, por otra... Estaban en público y no se sentía del todo cómodo con la idea. Así que le devolvió el apretón como pequeña despedida de ese contacto y se separó para volverse hacia el maletero intentando concentrarse en otra cosa y dejar pasar el momento de confusión.

—Llevo unos días con esto en la cabeza. Con todo, en general, ya sabes a lo que me refiero. Y no sé por qué se me ocurrió... Ha sido raro verlo sin madera. Es lo único que ha llevado toda la vida porque no he necesitado llenarlo de nada más que de eso. Pero ahora, de repente, siento que merece la pena cambiar un poco eso. Por ti. No lo sé. Dios, parezco un idiota.

Tosió para evitar que su voz se rompiera como la de Aries. Meneó la cabeza para restarle importancia al asunto, ya que había sentido que sus palabras encerraban bastante más que lo que simplemente había expresado.

—Yo es que... —Por el tono empleado, Unai frunció el ceño y se preocupó. Lo miró—. Venía tan pegado al teléfono porque de camino aquí he pillado una noche de hotel. Ahora me siento como una mierda.

Parecía arrepentido o, más bien, decepcionado. Un gesto incómodo se reflejó en su cara e hizo que Unai se sintiera de manera similar, pero por él, porque también se había esforzado en hacer de ese fin de semana algo especial, para sorprenderlo. Pese a toda la mierda por la que Unai le había hecho pasar, pese a haber sido tan idiota...

Él seguía ahí. No eran nada. Y lo eran todo.

El leñador jamás había experimentado algo de tal envergadura, una conexión y un interés con alguien tan espectacular. Era complicado para ambos, supuso, el sentir tantas cosas y ser incapaces de revelarlas sin temor a la reacción del otro, pero lo era más para él, que no sentía en absoluto que estuviera caminando a paso firme, sino sobre arenas movedizas que amenazaban con arrastrarlo de manera irremediable hacia lugares que desconocía. Al mismo tiempo, todo tenía sentido y le daba fuerzas. Mirar a los ojos a Aries, o a sus labios, de repente hacía que todo cobrara una lógica casi antinatural, mágica.

—No pasa nada. Hoy, aquí; mañana, allí. Creo que es un buen colchón, pero no puedo asegurar nada —dijo Unai algo incómodo, tratando de solventar el inconveniente.

El panadero se lanzó a sus brazos para abrazarlo de una forma que nunca lo había hecho antes. Sentirlo así de cerca hizo que todos sus sentidos se pusieran alerta y fuera innegable que esa atracción que quería hacer desaparecer para no tener que darle vueltas a la cabeza a traumas del pasado se confirmara. Era real y estaba ahí, y con cada milímetro de la piel de Aries que tocaba la suya, se le erizaba cada pelo del cuerpo y sentía que podía con todo.

Al separarse, se contemplaron a menos de un palmo de distancia. Sabía que Aries quería besarlo, pero también leyó su mirada y supo que no era el momento ni el lugar, por lo que el abrazo terminó por marchitarse.

Pero luego, después de cerrar el maletero y mientras oteaba el monte Igueldo, los dedos del panadero se entrelazaron con los del leñador y, juntos, emprendieron el camino sin soltarse.

# Igueldo

Las nubes se arremolinaban en torno a la colina casi como si estuvieran hechizadas por su punta y, aunque el viento era suave y acariciaba las mejillas de ambos, era bastante respetuoso con el resto del clima porque parecía despejar el sol para que este marcara el camino. Y es que sus rayos chocaban directamente contra el filo, que se encontraba rodeado por árboles frondosos que se podían ver desde el suelo.

Debían esperar al siguiente turno, según les habían indicado. Una de las maneras más bonitas —y al mismo tiempo clásica y, por qué no decirlo, también altamente romántica— de subir al monte Igueldo era en funicular. Proporcionaba unas vistas espectaculares entre las ramas, la maleza y las casas que aún se mantenían enclaustradas en la colina. Para Aries era un lugar para el recuerdo; para Unai, algo tan olvidado de su infancia que era incapaz de recordar los detalles.

—Me trajeron aquí con seis años. Y nunca más.
—Pues no creo que haya cambiado demasiado.

—¿Lo dudas? —bromeó el leñador para sorpresa de Aries, que primero reaccionó levantando las cejas y luego terminó por reírse.

No hablaron demasiado porque el ambiente estaba tenso y electrizante. Era una sensación extraña, pero nada incómoda al mismo tiempo, y se dedicaron a esperar el funicular mientras observaban perezosos el comportamiento de la gente en la cola. En un momento dado, una señora casi se tropezó con un bordillo y Aries buscó la mirada de Unai para confirmar que había visto la escena graciosa al igual que él. Los dos cruzaron una mirada cargada de carcajadas impronunciables y se aguantaron la risa como pudieron apretando los labios con fuerza.

Cuando el funicular bajó y pudieron montarse, la mano de Unai se posó cerca, muy cerca, de la de Aries. Ambos habían apoyado los dedos sobre un pequeño poyete de escasos centímetros que separaba la ventana del resto de metal que conformaba el vehículo. La gente que había esperado la cola pacientemente ahora se dedicaba a sacar fotos y vídeos o comentar en voz alta lo que opinaban del paisaje que se alzaba ante ellos, pero para Unai y Aries no hacían falta palabras en aquella ocasión. Porque ese roce, aunque pareciera minúsculo e insignificante, transmitía mucho más que lo que jamás pudieran expresar en aquel momento.

Unai se concentró en el horizonte, que parecía vacilarle porque se desdoblaba y se cubría de nubes, pero también de vegetación y, de repente, solo se veían ramas y el color verde al mismo tiempo que se despejaba todo para dar paso a unos nubarrones grises que amenazaban con tormenta a lo lejos. Allí, esas nubes sobre el casco histórico de Donostia y la zona del puerto dejarían probablemente algún que otro regalo en forma de gota.

Sin embargo, la cuestión era que Unai se intentaba concentrar en el horizonte, porque hacerlo en el tacto de su piel contra la de Aries era complicado de gestionar en esos instantes. Porque subir allí implicaba… cosas. Cosas que no estaba preparado para sentir o enfrentar y algunas que no quería asumir, por más que supiera que el momento había llegado y que estaba ahí, que debía de hacerlo por su bien y el de Aries. Al fin y al cabo, si estaban allí era por él. Porque no había sabido gestionar nada en absoluto, porque se había comportado como un idiota.

—Es bonito —dijo simplemente Unai al cabo de un rato sin que quedara demasiado claro si se refería a las vistas o a pasar ese momento acompañado de Aries. Se le antojaba como un sueño, al fin y al cabo.

El panadero asintió sin decir nada más mientras posaba la vista en lo que se desplegaba frente a sus ojos para tratar de evadirse del alboroto que causaban los niños que se habían montado detrás de ellos. Entonces el vehículo se detuvo y ambos desconectaron al mismo tiempo de su embelesamiento para dirigirse hacia el antiguo parque de atracciones.

Encontraron el parque de atracciones Monte Igueldo tal y como se hallaba desdibujado en sus cabezas: se mantenía antiguo, nostálgico y con ganas de distraer a quienes osaran subir a lo más alto de la ciudad. Contemplar desde allí arriba el resto de la capital era, para algunos, una de las mejores experiencias que se podían vivir al visitarla. Para Aries era así, desde luego. Unai, por el contrario, no dejaba de pensar en las implicaciones de pasar ese rato con el panadero.

—¿Vas a querer montarte en algo?

La pregunta la hizo Unai, con un ligero tono de burla que no pudo disimular tan bien como hubiera querido.

—Claro, ¿por qué no?

—Te noto nervioso. Las alturas no te van mucho. —Lo dijo de un modo tan categórico que hizo que Aries se estremeciera. Se había esforzado en que no se le notara, pero no había surtido efecto, al parecer.

Unai terminó por reírse, una carcajada cristalina que acarició lo más profundo de Aries haciéndole sentir... cosas. Lo miró con una mueca que no tardó en desaparecer, porque verlo así de feliz hizo que, de repente, las preocupaciones desaparecieran durante un instante.

—Pero por supuesto que me quiero montar en algo. Y ahora, más.

—Venga —casi le retó el leñador.

Los dos se dirigieron a una de las filas. Estaba repleto de niños con sus abuelos y también de parejas que habían tenido la misma magnífica idea de pasar una tarde en aquel lugar arcaico y lleno de romanticismo. Estar allí plantados les hizo sentir que aquello iba más en serio de lo que parecía.

—Pensaba que haría más frío —comentó Aries, disimulando como buenamente podía que le temblaban las piernas.

—Chico listo. —Unai señaló su capucha.

Cuando se montaron por fin en la Montaña Suiza, las manos de Aries sudaban asidas a la barrera de seguridad. Era metálica y olía como tal, además, pero se le resbalaban los dedos. Por un instante, tuvo miedo de que se escurriera y saliera disparado monte abajo.

Los asientos eran pequeños. Las piernas de Unai, voluminosas, ocupaban gran parte del espacio. Estaban juntos, muy juntos, apretados. Que sus muslos rozaran tanto sería lo único que apartase a Aries del vértigo.

—Estás nervioso —le dijo Unai. Fue más una afirmación

que una pregunta porque Aries no dejaba de moverse en el poco espacio que le quedaba libre.

Tras ellos, el sol le confería al leñador un aura casi angélica, como una aureola entre su pelo oscuro. Lo miraba preocupado.

—Tengo vértigo —admitió al fin en voz alta justo en el momento en el que la atracción arrancaba.

Recordaba que cuando era pequeño, le daba bastante miedo. Y no era tanto por la altura, sino porque siempre sentía que de verdad podría saltar por los aires. El Monte Igueldo era toda una institución, algo mítico que unía a generaciones, pero al mismo tiempo permanecía exactamente igual que hacía décadas y la seguridad quedaba lejos de otros parques de atracciones. El aspecto de feria abandonada tampoco lo ayudaba a sentirse mejor. Por eso el traqueteo inicial hizo que su corazón diera un vuelco y que apretara aún más las palmas en torno al hierro.

—No pasa nada —dijo Unai.

Y era gracioso, porque él nunca había estado allí.

—¿Tú cómo puedes estar tan tranquilo? —casi gritó Aries, debido al ruido provocado por el movimiento del vagón.

Sin embargo, no obtuvo respuesta, porque la primera caída y el acelerón hicieron que gritara y la conversación se interrumpiera. Sintió el pelo luchar contra el aire, trató de mantener la compostura, no mirar a los lados al paisaje espectacular que se abría ante sus ojos. Entonces Unai posó la mano en el muslo del panadero y le dio un ligero apretón para protegerlo. Para darle seguridad.

Funcionó.

Cuando terminaron la vuelta, Aries se dio cuenta de que había mantenido los ojos cerrados todo el tiempo.

—¿Ha terminado?

La barrera se levantó y liberó sus piernas, lo que sirvió como respuesta. Unai le ofreció el brazo para que se agarrara y pudiera salir, un gesto que Aries agradeció infinitamente. Ya con los pies en tierra firme, sintió que le temblaban las rodillas. Se sentía bastante estúpido, la verdad.

Unai lo miraba sonriente, casi burlón.

—Venga, vamos, anda —le dijo entre dientes mientras trataba de aguantarse la risa.

Aries no dijo nada, tan solo lo siguió hasta volver al centro neurálgico, donde se encontraba el resto de las atracciones de feria y alguna opción para comer. Había bastante gente, lo que no era del todo habitual.

—Hemos tenido suerte con el tiempo —comentó Aries, tratando de no fijarse en los gritos de quienes pasaban como un rayo frente a ellos a bordo de la Montaña Suiza.

—Vamos a jugar a algo.

Unai señaló uno de los juegos, un martillo que había que golpear contra una diana. Si quería demostrar lo fuerte que era… Aries no quería imaginarse la escena después de haberle observado cargar con la leña. Se le hizo la boca agua y disimuló como pudo.

Se puso detrás de él mientras este introducía unas monedas e iniciaba el mecanismo. Agarró con fuerza el martillo. Un par de personas se quedaron mirando, curiosas por saber cuál iba a ser el resultado. La manera en la que los dedos fuertes del leñador blandían el palo metálico era tan cautivadora que Aries tuvo que recordarse que mejor debería animarlo, decir algo en voz alta para que no pareciera que se lo estaba comiendo con la mirada.

—A ver hasta dónde llegas —dijo. No se le había ocurrido nada mejor en ese momento, pues estaba demasiado obnubilado con la manera en la que los músculos de la espalda de Unai empezaban a ejercer tensión bajo su camisa.

Era su propio Thor.

Entonces Unai alzó los brazos hacia arriba. Le recordaba a un halcón cuando abría las alas, mucho más grande, temible y fuerte de lo que aparentara en un primer momento. De pronto, el leñador dejó caer el martillo contra la pequeña diana con todas sus fuerzas. El sonido resonó en todos los recovecos del Monte Igueldo, estaba seguro, y el contador se inició a una velocidad sorprendente. Comenzó a pararse una vez superó el número novecientos y a los pocos segundos, se quedó en el límite que podía mostrar: tres nueves. Había alcanzado la máxima puntuación.

—Joder —susurró Aries y luego empezó a saltar, emocionado. Los que se habían sumado a los ya curiosos aplaudieron sorprendidos y un murmullo generalizado se instaló entre ellos durante unos segundos.

Pero Aries solo tenía ojos para Unai, que ahora se había dado la vuelta y lo miraba con una sonrisa de medio lado, como diciendo que aquello era demasiado fácil para él. Aries no sabía si eran imaginaciones suyas o no, pero sus brazos parecían más grandes y marcados debajo de la tela que los aprisionaba y no podía apartar la mirada de las costuras, hipnotizado.

Luego echaron un par de partidas a los típicos juegos de feria de competición, que si la carrera de tortugas o lanzar dardos para explotar globos. No ganaron gran cosa, solo un peluche pequeño que ninguno quiso por no cargar con él. Aries pensaba que era romántico, pero tampoco se consideraba un cliché andante.

—Vamos a lo del río —comentó Unai, que ya había mostrado interés en la atracción en un par de ocasiones. Se trataba de un paseo lento en minibarcas sobre un camino de agua, similar a la Montaña Suiza, pero por el otro lado del monte. Así que en cuanto a altura, se trataba de algo bastante parecido.

Aries dejó escapar un largo suspiro de terror. Lo miró a los ojos y abrió mucho los suyos.

—Te puedes agarrar a mí.

La manera en la que el leñador pronunció aquellas palabras se quedó grabado en el cerebro de Aries, porque para él tenía una segunda lectura y porque se imaginó, durante un breve instante, rodeando esos brazos con sus manos y se le obnubiló todo.

Aceptó.

Hicieron cola, esperaron para pagar y adquirieron dos tíquets. Se sentaron en la parte trasera de una de las barcas; delante iban una madre y su hijo. Unai tuvo que esforzarse para entrar; las rodillas chocaban con los asientos frente a él, pero consiguió encajar para que Aries tuviera sitio. Luego, abombó su brazo derecho para que también hubiera espacio para los del panadero, que lo rodeó sin pensárselo dos veces.

—Gracias por ponerte en ese lado —le susurró Aries, porque si llegaba a ponerse a la izquierdo de la barca, se desmayaría al verse al borde de los desfiladeros. Después, como si ya tuviera la suficiente confianza para hacerlo, apoyó la cabeza sobre el hombro de Unai en el mismo instante en que la barca comenzaba a moverse.

El paseo fue... bonito. A pesar de los nervios, a pesar de que era demasiado consciente de que habían roto un par de barreras más y que lucirían como una pareja de enamorados frente a los ojos de todo el que se cruzara por su camino, fue un paseo tranquilo y precioso. Incluso cuando entraron en las cuevas con cuatro dibujos animados recortados en cartón piedra de aspecto desgastado se sentía seguro por tener amarrado entre sus manos el brazo de su acompañante.

Unai no dijo nada durante el trayecto. Lo único que dejaba claro que estaba vivo era cómo su pecho se hundía e hinchaba con cada respiración, una que se acompasó con la de Aries, una que ocultaba nerviosismo.

Cuando alcanzaron el final del viaje, y viendo que llegaban al hangar de carga y descarga, Aries se soltó del brazo de Unai y sintió que una parte de él se quedaba ahí, encerrada entre sus músculos, su perfume, su ropa.

—Ojalá hubiera durado más —se atrevió a decir, más para nadie que para Unai, mirando al suelo y tratando de no sonrojarse. No sabía cuál sería su reacción.

Unai simplemente respondió metiendo los labios hacia dentro, el mismo gesto que se le hace a una señora que entra en el ascensor y a la que no quieres decirle hola porque resultaría demasiado esfuerzo. Vamos, una expresión mucho menos personal de lo que cabría esperar después de haber compartido un momento romántico como aquel.

Sin embargo, Aries no lo tomó en cuenta, porque tenía aún en sus fosas nasales el rastro de su olor y eso era más que suficiente para volverlo loco y dejar las rayadas apartadas. Al menos, durante un rato.

También se preguntó si siempre sería así. Mientras paseaban de vuelta al centro para elegir la siguiente aventura, el viento arreciaba, el sol se ocultaba entre las nubes y su mente se plagaba de imágenes de ellos sosteniendo una soga, cada uno tirando hacia un lado, como si nunca fueran capaces de hallar un punto en común, al mismo tiempo que se separaban hacia extremos opuestos. No sabía durante cuánto tiempo más podría soportar el no saber por dónde vendría el siguiente comentario, si Unai por fin terminaría de abrir sus puertas.

No deseaba nada más que eso en aquel momento. Lo quería todo de él.

Lo miró mientras paseaban. Se fijó en su barba y en su mandíbula marcada y recta, en su nariz fuerte y robusta, como el resto de su cuerpo. En sus cejas pobladas y varoniles. Era absolutamente perfecto a sus ojos, un tipo grande, lo suficiente como para agarrarlo en un abrazo y que no tuviera oportunidad de liberarse de esa prisión. Jamás había conocido a alguien así y no quería volver a hacerlo, porque si las cosas salían bien... No lo dejaría escapar.

El problema era que la otra persona todavía no sabía ni lo que quería. O mejor dicho, no se atrevía a saberlo.

Aries mantuvo esos pensamientos en su cabeza y le imposibilitaron un poco disfrutar del resto de la cita. Porque sí, eso es lo que era. Terminaron por hacer una pausa en su exploración por el parque de atracciones, ya que no tardaría mucho en cerrar, y se sentaron, pese al frío, en una de las terrazas del bar restaurante que estaba en lo alto.

Se encontraban solos en aquel momento, como si el resto de los visitantes hubieran decidido darles un rato de intimidad y casi como si el tiempo hubiera decidido dejar de ventear y chispear para que pudieran disfrutar de unas buenas vistas.

Porque ahora, en la oscuridad de las seis y media de la tarde, la ciudad de Donostia bajo sus pies se encontraba completamente iluminada por miles de luces provenientes de casas, hoteles y locales, de las farolas y de los coches. Los intermitentes y sus colores cambiantes formaban una bonita orquesta de tonalidades allí abajo, a lo lejos, y el mar, algo embravecido a esas horas, también sumaba notas a esa sinfonía. Eran unas vistas que cualquiera mataría por tener.

La camarera les sirvió los cafés calientes y se retiró. Ambos habrían preferido una cerveza, pero la temperatura no acompañaba demasiado y habían decidido que bajarían en un rato al casco histórico por un pintxo-pote clásico, que era la mejor opción que podría ofrecerles la ciudad un día como aquel.

—¿Te ha gustado? —preguntó Aries, que llevaba un rato ya con el runrún en la cabeza de que la situación se había enfriado y, aunque quizá eran sus propios demonios, no podía evitar sentir la necesidad de lanzarse al rescate de lo que a lo mejor era insalvable.

—Sí. Es diferente —respondió Unai escueto justo antes de beberse la taza de café de un trago.

Aries no dio crédito.

—Está ardiendo, si puedo notarlo desde aquí. —Lo comprobó acercando la yema de su dedo y en efecto, así era—. Eres un bestia.

Unai se rio a carcajadas.

—Me gusta tomarlo así cuando tengo frío.

Aquellas palabras desordenaron por completo los pensamientos de Aries y su percepción del leñador.

—Yo pensaba que no pasabas frío —se atrevió a confesar, como un niño inocente que no entendía el mundo y estaba, al mismo tiempo, fascinado por cada nimiedad que descubría.

—Y ¿eso por qué? —Unai frunció el ceño en un gesto divertido.

Aries tragó saliva mientras sopesaba la respuesta para no sonar ridículo, aunque ya no podía echar marcha atrás. Por lo menos, a Unai le estaba resultado entretenido. Eso era suficiente. Prefería esa versión que la huraña y cerrada, cuando se soltaba un poco y pasaba a ser un Unai dialogante.

—Porque... eres grande. —Lo dijo, al fin, aunque sacudió rápidamente la cabeza como para borrar esas palabras—. No sé. Joder, no tiene sentido ahora que lo digo en voz alta, perdona.

—Es verdad que no soy demasiado friolero, estoy acostumbrado al caserío y todo eso, ya sabes, pero el viento molesta un poco.

—Ya.

Volvieron a quedarse en silencio. Mientras Aries esperaba a que su café alcanzara una temperatura normal, Unai contemplaba el paisaje con las manos dentro de la chaqueta vaquera. El panadero no podía apartar la mirada de él. Todo en su presencia lo volvía loco y cuanto más tiempo pasaba a su lado, más se daba cuenta de que estaba entrando en un pozo en el que caería sin posibilidad de salir. Se había condenado a sí mismo con esa escapada. Por fin empezaba a sentir las cosas de verdad.

—Todo es diferente —susurró Unai, más para sí que para Aries. Distraído, continuaba observando el horizonte, las luces y el mar.

Aries carraspeó para indicarle que podía continuar hablando. Unai se encogió de hombros.

—Todo lo que he hecho en las últimas horas es diferente.

—Y ¿cómo te sientes? —Aries fue cauto al preguntar aquello. Entonces Unai se volvió y lo miró con una mezcla de miedo y excitación reflejada en su expresión. Después, se permitió sonreír.

—Me gusta.

Aries sintió que se derretía por dentro y que ya era probable que no pudiera volver a recomponerse si aquello avanzaba. Y haría todo lo posible porque así fuera.

## Una cama para dos

Una vez abandonaron las alturas y con el estómago gruñendo debido al hambre que ambos arrastraban, atravesaron el paseo marítimo por completo que, haciendo gala al nombre de la playa, rodeaba la Concha.

Aries había paseado por allí en innumerables ocasiones, pues la capital estaba bastante cerca de su ciudad natal. Alguna que otra noche de fiesta, algún curso, convenciones... Había conocido esas calles de un modo diferente a como lo estaba haciendo en aquella ocasión, algo que le hacía sentir que sus pies se posaban sobre los adoquines por primera vez.

Dejaron a la izquierda el parque y la biblioteca, un edificio que, especialmente de noche, hacía que a cualquiera se le encogiera el corazón por su belleza, y más al encontrarse tan cerca del mar con sus aguas embravecidas. Se adentraron aún más en las calles hasta llegar a la plaza de la Constitución, uno de los centros neurálgicos del barrio por excelencia y, ahora sí, se encontraban en pleno casco histórico de la ciudad.

Había barullo, música proveniente de quién sabía dónde, niños correteando y familias paseando en busca de lugares donde comer unos buenos pintxos. Como la noche había caído, las farolas iluminaban sus pasos con un tono ámbar que convertía la escena en algo digno de una película. Los contrastes y las sombras que se formaban en la cara de Unai tenían embobado a Aries, que no podía apartar la mirada de cada uno de sus recovecos.

—No conozco demasiado de aquí —confesó el leñador, con el ceño fruncido mientras trataba de enfocar los locales bajo los soportales.

—Podemos ir por la calle 31 de Agosto, tiene varios sitios decentes.

Dicho y hecho, Aries tomó de la mano a Unai y tiró de él para que lo siguiera. Mientras se abría paso entre la gente se sintió como un adolescente, dejó atrás la pena y se volcó por completo en el momento.

Que los dos estuvieran metidos en la misma cama, tapados con la misma manta y compartiendo ese simple momento, estaba haciendo que la cabeza de Unai diera vueltas como un tiovivo oxidado. Porque sí, debería dejarse llevar, porque todos los engranajes ya habían hecho clic y su función estaba más que determinada, pero al mismo tiempo había cierto rencor que, pese a ser ignorado, continuaba renqueando.

No obstante, no podía negar que se sentía a gusto. Era demasiado íntimo, pero no se sentía desprotegido o vulnerable, sino todo lo contrario. Porque miraba a Aries y entendía muchas cosas, aunque no supiera ponerles nombre aún, pero parecía que el otro sí tenía las respuestas. Eso le reconfortaba, como un abrazo invisible constante.

—¿En qué piensas? —le susurró Aries justo antes de acariciarle la frente con sus dedos durante unos segundos.

—La verdad es que no tengo ni idea. Tengo la mente en blanco, ¿sabes?

—No te lo crees ni tú.

—Es cierto.

—No. No te conozco demasiado, ambos lo sabemos, pero sé que le estás dando vueltas a algo. Lo noto en tu mirada.

—Soy más transparente de lo que creía —dijo Unai; fue un pensamiento que expresó en voz alta, pero era cierto. Ya no servía de nada ponerse máscaras o barreras imaginarias.

—Tienes que dejar esa actitud de machito duro. Nadie te está juzgando.

Las palabras de Aries reverberaban en su cabeza como un eco lejano de la voz de Almu, que le había dicho algo similar. No les había prestado demasiada atención a esos pensamientos, sin embargo. Porque sentía que no era así como funcionaba, aunque le dijeran lo contrario. Pero verlo también ahora reflejado en el punto de vista de Aries le hacía recapacitar. Aunque fueran unos instantes. Quizá él sí que tenía las respuestas a todo.

—Yo no soy un machito. Yo soy... así.

—Claro, si no digo lo contrario. Es solo que parece que tienes un rol que cumplir, no sé cómo explicártelo. Es como si te hubieran dicho toda la vida lo que tienes que hacer y entrara ahora en conflicto con lo que de verdad quieres.

—Justo es eso —dijo Unai y sintió escozor en la garganta al tiempo que las lágrimas trataban de escapar por sus ojos.

—Ya... —Aries pareció arrepentido de haber sacado ese

tema, del cual desconocía las implicaciones. Pero rápidamente remontó con un cambio de actitud—. A mí me da igual cómo seas, Unai. Si eres más o menos femenino, si te consideras gay o no.

—Ni que hubiera muchas más opciones. Míranos.

—Bueno, hay muchas más opciones —dijo Aries, y pareció querer añadir algo más, porque abrió los labios y cogió algo de aire, pero al final se calmó y sonrió.

Se quedaron mirándose durante lo que parecieron horas. Los dedos de Aries seguían acariciando la frente de Unai o sus mejillas, de repente, como si necesitase renovar el contacto cada cierto tiempo. Y al leñador eso no le molestaba. Ese paso sí podían darlo. Ahora, no quería ni imaginar las implicaciones que podría tener el hecho de que Aries hubiera escogido una habitación con una cama doble. Y que los dos estuvieran dentro, tapados y en pijama.

Si debía pasar algo, estaba seguro de que el panadero no lo estaba haciendo con ese fin. Era una batalla constante entre lo lógico y lo impulsivo. Por una parte, la cabeza de Unai le decía a gritos que era una encerrona y por otra, que era lo normal, ¿verdad? Que se estaban conociendo y que la gente dormía junta, aunque fueran amigos, incluso familia. Que todo eran dobles lecturas.

Y que si miraba a Aries a los ojos sabía, en lo más profundo de su corazón, que lo respetaría siempre.

—¿A qué te referías con lo de las opciones? —se atrevió a preguntar Unai al cabo de un rato, al ver cómo se había desconectado de Aries desde que hubiera hablado por última vez, con la mirada perdida en el techo de la habitación.

—Es que... Es complicado, porque a muchos chicos les echa para atrás. Y a muchas chicas. Todavía nos queda avanzar mucho en ese sentido.

—No sé de qué hablas...

—Unai, yo soy bisexual. Me gusta todo el mundo.

El leñador tragó saliva y sopesó la información. No se atrevió a responder o mostrar algo en su rostro porque era demasiado pronto. Debía entenderlo primero y quería escuchar a Aries explicarse.

—Para los hombres gays, los bisexuales somos una mentira. No tenemos del todo claro lo que queremos o no hemos experimentado del todo con los hombres como para decidirnos. Y no es así, ¿sabes? Las mujeres igual nos ven afeminados, no sé, como si no fuéramos hombres de verdad. Según algunas con las que me he encontrado, por supuesto. Y es que tampoco es así. No es justo. Porque yo tengo claro lo que soy, lo que quiero y lo que me gusta, y en eso nadie tendría que entrar a juzgar.

Unai asintió con la cabeza, aunque el soliloquio de Aries se dirigía hacia el techo. Tenía la voz rota, quizá por eso.

—Es muy duro conocer a alguien y tener que guardarte eso como si fuera un secreto. Después de tres o cuatro citas y todavía hay gente que, aun habiendo establecido una buena conexión, se largan por patas.

—No va a pasar conmigo, tranquilo. Me da igual.

—También ha sido trabajo de mucho tiempo. No te creas que de repente me desperté un día, supe cómo era en realidad y todo fuera sobre ruedas. Mis padres creen que soy gay, porque en su momento me fue más fácil decirlo así. Y no me apetece salir del armario dos veces. Todas las parejas que me han conocido han sido hombres y si para ellos es más sencillo así... No sé, no quiero volver a sacar el tema.

Se tomó un respiro, parecía emocionado.

—Y al mismo tiempo, no he sido capaz de encajar tan bien con una mujer que con un hombre. Es como si con ellos todo me fuera más sencillo, como que pongo el piloto automático, casi como si me hubieran entrenado para ello. Entonces a veces dudo de mí, de lo que siento. A veces dudo de lo que soy.

Las últimas palabras las soltó con tristeza y Unai no pudo evitar acortar la distancia entre ellos para rodear su cabeza con el brazo. Ahora, la mejilla de Aries reposaba sobre el bíceps fuerte del leñador, y este pareció encontrarlo bonito porque sonrió e inspiró, calmándose.

—Esto ha sido precioso —confirmó.

—Me ha salido solo —dijo Unai, nervioso de pronto.

—No pasa nada. Es algo normal, por favor —le dijo Aries, con una sonrisa en la boca—. Deja de comportarte como si te diera miedo absolutamente todo. Que me da igual.

—¿El qué?

—Lo que tú pienses que yo pienso de ti. Me la suda por completo, copón. Que todavía no lo entiendes.

—O sea que no te importa que no tenga experiencia en nada. Que ni siquiera sepa qué etiqueta debo ponerme.

—Solo tienes que pensar, primero, si quieres una.

—Creo que sería… gay.

Era la primera vez que lo decía en voz alta. La lengua le picaba y el resto del cuerpo se le había puesto en tensión, esperando una reacción que le dejara en evidencia. Pero no, no había pasado nada; ni el cielo tronaba ni su corazón se había detenido. Darle voz a aquello, en realidad, le había hecho sentir incluso mejor consigo mismo.

—Muy bien. Pues ya está.

Unai tenía algo más que añadir:

—Pero no me siento… así. Como otros.

—Y ¿qué tiene de malo?

Se encogió de hombros mientras buscaba las palabras correctas.

—No sé, siento que no lo soy de verdad. Que tengo que hacer cosas que igual no quiero hacer.

—Pero vamos a ver, ¿a ti quién te ha metido esas ideas en la cabeza? Tienes una edad, Unai, has tenido tiempo de ver mundo, pero has decidido no hacerlo. Así que la culpa, en realidad, no es de nadie más que tuya.

—Es algo más complicado que eso, Aries.

—Sabes que no, pero te escudas en cualquier idea para no tener que esforzarte en aprender quién eres. Y déjame decirte que aunque haya dudas o inseguridades por el camino, al final del día no hay nada como irte a dormir estando orgulloso de quién eres de verdad.

—No.

—Lo que tú digas. Pero vamos, ¿qué se supone que es lo que tienes que hacer? A ver, dime.

Unai se encogió de hombros.

—Pues no lo sé. No tengo demasiados amigos, por no decir ninguno. He dedicado toda mi vida a hacer lo mismo en una familia pequeña y cerrada, y no es como que tuviera demasiadas personas a las que preguntar. Así que, al final, lo que siento que se debe hacer, supongo. Pero me da asco. Me repudia.

—Uy, cuidado, que creo que sé por dónde vas.

—No es el tema de... bueno, del sexo, ¿sabes? Es todo lo demás. Vestirse como se visten, subirse en carrozas y todas esas cosas. Lo siento, pero no. Yo estoy feliz con mi ropa de siempre y quedándome en mi puta casa.

Aries estaba buscando la forma de contestar sin ser borde. Maldita sea, ya sabía reconocer sus gestos. Cogió aire antes de abrir la boca.

—Vamos a dejar mejor esta conversación aparcada durante, no sé, diez años. Porque me voy a pirar.

—Pero si tú no eres de esos.

—¿De quiénes? ¿De los que visten flecos? ¿De los que van con tacones? —Unai asintió—. No, no lo soy. Y ¿qué pasa? Tampoco habría ningún tipo de problema, por favor.

—Es que no sé...

—Unai, ya hablaremos de esto en otro momento. Mi papel no es el de abrirte la mente de repente ni me apetece ahora mismo porque me estoy cabreando, en serio. Me molestan un montón este tipo de actitudes y... Ufff. Es que me has recordado a mi tío y como que paso.

—No sé si es bueno o malo.

—Malo, créeme.

Pausa; tan fuerte, que el silencio se colaba por los tímpanos.

—Bueno, que lo que yo quiero de verdad es dejarme llevar. Esto —señaló la habitación abriendo los brazos— ya es bastante para mí. Es demasiado. Desde que hemos entrado estoy pensando en si de verdad debería estar aquí o no. Porque es salir demasiado de mi zona de confort, pero a la vez nunca he estado tan a gusto. En parte es como si estuviera haciendo algo malo.

—¿Ves? Esas son el tipo de cosas que dices o haces y sientan como una patada en el culo.

—Pero es por mí.

—Y me da igual que sea por ti, pero estoy aquí contigo compartiendo... algo. Ya decidiremos qué narices es. Así que no puedes soltar ese tipo de cosas como si no debieran de afectarme.

Unai se quedó sopesando las palabras mientras asentía lentamente con la cabeza. No quería darle la razón a Aries tan rápido, pero no estaba de más saber cómo se sentía la otra parte por su ineptitud para expresarse. Joder, claro que era una cagada.

—Pues perdona. Tengo que trabajar en eso. Almu también me lo dice.

—Entiendo que para ti todo es nuevo —le susurró Aries con una expresión tierna en los ojos.

Y para cuando llegó el momento de dormir, o de intentarlo al menos, el hecho de estar tan cerca y sentir casi de una manera física todas esas barreras que Unai aún mantenía erigidas se tornó algo complicado. Durante un instante, la imagen de Joaquim cruzó su mente, sintió sus manos sobre su cuerpo, cómo se habían entrelazado y disfrutado, por más que luego se hubiera arrepentido y lo hubiera largado de su casa. Pero ¿repetir aquello? O ¿mejor? Porque con Aries parecía que todo, absolutamente todo, se viviría de un modo distinto. Y ahora, si movía la mano unos centímetros, podría rozarlo. El problema era que no estaría a la altura de alguien con más experiencia o que si llegaba un momento clave y de pronto sentía que era demasiado..., tendría que dar marcha atrás y Aries no querría volver a verlo.

Aun así, se atrevió a mover sus dedos debajo de las sábanas. Lo hizo como si fuera una araña, buscando su propio camino sobre la tela hasta que alcanzó a tocar el brazo de Aries, que respondió al instante y se le pusieron los vellos de punta. A los pocos segundos y casi como un mecanismo automatizado, Unai comenzó a acariciar el brazo suave de Aries. Tenía mucho menos pelo que él y lo poco que tenía era rubio, fino, delicado. Acariciar su piel estaba siendo una experiencia nueva y sintió que se le arremolinaban decenas de pensamientos y sensaciones en la boca del estómago y un poco más abajo, sin poder evitarlo.

Se detuvo durante unos segundos. Giró la cabeza para mirar al panadero, que tenía los ojos cerrados. Era imposible que se hubiera dormido tan rápido, pensó Unai, por lo que simplemente estaba recibiendo aquellas caricias sin importarle demasiado. Y la pregunta era: ¿por qué narices no iba a ser así? Si estaban juntos, joder, en la misma cama, y había algo entre ellos que era imposible de descifrar. Al menos, para él.

Entonces se decidió a acercarse, un poquito, lo justo para que ahora fuera su hombro el que rozara el de Aries, que no movió más que la cabeza para que los dos quedaran frente a frente. El panadero sonrió, medio dormido, para después buscar bajo las sábanas la mano de Unai y tomarla.

Se miraron, ahí, en la oscuridad, tapados hasta el cuello. Dentro hacía calor, pero les daba igual. Los dedos de Aries comenzaron a jugar con los de Unai. Entonces este tuvo claro lo que tocaba hacer.

Cerró los ojos y se acercó un poco deslizándose sobre su almohada hasta alcanzar los labios de Aries con delicadeza. Al unirlos, sintió una corriente eléctrica recorrerle todo el cuerpo y Aries abrió la boca para recibir su lengua. No fue un beso bonito, de película romántica, sino uno que implicaba muchas ganas y espera. Espera a que por fin sucediera y un fervor ardiente de querer algo más. Se mordisquearon los labios, jugaron con las lenguas y Aries se emocionó, soltando el aire entre pausa y pausa, cuando la separación entre ambos se lo permitía. Su aliento era perfecto, como si fuera una extensión del de Unai. Los sabores, los olores... Todo encajaba con lo que al leñador le volvía loco.

Las manos se apretaron en su escondite y marcaron así un temor convertido poco a poco en realidad, una emoción de que aquello escalara a algo más, con todas las inseguridasdes que aquello conllevaba, con todos los errores y aciertos. Pero es que Unai era incapaz de separarse ahora de Aries, porque sus bocas encajaban tan bien que parecían hechas a medida y porque nunca había sentido algo así, tan explosivo y cargado de todo aquello que no se había dicho en voz alta.

En un momento dado, Aries se apartó unos centímetros. Posó su mano libre sobre la mejilla de Unai y le acarició la barba con suavidad. Sonrió.

—Qué bien besas —le dijo en un susurro íntimo.

Unai aún estaba recuperando el aliento y, algo avergonzado, comenzó a ser consciente de dónde se encontraba el resto de la sangre de su cuerpo. Quizá era el momento de parar. No respondería de sus actos sabiendo lo bien que habían conectado.

Se separó también unos centímetros. Se perdió en la mirada de Aries. Y sin que ninguno dijera nada más, con las manos entrelazadas y cara a cara, terminaron por quedarse dormidos con la última imagen de una sonrisa de satisfacción en sus retinas.

# Reencuentros

Habían tenido que improvisar una quedada dominguera tardía, por más que a todos les jodiera no poder tomarse un par de cervezas más de las indicadas. Pero la cuadrilla estaba demasiado emocionada por lo que Aries parecía querer contarles, pues habían seguido más o menos de cerca los avances con el leñador. Bueno, en realidad no, solo pinceladas, pero era más que suficiente para que se corriera la voz entre ellos. Como siempre.

Y es que así funcionaba un grupo de amigos: con que uno sepa una parte de la información y otro, el resto, se va completando poco a poco hasta que no hace falta contar la historia completa. Son como retazos que se van compartiendo entre risas y las ganas que todo el mundo tiene de cotillear que terminan desembocando en una red de teorías e incertidumbre.

Por supuesto, la más enloquecida con el tema fue Cris, que en cuanto vio a Aries con la emoción del finde aún reflejada en su cara, lo abrazó con fuerza mientras daba saltitos.

—Tienes que contárnoslo todo. Que hayas sudado de la panadería un finde sabiendo la que te pueden liar tus padres... Algo gordo ha debido de ser.

—No sé en qué estaba pensando —dijo Aries soltando un suspiro, aunque en el fondo era consciente de que no se arrepentía. Al fin y al cabo, la autoexigencia a la que se estaba llevando a sí mismo con respecto al negocio familiar no era más que una ilusión que había aparecido en esas últimas semanas de su vida. Se preguntó si realmente era tan importante como se lo imaginaba o si, en cambio, formaba parte de las expectativas que sus padres habían depositado en su futuro y él mismo durante tantos años.

—Qué va, ¿te arrepientes? Si tienes los ojos brillantes.

Antes de que pudiera responder, aparecieron por la puerta del bar Julen y Amaia. Ambos lucían cansados y ojerosos y desde el primer momento se notaba que no tenían demasiadas ganas de estar ahí.

—Espero que la historia merezca la pena. —Amaia lo saludó con dos besos en las mejillas y tomó asiento frente a Cris, que estaba al lado de Aries. Lo que dejaba a Julen en el sitio de enfrente.

Lo miraba raro. Vamos, cualquiera se percataría de ello. No era cansancio, como había pensado Aries en un primer momento, sino algo más. Algo distinto. Podrían ser celos, claro que sí, pero deseó con todas sus fuerzas que no se tratara de eso por más que encajara en la personalidad extraña de su amigo. Aries tomó la decisión de darle unos minutos hasta que le demostrara lo contrario, un voto de confianza a su amigo. No le apetecía demasiado pelear.

Esperaron a que las jarras de cerveza estuvieran sobre la mesa para que Aries contara su aventura de fin de semana. Se dejó varios detalles en el tintero, así como recortó bastante la parte sentimental o algunas de las conversaciones que había tenido con Unai. No era por no ser sincero con ellos, sino una mezcla de dos motivos principales.

El primero era que no quería sentir que vendía a Unai ni lo que este sentía. Él mismo estaba luchando contra todo lo que le habían inculcado, y era difícil. Lo peor que podría hacer Aries era contarlo en una mesa de un bar repleto de gente. Se sentiría incómodo.

El segundo motivo tenía más que ver consigo mismo y guardaba algo de relación con las sensaciones que despertaría airear los sentimientos de Unai. A diferencia del leñador, él tenía la oportunidad de compartir su fin de semana rodeado de sus amigos, que le prestaban su cariño y sus oídos para escucharle, que apoyaban sus decisiones o las ponían en entredicho para pararle los pies. Pensó en la soledad de Unai, que muy probablemente pasaría esas horas después de un fin de semana increíble encerrado en su caserío, sin mucha oportunidad de sacarse del pecho cómo se había sentido.

Además..., Aries tampoco quería sentirse idiota al evidenciar en voz alta que de verdad se estaba enganchando de alguien que ni siquiera sabía lo que era o qué estaba surgiendo entre ellos. Ninguno de los dos lo hacía, por más que se dejaran llevar como si fueran rizos de espuma sobre las olas del mar. Terminarían desapareciendo, pero a ambos esas idas y venidas, en ese momento vital, los estaban haciendo vivir una experiencia cargada de adrenalina.

—Qué bien —dijo Julen una vez hubo terminado Aries de contar su historia. La forma en la que se expresó fue amarga, como si le picara la lengua y quisiera hacer un comentario hiriente—. Me alegro por ti.

La frialdad que inundó la mesa —porque todas captaron

el cambio en el ambiente— se disipó enseguida cuando Amaia alzó su jarra casi vacía para brindar por, como dijo ella, el surgimiento de un nuevo amor.

Y después, como era tradición cuando alguien de la cuadrilla tenía una cita, Cris rompió los tímpanos de todos con un irrintzi que fue secundado con un par más de otras mesas y aplausos al finalizar. Todo había comenzado como una broma hacía años y se había mantenido hasta el día de hoy.

Aries se puso rojo, solo quería meterse debajo de la mesa. Y eso que él a veces era el primero que intentaba hacerlo cuando una de sus amigas tenía una cita exitosa... Pero aquello era extraño, como anunciarlo a los cuatro vientos, formalizarlo demasiado, quizá.

Tenía el runrún en la cabeza de que Unai le daría la patada más pronto que tarde. Pese a haber narrado su fin de semana en voz alta y, por tanto, hacerlo un poquito más verdad... le era imposible sentir que no todo encajaba tan bien como debería. Y esa incertidumbre, por más que le pesara, le marcaba el corazón en una esquinita.

—¿Podemos hablar?

Aries se acababa de encender un cigarro y, con la espalda apoyada sobre la piedra fría del exterior del bar, le dedicó una mirada a Julen que demostraba que no le había hecho ni pizca de gracia su actitud.

—Lo siento. Me ha sentado mal —dijo.

Julen se puso frente a Aries. Se iba a tragar todo el maldito humo.

—No sé por qué lo he hecho.

—Sí que lo sabes —casi le interrumpió Aries—. Y es porque tú sí te confundes, por más que digas que no es así. No sabes separar amistad de sexo. Nunca has podido, ¿verdad?

Su amigo lo miró con ojos de ternero degollado.

—Es complicado. Desde la última vez...

—Yo ni siquiera he vuelto a pensar en eso.

Debía marcar los límites. Sentía que se comportaba como una mierda o le hacía de menos, pero no iba a dejar que la actitud de Julen empañara la felicidad que le transmitía lo que estaba surgiendo con Unai. Independientemente de sus dudas, claro, las cuales no eran públicas.

—Eres idiota —le soltó Julen, ahora molesto. Se acercó un paso más y Aries se vio obligado a mover el cigarrillo para no quemarle. Le intimidaba un poco cuando se ponía así de serio—. Si repetimos fue porque quisiste.

—Dos no follan si uno no quiere, ¿sabes?

—Sabes que yo quería.

—¿Cómo se supone que yo iba a saberlo? No me has contado tus rayadas, Julen. Siempre mantienes las distancias. Ni siquiera nos gustamos.

—No estoy tan seguro de eso —pronunció aquellas palabras con un hilo de voz que hizo que el corazón de Aries diera un vuelco.

Aquello no podía estar pasando. Debía ponerle freno en aquel mismo instante.

—Pues yo... No eres para nada mi tipo. —Intentó maquillar su explicación como pudo, viendo que ahora la conversación implicaba algo más importante que un simple malentendido—. Y perdona si lo has podido pensar. Pero fue una noche de calentón, como siempre nos pasa, y luego la resaca... Ya sabes cómo va la cosa.

—Claro. Pero cada vez es más difícil.

Julen cerró los ojos para tomar aire. Al abrirlos, sus crecientes ganas de llorar quedaron en evidencia. El ruido de fondo de la calle hacía que la mente de Aries se distrajera, aunque fuera durante unos segundos, de las emociones que ahora también se arremolinaban en su pecho. Se había olvidado incluso de darle una calada al cigarro y la ceniza cayó al suelo sin preámbulo ninguno.

—Cuando vi al leñador en Nochevieja... Joder. Es que me sentí como un idiota. No tengo nada que hacer contra alguien como él, solo hay que verle.

—Julen, nunca has podido. Porque nunca me has gustado. Y perdona si sueno borde, pero lo sabes de sobra. De hecho, no sé muy bien por qué tenemos esta conversación.

—Porque he sido muy obvio comportándome como un celoso de mierda. Las chicas se han dado cuenta.

Aries puso los ojos en blanco. No necesitaba ningún drama más en su vida, bastante tenía con el tema de Unai, llevar la panadería solo y tener que explicarles a sus padres por qué un fin de semana se había facturado un total de cero euros. Se llevó las manos a las sienes para masajearlas, tratando así de eliminar ese nubarrón de ansiedad de su cabeza y pensar con algo de claridad. Lo cual era difícil teniendo a uno de sus mejores amigos frente a él confesando algo que pensó que jamás pasaría.

—No me jodas, tío. No quiero dar explicaciones de nada —terminó por decir Aries, molesto de imaginarse que la dinámica del grupo pudiera cambiar por una tontería como aquella.

—Perdón —repitió Julen.

A decir verdad, se le veía afectado y arrepentido. El problema era que no debía de ser una situación nueva, sino que, conociéndolo, la había sopesado durante al menos unas largas semanas. Si aquello se remontaba a fin de año...

—¿A quién le has contado algo?
—A nadie.
—Venga, coño. Te habrás desahogado con alguien.
—Con Cris. Fue la que más se dio cuenta el día que cenamos en la soci. Algo andaba mal.
—Yo también estaba incómodo ese día, pero bueno, normal, ¿no? Lo habíamos llevado a un punto diferente, pero no pasa nada, para mí fue raro unos días y listo.
—Yo también pensaba eso, pero ella se olió algo. Joder, siempre lo capta todo. Sabes que es muy observadora.

Era cierto, pero de ahí a que ese tema hubiera estado candente a sus espaldas había una diferencia. Se sentía algo traicionado por su amiga por no haberlo hablado antes con él para que no le pillara de sorpresa.

—Seguro que el resto lo sabe, me cago en todo —soltó Aries, lanzando el cigarro al suelo y buscando desesperado el paquete para encenderse otro. No había disfrutado de la nicotina y necesitaba más para sobrellevar la situación.

Julen, como respuesta, se encogió de hombros simplemente.

—Lo único que te puedo decir ahora mismo es que no, tú a mí no me gustas, Julen. Y que quiero que me respetes. —Se encendió el cigarro y absorbió todo lo que sus pulmones le permitieron—. Tanto a mí como a Unai.

Se sintió extraño pronunciando aquellas palabras. Sonó como un novio celoso de verdad que le marcaba las distancias a alguien a quien quería proteger. Aunque en cierto sentido... Joder, era imperativo hacerlo. Porque Julen no era plato de buen gusto para nadie cuando se le cruzaban los cables. Y no quería fastidiar a la cuadrilla.

Su amigo soltó un suspiró largo para armarse de paciencia.
—Voy a intentarlo. —Luego hizo una pausa y con una

actitud avergonzada, continuó—: De verdad que no sé en qué estaba pensando...

—Ey, que es normal. Estas cosas a veces pasan. Lo importante es saber marcar esos límites y dejar de darle vueltas a la cabeza a cosas que no nos benefician. Ahora lo que tienes que hacer es darte cuenta de que ahí fuera hay mucha gente esperándote. Muchos chicos que quieren a alguien como tú a su lado, tan bueno, especial... y tan tiquismiquis, seguro.

Los dos se rieron.

—Habrá algún adicto a la limpieza que se obsesionará contigo en cuanto tengáis la primera cita. Y podréis viajar por el mundo usando mascarillas en los aviones. —Aries le sonrió y Julen hizo lo mismo, aunque con tristeza.

—Voy a intentarlo, de verdad —repitió, más para él que para Aries—. Pero muchas gracias por escucharme y no enfadarte.

—Me ha molestado, pero no tienes la culpa de tus sentimientos, solo de cómo los gestionas.

—Bueno, cálmate, que no eres Platón.

Se dieron un abrazo para aplacar los nervios y las tensiones ambos y volvieron a entrar en el bar con fuerzas renovadas de querer comerse el mundo. Aries atisbó cómo Julen le hacía un gesto disimulado a Cris, como encogiéndose de hombros y esbozando una mueca, a lo que ella lanzó una mirada a Aries para ver cómo se encontraba.

Sin embargo, en ese momento, por más incómoda o violenta que hubiera sido la conversación, la mente de Aries estaba de nuevo demasiado ocupada en su Hombre de la Montaña, su caserío y sus labios posados sobre los suyos.

## Quizá sea un error

Cuando Almu llamó a la puerta, Unai estaba distraído fregando los platos con la mente aún en las nubes, sobre la cima del monte Igueldo, y sentía una sensación vertiginosa en el estómago que se esfumó de un plumazo cuando la cara de su amiga apareció al otro lado de la entrada del caserío. Estaba completamente descompuesta, blanca, como si hubiera visto a un fantasma, y tenía los ojos hinchados de llorar.

Entró como un rinoceronte, clavando los talones con fuerza en el suelo de madera, y antes de llegar a la mesa, se desplomó sobre la silla soltando un quejido lastimero que hizo que hasta el último pelo del cuerpo de Unai se pusiera de punta.

—¿Qué... qué ha pasado?

Dejó que Almu llorase con la cabeza hundida entre los brazos, deshecha entre sollozos. Se calmó a los pocos minutos, los cuales Unai utilizó para preparar un par de tazas de café. Ya sentado a su lado y con el brazo rodeando la espalda de su amiga, se sintió preparado para volver a intentarlo.

—¿Estás bien?

Almu se tomó unos segundos para recuperarse, pero al final alzó la cabeza. Anegada en lágrimas, lucía destruida.

—Mi madre, Unai. Es mi madre —dijo simplemente.

Unai no necesitó nada más para rodearla con sus brazos. Sabía que eso la recompondría, al menos durante unos instantes. Ahora era su momento de estar ahí para ella. Trató de transmitirle todo su cariño como pudo, apoyando su cabeza sobre la de ella y sintiendo sus lágrimas humedecerle la camiseta.

—Está mal. Muy enferma. —Mientras lloraba a moco tendido, su voz quedaba amortiguada entre los pectorales de Unai—. Lleva un tiempo arrastrando los últimos coletazos de una bronquitis, pero... Se ha complicado, ¿sabes? Vivir aquí tampoco ayuda y se sigue empeñando en salir a tomar el aire aunque haga un frío del copón. Y yo se lo digo, pero ya sabes cómo es. Le da igual. Así que anoche le dio un ataque de tos y... No tiene muy buena pinta. Está en el hospital desde entonces.

Se separaron. Ella necesitaba respirar; Unai, también.

—Y ¿por qué no estás ahí con ella?

—No puedo. No quiero verla así. He discutido con mi padre por eso, dice que soy una egoísta. El médico ha dicho que pinta muy muy mal. Y es que no quiero verla así. No hay más.

Unai lo entendió. Él habría hecho lo mismo en su situación. Que las probables últimas imágenes de un ser querido fueran en su peor momento no era plato de buen gusto para nadie. No era egoísta, eso estaba claro, aunque el sentimiento de familia que tenía la de Almu era también algo digno de estudio. El padre siempre se había comportado como un estúpido, bastante en la línea de la madre de Unai, como si estuvieran unidos por un encanto ancestral de estupideces con las que torturaban a su descendencia.

—Seguro que se recupera —dijo Unai, pero casi se arrepintió de haber pronunciado esas palabras, porque ambos sabían que estaban vacías y que en una situación como aquella era lo que había que decir, aunque fuera mentira o nadie lo creyera en realidad.

Ante aquello, Almu no dijo nada, solo se tomó la taza de café y la rodeó con las manos para absorber la mayor cantidad posible de calor. Las mangas de su jersey de punto le cubrían hasta los nudillos. Bebió un largo trago y luego clavó su mirada en la de Unai, que analizaba cada uno de sus movimientos con lo que parecía un poco de temor reflejado en su rostro.

—No te preocupes, porque... Bueno, es muy mayor. Ya lo sabes. Soy la pequeña.

Las palabras de Almu eran más para tratar de calmarse ella misma que para tranquilizar a Unai. Era protectora incluso en esos momentos. Jugaba la carta de ser la que tenía la cabeza amueblada y cuyos consejos había que escuchar, pero también era una mujer vulnerable. Como todo el mundo, lo encerraba entre capas de sentimientos complicados entrelazados.

—Sí, pero eso no quita que estés mal y puedas estarlo. No tienes por qué preocuparte de no estar ahí en estos momentos. Es una situación de mierda. Si necesitas ayuda, te puedo acompañar.

—No es eso, Unai. Es que no quiero. Y ya está. Pero no sé si es peor enfrentarme a los remordimientos de después. Estoy hecha un lío. Y enfadada, porque no se ha cuidado y una se preocupa para nada...

Unai tragó saliva, comprendía a su amiga. La arropó de nuevo con su largo brazo y la acercó, moviendo incluso la silla para estar más cerca. Ahora, bajo su cuerpo, sentía que aportaba algo más que abrir la bocaza con ideas que eran rápidamente desestimadas.

—Gracias —le dijo Almu con la voz quebrada.

—Estos últimos meses... me has ayudado. Es lo de menos.

Su amiga no dijo nada, porque era verdad. Los dos se quedaron ahí, sintiéndose pequeños ante la inevitabilidad de la vida y la muerte mientras el humo del café inundaba la estancia y así permanecieron, como un cuadro costumbrista en medio de un campo desolado cubierto de nieve que ya empezaba a derretirse con la llegada de un tiempo mejor.

Y entonces Unai se preguntó si eso terminaría pasando. Si tanto él como Almu lograrían levantar cabeza después de dos pérdidas tan seguidas y cercanas, de gente tan diferente pero que habían sido en ambos casos pilares fundamentales en la existencia de los dos. Por más que hubiera cosas que recriminar, no dejaban de ser importantes. Eso era innegable.

La calma quedó interrumpida con la vibración del teléfono de Almu, que estaba sobre la mesa. La pantalla se iluminó y mostró el nombre de su padre. Pero ella no lo cogió. Al terminar, quedó en evidencia su insistencia, con varias notificaciones de llamadas perdidas apiladas unas encima de otras.

—Bueno, si no te importa, voy a quedarme aquí hasta que... No sé. No sé hasta cuándo.

Unai carraspeó para mitigar el ardor que las lágrimas no liberadas habían causado en su garganta antes de atreverse a contestar.

—Lo que necesites.

El «gracias» que le devolvió Almu fue un susurro tan bajo que Unai no estaba seguro de si lo había imaginado. Entonces, su amiga se movió bajo su brazo y axila, buscando un hueco más cómodo. A Unai se le estaba clavando el pico de la mesa, pero no importaba si lo que Almu necesitaba era eso, porque él lo haría sin dudarlo.

Lo que le sorprendía era que no tenía ni siquiera ganas de llorar. Había recibido la noticia con una frialdad total. Supuso que era porque aún batallaba con su propia pérdida y su cerebro no estaba dispuesto a pasar otra vez por algo ni siquiera remotamente familiar.

La corriente de pensamientos lo llevó a Aries. A que si algo fallaba —lo cual era muy probable debido a su propia actitud—, sentiría lo mismo. Porque por fin parecía que su vida empezaba a marchar a otro ritmo; las manecillas del reloj ahora lo acompañaban en lugar de tirar de él hacia atrás.

Al cabo de unos minutos en esa posición, Unai llegó a pensar que Almu se había quedado dormida y tuvo que moverse para evitar el dolor punzante que ya le provocaba la mesa. Entonces ella alzó la cabeza. Estaban muy juntos, con apenas unos centímetros escasos separando sus labios. Así fue como, de repente, Almu los buscó. Fue un beso sencillo, un segundo de pico inocente del que enseguida se arrepintió.

—Joder. —Se apartó de inmediato—. Perdona, no sé por qué he hecho eso.

Unai no supo cómo sentirse. Primero, alzó el brazo para liberarla, porque de repente su energía se había vuelto algo pesada. Ya no se sentía bien protegiéndola, al menos en ese momento, cuando sus labios todavía estaban calientes del contacto con los suyos. Ella se retiró y casi al instante se levantó de la silla para dirigirse hacia el sofá. El respaldo la protegería del campo de visión de Unai, como si necesitara esconderse por más que su coronilla y pelo fueran visibles. Se la veía nerviosa incluso así, oculta.

Los siguientes minutos estuvieron cargados del silencio más tenso que Unai jamás recordara haber vivido con ella, hasta que Almu lo rompió.

—Perdona. No sé ni dónde estoy —repitió sus disculpas con una emoción evidente reflejada en su voz.

El leñador negó con la cabeza. No quería regodearse en la situación. Por un momento se había sentido sucio, sí, como si le debiera algo a alguien. Y ese alguien era una persona que se encontraba a veinte minutos en furgoneta, en la ciudad, con quien había compartido un fin de semana que evocaría toda su vida.

Los labios, que ahora notaba marcados y pesados por algún extraño motivo, ya no los sentía tan suyos, sino compartidos o, más bien, cómplices. Los besos con Aries habían marcado un antes y un después y ahora su recuerdo posaba tatuado sobre la capa fina de piel, como una tinta invisible pero resistente. Podía sentirlos todavía, calientes.

Si lo pensaba lo suficiente, invocaba en su mente esas manos alrededor de su cuerpo que lo elevaban, como si auparan a un crío. El mismo viento acariciando su pelo cuando estaba en las alturas, feliz, con sensación de vértigo.

La emoción de descubrir algo nuevo no estaba acompañada en exclusiva por la llegada de Aries, sino por un torrente de emociones desbocadas que había mantenido en secreto y bajo llave durante demasiado tiempo. Era el momento de dejarlas fluir, de explotar sin preocuparse demasiado del qué dirán o de cómo se lo tomaría la gente de su alrededor. Por primera vez, solo importaba él. Estaba descubriendo un mundo nuevo.

Así que lo de Almu claro que era un error, aunque no lo iba a tener en cuenta. Al menos no en ese momento. Todo el mundo tenía permitido equivocarse en situaciones tan delicadas como aquella. Sin embargo, como Aries había aparecido en su cabeza, tampoco era una buena ocasión para devolverle el favor a su amiga como había estado haciendo. Así que recogió las tazas de café y se marchó a su habitación sin pronunciar una palabra, todavía sorprendido por el comportamiento de ella.

Necesitaba estar solo.

Ya en la cama, dejó que el tacto del edredón lo rodeara en su suave caricia. Cerró los ojos, estiró los brazos por detrás de su cabeza y suspiró tratando de dejar la mente en blanco. Sus pensamientos viajaban de un lado a otro sin centrarse como debían en la realidad de lo que sentía en aquel instante y que cada vez le resultaba más complicado identificar. Porque si era amor, no quería darse de bruces con él y ese era el circuito mental en el que se había sumido las últimas horas. Solo trataba de identificar qué significaba ese fuego que parecía haberse instalado ya en su corazón.

El sonido de los nudillos de Almu contra la puerta de su habitación le hicieron despertar del trance; quizá había estado perdido en su incertidumbre un par de minutos, o tal vez una hora. Se sentía aletargado cuando abrió los ojos.

—¿Puedo pasar? —Escuchó la voz de su amiga al otro lado de la madera.

—Claro. —Tenía la boca seca.

Los pasos se convirtieron en sonidos mullidos de la suela de sus zapatos contra la madera antigua. Y cuando Unai enfocó la figura que se recortaba en el umbral, la vio abrazándose a sí misma y con un rostro desconfigurado por la culpa.

—No quiero que cambie nada entre nosotros. Ni siquiera me gustas, nada de nada —le soltó, solemne.

Unai dejó que su boca mostrara su desagrado, a medias entre una broma y un cumplido. Claro que no quería nada con su amiga, pero no hubiera estado mal que le apreciara un poco más. Él no se veía tan mal como para repudiarle así. Lo dejó pasar, seguro que Almu no quería decir eso.

—Todo está bien. —Chasqueó la lengua—. Son momentos complicados. A mí también se me fue la cabeza los primeros días. Ya lo sabes.

Almu cerró los ojos despacio, como si estuviera dándole las gracias a cualquier deidad a la que le hubiera pedido que el problema se solucionara, y asintió, claro, porque sabía de primera mano cómo lo había pasado Unai tras la pérdida de su madre, aunque en esta ocasión ella todavía la tenía a su lado.

El silencio entre ambos se extendió y los cubrió como un manto, confiriéndoles un poquito de calma como si eso consiguiera unirlos en lugar de incomodarlos. Que hicieran las paces.

—¿Seguro que todo está bien? —corroboró Almu, cargando el peso de su cuerpo ahora sobre la pierna contraria. Miraba a Unai como si lo hubiera perdido y lo echara de menos. La mezcla de sentimientos que debía tener encima la hacía actuar de aquella manera. Normal, pensó el leñador. Él tampoco recordaba demasiado bien esos días cargados de tormentas mentales, apenas unos rayitos de luz sobre tanta oscuridad, cuando no se afeitaba o se pasaba las noches sin pegar ojo.

Asintió con la cabeza y su amiga sonrió.

—Se me está haciendo todo cuesta arriba, pero... No sé, siento que contigo es un poco más fácil. Por eso no quiero cagarla.

—Pues vamos a tomarnos un vino y jugar a las cartas o yo qué sé. Necesito distraerme un poco.

—Está bien. —Unai se desperezó en la cama y se incorporó ante la atenta mirada de Almu. La tensión se notaba en el ambiente debido a la situación incómoda, pero sabía que se recuperaría enseguida—. Pero a este paso vamos a terminar con la bodega de mi padre. Espero que lo sepas.

Ella se rio.

—Te lo repongo.

—No hay ningún vino como ese —bromeó Unai y luego salió de su habitación para volver al salón y sentarse en el sofá con su amiga a beber, llorar y ganarle al mus.

## Irrefrenable

Los días siguientes al viaje habían roto con la rutina. Se habían visto en varias ocasiones, como si ya no pudieran dejar de ignorar el torrente de sensaciones que amenazaba con ahogarles el pecho.

Para Aries no había mejor aliciente que saber que en sus descansos podía levantar el teléfono y charlar con él o que quizá, de repente, se presentara con comida recién comprada en algún restaurante de la ciudad, ardiendo en una bolsa de plástico mojada por la lluvia, y con una sonrisa para invitarlo a comer juntos en esos minutitos libres que tuviera. Esas visitas eran casi un oasis en mitad del desierto, tan tangibles como inciertas.

Porque por más que poco a poco se estuviera convirtiendo en una conexión mucho más completa que sí tenía sentido, era curioso ver cómo el fuego en los ojos de Unai parecía apagarse con cada encuentro esporádico, como si no fuera del todo suficiente, mientras que para Aries cada momento que pasaban juntos le hacía tocar la luna con la punta de los dedos.

Sin embargo, el panadero percibía que aquello era diferente a lo que jamás hubiera sentido por nadie. Todavía no sabía dictaminar si estaba bien o si, por el contrario, se trataba de una barrera autoimpuesta que sentenciaba de manera injusta su *relación* con el leñador. Una cuerda, dos extremos opuestos, y él sin saber cuál era la opción correcta. Pero cuando lo miraba a los ojos en esos encuentros repentinos... se sentía idiota por tener dudas, por más que estas le asolaran.

La diferencia radical con Unai, esa que los separaba en tantísimas cosas, como el comportamiento que adoptaban después de un simple roce de manos, era que cada pequeño gesto significaba un abismo inescrutable entre ellos. Para el leñador era un aprendizaje continuo. Incluso los besos o caricias se mezclaban con la inseguridad por más que se sintiera seguro, lo que le hacía sentirse un poco más libre al explorar en brazos de Aries.

El panadero se mostraba paciente ante la inexperiencia de su Hombre de la Montaña. No habían decidido aún una etiqueta que los definiera, más que nada porque significaba dotar la relación de una seriedad que no era necesaria y porque Unai ni siquiera tenía claro qué es lo que le estaba pasando a su cuerpo cuando veía a Aries.

Quien sí que lo tenía claro era este, que sentía que estaba llegando a su límite. Necesitaba algo más de lo que Unai le ofrecía, a decir verdad. Anhelaba ese contacto físico cada vez que lo veía, quería romper todas las barreras y sentirlo dentro de él. Sonaba tosco y cursi a partes iguales, pero lo necesitaba de verdad. Tanto como el respirar. Le dolía.

Recordó durante unos momentos cuando hacía un par de días Unai le había comentado que era probable que bajara a la ciudad esa noche. Aries se había pasado todo el día soñando despierto, con una sensación en el estómago que le hacía sentirse revuelto, aunque por un buen motivo, claro. Los nervios no desaparecían cada vez que lo veía, por más que ya incluso se hubiera convertido casi en una rutina. No obstante, algo se torció y Unai jamás apareció.

—Lo siento —le había dicho por teléfono después de haberlo esperado un rato. Su tono de voz era frío, aunque eso no era sorprendente, pensó el panadero. Cuando debía admitir algún error o inconveniente, siempre se alejaba, como si hacerlo evitara el daño que pudiera causar.

—No pasa nada, pero podrías haber avisado. —Las palabras de Aries sonaron duras, sí, porque lo eran.

Esa pequeña decepción se quedó revoloteando por la panadería como si fueran motas de polvo de un desván que siempre había permanecido cerrado. Por más que quisiera eliminarla de su vista, no dejaba de respirar, aunque no se diera cuenta y se hubiera atascado en el fondo de su mente.

Dos días después ya no se acordaba, aunque su mecanismo de defensa sí lo haría pese a ignorarlo en ese momento. Así que Aries siguió con su vida y su ilusión sin permitir que nada ni nadie lo rompiera.

Una de esas mañanas, justo después de haber colgado el teléfono y haber dejado a un Unai preocupado por la tormenta que amenazaba con inundar las calles esa misma noche, Aries entró de nuevo en el local y había una clienta esperando con la mirada impaciente. Su rostro no le generaba ningún tipo de confianza, no por su nariz aguileña ni su ceño fruncido, sino porque taconeaba el suelo impaciente como si llevara horas esperando ser atendida.

—¿En qué la puedo ayudar? —Trató de sonar lo más cordial posible, aunque sabía que la respuesta sería bastante borde.

—Después de quince minutos esperando, ya no sé ni lo que quiero.

Aries se armó de paciencia antes de darse cuenta de que él tampoco. Fue como un chispazo eléctrico que no sabes de dónde viene pero que te hace pegar un grito. Antes de poder centrarse en el motivo de que su mente le jugara esa mala pasada mientras una idea se abría paso entre sus pensamientos, volvió a centrarse en la señora. Cogió aire y clavó los ojos en ella, que se mantuvo callada sosteniéndole la mirada.

—Entonces ¿qué le ofrezco? ¿Un integral? ¿Napolitanas?

La señora pareció sentirse ofendida ante el ofrecimiento.

—Pues no. Vengo por opillas.

Aries chasqueó la lengua.

—Todavía no ha llegado la época, disculpe, aún toca esperar unas semanas para que empecemos con las primeras...

—Deberían estar todo el año —le interrumpió ella de malas formas—. Porque están deliciosas y debería ser así.

—Claro. Y bombones en agosto.

Aries sonrió con educación, consciente de que su actitud podría acarrear consecuencias como las que veía en Facebook de señoras estadounidenses de mediana edad que siempre buscaban pelearse con los managers de los locales. Pese a ello, la mujer tan solo resopló en señal de indignación sin buscar mayor enfrentamiento.

—Lamentablemente no la podemos ayudar hoy. Le puedo ofrecer, por ejemplo, pan recién hecho o bollería artesanal.

La clienta frunció el ceño y suspiró al mismo tiempo, evidenciando su cabreo. Apretaba los puños como si quisiera saltar por encima del mostrador y agarrar a Aries del cuello. Por un momento, tuvo algo de miedo.

—Déjalo así, muchacho. —Y luego se dio la vuelta y desapareció en cuestión de segundos, golpeando con fuerza la puerta de entrada.

Aries puso los ojos en blanco sin comprender, pero se armó de paciencia. Era habitual que hubiera clientes desagradables, aunque aún no entendía qué sentido tenía que aquella señora pidiera opillas en una fecha tan temprana. Parecía que solo hubiera aparecido para molestarle.

A decir verdad, lo logró, porque esa pequeña picazón que había sentido sobre no saber lo que quería lo había dejado fuera de juego y con una presión en el pecho que no le gustaba nada.

Trató de buscar alguna respuesta y en cuanto su mente encontró la vía de escape que era Unai, todo lo demás desapareció y se deleitó con la imagen de los músculos de su Hombre de la Montaña, haciendo desaparecer cualquier pensamiento negativo de su cabeza.

—Que sí, que sí, que todo está genial. Ya cada vez queda menos para que volváis y podáis comprobarlo, joder, qué pesados.

Aquella noche sus padres parecían haber adoptado la forma de unos Pepitos Grillo demoníacos, porque le habían machacado la cabeza como no recordaba desde que era adolescente. Y por si fuera poco, la jornada no se había mostrado demasiado amigable con él; sentía los hombros cansados y las contracturas, a punto de reventarle el omóplato.

—He tenido un día tremendo —les volvió a repetir—. Así que no estoy para que encima me tiréis todo esto de repente.

—No es de repente, maitia, si ya lo sabías.

Aries puso los ojos en blanco. Era tan innecesario mantener aquella conversación a esas horas de la noche cuando lo único que quería era cenar e irse a dormir tranquilo.

—Bueno, lo hablamos mañana si no os importa, porque estoy demasiado cansado como para esto. Ya lo vemos y me contáis las anécdotas del viaje que queráis.

Colgó sin dejar que sus padres se despidieran. Dejó el móvil sobre la encimera y, llevándose las manos a las sienes, soltó un suspiro lastimero. Se le estaba haciendo cada vez más cuesta arriba el hecho de encargarse de la panadería. Quizá se había equivocado al aceptar el trabajo o por haber permitido que su cerebro abrazara la idea de que era bueno. Él necesitaba... algo más. No sabía cómo expresarlo, pero el fin de las jornadas laborables le dejaba un regusto amargo cada vez más notorio.

Le hubiera gustado ver a Unai para cenar, pero al final había decidido darse un pequeño descanso. Estaba demasiado agotado como para enfrentarse a él. Que sí, le amainaba los días, pero no dejaba de ponerlo nervioso y en tensión por todos los sentimientos que afloraban cuando se encontraban. Así que optó por algo que hacía tiempo que no disfrutaba y se compró su pizza congelada favorita del supermercado. No dejó ni las migas mientras veía una serie malísima en Prime Video. Se durmió a los pocos minutos, en cuanto se terminó la cerveza.

Al día siguiente, mucho más descansado y sintiendo que el mundo le era un poquito más amable, Aries decidió visitar a su Hombre de la Montaña tras salir del trabajo. Estuvo todo el día con la sensación de que se encontraba al borde de un precipicio. Algo había mutado. Sentía un hormigueo por la piel que supo sería imposible de eliminar hasta que no pasara lo que tenía que pasar. Era como si hubiera estado recibiendo señales durante todo el día; el destino quería que sucediera.

Se cambió tres veces de ropa frente al espejo y se dio una ducha de esas calientes y largas. Se enjabonó con ahínco para que el olor a coco penetrara en su piel o al menos, lo intentó. Quería estar perfecto para la velada. Estaba demasiado ansioso.

Desde el momento en el que Aries había aparecido por la puerta, Unai sintió que las cosas iban a cambiar. Probablemente para siempre. Lo sabía porque no podía evitar fijarse de más en sus labios, en la comisura de su boca, en sus manos y lo apretado que le quedaba el pantalón. Se encontraban bebiendo una copa de vino, pero Unai tenía sed de más.

Tenía sed de Aries.

Comprenderlo le había costado más tiempo del que le hubiera gustado. Claro que se daban algún que otro beso en ocasiones, algo que ya no formaba parte de los tabúes en el sexo porque el primero había eliminado toda vergüenza. Pero lo que Unai sentía esa noche era completamente distinto. Y parecía que Aries estaba en sintonía con él, porque también lo miraba diferente y se mordía el labio de vez en cuando.

Estaban cerca. Más de lo habitual. Con cada movimiento que uno hacía, el otro lo sentía. El roce de sus pantalones, los vaqueros tan rígidos como ellos para mantener la postura y no lanzarse a comerse la boca mutuamente. Se notaba la tensión, chispeaba entre ellos, electrizante.

—Pero estoy a punto de terminar, creo.

Unai hablaba sobre las paredes y la escayola, o lo que fuera que tocara en ese momento. A decir verdad, ni siquiera él mismo estaba siguiendo el hilo de la conversación. Solo podía pensar en quien tenía delante.

En devorarlo.

Luego Aries respondió algo, pero el leñador lo ignoró. No de manera deliberada, por supuesto, sino porque ahora su mirada había bajado y observaba sin perder detalle cómo los tendones de las manos de Aries se marcaban con cada movimiento. De repente, aquella imagen se le antojó extrañamente excitante.

Aries sí fue consciente de ello. Le llevaba ventaja. Así que apretó de manera disimulada los dedos para que sus nudillos se marcaran y así, el resto de las venas. Unai alzó la mirada. Aries se la devolvía con una sonrisa a medias.

Continuó el juego de manos. El panadero se acercó un poco más a Unai. Ninguno decía nada, tan solo respiraban, y era ese sonido, el del aire abandonando su cuerpo, el que marcaba ahora el ritmo.

Unai no necesitaba nada más en aquel momento. Sentía su cuerpo vibrar. Por eso cuando los labios de Aries rozaron los suyos, se comieron como hacía días querían haberse comido. Mordieron y gimieron el uno pegado al otro, con temor a separarse.

Al terminar el primer acercamiento, estaban de nuevo tan pero tan cerca que Unai sintió una gota de sudor caer por su frente. El calor había aumentado. Daba igual que fuera invierno, porque el verano se agolpaba en el centro de su pecho. Y más allá.

La mano de Aries terminó por posarse sobre el paquete de Unai, cuyo bulto había crecido y parecía querer romper la tela debido a su dureza. Aries sonrió pícaro y Unai se dispuso a desabrocharse el pantalón en cuestión de segundos, porque ya no podía soportarlo más y necesitaba sentir a Aries piel con piel. Se quedó en calzoncillos y su miembro, al verse liberado, creció aún más por el roce y el movimiento.

Aries se lamió un labio, excitado, y se puso a horcajadas sobre Unai mientras lo besaba con fervor. Movía el trasero sobre el leñador, buscando su calor y su roce, mientras Unai notaba el pene de Aries pegado a su estómago.

Aquello iba a pasar. Al fin. Después de tanto tiempo anhelándose, ninguno de los dos daba crédito a que podrían dar rienda suelta a su pasión sin ningún tipo de límites. O al menos, eso era lo que Aries deseaba. Su mente estaba demasiado nublada por el deseo, al igual que la de Unai, que era incapaz de pensar en algo que no fuera la lengua de Aries dentro de su boca.

Estuvieron explorándose durante minutos que se hicieron eternos. Se habrían deshecho durante horas el uno encima del otro, sintiendo el calor, sus durezas, la tela de la ropa que ya sobraba, porque sus pieles ardían. Necesitaban más y más.

Unai empezó a temblar cuando se dio cuenta de que no podría ponerle fin en aquel instante, de que no podía echarse para atrás. Tampoco quería, pero de repente sentía que estaba en un punto de no retorno y que su inexperiencia podría jugarle una mala pasada. Al fin y al cabo, Aries había vivido muchos más encuentros con hombres y él… todavía estaba entendiéndose a sí mismo.

No obstante, las manos del panadero le acariciaban de tal forma que le transmitían toda la paz y calma que era posible en esos momentos de absoluto fervor, acompañándolo en cada paso del camino. Porque ahora sus dedos habían agarrado las manos del leñador y las había depositado sobre el final de su espalda, en esas nalgas redondas y tersas que Unai jamás hubiera imaginado tan perfectas a su contacto.

Se encendió sin poder remediarlo. Agarró los glúteos con tanta fuerza que Aries gimió sobre sus labios.

—Perdón —se disculpó Unai entre respiración y respiración.

—No tienes que pedir perdón. Vuelve a hacerlo —le susurró Aries para después devorar de nuevo su boca.

Así que el leñador obedeció. Volvió a rodear con sus manos enormes la totalidad del trasero de Aries y clavó sus uñas con anhelo, como si solo le perteneciera a él. Y ese pensamiento rápido lo hizo sentirse aún más excitado.

De pronto, la mano de Aries se posó sobre su pecho y agarró con fuerza la camiseta que aún llevaba puesta. No tardó demasiado tiempo en dejar claro que la quería fuera, que sobraba, que no era más que otra barrera entre ellos. Mientras Unai se la quitaba, Aries hizo lo propio y los dos continuaron besándose, pecho contra pecho, sintiendo sus pectorales rozarse. Los pelos de Unai eran gruesos, oscuros, casi un misterio que descubrir, y Aries no pudo evitar enredar sus dedos en ellos.

El leñador cerró los ojos mientras se dejaba hacer, ahora algo más relajado, tan solo centrado en el tacto del chico que amaba surcando su piel y elevándolo a lugares que nunca había visitado. Después, sin apenas percatarse de ello, sintió algo húmedo en uno de sus pectorales. Abrió los ojos y vio que Aries se los estaba besando. La diferencia de tamaño le arrancó una sonrisa bobalicona.

—¿Qué pasa? —preguntó Aries morboso.

—Te ves pequeño a mi lado.

El panadero cerró los ojos y ronroneó mientras sus labios

y su lengua continuaban explorando el pezón de Unai y lo hacía vibrar, querer explotar ya de una vez por todas.

—Y eso me encanta —susurró Aries.

Las sensaciones que estaba experimentando el leñador no eran para nada algo comparable a lo que hubiera sentido con nadie más, ni en su vida ni en mil más. Deseaba que Aries le mordiera el pezón y apretara todo lo que pudiera, desdibujando los límites de lo lógico, de lo posible, queriendo ir más allá. Extralimitarse era el nuevo límite.

Pero debía tener otros planes, porque agarró su brazo y colocó su mano de tal forma que tocó el bulto más que turgente de sus calzoncillos. El primer contacto fue extraño para Unai y lo hizo estremecerse, pero sentir la humedad en su punta debido a la excitación casi le hizo perder la cabeza. Necesitaba tocarlo, sentirlo. Lo sintió propio. Sabía cómo tocarlo, qué hacer con la palma de su mano y cómo explorar el miembro con sus dedos, como si fuera el suyo mismo. Era una sensación mágica.

No supo cómo terminó sin nada que lo cubriera, pero de repente estaba jugando con la piel que rodeaba al glande y sintió ese líquido de la pasión en la yema de sus dedos. Aries se excitaba en su oreja y él empezó a acariciar aquello de un modo más enérgico, rodeándolo por completo con su mano arriba y abajo.

Y ahora sí que se dejó llevar, tanto que terminó besando el cuerpo de Aries por completo. Ahora estaba tumbado y Unai encima, tocando y explorando, incapaz de parar. Hasta que esos besos se tornaron en necesidad y lametones. El cuerpo no era suficiente y su instinto le hizo viajar hasta abajo entre los gemidos de ambos.

Era la primera vez que Unai tenía un pene erecto tan cerca de él. Podía olerlo y no era desagradable. No se había preguntado jamás cómo sería el momento, a decir verdad. Sus visiones siempre eran muy diferentes o demasiado centradas en los recuerdos que había vivido y que se alejaban bastante de lo que estaba sucediendo allí.

Aun así, Unai se dejó llevar por su instinto. Quería tocar el miembro de Aries con toda la delicadeza del mundo, no como él había hecho. Por algún extraño motivo, le salía de manera natural tratar a Aries con suavidad en primera instancia. Luego se daba cuenta de que era imposible y rompía cualquier barrera lógica natural. Pero al menos intentó que este primer encuentro con… eso fuera así.

Unai abrió la boca y se introdujo el glande de Aries en ella. El gusto que le golpeó el paladar era una mezcla de sabores y excitaciones que nunca había experimentado antes. Era salado, desde luego, pero le encantó sentir esa gota espesa de líquido transparente escaparse entre los dientes, porque demostraba lo excitado que seguía estando el panadero.

Continuó con su descubrimiento, introduciéndose más poco a poco el resto del pene en la boca. Jugó con la lengua como un experto a juzgar por los gemidos que el otro emitía. Se sentía bien, saber que era capaz de arrancarle al chico que le gustaba tanto placer sin apenas esfuerzo. De pronto, Aries lo agarró del pelo para que no se moviera y empezó a mecer la cadera, primero con delicadeza, luego más fuerte; Unai, para su sorpresa y mientras todo sucedía, se dejó hacer. Era reconfortante saber que su garganta podía albergar la totalidad del pene de su chico, que se adaptaba sin problemas, y cómo todo su sabor lo llenaba. Además, escuchar la respiración entrecortada de Aries con cada embestida le estaba poniendo a mil por hora.

No podía proseguir sin llevarse una de sus manos a su propio miembro, joder. Lo tenía empapado, no solo por la mamada que le había hecho Aries, no, sino porque estaba demasiado excitado con la situación. Quién lo había visto y quién lo veía ahora, ¿verdad? Arrodillado y con su boca a merced de otro hombre que se deshacía por segundos.

—Vamos a parar, porque si no... —anunció Aries al cabo de unos segundos.

Unai primero frunció el ceño, porque no quería cortar tan rápido. Sentía que tenían todo el tiempo del mundo y si fuera por él, habría seguido dándole placer durante horas, disfrutando de esa extraña —pero ya familiar— sensación en su paladar y garganta.

Sin embargo, no había opción a quejarse. Aries ya había tomado la delantera y le había agarrado la cara por ambos lados para llevarlo en busca de un nuevo beso explosivo que hizo que Unai se estremeciera. Pero se dejó llevar e intercambió sus sabores con los de Aries.

No sabía qué estaba pasando ni por qué se estaba atreviendo a hacer cosas que jamás habría soñado o que le habrían repugnado en otro momento, aunque estaba disfrutando de lo lindo. Y por eso no pudo esperar más a dar el siguiente paso.

—¿Quieres...? —le preguntó Aries, casi inocentemente, expresándose con una mirada que le imploraba que dijera que sí.

Eso hizo Unai. Asintió despacio mientras se levantaba. No sabría describir con exactitud la sensación que le provocaba ser casi el doble de grande y voluminoso que Aries mientras que, al mismo tiempo, sentía que quería estar a su merced por completo, dejarse guiar, que hiciera con él lo que quisiera. Joder, que lo marcara de alguna forma. Que no tuviera luego excusas para poder salir corriendo, que lo que fuera que pasara en las siguientes horas que estuvieran juntos fuera tan espectacular que no tuviera nadie más a quien acudir el resto de su vida.

Y ahí estaban, contemplándose ya desnudos sin saber dónde narices habían lanzado su ropa. Porque todo era como un momento borroso y disputable al mismo tiempo que se había transformado en una danza seductora en la que ambos seguían el mismo ritmo.

Ahora, Unai no sabía qué papel debería jugar. Aún no tenía claro cómo funcionaba todo lo demás. Se llenaba de dudas, pese a estar con Aries y que este le hiciera sentirse seguro, pero trató de no adelantarse demasiado, sino que fuera el panadero quien, durante al menos los siguientes pasos, llevara la voz cantante. Así es como debería funcionar; él estaba aprendiendo, aunque tan solo quisiera disfrutar.

Aries no separó sus ojos de la mirada de Unai. Ambos se devoraban sin tocarse. Se tumbó sobre el sofá, tragó saliva, nervioso y le hizo un gesto con los dedos para que el leñador se acercara. Los dos se miraron sin decir nada mientras sus respiraciones seguían acompasadas, compartiendo el mismo aire caliente y ya febril que expulsaban sus pulmones. Aquello era demasiado para Unai, que sentía que su mundo se había llenado de colores y de una excitación inimaginable. Se dejó hacer, se tumbó sobre el mullido sofá y colocó un par de cojines bajo su cabeza para estar más cómodo. Volvieron a deshacerse en besos y las manos de Aries juguetearon con sus pectorales y los vellos del pecho, que parecían volverle loco. Les rindió pleitesía a cada uno de ellos y luego acercó los labios a ellos para besarlos con una delicadeza que era bruta y bonita al mismo tiempo. Unai cerró los ojos, disfrutando de cómo, poco a poco, el hombre que amaba bajaba y le hacía elevarse hacia el cielo.

Entonces, en un momento de pausa, volvió a ver. Se encontró a Aries sonriendo de forma jocosa aunque nerviosa. Se llevó dos de sus dedos a su lengua y los embadurnó de saliva. Luego continuó con su viaje por el resto del cuerpo del leñador, pero sus dedos habían desaparecido. Unai entendió por qué cuando sintió una ligera presión en su abertura.

Su primer instinto fue dar un pequeño brinco. Aries alzó la cabeza, preocupado, y aunque Unai no comprendía la necesidad de su cuerpo, volvió a relajarse de forma automática. Era extraño, sí, y aun así lo necesitaba dentro de él, por lo que intentó dejarse llevar.

Sentir los dedos de Aries explorar su interior con calma, permitiéndole abrirse sin prisa y con cuidado, hizo que se derritiera de placer. No tardó en que la necesidad de que llegara aún más adentro lo devorase y llevó su propia mano a la de él para que los introdujera más, apretarlo contra sí.

—Calma —le dijo Aries en un susurro, pero también con una sonrisa de morbo. Eso volvió loco a Unai, que movió la cadera para acercarse más a él.

Los minutos siguientes fueron como una nebulosa en la mente de Unai; no había más remedio que dejarse llevar. Hasta que los dedos de Aries cambiaron de tamaño, grosor y dureza, y de repente había otra cosa queriendo adueñarse de él. Unai abrió los ojos entre asustado y avergonzado. Quizá era demasiado o quería parar, no lo tenía claro.

—¿Quieres que pare? —Aries le puso nombre a sus dudas.

Él asintió entre tanto calor y sudor y se dejó deslizar por el sofá hasta que su trasero quedó apoyado sobre la tela. Nada ni nadie podría quebrantar la calma que ahora, de repente, ansiaba. Por su parte, Aries lo miraba ceñudo pero excitado. Era una mirada rara. Su mano seguía acariciando su miembro al compás de una manera casi amenazante, y entonces Unai se sintió pequeño en manos de un gran experto.

—Mejor paramos —dijo con la voz rota.

Aries asintió, aunque no pudo evitar mostrar algo de decepción en su rostro, en sus ojos. No quería detenerse y se notaba, pero lo primero era el respeto. Lo que estaba aconteciendo era nuevo para ambos, aunque más para el leñador, cuya experiencia con los hombres había sido casi anecdótica y aquella noche habían roto demasiadas barreras.

—Pero voy a explotar.

La forma en la que dijo aquellas palabras hizo que la sensación febril que recorría el cuerpo de Aries volviera a alcanzar su máximo apogeo, que ahora fuera él quien se deslizara por el sofá, sobre su cuerpo sudoroso, y terminara besándolo, mientras sentía ambos penes duros rozarse el uno con el otro. Unai, de tan cerca que estaban, los asió con tal manejo como un capitán experimentado en pleno oleaje. Y sin darse cuenta, los dos acabaron empapados en un mar traslúcido cargado de fantasías y anhelos que culminaron en un nuevo beso reconfortante que ya significaba demasiadas cosas.

Terminaron enredados, uno encima del otro, más mojados que húmedos y con la mente puesta en la conexión que sentían en ese momento. Sin importar nada, ni los restos en su pecho y estómago ni el sudor, Aries se apoyó sobre el torso de Unai y acarició con su mano la barba poblada del leñador. Si por él fuera, detendría el tiempo en ese mismo instante para disfrutar de cada segundo junto al hombre que amaba.

# Las cosas claras

Después de aquella primera experiencia con Unai, Aries había sido incapaz de levantar cabeza. Sentía que había entrado en un modo del que le sería imposible escapar. La obsesión por Unai no hacía más que alcanzar cotas insospechadas, había sido casi peor el remedio que la enfermedad y por más que le acosaran dudas a las cuales no quería dar alas, todo eran reflejos de los buenos momentos.

Se encontraba excitado tras el mostrador mientras amasaba la harina y recordaba el encuentro, la forma en que el sudor le goteaba por la frente y en la que los ojos del leñador se habían achicado cuando había alcanzado el orgasmo. Y no era serio estar cachondo toda la mañana, ni varios días seguidos, como si fuera un verdadero quinceañero puberto. Pero es que Unai había despertado su sexualidad, que ya creía abandonada, y era difícil señalar la última vez que había sentido algo similar con cualquier otra persona.

El hecho de que estuviera trabajando le hizo pensar en sus padres, cuya relación se había enfriado durante esos últimos días por una tontería que ni siquiera Aries recordaba ya. Siempre era un poco así, por más que al final terminaran por solucionarlo y fueran comprensivos con él en la mayoría de las ocasiones. Parecía ser una herencia que no iba a cambiar y que se estancarían eternamente en un bucle donde el entendimiento por ambas partes era lo menos importante para dar paso a ver quién era menos orgulloso y se arrastraba para tratar de calmar las aguas.

Chasqueó la lengua para intentar concentrarse en las pastas de té que estaba preparando para un pedido que recogerían aquella tarde. Entonces la puerta se abrió y la campana insoportable tronó por todo el local.

Porque claro, a todo esto, Sara llevaba sin pasar por la panadería bastante tiempo. Aries no le había otorgado demasiado espacio en sus pensamientos porque tras el polvo que habían echado, la aventura con Unai había acelerado hasta tal punto que lo había dejado todo atrás.

—Anda que me escribes —le dijo Sara sin un saludo previo o una sonrisa de las suyas y con cara de pocos amigos—. Pensaba que no eras de esos.

Aries tan solo la miró sin saber si se trataba de una broma o de verdad ella estaba buscando una explicación lógica. Se la debía, por supuesto, aunque ¿hasta qué punto? En ese momento, la única persona que podría pedírsela era Unai, con quien sentía que de verdad podría tener ese tipo de discusión. Con Sara, por más que le doliera... Las cosas habían cambiado. Eran frías, de repente; quizá las mariposas habían muerto, porque ahora que había cruzado la puerta del establecimiento después de tantos días, no parecían haber despertado como lo hacían antes.

—Lo siento. He estado bastante ocupado. —No era mentira.

—No pasa nada. Pensaba que la había cagado.

Para sorpresa de Aries, la reacción de Sara fue bastante pacificadora. Así como así, había calmado los ánimos y volvía a lucir un rostro afable. No sabía qué pensar.

—Me esperaba... otra cosa, Aries. Después de la cita. Después de... acostarnos, ya sabes. Seguimos hablando unos días y de repente empiezas a ignorarme.

Se había convertido en lo que más odiaba. De verdad que Unai lo había dejado fuera de juego por completo. Se había dejado embaucar por sus esperanzas, aunque a su favor debía admitir que de momento todo parecía ir viento en popa. Podía exigir más, pero iban poco a poco. No quería dinamitarlo todo tan deprisa. Y ahora que veía a Sara, sabía que no le convenía que fuera un comodín, como se le había pasado por la mente en algún momento de debilidad. Eso no podía funcionar así, no era justo para nadie.

Sara había sido Sara. Ahora mismo, estaba centrado en otra cosa.

—En serio, ya sabes cómo es llevar esto yo solo.

—Yo tampoco tengo demasiado tiempo y lo saco para escribirte.

Ante aquello Aries no dijo nada, tan solo tragó saliva. Si debía o no confesarle el verdadero motivo de su distanciamiento era algo que descubriría al saber lo dolida que estaba Sara y si hacerlo le haría más daño.

—Solo quiero que seas sincero, Aries —le pidió esta. Apoyó las manos contra el mostrador. La distancia que este generaba entre ellos conseguía que Aries no se sintiera tan amenazado por su presencia. Lo agradeció.

—Tienes razón, me he comportado como un imbécil.

No lo sentía. O sí. Estaba confuso. ¿Hasta qué punto Sara merecía explicaciones? Era delicado.

—Bueno, no pasa nada. Podemos ir a cenar y charlar. Te puedo invitar a mi casa. Mi hija no está esta noche, va al cine y a dormir con una amiga. Venía a ver qué tal estabas y saber si te apetecía quedar.

Demasiada información en muy poco tiempo y con tantos tonos de voz que imposibilitaban que la mente de Aries comprendiera las intenciones subyacentes de Sara. Esa mezcla —y odiaba pensarlo— le recordó a su madre por un momento, el típico regaño a medias que no sabías si era una trampa o una tregua.

La cara que debió de poner Aries de manera inconsciente lo delató, porque Sara soltó aire con un suspiro enfadado y lo atravesó con la mirada.

—Vale, no hace falta que pongas ninguna excusa.

—No, Sara, no es eso, es que...

—Lo vas a empeorar. No pasa nada. Cuando te apetezca, pues me avisas, pero ya sabes que yo sí estoy ocupada de verdad.

Aquello estuvo feo.

—No te pases —se defendió Aries, ahora cruzándose de brazos—. Que has venido después de a saber cuánto.

—Más que nada porque me ignoras los mensajes y no voy a estar tirando del carro yo sola, que bastante mierda tengo en mi vida y lo sabes perfectamente. Te he dejado ver un poco y parece que has huido corriendo y no sé qué he hecho mal, joder. No entiendes lo que esto le hace a una persona, ¿no? Ghosting o algo así creo que lo llaman.

Aries asintió mientras sopesaba sus siguientes palabras. En eso tenía razón ella, pues no se había parado a pensar demasiado en las consecuencias de haberla ignorado. A él también le habría sentado mal. Bueno, de hecho... Así había sido un poco con Unai al principio. Desesperado por saber cuál iba a ser el siguiente paso, si era una de cal o una de arena, si se estaba equivocando en sus decisiones o si se había pasado con algún comentario. Claro que eran dos situaciones bien diferentes, dos formas de entender el compromiso, pero también eran similares en cierto sentido.

Lo que cambiaba era el papel que él desempeñaba en ellas.

—Admite que te da palo no tener ni idea.

Estaba empezando a cansarse de la forma en la que Sara se estaba dirigiendo a él. Ya poco quedaba de la profesora calmada y conciliadora que había conocido; se había convertido en otra cosa. Supuso que era el comportamiento de alguien que se sentía pisoteado.

—¿De qué?

Puso un gesto de asco o, mejor dicho, de prepotencia. Como si supiera más de lo que contaba.

—No sé, tú dirás. Que no tienes las cosas claras.

Había llegado el momento de ser un poco más águila y cazar, porque él no era el gusano de nadie como para que lo picotearan. Así que cogió aire y lo soltó, ya poco le importaba.

—Tengo clara una cosa, Sara. Y es que no te quiero hacer daño.

De pronto, toda esa furia que parecía haber convertido a Sara en otra versión de ella más roída y carroñera, desapareció de un plumazo. Ahora solo quedaban sus ojos vidriosos y redondos, dolidos. Sin embargo, no dijo nada; solo se mantuvo quieta y, por primera vez, sí que parecía interesada en lo que Aries tuviera que decir. Así que habló con claridad, proyectando la voz. Que no quedaran dudas.

—Estoy conociendo a otra persona. Esa es la verdad. ¿Ya estás contenta?

Ella asintió, derruida y dolida, más para ella misma por haberse hecho ilusiones que para Aries. Se dio la vuelta sin decir nada más y desapareció sin mirar hacia atrás, dejando tras ella la estela de su perfume y un borrón granate de un abrigo que le protegía del frío, pero de nada más.

# Historias que llegan a su fin

La madre de Almudena no mejoraba y parecía que el destino se había empeñado en dejarla a la deriva, en la más completa oscuridad y rodeada de incertidumbre. Porque Almu estaba ahogada; aún se debatía entre formar parte de lo que parecían ser los últimos momentos de su madre o desaparecer por completo y guardar un buen recuerdo de ella. Eso la mantenía en un estado ausente, embargada por la tristeza.

Al menos contaba con Unai.

Por supuesto, llevaba unos días hospedándose en su casa. El caserío había cambiado mucho desde que el leñador necesitó despojarse del pasado para mostrar su nueva vida a través de la decoración, pero seguía sintiéndose como un hogar. Por eso Almu estaba en pijama, con unos calcetines de lana que le quedaban gigantes y bebiendo vino sin parar. Sobre la mesita de centro había dos botellas vacías.

—Bueno, al menos es del barato —le comentó Unai en

un momento dado, cuando le tocó las piernas para que se moviera y le dejara un hueco.

—El de tu padre es imposible de encontrar, ¿no? O eso dices.

Él no respondió porque estaba demasiado concentrado en estudiar el rostro de su amiga. Se la veía en un estado bastante deplorable, a decir verdad, con los ojos hinchados y una mueca de disgusto que le era imposible eliminar de su boca, cuyas comisuras caían hacia abajo casi como si estuvieran maquilladas de esa manera.

—Tendremos que hacer algo, ¿no? Con todo esto —le dijo en un tono tranquilo y conciliador, pero abarcando con sus brazos lo que había frente a ellos.

No solo las botellas y copas de vino decoraban la mesa, sino unas cantidades ingentes de pañuelos de papel, alguna cajetilla de cigarros y un cenicero a punto de desbordar.

—Luego lo recojo —respondió Almu. Se llevó las manos a la sien y se las apretó para mitigar el dolor de cabeza del que se quejaba constantemente.

—No te estás tomando nada para eso —apuntó Unai, preocupado.

—Si me quito el dolor, estaría todo el rato durmiendo.

—Vale —replicó él sin darle más importancia.

Se quedaron en silencio durante unos largos minutos en los que no pasó nada, casi ni respiraron, pues no se atrevían a hablar de ninguno de los temas candentes en la vida personal de cada uno de ellos. Ya habían pasado las suficientes noches en vela como para aderezar esa tarde con más dramatismo innecesario. Ambos eran conscientes de que era necesario, al menos, poner un punto y aparte de vez en cuando.

—Llevo días sin sacar leña nueva. Podrías echarme una mano. Así sales de aquí, ¿no crees?

—Hace mucho frío ahí fuera.

Unai chasqueó la lengua como si fuera evidente. Y es que lo era, por supuesto. Cómo no iba a hacerlo.

—Normal. Estamos en esa época, ya lo sabes. Eres tan de monte como yo. —Intentó medio sonreír, pero la actitud de su amiga no estaba en la misma línea que la suya. Suspiró.

—¿La nieve no te molesta? —preguntó Almu con frialdad y un fondo de tristeza para cambiar de tema como si fuera el último escudo que deslizaba entre ellos y así mantenerse en el estado en el que se encontraba sin tener que hacer nada más que ver pasar las horas y no esforzarse por mostrar algo que indicara que seguía viva.

—Ya casi no hay. Es hielo. Y este se derrite enseguida.

—Pero puede hacer que te tropieces. A veces es peor caerse así, de repente, sin verlo venir.

Tenía la mirada perdida. Había utilizado la metáfora para volver a perderse en sus pensamientos respecto a su madre, algo que Unai odiaba y que no le gustaba permitir. Sin embargo, era difícil seguirle el ritmo cuando estaba tan destructiva. Aunque tampoco es que estuviera muy acostumbrado a verla así, por lo que todavía estaba aprendiendo a defenderse ante esos cambios de humor.

—Si no quieres ayudarme, no importa; lo decía más por ti que por mí. Hay mil cosas que podemos hacer para distraernos.

Ella comenzó a negar con la cabeza lentamente, parecía incluso aturdida.

—No sé si quiero hacerlas, Unai. Mira que te lo agradezco, pero... —Se encogió de hombros—. No sé explicártelo. Es como si me diera igual, ¿sabes? Todo.

Unai suspiró intentando que las lágrimas —que hasta ese momento no sabía que estaban ahí— dejaran de formarse.

No hacía falta que se lo explicara. En absoluto. Comprendía a la perfección esa sensación de vacío que ahondaba el pecho de su amiga.

—Sé cómo te sientes. O puedo imaginarlo, al menos. Mira cómo dejé la casa; la convertí en otra cosa para distraerme, estuve semanas sin parar de trabajar porque sentía lo mismo que tú. Bueno, lo mismo no, pero ya me entiendes. Hay que despejar la mente y lo sabes, Almu. Has visto que en mí ha funcionado que no me carcomiera la mierda.

Ella suspiró y pareció pensativa durante unos segundos, a punto de ceder.

—No todo vale para todo el mundo. Lo sabes de sobra.

—Tampoco ganamos nada disociando.

La palabra era bastante pomposa para Unai y eso sorprendió a Almu, la cual esbozó una sonrisa medio burlona dirigida a su amigo.

—Anda, no seas así. La leí el otro día. Me sorprendió aprenderla, ponerle nombre a algo que sentía.

—Resulta que ahora te vas a hacer psicólogo.

—O que me gustan las etiquetas... —dijo Unai más para sí que para ella. Se quedó pensativo durante unos instantes, mirando a la nada. Ahora sentía que nada tenía sentido; se había dado cuenta de que era cierto eso de que ponerle nombre a algo le ayudaba a comprenderlo mejor. Recordó la conversación que había tenido con Aries y sus recuerdos lo asolaron como una ola y lo dejaron mal, completamente empapado y pasando frío, en lugar de producirle una sensación de tranquilidad. Como cuando enciendes la ducha esperando que te caiga el agua caliente y, por el contrario, terminas tiritando porque no estás preparado para el cambio de temperatura.

Era así a veces cuando pensaba en él.

Volvió a centrar la atención en Almu, que parecía algo

más animada. Las comisuras de sus labios ya no dibujaban un gesto de desagrado, sino que arrojaban algo de esperanza al curvarse hacia arriba.

—Bueno, entonces ¿me necesitas para algo? Igual tengo un hueco en mi ocupada agenda, entre mirar la pared y llorar de impotencia.

Terminó por sonreír; era inevitable después de haber soltado aquella broma tan cargada de sarcasmo. Unai también lo hizo.

—Venga —dijo Almu al cabo de unos segundos—. Vamos, a tomar por culo. Dame unos minutos, me doy una ducha y todo eso y desconecto, joder. Al final me tienes haciendo lo que quieres, ¿eh?

—Está bien. —Estaba henchido de orgullo por haberlo conseguido, por haber sido de ayuda.

Unai se levantó del sofá para dirigirse a su habitación y ponerse ropa de trabajo; no podía salir con aquel frío vestido de andar por casa, evidentemente. Se detuvo unos segundos frente al espejo para apreciar cómo le quedaban los pantalones, unos que ya tenían demasiado tiempo de vida y cuyas costuras en ocasiones gritaban por ser liberadas. Sin embargo, desde que estaba con Aries, había dejado un poco de lado el esfuerzo físico que acompañaba sus rutinas diarias y sus muslos no estaban tan hinchados como de costumbre. Eso se había traducido en que esos mismos pantalones que le apretaban con anterioridad, ahora le quedaban en su justa medida. No le pareció mal, pero sí le hizo recapacitar durante unos instantes lo que significaba haberse apartado de la vida en la que se había refugiado tanto tiempo.

Cuando salió de nuevo al salón, escuchó el agua de la ducha correr y a Almu tararear en voz baja. La esperaría haciendo una lista mental de tareas pendientes que pudieran ocupar más tiempo y que, sobre todo, le resultaran atractivas a su amiga. Aunque a decir verdad, como ambos se habían criado en entornos similares, estaba preparada para cualquier cosa.

—Ya estoy —anunció ella al cabo de unos minutos. Parecía otra con el pelo aún húmedo y una chaqueta abrigada, vaqueros ajustados y una pequeña bufanda al cuello.

—¿Cómoda?

Esta se encogió de hombros para acto seguido dirigirse hacia la puerta. De pronto, los ánimos se habían renovado y Almu parecía estar en otro estado mental, algo que Unai agradeció. Por lo menos se había levantado del sofá, lo cual era un avance. Después de tanta insistencia en los últimos días, parecía que su esfuerzo se había visto recompensado.

El frío los atizó primero en la cara y luego, en las manos; las yemas de los dedos se les enrojecieron en cuestión de segundos y la punta de sus narices siguieron el mismo camino.

—Me cago en la hostia —se quejó Almu.

Para Unai, más acostumbrado a trabajar durante horas en ese frío, era un día cualquiera. Formaba parte de su rutina que el clima no le quisiera y el viento helado le abrazara, así como las lluvias, tormentas o las rachas de granizo. Si no era él contra el mundo, ¿qué le quedaría?

Los amigos se dirigieron a la parte trasera del caserío, donde los útiles para sacar la leña se encontraban desperdigados por el suelo de cualquier manera, dejando en evidencia que Unai se desentendía cada vez más de su vida y que tenía la cabeza más en aquel chico de ciudad. Las hachas y las sierras congeladas les devolvieron la mirada; se apreciaba que el hierro estaba sufriendo por las temperaturas y parecía a punto de reventar.

—Creo que mejor damos un paseo, no sé. Esto es mucho

curro para que me eches una mano y lo tengo que solucionar yo. —Unai se llevó las manos a las caderas, como echándose la bronca a sí mismo—. Busquemos un par de ramas gordas que necesito, anda.

—¿Ramas? —cuestionó Almu extrañada, porque no le cuadraba en absoluto que su amigo el gruñón y gigante como una montaña buscara ramas y no árboles enteros.

Unai tan solo asintió ante la mirada interrogativa de Almu, que se encaminó tras él sin rechistar mientras elucubraba teorías en su cabeza. Pero no tuvo que esperar demasiado hasta que él mismo se abrió para confesarse.

—He descubierto que me gusta decorar. Más allá de pintar una pared y arreglar cuatro muebles. Algo más… delicado.

Almu no dijo nada mientras los pájaros canturreaban y sus pisadas crujían contra el hielo duro y frío del suelo, resonando en mitad de la nada.

—Quiero hacer un reloj. Uno que me guste. Y que el centro sea un nido, ¿sabes? Bueno, como si lo fuera, imitándolo. Tendré que pintarlo y darle forma, probablemente me cueste…

—Qué guay —dijo Almu, llena de sorpresa. Miraba a su amigo como si hubiera descubierto el fuego. Él pareció de pronto algo avergonzado, pero sonrió y se atrevió a darle las gracias—. Te puedo echar una mano si quieres. O sea que buscamos ramas pequeñas, ¿no? Qué guay. Qué guay.

La alegría del momento los contagió a ambos y poco importó ya el frío mientras exploraban todos los recovecos del inmenso bosque en busca de algo a lo que darle una nueva vida, y con ella, arrastrara las suyas de las sombras del abismo. O al menos la de Almu, que entusiasmada ya coleccionaba ramitas bajo su abrigo.

Porque a Unai el reloj le daba bastante igual.

# Espacios

El último encuentro con Sara había ocupado la mente de Aries la mayor parte del tiempo. Por más que intentara quitársela de encima, se pegaba a su rutina como una lapa. Había algo que no terminaba de encajarle en todo eso y no sentía que tuviera final, como si Unai no existiera de repente, como si sus sentimientos se hubieran tergiversado, enredado y secuestrado su corazón.

Debía hallar cuanto antes una forma de que su mente desconectara para siempre de esas idas y venidas que no le hacían bien a nadie. Aunque era más que evidente que el haber roto la última frontera física que le quedaba con Unai había mejorado ciertamente su estabilidad con respecto a él, pero también lo había sumergido aún más en ese mar de dudas en el que se ahogaba.

No sabía ni lo que quería. Ese era el problema.

Miró a la calle a través de la ventana cuyos vidrios, poco a poco, se iban empañando por el cambio repentino de clima. El frío era cada vez más acuciante y estaba un poco cansado de tener que enfrentarse al hielo matinal cada vez que abría la puerta. Las esquirlas, a veces en punta, parecían amenazarlo como si desearan vivir en paz sin que nadie las rompiese todas las mañanas.

Y entonces se dio cuenta de que él era como ellas.

¿Por qué continuar quebrándose y buscando la forma de reconstruirse cada cierto tiempo si quizá lo más lógico era dejar que su propia naturaleza descubriera por sí misma lo que anhelaba? ¿Tanto miedo le daba fluir?

No obtendría respuestas permaneciendo impasible, encerrado entre las paredes de la panadería. Quizá era el momento de coger el toro por los cuernos. Debía desconectar y la forma en la que decidió hacerlo le causaría, con casi toda probabilidad, daño. Pero no sabía cómo descubrirlo si no.

Después de una ducha cuyo concierto a voz en grito causó que la vecina del quinto pisoteara con fuerza el suelo para que se callara, Aries se decidió por vestirse de un modo sencillo, discreto y que le sentara bien.

Era la primera vez que iba a casa de Sara. Era su territorio y algo radicalmente opuesto a la realidad de Unai. Lo que tenía frente a él era urbanita, moderno. Había una gran cantidad de gente viviendo en pisos de tamaño mediano, compartiendo olores y sonidos a pocos pasos de ser atropellados por un autobús urbano.

Dos vidas distintas, un corazón dividido.

Aries le escribió que ya estaba abajo. La puerta del portal se abrió. Tocó la pared mientras buscaba el interruptor de la luz a ciegas para luego caminar hasta el ascensor. Era un sexto piso. Le temblaban los dedos y unas agujas invisibles se le clavaban en la boca del estómago.

Había escrito a Sara en un momento de debilidad pero definitorio. Si no salía de la encrucijada en la que estaba encerrado, era probable que le hiciera daño a más personas de las que quería, eso estaba claro. Y por eso necesitaba aclarar su mente de un modo directo, aunque sintiera la traición a Unai palpitar en cada centímetro de su piel. Lo que estaba haciendo no era ni lo más inteligente ni lo más correcto, pero probablemente sí lo más justo para ahorrarse una buena cantidad de disgustos *a posteriori*.

—Hey, pasa. —Sara sonreía y mantenía la puerta abierta de par en par. Lo primero que Aries percibió fue un fuerte aroma a friegasuelos que se entremezclaba con lo que parecía olor a carne estofada proveniente de la cocina.

Se saludaron con dos besos temblorosos, uno en cada mejilla, y se quedaron tan cerca que ambos perdieron el foco.

—Perdona, que toda la casa huele a la cena —se disculpó Sara, ahora haciendo un ademán para que Aries pasara—. No suelo hacer nada demasiado elaborado, y mira que justo hoy que me da por mirar recetas en Facebook, vienes de visita.

Aries no supo identificar el tono exacto con el que había soltado aquel comentario, así que simplemente sonrió a medio gas.

—Pero huele excelente.

Sara asintió con la cabeza, agradecida, y lo condujo hacia el interior de la vivienda. Se escuchaba algo de música en algún lugar. Aries supuso que sería su hija. Por algún motivo, no había pensado en ella, pero le servía incluso más que estuviera a que no, así decidiría de una vez por todas qué es lo que estaba dispuesto a dar por una nueva relación.

La casa de la profesora estaba decorada con un poco de mal gusto, para qué engañarse. Parecía la herencia de sus padres, la típica casa donde uno se queda viviendo pero que es la misma donde se ha criado, y que por más que intente cambiar el sofá o el mueble de la televisión, como era el caso, un aparador enorme o una vajilla antigua siempre permanecían allí, como inherentes a la memoria y los recuerdos del lugar.

—Es... la casa familiar. —Parecía que estuviera pidiendo disculpas, o es que quizá la cara de Aries había mostrado el desagrado que le había provocado el choque entre moderno y antiguo y que no había podido evitar—. No tengo demasiada intención en cambiar nada. Poco tiempo, ya sabes. Lo único en lo que puse empeño fue en el cuarto de la enana.

Las cejas de Aries se elevaron, sorprendidas. Era la primera vez que escuchaba a Sara referirse así a su hija. De pronto sintió que se introducía, sin quererlo pero curioso, en un nuevo nivel de intimidad a la que Sara lo acababa de invitar.

—¿Está estudiando?

Sara dirigió la vista hacia un reloj de pared que había en medio de un montón de fotos enmarcadas en marcos de madera terribles, y asintió con la cabeza.

—Es la idea. Ahora saldrá y cenará con nosotros si le apetece.

—La edad del pavo. —Aries medio sonrió, incómodo al ver que el rostro de Sara sí sufría por el distanciamiento entre ella y su hija.

—No le caes bien.

—Si no me conoce... —se defendió el panadero.

Sara se encogió de hombros y sin decir nada más, le hizo un gesto para que se dirigieran a la cocina. Allí abrieron una botella de vino blanco y charlaron un rato, fumaron por turnos apoyándose en la ventana y se rieron cuando las marcas del alféizar hicieron caminitos en sus brazos.

Luego, ambos lo sabían, llegaría el momento de la verdad. En la mente de cada uno el proceso sería bien diferente. Para Sara, que Aries conociera a su hija era fortalecer el vínculo que sentía que ambos tenían y que para su sorpresa, parecía que avanzaba hacia un lugar que ella anhelaba. Estaba nerviosa, por supuesto, sentía que se jugaba mucho y que ni siquiera tenía el control sobre la situación.

Para Aries había algo más allá. Descubrir si realmente ese entorno era suyo, si Sara era algo digno por lo que luchar... Aunque una vocecilla en el fondo de su cabeza mencionaba a Unai. Se lo imaginaba en mitad del bosque, enredado entre sus troncos y con sus pasatiempos de Hombre de la Montaña. Volvía a tener esa sensación extraña, entre la mayor de las ilusiones y la peor de las decepciones, como si se lo dieran todo y no pudiera apreciarlo. Una barrera invisible, una que quizá lograba ver gracias a Sara.

¿Estaba siendo egoísta? ¿Un capullo integral? O ¿quizá la balanza se volcaba hacia la profesora?

De repente la mesa estaba servida y el vino se le había subido a la cabeza. Era la segunda botella, recién abierta. Reposaba en el centro, al lado de la carne y junto a la cesta de pan cortado. Sara, impaciente, repiqueteaba las uñas sobre el mantel cuyo estampado habían criticado hacía unos minutos.

Los pasos de la hija de Sara se escucharon al fondo del pasillo. Aries sintió congoja, no supo por qué. Era como enfrentarse a una prueba terrible que no sabía si era capaz de superar.

Cuando apareció, casi se detuvo el tiempo como la escena de una película, el final de una canción. Aries sintió que su corazón dejaba de latir. Porque ella no parecía demasiado alegre de habérselo encontrado devolviéndole la mirada.

Se sentó en su sitio, frente a él. Sara carraspeó. De pronto era como si el vino que habían tomado desapareciera de su organismo y su consciencia volviera, serena, a analizar la situación en la que se encontraba. La frialdad de los ojos que lo atravesaban no era plato de buen gusto, como tampoco lo era el estofado, a decir verdad.

Sara lo sirvió e intentó romper el hielo con banalidades.

—Leti, quita esa cara, por favor, tengamos la fiesta en paz.

Ella asintió de forma falsa, como para apaciguar la furia incipiente de su madre. Luego dirigió la mirada a su plato y de nuevo hacia Aries, que buscaba también firmar un tratado de paz de una guerra a punto de empezar.

—Bueno, entonces ¿qué tal llevas las clases?

Estaba más perdido que un pulpo en un garaje. No se le daban demasiado bien los niños —por decir algo, aquello era una bestia hormonal a punto de estallar y con ataques de furia propios de la edad—, así que no era demasiado consciente de si estaba errando en su intento de formar algún tipo de alianza.

La joven alzó una ceja en un gesto evidente de desdén y simplemente dijo:

—Bien.

Como respuesta casi automática, Sara chasqueó la lengua. Para tratar de salvar la situación, rellenó el silencio incómodo hablando de su rutina en la escuela, acariciando de pasada algo de lo que Leti podría hablar como para darle cancha.

—Por eso cada vez que tengo clase con su grupo necesito

echarme un cigarro corriendo. Están todos locos, sobre todo Martín, ¿verdad, cariño?

Pese al intento de su madre de que entablara conversación, Leti no parecía estar demasiado por la labor. Aries tragaba la comida como buenamente podía, intercalando carne, pan y vino para pasarlo todo. Sentía la garganta seca.

Había sido un error. Notaba una efervescencia, casi eufórica, subir por su tráquea al percatarse de que no había nada peor que ese momento. O quizá sí, aunque no quisiera experimentarlo en primera persona.

Sara era muchas cosas, pero quizá no era la mejor opción para algo más. O sí, si solo se tratara de ella. Sin embargo, el tándem con su hija no le propiciaba a Aries ninguna buena opinión. Se imaginaba a sí mismo gritando y con dolor de ojos de ponerlos en blanco durante tanto tiempo. Sí, definitivamente sería terrible. Se le pusieron los pelos del brazo como escarpias de solo pensar en convivir con ellas.

Y por otro lado..., había una calma y una tranquilidad inherente a Sara que ni siquiera Unai era capaz de transmitir. Porque ella sabía lo que quería, porque era experimentada, tenía una vida más allá de un caserío perdido en la montaña. Tenía intereses, ganas de descubrir cosas, era lista y se apreciaba una gran inteligencia emocional (por más que sus pequeñas escenas de celos hubieran sido un tanto extrañas, pero, eh, todo el mundo tiene problemas que trabajar).

Por eso Aries siguió sentado en aquella mesa intentando esquivar las balas en forma de miradas de la comensal de enfrente, jugando por debajo de la mesa con el pie de una profesora algo harta de su vida y disimulando todo lo que podía que la carne estofada sabía a humedad y le faltaba especias.

Fue ya pasada la medianoche cuando Sara empezó a bostezar demasiado de seguido. Después de la cena se habían asomado al balcón con una manta gigante que los tapaba a ambos y un calefactor que apuntaba a sus caras, peladas del frío.

—Estas ventanas no dejan pasar ningún ruido —explicó ella con una media sonrisa al terminar de fregar los platos.

Aries entendió que aquel era el lugar designado para poder ser ellos, al menos durante un rato, aunque a él le costaría concentrarse en nada que no fuera las vueltas que la carne aún daba en su estómago.

Se encendieron un par de cigarros y simplemente contemplaron el cielo nocturno de Irún. No había demasiado ruido a esas horas; un par de coches, alguien gritando algo ininteligible. Por lo demás, la quietud de la calle no era más que un reflejo del silencio de aquella terraza.

—¿Qué te ha parecido? —terminó por preguntar Sara al cabo de unos largos minutos, los cuales, ante todo, no habían sido incómodos. A veces no hacía falta hablar para entenderse y ambos necesitaban ese tiempo de calma sin nada que hacer.

Aries trató de disimular su malestar, aunque Sara se había dado cuenta de sobra. El ambiente había estado caldeado, tenso.

—No se lo tengas demasiado en cuenta… Ya sabes cómo son esas edades. Es muy complicado que hasta yo le caiga bien, como para plantarle un desconocido en su casa para cenar. Lo único que quería era volver a su habitación y ponerse a ver TikTok hasta quedarse dormida.

El panadero no pudo disimular su sorpresa.

—¿Le dejas estar con el móvil las horas que quiera?

Sara destapó un brazo para alcanzar la cajetilla de tabaco y encenderse un cigarro antes de responder. Expulsó el humo mirando al infinito.

—Hace un tiempo decidí dejar de pelear. No quiero ser una madre huraña que solo se dedica a quitarle lo que le hace feliz, ¿sabes? Es que siento que me he rendido con algunas cosas.

Aries opinaba igual, pero no quería meter el dedo en la llaga. De pronto sintió que se abría un abismo entre ellos, casi como si la decepción hiciera mella en él de un modo que sería insalvable.

—Cada madre educa como cree conveniente, ¿no? —Las palabras ardieron en la lengua del panadero. No creía en ellas, pero tampoco quería continuar construyendo un ambiente hostil después de la cena. Lo dejaría estar; ya pensaría en todo lo que había extraído de aquella noche una vez llegara a su casa. Si el vino se lo permitía, claro.

Después de un breve debate en el que Sara simplemente se desahogó y Aries solo subrayaba algunas de sus ideas, la profesora comenzó a bostezar y Aries entendió que era el momento de marcharse.

Quizá, al estar en soledad en la terraza, este habría esperado un tipo de comportamiento diferente. Algún roce o caricia, cualquier tontería. Pero lo único que compartieron fue un pico en la puerta antes de que Aries se diera la vuelta en busca del ascensor y desapareciera camino a su casa.

Se miró en el espejo del elevador y se preguntó qué estaría haciendo Unai en ese momento.

# Hierro entre las uñas

A unos cuantos kilómetros, en lo alto del monte y rodeado de esqueletos de árboles ya secos, Unai ocupaba su mente para no pensar. Qué extraño, ¿verdad? Era algo que él jamás había hecho.

Y es que el proceso de fabricar un reloj hecho a mano se estaba convirtiendo en algo bastante más tedioso de lo que en un principio hubiera imaginado. Sin embargo, disfrutaba de cada instante que pasaba acompañado de Almu. Llenaba el hueco que su mente le permitía abrir para echar de menos a Aries, con el cual, por cierto, no había mantenido demasiada comunicación durante esos últimos días.

Le asolaba una sensación terrible de abandono que no sabía identificar y que por más que lo visitara en sueños y se despertara con ese poso de felicidad que le dejaba su rostro onírico, resultaba casi imposible no sentirse así.

—Te está quedando precioso —le comentó Almu en una de sus idas al baño. Tenía, según ella, una infección de orina de caballo de tanto estrés.

Unai desconocía la correlación entre el estado de salud de su madre, la culpabilidad que sentía y cómo eso afectaba al tracto urinario femenino, pero no quería pelear si lo que Almu en realidad necesitaba era un poco de intimidad cada cierto tiempo y echar unas lágrimas en paz. A veces volvía con los ojos demasiado húmedos como para poder ignorarlo, pero Unai decidía acompañarla en su mentira si eso la hacía sentirse mejor. Al final, él sabía mejor que nadie lo que era sentir la necesidad de mantener una barrera contra el mundo. A veces eso era preferible a dejar un pequeño hueco a la vulnerabilidad y le ayudaba a seguir adelante.

—Gracias, pero si hubiera sabido que tenía tanto trabajo... —Casi parecía arrepentido mientras contemplaba todo lo que le faltaba, esos cientos de detalles con los que no había contado en un primer momento.

—No digas eso. Le estás poniendo empeño de más y lo sabes. No hacía falta que lijaras las partes interiores, no se van a ver. Solo quieres que quede perfecto. Demasiado, diría yo.

Unai asintió sin debatir y se concentró de nuevo en pintar con cuidado el pico del pájaro central después de haberle aplicado un par de capas de barniz. La realidad no era que quería que quedara perfecto, por más que el significado de hacer algo manual y dedicarle tantas horas era, quizá, hasta íntimo. Su amiga tampoco era tonta y sabía que el pedal de freno estaba pisado por algún motivo que ni él lograba entender.

En un momento dado, cuando Unai esperaba a que la última capa de pintura se secase mientras contemplaba la ciudad a lo lejos y Almu se comía una pera en el porche a pesar del frío, esta le dijo:

—Hace días que no bajas.

Unai apretó sus grandes dedos contra la barra de madera y sintió cómo se le clavaba en su piel helada.

—Pensaba que iba en serio.

Se podía referir a tantas cosas... Almu decidió no hurgar en la herida y masticó en silencio el resto de la fruta. Antes de meterse de nuevo en el interior del caserío, se volteó y clavó la mirada en la espalda de su amigo. Tenía la cabeza gacha.

—Creo que has mirado a una estrella y te has quedado fascinado. El problema es que hay muchas constelaciones que antes no veías y ahora tienes todo el tiempo del mundo para explorar el cosmos.

Durante el resto del día, una tarde bastante aburrida de invierno en la que el sol se había vuelto a poner a las cinco y media y la chimenea no daba abasto con la leña para calentar toda la casa, Unai no dejó de darle vueltas a las palabras de su amiga.

Había dado justo en el clavo, como tan solo ella era capaz de hacer. Aguda, e incluso hiriente, pero siempre certera. Descubrir la vida que siempre había mantenido oculta y conocer a Aries había determinado su comportamiento durante esos meses. Atrás quedaba ya la pérdida de su madre, ese dolor que, aún palpitante, continuaba remando en contra de alguna forma, como una vocecilla en lo más profundo de su cabeza.

La imagen de Aries reaparecía sin que la llamase a cada instante de vulnerabilidad. Ahora era borrosa, como si no pudiera enfocarla del todo, casi como si la estuviera olvidando. Esa no era su intención, en absoluto, sino todo lo contrario, pero Almu tenía razón en que llevaban unos días algo separados.

Por su parte, Unai sentía que había dado demasiado de sí mismo en esas últimas semanas. Llamando, bajando a la ciudad, improvisando algunos planes sencillos con él... Era romper muchos esquemas a la vez. Por eso sentía que esos días, por más que odiara admitirlo, le conferían algo de paz.

Esperaba su llamada. Volver a verlo. Tocarlo. Besarlo. Pero ahora debía pensar si las palabras de Almu lo habían removido porque eran ciertas o porque, de un modo u otro, auguraban un futuro más que inminente.

# Invierno

Quizá había tomado una decisión.

Aries contemplaba el paso rápido de la gente desde la ventana mientras el olor a chocolate inundaba sus fosas nasales y el resto de la panadería. Contaba los días para que terminara ese suplicio, porque sí, lo había determinado como tal. No sabía cómo había sido capaz de sucumbir a los encantos de los hornos, la harina y atender a clientes que solo buscaban sacarlo de quicio.

Se arrepentía de las horas muertas, de pasar el tiempo encerrado en ese lugar. Lo único bueno —y aún debatible— era haber conocido a Unai.

Sentía que necesitaba cambiar la forma en la que se tomaba la vida. Después cenar con Sara y su hija tenía claro que algunas de las cosas que podrían proporcionarle una relación con ella estaban abocadas al fracaso, mientras que otras que le ofrecía Unai lo hacían sentirse como un adolescente. Pero... ¿qué es lo que quería él?

La pregunta era esa, la más difícil.

¿Qué es lo que quería Aries Sagardi y por qué cualquier decisión que fuera a tomar le daba tanto vértigo como para que quisiera dejar de luchar por todo?

El reloj de Unai estaba terminado. Ahora solo faltaba encontrar el momento oportuno para darle el regalo a Aries. Esa era la verdadera cuestión, debido a la más que evidente desaparición del panadero de su vida que, esfumado, jugaba a un juego cuyas reglas Unai desconocía.

Él había dado mucho, pero no iba a perder el orgullo por irle detrás, por querer volver a verle. Quizá la había cagado de alguna manera con su último encuentro, tan sexual y ardiente como siempre se habría imaginado. O no, o quizá él también estaba tan *fascinado* como el leñador.

En definitiva, la cuestión estaba clara.

¿Qué es lo que quería Unai Esnaola y por qué cualquier decisión que fuera a tomar le daba tanto vértigo como para que quisiera dejar de luchar por todo?

# El tiempo

Siempre llega un punto en cualquier relación donde una persona ha acumulado tanta mierda que de repente necesita huir, incluso en las que se están esbozando como tal o cuando todavía no son, pero quieren serlo. Sin embargo, no se huye en muchas ocasiones porque no sería justo para la otra persona. Porque a veces es la otra mitad y otras es un poquito más que eso, ya que no siempre podemos estar al cien por cien. Y tampoco se huye porque tal vez da miedo, aunque nos estemos haciendo daño. El problema es que siempre se termina en la casilla de salida, cargados de temor y promesas incumplidas con el tiempo en tu contra y sin saber cómo escapar para que no se acumulen más desasosiegos que no llevan a ninguna parte.

Sin embargo, si nos paramos a pensar, ¿qué es lo verdaderamente justo? ¿Aguantar las hostias sin merecerlas mientras las lágrimas se arremolinan en tu garganta sin poder expulsarlas jamás? Y si se cree que esa es la opción correcta, ¿hasta cuándo?

Unai se arrepentía de que este torrente de pensamientos lo inundase. Le imposibilitaban conciliar el sueño, le hacían querer desaparecer durante meses y poner en pausa todos sus sentimientos. Porque él pensaba que estaba seguro, que lo tenía todo atado y que por fin podría caminar hacia delante y así conquistar todas esas batallas que había dado por perdidas durante su vida. Sin embargo, se encontraba ahí, mirando a través de los árboles con las ramas cargadas de nieve y algunos pájaros valientes jugando entre ellas, y tan solo tenía ganas de llorar.

La cara de Aries no desaparecía ni siquiera cuando cerraba los ojos; de hecho, su poder se acrecentaba al verlo reflejado detrás sus párpados. No podía quitárselo de la cabeza porque le iba a hacer daño. No era posible, ¿verdad? Herir tanto a una persona a la que se suponía que quería.

Pero eran sus miedos e inseguridades quienes hablaban, por más que quisiera darlas por finiquitadas, por más que pensara que estaba más que superado. Podría apostar mil y una veces por la confianza de Aries en él y sabía que no fallaría, sabía que él lo hacía ciegamente, casi con fervor religioso. Era complicado; no se lo había puesto para nada fácil, pero al mismo tiempo eso hablaba de qué tipo de persona era Aries: alguien honesto, dispuesto a confiar. Todo lo contrario a Unai, que ahora mismo se enfrentaba a las palabras que envenenaban la punta de su lengua.

—¿Estás bien?

Era Almu, pintaba entretenida los trozos de las ramas que habían encontrado y que ya tomaban la forma de un nido de pájaros imaginarios precioso.

Unai se volteó, distraído. Era evidente que no lo estaba. Ella lo sabía. Los dos, de hecho. Se notaba en el ambiente que, tenso y cargado de ese olor inconfundible a pintura y acetato, parecía haberse adueñado de cada rincón del caserío.

—Va a venir Aries.

—¿Y?

Ella fingía no saber que algo iba a suceder, como si Unai no hubiera estado con la cabeza en las nubes, sufriendo, apretando los nudillos de vez en cuando mientras preparaba la comida y golpeaba la leña con una fuerza descomunal muy impropia de la que debía ser su tarea predeterminada para desconectar de todo.

—Nada —dijo simplemente al fin. Podía comentarle lo que pensaba y pedir ayuda, pero también estaba cansado de tener que exponerse dos veces con cada pensamiento que rondara su cabeza.

Ahora sí que sí, parecía haber tomado una decisión. Llevaba días notando que, por más que se duchara, seguía sintiendo un hedor imperceptible surgir de lo más profundo de su cuerpo, como si estuviera sucio para siempre, marcado de por vida. Corrompido. Era una sensación extraña.

Su experiencia con Aries había sido preciosa y le había abierto los ojos a un mundo nuevo de posibilidades, el camino correcto y por el que había apostado hasta ese momento, pero la realidad ahora se le antojaba bien distinta.

La frase intensa de Almu sobre las estrellas le había calado hondo. Quizá no era Aries lo que le gustaba de todo eso, ¿verdad? Igual se había equivocado desde el principio y ahora sentía que lo había manipulado sin darse cuenta solo para salir del cascarón, deshacerse del huevo que una vez lo retuvo y no volver la vista atrás.

Esos días distanciados en los que ninguno de los dos parecía haberse echado de menos habían sido confusos. Al principio, al menos para Unai, sí había sentido una falta más que notable de la presencia del panadero, pero luego... Como que esa tensión fue deshaciéndose, poco a poco; el nudo ya no tenía fuerza y cada vez se sentía, por muy raro que pareciera, aún más libre.

Resultaba complicado aceptar lo que siempre había estado prohibido. Y era casi mejor abandonarlo. Si era un cobarde, lo sería con orgullo.

Aries llegaría en cualquier momento. Su *calma* se rompería. Tenía ya en su cabeza el sonido que harían sus dedos contra la puerta de madera. Estaba cargado de tensión. El ambiente, sus hombros, él. No podía moverse.

Hasta que sonó.

Se giró sobre los talones y cogió aire. Enfrentarse a aquello le causaría, como poco, un trauma. Pero tampoco recibiría al panadero con la cara de mierda que tenía a causa de los nervios. Tenía que armarse de valor y no romper esa magia que ambos sentían cada vez que se veían. Sabía que eso, al menos, sería fácil.

Porque cuando abrió la puerta y lo vio, se le iluminó la expresión. No podía remediarlo. Se sintió estúpido, un traidor, una rata. Le iba a romper el corazón y aun así...

—Hey —le dijo Aries con una sonrisa. Esa misma que lo mataba.

—Hey —respondió Unai tan solo—. Vamos a dar una vuelta. No conoces los alrededores.

Aries asintió, visiblemente feliz. Saludó con la mano a Almu, que respondió con el mismo gesto. No hizo demasiado por disimular su cara de circunstancias, aunque Unai se percató y fue rápido en taparla con su cuerpo.

El panadero le había comentado en un par de ocasiones que quería saber más de él, conocer dónde había crecido y qué era en lo que ocupaba el resto de su tiempo. Aunque los terrenos no eran suyos, se podría decir que en la práctica, lo eran. No solo lo que ocupaba el caserío, sino esos varios kilómetros a la redonda poblados de árboles, senderos, ramas y tierra. Tenía su encanto, claro que sí, aunque no fuera demasiado extraño en la zona. Pero no todo el mundo —y menos de ciudad— tenía acceso a lugares como aquel.

Así que Unai agarró su abrigo y unos guantes, se atavió con garbo, como si le quemara estar dentro de su propia casa y ambos se dirigieron al exterior.

—Ahora vuelvo —avisó a Almu. Ella no dijo nada, solo pintaba.

Los primeros pasos que dieron en el exterior le dolieron en lo más profundo de su alma. Lo estaba condenando, ¿verdad? Era eso lo que estaba haciendo. Un engaño.

—Hoy por fin voy a conocer dónde te rompiste la pierna de pequeño —comentó Aries feliz, esquivando unas rocas de muy mal aspecto que amenazaban con romperle la pierna a cualquiera que no tuviera el cuidado que acababa de demostrar él.

—¿Cómo...?

Pero claro que lo sabía. Habían hablado de muchas cosas, incluyendo esa pequeña anécdota. Fue una rotura sencilla: estaba corriendo y se golpeó con una piedra. Esos dos meses con escayola lo habían hecho fuerte. Sus padres lo habían colmado de cuidados, nada más lejos que otra manipulación más. No debían de venderle su crianza como el enemigo, puesto que la idea siempre había sido permanecer en el caserío y mantener la tradición hasta el fin de sus días. Por eso nunca le pintaron los accidentes como algo negativo, sino que intentaban distraerlo de la mierda que era estar aislado.

—Me lo contaste —confirmó Aries con una sonrisa.

Se encaminaron a través de los árboles. Los senderos por

los que se adentrarían no eran más que recovecos entre la maleza que, con los años, habían ido heredando el paso rutinario de él y su familia. Vaya, como se hace un camino en plena naturaleza.

El frío era el tercero en discordia. Los separaba y hacía que, al mismo tiempo, tuvieran que mantenerse juntos.

—No es normal que nieve tanto —comentó Unai para distraer un poco la mente y porque odiaba el silencio que se había instaurado entre ambos. No estaba loco por pensar que Aries se olía algo, ¿verdad? Debía jugar bien sus cartas. Estaba completamente desubicado en cuanto a la respuesta o actitud que este tomaría en cuanto le contara lo que revoloteaba por su mente.

—Pensaba que por aquí esto era normal.

—Lo era cuando era más pequeño. Ahora... Es más raro.

—Pero es buena señal, ¿no? O bueno, no sé cómo te viene a ti con todo el tema de la madera. Supongo que usarás bastante leña para la chimenea.

—No tanto. Mis padres pusieron calefacción hace años.

—¿De gas?

Unai asintió. ¿En qué momento se habían puesto a hablar de algo tan insulso como eso...? Pero lo agradeció, porque así se calmaba y durante unos instantes dejaba que los gritos que en su cabeza lo llamaban mala persona y traidor se acallasen. Le daba miedo seguir caminando y tener que volver solo. Porque así se veía: abandonado en medio del bosque con el corazón roto y el chico que amaba huyendo entre los arbustos para no volver jamás.

Ahora temblaba. Debía disimular. Cogió aire. Sacó otro tema de conversación.

Su mente se puso en pausa cuando los dedos de Aries se entrelazaron con los suyos.

—Espera —le dijo para quitarse el guante y notar su contacto. No sabía si volvería a sentirlo. Era raro que él lo pensara mientras que la otra persona no tenía ni idea. Era egoísta.

Los pasos de ambos sobre el terreno, la nieve, esas piedras y las ramas rotas sonaban tensas, como si supieran lo que estaba a punto de suceder. También había hielo, que atemorizaba a las suelas de sus zapatos en una amenaza velada de que un paso en falso los haría caer y herirse, como una metáfora de su relación, por supuesto, porque parecía que la naturaleza confabulara ahora en su contra. Si antes el sol los calentaba tanto como ellos con sus abrazos, ahora el frío invernal y la luna parecían más afines a lo que albergaban sus corazones.

Era el principio, o quizá el final. Era algo completamente diferente. Se notaba hasta en cómo respiraban.

Unai era incapaz de aguantar aquella inquietud durante un minuto más. Sentía que su interior se resquebrajaba como la escarcha que pisaba. Pero la mirada de Aries, pese a que ocultaba también cierto misterio porque no era estúpido, joder, y se olía a la legua que algo sucedía, lo mantenía intranquilo. No quería romper los que probablemente fueran esos últimos momentos juntos.

—Tengo miedo —terminó por decir.

Y su voz reverberó como un eco ya carente de cualquier vestigio de miedo.

—¿De qué? Pensaba que este era tu hábitat natural —bromeó Aries.

Pero Unai no estaba preparado aún, se dio cuenta cuando notó la boca seca y los dientes castañear, así que también se rio y continuó caminando. El hecho de hacerlo con las manos entrelazadas le hacía sentir que ese paseo, por primera vez en su vida, era diferente e incluso exótico. Casi como si no lo reconociera. Aunque sí, era su entorno. Se había criado ahí, entre esos árboles, setos y arbustos. Entre el canto de los pájaros por las mañanas que sí que eran libres, a diferencia de él.

—Llevaba mucho tiempo queriendo venir por aquí. No solo a tu casa, je, je.

La risa pareció impostada. Unai supuso que era por el hecho de que ahora les sudaban las manos. Quizá era incómodo y debía soltarse. Trató de hacerlo, pero Aries apretó aún más. Lo miró con el ceño fruncido. Error. Quería seguir así.

—Te noto distante —añadió Aries tras unos pasos más.

Tuvieron que detenerse. Unai no podía cargar más ese peso que, invisible, llevaba a sus hombros y le impedía seguir caminando. Soltó un largo suspiro, que fue más un quejido que un aviso, y miró a Aries a los ojos, que lo miraba como esperando un beso, una muestra de cariño, pero la expresión del leñador era ya fría y cargada de emoción. Le embargaba, no podía soportarlo más.

—Esto no me gusta.

Aries no era estúpido. Le soltó la mano. Se quedaron frente a frente. El aire helado les cortaba y el viento los acunaba tratando de calmarles. Ambos tenían las mejillas rojas; los dedos, congelados; el corazón, debilitado, sin fuerzas para continuar bombeando una sangre que ya no tendría sentido de ser.

—He estado pensando. No soy fuerte, Aries.

El otro tragó saliva sin decir nada. Entreabrió los labios, como queriendo quejarse, pero decidió, a juzgar por su mirada, darle espacio a Unai para que se explicara. Era lo mejor para los dos. Ambos lo sabían, por más difícil que se les antojara la situación.

—Yo creo que no estoy hecho para esto. Lo he intentado por todos los medios. Tengo que cambiar demasiadas cosas para poder seguir adelante. No sé si tiene sentido.

Unai esperó una respuesta. No siguió hablando hasta que Aries lo comprendió.

—Prefiero no decir nada.

Tragó saliva. Cambió el peso de su cuerpo de una pierna a otra. Querría estar sentado y no en medio de la nada, tieso como un palo. Todo era demasiado incómodo. Percibió cómo la mirada de Aries se iba tornando poco a poco, con el paso de cada segundo, en algo menos abierto a la comprensión. Se estaba cargando de rabia, de muchas cosas que decir.

—Sé que has hecho todo lo posible y que me lo has dado... todo. Me has dado mucho, Aries. No sabes cuánto. Y te lo agradezco de verdad. Pero creo que no puedo seguir. Es demasiado difícil.

—¿Saber que me haces daño? —casi le interrumpió el panadero aguantándose las ganas de llorar. Vio sus puños cerrados con fuerza, los mismos dedos que hacía unos minutos jugueteaban con los suyos.

Unai asintió con la cabeza.

—Estarás cansado. Yo también lo estoy. No es justo para ninguno.

Se hizo de nuevo el silencio, solo roto por la inmensidad que el bosque ofrecía.

—Bueno... —comenzó Aries en un susurro quedo—. Me lo esperaba, aunque no quisiera admitirlo. —Se encogió de hombros, resignado—. He sido un idiota. Y hemos vivido todo demasiado rápido, normalmente no debe ser así.

—¿Rápido?

El panadero asintió con la cabeza.

—Créeme que las cosas suelen ser más fáciles. En general. Contigo ha sido difícil siempre y... No sé. Me he obsesionado.

—No creas que es tu culpa, por favor. Sabes que soy yo. Todo estaba bien. El otro día...

—Es lo que te ha cagado, ¿verdad? Acostarte con un hombre.

—Yo...

Pero esa duda, ese silencio después de esa palabra lo cambiaron todo. Aries lo comprendió.

—Genial. Ahora lo entiendo.

¿Lo hacía?

—Las otras veces fueron distintas.

—Pensaba que te estaba abriendo las puertas a algo nuevo, pero veo que no necesitaba ayudarte, que te vales tú solito. Estupendo, soy gilipollas.

Unai no supo identificar del todo si aquello se trataba de un ataque de celos, de envidia. No sabía qué narices estaba pasando, solo que Aries emprendió su marcha. Se dio la vuelta como si nada lo retuviera ahí, frente a él, pero Unai fue raudo y le agarró la mano.

Aries se detuvo. Los dos se miraron. Se le escurrían los dedos, cada uno tirando hacia destinos diferentes.

—No te vayas.

—Como si hubiera otra opción. Te he dado demasiadas oportunidades, Unai.

Era cierto. Le dolía saberlo. Ver esa mirada dolida, enfurecida, llena de rabia y con los párpados enrojecidos le hacía sentirse un completo y absoluto imbécil. Lo había sido; lo estaba siendo. ¿Acaso buscaba una solución intermedia? No, era lo mejor para él. Volver a su caserío, ver ocasionalmente a Almu, trabajar en lo que mejor se le daba y continuar una vida sin la más mínima interacción con el resto del mundo.

Se lo merecía por cobarde. O hasta que descubriera lo que quería de verdad.

—Lo siento —fue lo único que fue capaz de articular.

Aries miró hacia el suelo. No dejó que las lágrimas se le escaparan y después, como despedida, apretó un poco más los dedos de Unai entre los suyos. Después los soltó. El sonido de sus pies al aplastar las hojas y ramas fue lo que Unai recordaría siempre como la despedida.

Ya era demasiado tarde.

En ocasiones el destino trata de llamar tu atención y, por eso, cuando el petirrojo se arrancó a entonar su inconfundible melodía, él lo supo. Fue la confirmación de un mal presagio, una batalla que hacía tiempo que le desgarraba el pecho, construyendo y destrozando su corazón casi al mismo tiempo. Era el mayor de sus temores. También el mayor anhelo que se alojaba en su corazón. Pero entonces el pajarito emprendió el vuelo sin dejar rastro, nada más que el leve balanceo de unas ramas que ya veían un otoño prematuro desplegarse entre sus verdes moribundos. Así, ambas cosas congeniaban. Y partían en caminos distintos. Mientras que la rama, después de tambalearse, regresaba a su sitio, bien arraigada al resto del tronco y sus raíces, el petirrojo, libre, marchaba hacia una nueva vida.

Con los ojos cerrados, se llevó una mano al pecho. La única lágrima que derramó condensaba todos sus sentimientos. Se deslizó por su cara hasta el borde de la mejilla y se abrió paso entre su barba insondable. Allí desapareció y, con ella, también el rastro de cualquier esperanza que pudiera albergar aún.

Deseó ser capaz de recuperarse de aquello. Apretó con fuerza los puños para sentir que estaba vivo, que aquello era real, hasta clavarse las uñas y sentir un pinchazo. Si permanecía allí parado durante más tiempo, terminaría congelado. Y total, hacía un buen rato que él se había marchado; ya no merecía la pena seguir esperando a que se diera la vuelta. A que volviera. A recuperarlo.

Mantuvo los ojos cerrados y el cantar del petirrojo volvió a sus oídos como un eco, un augurio. Ahora más lejano que antes, pero inconfundible en sus melismas.

Y con aquello, tuvo la certeza de que era el final.

Él no iba a volver.

## SEGUNDA PARTE
## DESPUÉS DE LA CANCIÓN

# Mendibil

El centro comercial daba vida a la ciudad. Cuando lo abrieron, Aries todavía era pequeño como para recordar si había generado rechazo entre los comercios locales, pero al final, todo seguía moviéndose de la misma manera: confiando en los pequeños comercios, en la gente de toda la vida. La intrusión de las marcas internacionales en un lugar como aquel, arraigado aún en el encanto de las buenas tradiciones, no era algo de lo que preocuparse. O al menos, así lo sentía.

El Mendibil le dio la bienvenida con su calor habitual sobre la cabeza. Odiaba la sensación de entrar en lugares climatizados, ese cambio de temperatura tan brusco porque le hacían moquear durante unos minutos. Y no es que aquel lugar fuera su favorito, para eso, prefería irse más lejos. Una tarde en el Txingudi, quizá, que era casi como sentirse de vuelta a la infancia al recordarse a sí mismo correr por los pasillos del enorme Alcampo antes de ir al cine con su madre. Pero Aries no disponía de demasiado tiempo aquella tarde noche, por lo que le tocaba tragar esa versión más pequeña de lo que era un centro comercial de verdad.

Se había obligado a pensar que necesitaba renovar parte de su armario. No era habitual en él que utilizara el ir de compras como terapia, pero se estaba quedando sin opciones. Llevaba tantos días trabajando de sol a sol que le dolían las manos, tenía el meñique envuelto en una venda y decenas de opillas apiladas ya dispuestas a que llegara la fecha en la que la gente las compraría como si fueran a agotarse para disfrutar de esos ansiados días con la familia. Porque el buen tiempo estaba llegando y, ya casi a finales de abril, también este se confabulaba para no hacerle olvidar.

Daban igual las noches en vela o las horas que estuviera trabajando con sus padres. Ya habían vuelto, contaba con más tiempo libre y pese a todo… Aries nunca hubiera pensado que después de todo por lo que había pasado, su vida se reduciría a ser un esclavo de la panadería.

Él había bajado. Una o dos veces, ya no lo recordaba. Se había asegurado de que no lo viera con cualquier excusa. No quería que su madre se diera cuenta de nada, por supuesto. Tendría que dar demasiadas explicaciones, reabrir heridas. Así que una de las veces que había ido a dejarles más leña, él estaba lejos, en otra ciudad, entregando un pedido inventado que había tirado a la basura. Solo necesitaba alejarse, poner más distancia de por medio. Si volvía a escuchar su voz o a verlo entre las rejillas de la puerta del almacén, sabría que no tendría la dignidad suficiente para no volver arrastrándose a él.

Tampoco tenía claro si lo haría. He ahí el quid de la cuestión. Al principio, cuando tuvo lugar aquella charla fatídica que inició Unai… Joder, lo recordaba con tal mezcla de sentimientos que aún no lograba identificar cuál reinaba después de tanto tiempo. Un poco de rabia, esa sensación de que lo habían pisoteado. Él también quería dejarlo. Parecía una competición absurda, pero en cuanto alguien te dice lo que tienes en la punta de la lengua, para cubrirte las espaldas, actúas como un cobarde sin reconocer que estás en esa misma onda. Se convirtió en lo que más odiaba, un cobarde.

Sentía que, al mismo tiempo, lo había engañado porque los días previos a aquella conversación se había propuesto intentar qué podría pasar con Sara. No obstante, ninguna de las opciones sobre la mesa había funcionado. Lo que la profesora le aportaba no se lo daba Unai y viceversa. No había nada de malo en tantear o, al menos, eso creía. Pero no dejaba de sentirse como una mierda, como un manipulador.

De todas formas, poco importaba ya lo que hubiera podido ser. Encontrar un buen pantalón para la primavera era lo que ahora ocupaba su mente y lo mantenía alejado de la autodestrucción en la que se había visto sumido en esos meses.

Quedaban un par de horas hasta que los establecimientos del centro comercial cerraran y se encontraba en pleno apogeo. La zona de arriba, que incluía los restaurantes y un cine, no dejaba de recibir adolescentes que subían por las escaleras mecánicas mientras reían o se gritaban entre ellos. El ambiente estaba cargado de diferentes mezclas de colonias, olores provenientes de las tiendas o de esas hordas de jóvenes emperifollados en lo que creían ser sus mejores galas. Por lo que, de momento, parecía que las tiendas de ropa estaban algo menos concurridas.

Se le ocurrió entrar en una de ellas, perteneciente a una de esas multinacionales que explotan a gente en China o

Bangladesh para que el resto del mundo pueda adquirir ropa asequible en una economía cada vez más inestable. Tocó varias prendas y confirmó lo que se temía y el motivo por el cual llevaba bastante tiempo evitando ir de compras: la calidad era una mierda.

Paseó durante unos minutos entre diferentes pasillos, mirando por encima qué modas se llevaban en aquel momento más allá de las que conocía por sus amigos y de alguna que otra noticia cuando pillaba los informativos en la televisión. No le gustaba estar demasiado desactualizado, pero eso de perder el culo por comprarse los pantalones más chic no iba con él. Aries se preguntó si tendría suerte de encontrar algún jersey de punto ceñido, de esos de antaño con algo de cuello vuelto, aunque fuera para el invierno siguiente. Visitó dos tiendas más sin encontrar nada del estilo hasta que, en un momento de distracción, se golpeó el hombro con alguien.

Era Sara.

En aquella ocasión, el encuentro fue diferente a la última vez que se habían cruzado de manera más o menos similar, en Nochevieja. Y no es que Aries no hubiera pensado en cómo sería la próxima vez que se vieran, de hecho, le había quitado varias horas de sueño hacía ya unos cuantos días. Porque tenían algo pendiente o, al menos, así lo sentía, y con cierto leñador fuera de su radar...

Tampoco es que ella hubiera vuelto. Después de la cena en su casa, Aries le había dejado claro que no quería hacer daño a nadie y que, por tanto, prefería dejar las cosas como estaban. Y no hubo más mensajes, ni más llamadas. Ni más napolitanas de chocolate recién hechas.

—Hola —dijo simplemente la profesora y clavó su mirada en los ojos de Aries. Una mezcla de sentimientos nació a tanta velocidad que ninguno supo cómo reaccionar.

Estaba sola, como siempre. Aries pensó durante un segundo que debía ser duro para una madre soltera no ir nunca acompañada de su hija; al menos, él no las había visto juntas por la calle. ¿Dónde la tendría metida? Menuda tontería, se dijo a sí mismo. Su cabeza no quería centrarse en lo que tenía delante.

—¿Cómo estás?

Aries pronunció aquellas palabras nervioso sin saber por qué, casi como si volviera a verla por primera vez aquella mañana que cruzó la puerta de la panadería en busca de una napolitana de chocolate. De pronto... volvía a estar preciosa, la preocupación alejada de su mirada y esa sonrisa pletórica irradiando felicidad en su rostro.

—Dando un paseo para buscar unas zapatillas. ¿Tú? —respondió mezclando soltura y liviandad, como si no existiera tensión entre ellos.

Sorprendido ante la actitud de Sara, tan diferente a como se la había esperado, Aries se calmó y esbozó una sonrisa.

—Intentando modernizar mi armario, ya sabes, para...
—Enseguida se interrumpió. No dejó que la información saliera de sus labios porque no tenía nada que explicar. El acto reflejo había sido mencionarle y ya era tarde para eso. Debía distraerse con otra cosa y ahora, de repente, estaba nervioso de nuevo. ¿Qué narices le pasaba? Sara no era nadie. Y aun así, las mariposas asomaban de nuevo en la boca de su estómago, revividas por el encuentro inesperado—. Bueno, la cosa es que necesito comprarme algo que no parezca a punto de empezar a oler a naftalina.

—Oye, que no vistes mal.

—Gracias por lo que me toca, pero bueno, sí que debería pillarme algo —respondió Aries. Se llevó las manos a los bolsillos—. ¿Vamos a por esos zapatos y nos ponemos al día?

El teléfono del panadero empezó a vibrar en ese momento casi como una señal divina.

Sabía a ciencia cierta que se trataba de Unai. No supo por qué, pero lo intuyó. Se le hizo un nudo en el estómago y la cara debió de cambiarle como si hubiera visto un muerto. Sara se preocupó y le preguntó con la mirada, pero Aries se alejó unos pasos para responder. Le dio la espalda para ocultar su rostro. Era un momento demasiado peligroso en todos los aspectos.

Sacó el teléfono del bolsillo y lo miró. No se equivocaba. El nombre del Hombre de la Montaña estaba en la pantalla. Vibraba sin cesar. No sabía qué hacer. Cogerlo era un error; no hacerlo, también. Al mismo tiempo que no quería saber nada de él, lo único que quería era asegurarse de que estaba bien, que le iban bien las cosas. Quería volver a verlo y besarlo, y también destriparlo y hacerlo desaparecer.

Esa mezcla de sentimientos hizo que, confuso, terminara por deslizar el dedo por el móvil para responder.

No dijo nada, esperó a que él se atreviera a dar el primer paso.

Escuchó su respiración al otro lado de la línea. También parecía nervioso. Aries estaba un paso más allá, al borde del desmayo.

El tiempo se estiraba como un chicle y la tensión se acumulaba en cada microsegundo. Las manos le temblaban. El ruido del centro comercial se disipó. Tenía toda la atención focalizada en lo que sucedía más allá, en la montaña.

—Hey —dijo Unai al final.

Maldita sea, el poder de una palabra. Era su rutina y lo significaba todo. Los recuerdos aterrizaron en la cabeza de Aries después de planear sobre ella sin atreverse a bajar, pero ahí estaban, y los recibió sin poder evitarlo.

—Hey —murmuró con la voz rota y ganas de llorar, también de hacer el teléfono añicos y no saber nada más de aquel impresentable.

Era una idea pésima. Era consciente y, aun así, no podía moverse. Solo quería escucharlo.

—Estoy de compras —añadió el panadero, casi atacado, para matar el silencio, rellenar los huecos.

Al otro lado de la línea, Unai resopló. Podía sentir cómo vibraba incluso a kilómetros de distancia. Se habían conocido tanto que no se equivocaba en presumir de sus gestos.

—Yo donde siempre. Solo quería..., no sé, saber que estás bien. —Unai pronunció aquello con toda la naturalidad y tranquilidad del mundo, un rasgo que le caracterizaba pero que ahora no tenía apenas cabida. Era osado comportarse así después de todo lo que había pasado, de lo que había supuesto esa rotura en el tejido que ambos habían estado tejiendo entre ellos.

Aries se llevó los dedos a la frente para masajearla brevemente, arrepentido de pronto por haberse metido en esa situación. No debería de haber cogido el teléfono. Era una idea suicida.

—Claro. Guay. Sí. Lo de siempre. —Alargó lo que pudo el colgarle porque tenía claro que no debería de mantener más tiempo la conversación y, sin embargo, su mano sostenía el teléfono móvil como si lo tuviera pegado.

—Bueno...

Ninguno se atrevió a decir nada en los segundos siguientes; parecían disfrutar del silencio. Aries creía que la llamada tendría un motivo oculto. Conociéndolo, no lo habría hecho porque sí y al mismo tiempo... Escuchar su voz le había servido para darse cuenta de tantas cosas.

Así que Aries cogió aire y colgó.

Tenía el corazón desbocado. Era una mezcla tan extraña que era incapaz de ponerle nombre. Al mismo tiempo que sus pies parecían querer traicionarle para huir al coche, subir la montaña y reencontrarse con él, los mismos músculos, apelmazados, tiraban hacia detrás, para regresar junto a Sara. Estaba completamente dividido.

Pero hacía ya un tiempo que había tomado la decisión de no permanecer donde no se le invitaba y él no había recibido la invitación a su corazón. Por lo tanto, dejaría la situación estar. Esa llamada había sido un error por parte de Unai y él lo había alimentado al contestar.

Entonces supo que si su cerebro le estaba advirtiendo de esas sensaciones, era por algo. Y es que cuando volvió a cruzar la mirada con la de Sara, las mariposas debían tener desplegadas sus alas al completo, porque lo pincharon por dentro.

Aries no sabía cómo, pero habían terminado dando un paseo y cenando algo por el centro comercial en la planta alta, en la zona de restauración. Se encontraban ahora rodeados de adolescentes, algunos de los cuales habían reconocido y saludado a su profesora mientras esperaban a entrar en el cine.

Aries no sabía por qué, pero se sentía a gusto. Y culpable por ello. Se debatía entre dos sensaciones que nunca creía que fuera posible que convivieran, pero... ahí estaba, con un bol de palomitas y el regusto de una Crispy Chicken en las muelas, sujetando la bebida de litro que le había sobrado de la hamburguesería mientras Sara comentaba las ganas que tenía de ver la película.

—Es que hacía mucho que no venía al cine, bueno, ya lo sabes porque te lo conté, todo eso de que no tengo tiempo para mí. Pero me he dicho a mí misma que me tocaba un rato, coño. Así que ya por fin he dejado a mi hija este finde con mis padres. Necesito una rutina de skincare y tumbarme a la bartola sin hacer nada. Pero antes tenía que venir a por unos zapatos, que al final me has entretenido y no los he pillado.

Un chaval pasó corriendo por debajo del codo de Aries mientras perseguía a una chica con la que estaba tonteando y casi le tiró las palomitas. Puso los ojos en blanco.

—Normal que necesites descansar de eso.

Nunca le habían caído demasiado bien los niños ni había sido muy hogareño en ese sentido. Le daba bastante igual ese universo.

—La maldita edad del pavo. Yo tuve una mala y me quejaba, pero mi hija... Ha cogido lo peor de todo. Bueno, qué te voy a contar.

Claro que lo sabía. Aries reaccionó con una risa amarga, porque por un instante pensó si el resto de la noche seguiría en esa tónica, con Sara no hablando de ella, sino de lo que era por ser madre y lo que eso conllevaba. Sabía que era algo más, una mujer con proyectos y anhelos, pero parecía negar esa parte de ella por su experiencia como mamá. Sin embargo, tan rápido vino ese pensamiento se fue, porque la cola empezó a avanzar y estaban a punto de sentarse en el cine a ver una película.

Joder.

Eso era una cita.

Pero de manual.

Aries se dio cuenta cuando Sara hizo un gesto para tomarle la mano mientras buscaban su asiento en la penumbra. Él se dejó, sin más. Hasta que se percató de que la delicadeza de los dedos de Sara era todo lo contrario a la rudeza de las manos del hombre que de verdad amaba. (O amó). Y se sintió extraño, claro que sí.

Pero no la soltó. Porque tampoco sabía si después de todo, podría amarla también a ella.

# Una fina línea

—No te ha dicho nada, ¿verdad?

Un silencio sepulcral asolaba el caserío, ni siquiera los estallidos de la chimenea perturbaban el casi eco creado por la tensión. Miró hacia la pared, donde el reloj de cuco que con tanto esmero había preparado para regalarle a Aries descansaba, sin conectar, solo como un armatoste inútil.

—El que no lo ha hecho he sido yo —dijo Unai al cabo de unos minutos, molesto consigo mismo y contra el mundo—. No he tenido las narices. Tampoco sabía qué decir. No sé por qué lo he hecho. Era absurdo.

Almu lo miró de soslayo y prosiguió con sus crucigramas. Desde que su madre había fallecido hacía ya unas cuantas semanas, había encontrado en los quioscos una colección singular de pasatiempos que la distraían y que almacenaba en cajas. Se contaban por decenas, cientos de euros derrochados en publicaciones de papel periódico endebles y manchadas de tinta de bolígrafos que también compraba en decenas. No hacía otra cosa, llenaba su mente con palabras compuestas, tildes y preguntas de diccionario para mantenerse alejada de todo. De todo menos de Unai.

—Bueno, es normal que estuvieras nervioso —trató de calmar a su amigo.

Pero para él no era suficiente. Había sido un cobarde. O demasiado valiente. Llamarle implicaba muchas cosas que había negado durante meses y que había sopesado durante muchísimas noches en vela.

Ahora estaba preparado para lo que fuera. El tiempo, aliado hacía ya bastante, pasaba y con cada día sentía que la oportunidad que Aries suponía en su vida se había visto anegada por un mar de inseguridades ya marchitas. O por un torrente impredecible de sensaciones imparables que le hacían querer descubrir más mundo. Y, sin embargo, no se había atrevido todavía a dar ese paso. Por eso se sentía un cobarde, porque en vez de adentrarse más en su nueva vida, había decidido refugiarse en lo que ya conocía.

Era tarde. Lo sabía. Pero aún albergaba esperanza de poder recuperar... algo.

El resto de la noche no se separó del teléfono, esperando que Aries le devolviera la llamada. Cuando se fue a dormir, lo metió debajo de la almohada para que la vibración lo despertara.

No sonó. Ni aquel día ni al siguiente.

Pasaron dos semanas y nadie llamó a su puerta.

Al mes, había vuelto a perder la esperanza.

Durante ese tiempo, Unai había tratado por todos los medios de no ver al panadero. O de mirarlo, aunque fuera haciéndose el loco. Antes de la llamada había bajado con algunos pedidos especiales para los Sagardi. Con ellos nunca había tenido problemas ni los tendría ahora. A sus ojos, él no era nadie o bueno, sí, la misma persona de siempre. El problema es que el pequeño de la familia le había robado el corazón y el alma, y ahora el leñador luchaba por descubrir si le merecía la pena continuar por ese camino.

Las veces que había bajado a la ciudad para trabajar no se había encontrado con Aries. Conducía siempre nervioso hasta que aparcaba y recordaba como flashes sus primeros encuentros. Ahí era cuando se le fruncía el ceño sin querer y se arrepentía, enfurecido consigo mismo. Entonces decidía que si se lo encontraba de frente, no lo saludaría.

Esa mezcla de emociones, unido a que no sabía lo que quería para su vida o su futuro, era lo que lo mantenía en una pelea casi constante con Almu, que prácticamente se había mudado al caserío con él en esos meses. Ambos se acompañaban casi siempre en silencio, porque así el dolor se trabajaba mejor. Al menos es lo que intentaban decirse a sí mismos.

Por eso, cuando Unai llamó y nunca volvió a recibirla de vuelta, se quedó aún más callado que antes, casi más que cuando su madre lo había abandonado para siempre, casi más que en su vida.

Había intentado planear —porque claro, no podía volver a ceder en torpedear sus emociones con acciones no premeditadas que le causaran aún más vergüenza— encuentros con chicos. Llamó a Joaquim y lo visitó en un par de ocasiones. En cuanto sus pieles entraban en contacto, lo echaba de su casa. Era insoportable.

También había pensado en salir de fiesta por la ciudad, aunque fuera con Almu. De hecho, una noche se habían atrevido a ir hasta Donostia con la esperanza de desconectar, ligar, sentirse algo queridos. Los dos estaban tan rotos que parecían almas en pena, incapaces de entablar más que unos segundos de miradas en medio de una discoteca. Volvieron a casa sintiéndose aún peor.

En ese sentido, Almu y Unai estaban hechos el uno para el otro. Se complementaban. No tenían demasiados vecinos, pero sabían que la gente hablaba. De caserío a caserío, las noticias volaban. Todos creían que estaban juntos. A ninguno le importaba lo que pensaran. Qué más daba, ¿verdad?

Sin embargo, ahora se acercaba de nuevo el principio de un verano esperanzador y las briznas de hierba, ya vigorosas por el paso de la primavera, iluminaban de un modo diferente los alrededores de aquella casa majestuosa. Almu había encontrado un atuendo de cantinera de su madre en un baúl. Lloró durante dos días. Luego le dijo a Unai que por qué no desfilaba.

—Te sabes las canciones.

Él no lo recordaba, pero era cierto. Su padre había formado parte de los alardes de San Marcial hacía años. Las melodías llegaron a su oído como por arte de magia, porque aún estaban guardadas en el fondo de su mente. Mucho tiempo había pasado desde la última vez que disfrutara de aquella celebración, porque aunque ahora estuviera a medio camino del odio, siempre había sentido aberración hacia la ciudad.

—Al menos rompemos un poco la rutina. —Almu intentaba sonreír para animarle.

El leñador sopesó la idea durante un par de días hasta que tomó la decisión frente al espejo al ver cómo le quedaba el atuendo. Había perdido bastante masa muscular. La época estival no era tan buena para su trabajo y con el recuerdo incesante de Aries pululando por su cabeza, no había llevado la mejor alimentación. Aun así, el uniforme le sentaba como un guante.

Encontró en su funda el txilibito intacto.

Y empezó a practicar.

# El alarde de San Marcial

Aries estaba viviendo una vida que no lo completaba y, sin embargo, se esforzaba en hacerla funcionar como si *tuviera* que hacerlo. Leti, la hija de Sara, no era una mala chica, desde luego, pero a veces era insoportable, especialmente cuando se quedaban a solas y le intentaba sonsacar secretos de su madre.

—No va a pasar —le advertía Aries siempre. Necesitaba construir una barrera más fuerte entre ellos.

A ella le daba igual. Siempre insistía. En eso se parecía bastante a su madre, la cual, por cierto, parecía estar en un mejor estado mental que cuando se conocieron.

No eran pareja oficial. Ninguno le había pedido salir al otro ni se habían puesto etiquetas. Solo se llamaban «cariño» cuando tocaba y poco más. Estaban felices con lo que tenían, en acompañarse en ocasiones para no sentirse solos. Se conformaban.

En cierto modo, Aries era consciente de que era triste. Él buscaba como un errante algo que tirara de su vida y que

—no lo admitiría en voz alta jamás— le recordara a la sensación que despertó Unai en él en algún momento. Y se sentiría como una persona de mierda si no supiera que para Sara la situación era un poco similar. Ella arrastraba tantos problemas y traumas del pasado que poco tardó Aries en percatarse de que él no era más que un parche en su camino de sanación.

Sí, eran hipócritas. Ambos sabían que aquello no beneficiaba a nadie, pero aun así, necesitaban algo de compañía.

Había días que se acostaban y la mente de Aries viajaba a la cima de la montaña; a veces a Sara se le escapaba otro nombre entre los dientes y el panadero fingía no escucharlo.

Otros días, Aries miraba el teléfono y buscaba en su agenda el contacto de Unai. Se consideraba una persona valiente, pero no tanto como para eliminarlo. Nunca había caído en la tentación, por más que hubiera estado cerca de cagarla. Porque eso era al fin y al cabo, una cagada monumental.

Se mantuvo fuerte hasta la llegada de San Marcial. Ver a toda la ciudad ataviada de blanco y rojo con kalimotxo y ganas de pasarlo bien le dio un giro nuevo a todo.

En ese tiempo, Cris fue la amiga a la que más se había acercado, por extraño que pareciera. Amaia llevaba un tiempo desconectada del grupo, supuestamente por motivos familiares, pero se conocían de sobra como para saber que estaba conociendo a alguien. Sí, era de esas que desaparecían de la noche a la mañana cuando encontraban pareja. Estaba, simplemente, empezando su propio camino. Una pena.

—Espero que no le hayas llamado —le advirtió Cris en cuanto se encontraron en el centro. Todo el grupo estaba resacoso, algunos no habían ni dormido media hora. Ella todavía llevaba el pelo húmedo. La pausa entre un día y otro no existía en esas fechas—. Pfff, eso de la gaupasa va a terminar conmigo. Estoy mayor.

Aries se rio. Él opinaba lo mismo. Sara no era tan fiestera y, aunque había compartido alguna noche de copas con la cuadrilla, no terminaban de encajar. Más señales de que aquello no funcionaba. Se había imaginado a Unai en la misma situación y estaba seguro de que sus amigos serían también los suyos. Pero bueno, quizá en otra vida.

—Me lo vas a recordar cada vez que nos veamos, ¿verdad?

Su amiga asintió con una sonrisa maliciosa.

—Porque sé cómo eres y no quiero que te arrastres más de lo que ya hiciste.

—Ya está superado. Estoy con Sara.

Cris agarró a Unai del brazo y se acercó a él. Tenía las ojeras oscuras y su mirada mostraba vestigios del cansancio que llevaba encima, por lo que aquella actitud amenazadora se multiplicaba.

—Sabemos lo que pasa con Sara.

Ante eso, Aries no dijo nada. Tampoco lo había guardado en secreto. Se lo había confesado todo una noche entre aceitunas y zuritos. Al menos, esperaba que no lo hubiera compartido con el resto del grupo.

Se agarraron del brazo y comenzaron a abrirse paso entre la gente, al encuentro de Julen y los demás, que debían de haber conseguido un buen sitio para ver los alardes y animar a las cantineras.

Era el día más especial del año en la ciudad. No solo los irundarras se vestían del blanco impoluto tradicional y se ataviaban con una gorra y pañuelos rojo sangre. No, era algo más. Significaba demasiado.

Los alardes duraban varias horas. Consistían en un desfile de miles de personas, segregadas por barrios, en diferentes conjuntos. Unos portaban armas en conmemoración a la batalla de San Marcial o, en otras palabras, lo que marcaría la expulsión definitiva de los franceses de sus tierras. Marcó la última victoria contra ellos, el final de la guerra para el resto del estado, pero especialmente para País Vasco y Navarra. Aún se recordaba con orgullo, incluso siglos después.

Otros grupos portaban instrumentos como el txilibito o los tambores y tocaban unas melodías clásicas que todos conocían y silbaban con felicidad. En el centro de cada alarde, el mayor honor: las cantineras, mujeres jóvenes que representan las enfermeras de la batalla, tan necesarias en el frente. Todo el mundo se mataba por saludarlas y gritarles lo guapas que iban con su uniforme pues, por arcaico que sonase, debían participar durante meses en un proceso de selección hasta finalmente ser coronadas como representantes de la belleza de cada uno de los barrios de la ciudad.

—Esto está a reventar —comentó Cris después de empujar a una señora que se le había cruzado y que, de malas formas, la había insultado.

—Necesito beber algo.

Eso hicieron en cuanto llegaron al lugar donde se congregaban Julen y los demás. Habían tenido la suerte de hacerse hueco en un banco y se habían subido encima para no perderse detalle. Se abrazaron como si no se hubieran visto en años, cuando aún olían a los cubatas de la noche anterior y el hedor que nacía de sus bocas proclamaba a los cuatro vientos que sí, que probablemente había más alcohol que sangre en su cuerpo. Joder, Aries era incapaz de saber en qué día estaba. Le dolía la cabeza con tanto trajín.

Cuando comenzó el alarde aplaudieron, gritaron y tararearon las canciones como los que más, felices de estar juntos y de haber superado un año más cargado de idas y venidas. Para ellos, ese era el verdadero inicio del año; daba salida al verano y siempre marcaba un antes y un después en sus anécdotas como grupo.

Al cabo de un par de horas, habían desfilado la mitad de los barrios de la ciudad. Aries estaba cansado y decidió sentarse sin importarle demasiado mancharse el pantalón blanco. A esas alturas, ya debía de estar hecho trizas y plagado de suciedad.

Dejó caer la cabeza sobre las manos; el sueño apareció y lo devoró durante unos instantes hasta que la música arreció de nuevo y Cris le golpeó en el brazo.

—¿Qué te pasa? —se quejó ante la brusquedad de su amiga.

Abrió los ojos. En la mirada de ella había urgencia. Aries estaba confuso. Se levantó para ver qué ocurría, supuso que las típicas movidas que sucedían cada año con las banderas y las protestas políticas. Pero no, se equivocaba. No vio nada. Todo parecía estar en calma.

Una de las compañías se detuvo para recuperar el paso y dejar espacio con la que acababa de pasar. Marcaban el ritmo con las piernas, rodillas en alto, como los militares de verdad. Aries pensaba que se caía del sueño en ese momento, con el sol golpeándole en la frente y, aun así, sin ser capaz de sacarle de su ensimismamiento.

Hasta que lo vio.

Y ahí fue cuando el tiempo se detuvo. No había ninguna duda de que era él, con su barba oscura y su presencia imponente. Buscaba entre la gente con evidente gesto de preocupación, como si se le hubiera perdido algo, ansioso incluso. Desesperado.

Aries tragó saliva sin saber cómo reaccionar. Unai escrutaba cada rostro, analizándolo con brevedad. Lo estaba buscando a él. A él. Entre tantas decenas de miles de personas. Enseguida posaría sus ojos en los suyos y no tendría escapatoria. Aún estaba a tiempo de esconderse, volver a sentarse en el banco y ocultarse con la gente que, frente a él, disfrutaba de pie. Pero no se atrevió, sus rodillas no se lo permitieron tampoco. Se quedó pasmado.

El alarde aún no se reanudaba. Unai continuaba observando. Aries seguía nervioso.

Entonces llegó el momento en el que sus miradas se cruzaron. Por un instante, todo desapareció. Los bordes de la realidad se desdibujaron y solo tuvo ojos para él, para nada más. No existían ya la música o el ruido, la ciudad se volatilizó. Solo quedaban ellos.

Después de tanto tiempo evitándose, arrepintiéndose, recordando... Estaban ahí, a tan solo unos metros.

Aries fue consciente de cuánto lo había echado de menos con solo perderse en su mirada durante unos segundos. El leñador cogió aire; su uniforme parecía a punto de reventar. Iba precioso y su cuerpo se le antojaba ahora más grande que antes, o no, quién sabía, pero imponía como siempre. El pelo de su pecho se escapaba allá donde la tela le daba un poco de respiro. Sus ojos decían demasiado y parecían a punto de llorar, de romperse. Todo él. Aries también. No pudo evitar esa ráfaga de sensaciones que lo ahogaban.

Se acordó del Monte Igueldo, de esa furgoneta plagada de detalles hechos a mano, de sus charlas sobre la cama del hotel, de las comidas sin planear en mitad de un turno, de los cigarros que se echaba mientras lo veía descargar la madera, de su espalda ancha, de sus caricias y su olor. Recordó cada momento bueno con una sonrisa bobalicona que no pudo disimular y una lágrima a punto de brotar sin destino fijo por su cara. Al mirar a Unai, volvía todo: el sentir de sus abrazos y de sus risas, el acompañarlo a descubrir un mundo nuevo, las llamadas que lo calmaban y las cervezas que tomaban en los bares de la ciudad.

Acordarse de todo aquello era ser feliz otra vez, pero... no lo suficiente. Era triste también.

Se miraron durante lo que pareció una eternidad. No sabían cómo reaccionar.

Lo importante es que estaban ahí, que estaban bien.

Unai asintió, satisfecho. Aguantaba las ganas de romperse en mil pedazos ante la duda de que hubiera alguien que los recogiera otra vez.

Por su parte, Aries abrió la boca para decir algo, aunque fuera ridículo, porque no le escucharía y menos cuando ya empezaban a marcar de nuevo los pasos y cuyo ruido inundó sus oídos y el resto de la calle.

La marcha continuó. Unai mantuvo lo que pudo su vista sobre la de Aries. Todo estaba a punto de quebrarse, pero no lo hizo.

Quizá no era el momento. Quizá no era la persona. Pero qué bonito había sido equivocarse y qué bien se lo habían pasado. Aprender a estrellarse estaba infravalorado porque el viaje lo recordarían toda la vida, por más que su historia fuera imposible en esta.

Y así, el leñador siguió su camino entre miles de personas, buscando su verdadero lugar. Ahora, sabiendo que debía dejarlo marchar.

Y así, el panadero comprendió que a veces no importaba luchar, porque ciertas batallas nunca se ganan. Ahora sabía que lo mejor era marchar.

# Agradecimientos

Después de explorar una parte de mi vida, tocaba explorar otra: la que me guardo para **mí**, la que me hace vibrar, la que me hace sentir. Esta novela es gracias a todas esas personas que creyeron en **mí** y en las historias que aún quedan por contar.

Gracias, como siempre, a mis amigxs y familia, que me apoyan en cada lanzamiento y en cada idea que envío al universo.

Gracias a mi editora Clara, por ser esa lucecita al final del túnel cuando no sé si puedo dar todo de **mí**. Y al equipo de Penguin Random House, por poner toda la carne en el asador.

Gracias a mis agentes David y Pablo, por confiar, de nuevo y sin desgaste, en que tengo algo que contar y de la forma en la que yo quiero hacerlo.

Gracias a Andrea y Adriana, por haber vivido este proceso como si fuéramos uno. Sin vuestro apoyo diario no habría podido terminar la novela.

Y por supuesto, gracias a Migue, mi otra mitad, que no descansa hasta que yo lo hago, y que es feliz con cada pasito que doy en la dirección correcta, celebrando las victorias como si fueran también suyas.

Y a ti, claro, por darme una (otra) oportunidad. Sin ti, lector, esto no sirve para nada.

## Descubre otras novelas de Josu Diamond

## Escanea y empieza a leer la Trilogía de Chueca